1511
D1933223

Es ist der Tag der Eröffnung der Nord-Stream-Pipeline, die Russlands Öl nach Westeuropa transportieren soll. Mark Wallace, Energie-Analyst für einen privaten Hedgefonds, geht in New York routiniert seiner Arbeit nach, als ihn die Nachricht von einem Bombenanschlag auf die Pipeline erreicht. Mark versucht, seine nervösen Klienten zu beruhigen – da wird er von einer privaten Nachricht erschüttert: nach sieben Jahren ein erster Hinweis auf den Verbleib seines Sohnes Kyle. Als Mark erkennt, dass Kyles Verschwinden und die jüngsten Ereignisse auf bizarre Weise miteinander verknüpft sind, beginnt er mit eigenen Nachforschungen – und verstrickt sich dabei in die komplexen, gefährlichen Netze von internationaler Politik und Großkapital.

Lee Vance studierte an der Harvard Business School und war lange Jahre General Partner bei Goldman Sachs, eine der ältesten und angesehendsten Investmentbanken der Welt. Er lebt mit seiner Familie in New York.

Lee Vance bei bloomsbury taschenbuch:

Die Entschädigung (978-3-8333-0635-8)

LEE VANCE

SPUR DES VERRATS

Thriller

Aus dem Amerikanischen
von Kristian Lutze

bloomsbury taschenbuch

MIX
Papier aus verantwortungsvollen Quellen
FSC® C083411
www.fsc.org

November 2012
Die Originalausgabe erschien 2010 unter dem Titel
The Garden of Betrayal bei Alfred A. Knopf, New York
© 2010 Lee Vance
Für die deutsche Ausgabe
© 2010, 2012 Bloomsbury Verlag GmbH, Berlin
Umschlaggestaltung: Rothfos & Gabler, Hamburg,
unter Verwendung des englischen Designs von © Corvus Books
Druck und Bindung: CPI – Clausen & Bosse, Leck
Printed in Germany
ISBN 978-3-8333-0865-9

www.bloomsbury-verlag.de

Für Cynthia, Zoe, Nikki und Matthew

Jesus war oft zusammen mit seinen Jüngern dort gewesen; deshalb kannte auch Judas, der Verräter, diesen Ort. Jetzt kam er dorthin …

JOHANNES 18, 2–3

Prolog

New York City, 2003

Schnee fiel auf einen dunklen Parkplatz. Ein großer Mann in modischen Lederschuhen und einem neuen Kamelhaarmantel schlitterte vorsichtig über den glatten Boden, die Arme ausgebreitet, um die Balance zu halten. Im Wissen um die Sicherheitskamera auf einem hohen Mast am anderen Ende des Platzes hielt er den Kopf gesenkt. Der rote BMW parkte am verabredeten Ort, und mit dem neuen Zweitschlüssel ließ sich die Wagentür problemlos öffnen. Der noch warme Motor sprang sofort an. Der Mann rollte langsam über den Parkplatz und fädelte sich unter der pinkfarbenen Neonreklame eines Motels in den Verkehr ein. Er bog rechts ab und hielt am Straßenrand. Zwei weitere Männer mit dunkelblauen Rollmützen und Öljacken öffneten die hinteren Türen, stiegen ein und ließen sich tief in die Sitze sinken.

»Schicker Mantel«, spottete einer der beiden. »Sieht echt klasse aus an einem Penner wie dir.«

»Jemand hat mir noch dreihundert Dollar geschuldet«, gab der Fahrer gereizt zurück. »Gebrauchen kann ich den auch nur als Verkleidung beim Autoklauen.«

»Schluss mit dem Gequatsche«, murmelte der dritte Mann. Er wurde beim Sprechen von einer jahrzehntealten Gesichtsverbrennung behindert, von der als Narbe ein glänzender, faltiger Streifen implantierter Haut zurückgeblieben war, der sich straff von seinem Mundwinkel zu seinem rechten Ohr spannte. »Fahr über die 10th Avenue. Und halt dich an die Geschwindigkeitsbegrenzung.«

»Wir haben Diplomatenkennzeichen«, sagte der Fahrer. »Wir können machen, was wir wollen.«

»Du machst, was ich dir sage«, erwiderte der Mann mit der Narbe. »Halt dich an die Geschwindigkeitsbegrenzung.«

»Moment«, sagte Claire und hob zum fünften Mal in ebenso vielen Minuten die Finger von den Tasten des Klaviers.

Kate ließ die Geige sinken. Mit den dunklen Haaren ihrer Mutter und dem Babyspeck, den sie mit zehn immer noch nicht ganz verloren hatte, sah sie aus wie ein schmollender raffaelitischer Engel.

»Bitte spiel du es ihr noch mal vor, Kyle.«

Kyle wandte sich vom Fenster ab, durch das er die wirbelnden Schneeflocken über den Baumkronen im Riverside Park betrachtet hatte. Er war für seine zwölf Jahre groß gewachsen. Im Arm hielt er die Geige. Er blickte von seiner Mutter zu seiner Schwester und sah, dass deren vorgeschobene Unterlippe zitterte wie immer, wenn sie kurz vor einem Wutausbruch stand.

»Ich hab Hunger«, sagte er. »Vielleicht sollten wir eine Pause machen.«

»Erst möchte ich hören, wie Kate diese Stelle einmal richtig spielt«, beharrte Claire. »Ihr seid schließlich keine Kleinkinder mehr.«

Kate schleuderte ihren Bogen quer durchs Zimmer. »Bloß weil du sauer auf Daddy bist, muss ich nicht den ganzen Abend üben«, schrie sie und stürmte aus dem Zimmer.

Claire schloss die Augen und atmete vernehmlich aus. Kyle machte einen Schritt auf sie zu und sah gleichzeitig seiner Schwester nach. Im Flur stand Yolanda, fertig angekleidet, um nach Hause zu gehen, und im Begriff, sich einen bunten Schal um den Kopf zu binden. Seufzend steckte sie ihre Handschuhe in die Manteltasche, machte Kyle ein Zeichen, sich um seine Mutter zu kümmern, und folgte Kate. Er nickte dankbar und wandte sich seiner Mutter zu.

Claire saß zusammengesunken auf dem Klavierhocker, ihre Stirn berührte die Noten auf dem Ständer. Das zu einem Dutt hochgesteckte, ebenholzfarbene Haar glänzte bläulich über ihrem zarten Nacken. Kyle legte seine Geige beiseite und begann ihre Schultern zu massieren, wie er es bei seinem Vater gesehen hatte.

»Du musst deine Vorstellung nicht absagen«, erklärte er. »Du schaffst es immer noch rechtzeitig zum Theater. Ich kann auf Kate aufpassen.«

»Ich weiß«, murmelte sie. »Aber dein Vater sitzt in einem Flugzeug. Es ist eine Sache, mich krankzumelden, aber mitten im zweiten Akt von *Giselle* vom Klavier aufzustehen, weil ich aus irgendeinem Grund nach Hause rennen muss, ist etwas ganz anderes.«

Die Muskeln in ihrem oberen Rücken fühlten sich an wie aus Stein gemeißelt. Kyle drückte ein wenig fester und setzte auch behutsam die Handballen ein. Er wollte seiner Mutter nicht wehtun.

»Du machst dir zu viele Sorgen. Wir sind beide keine Kleinkinder mehr, weißt du.«

Sie lachte, und er spürte, wie sie sich ein wenig entspannte.

Der Mann in dem Kamelhaarmantel setzte seine Begleiter ab, fuhr durch das Einbahnstraßensystem einmal um den Block und parkte den BMW vor dem Hydranten in der 86th Street zwischen Riverside Drive und West End Avenue mit Blick auf den Park und den dahinter liegenden Hudson River. Dann nahm er ein kleines Funkgerät vom Beifahrersitz und drückte auf den Sendeknopf.

»Check«, sagte er.

»Check«, kam die Antwort.

Einen Block weiter nördlich, an der Ecke 87th Street und Riverside Drive, schob der Mann mit der Narbe ein identisches Funkgerät in die Außentasche seiner Jacke. Er griff in die andere Tasche, zog eine Weihnachtskarte heraus und hielt sie seinem Begleiter hin.

»Was?«

»Guck dir das Foto an.«

»Ich kenn das verdammte Foto auswendig.«

»Guck es dir noch mal an.«

Der zweite Mann nahm das Bild, bemüht, seinen Widerwillen zu kaschieren. Er hielt die Karte ins Licht einer Laterne und betrachtete das aufgeklebte Hochglanzfoto. Eine vierköpfige Familie vor einem Flügel, die Frau und der Junge waren beinahe gleich groß. Sie interessierten sich für die Frau.

»Wie lange noch?«

»Eine Viertelstunde«, sagte der Mann mit der Narbe. »Höchstens zwanzig Minuten. Sie ist pünktlich.«

Schneeflocken schmolzen auf dem Foto, und der zweite Mann wischte es an seiner Hose ab. Sein Puls schlug schneller, als er sich den kommenden Abend ausmalte. Die Frau sah gut aus.

»Kate nimmt ein Bad«, verkündete Yolanda, die im Mantel ins Wohnzimmer kam. »Und jetzt muss ich wirklich los.«

Claire stand vom Flügel auf und küsste Kyle auf die Wange. In den letzten ein oder zwei Monaten war er ihr ein paar Zentimeter über den Kopf gewachsen, so dass sie das Kinn ein wenig heben musste.

»Danke«, sagte sie zu ihm. »Und jetzt lauf, damit ich mit Yolanda reden kann.«

Beide Frauen sahen ihm nach. Kyle hatte die hohe und ernste Stirn seines Vaters und blasse, aufmerksame Augen.

»Dünn wie eine Bohnenstange«, bemerkte Yolanda. »Ich kann mich erinnern, dass es bei meinem Guillermo genauso war. In dem Alter schießen sie regelrecht in die Höhe.«

»Er trägt seine Hosen sechs Mal, dann sind sie ihm schon wieder zu klein.« Claire ließ den Blick sinken und begann mit ihrem Ehering zu spielen. »Ist mit Kate alles okay?«

»Ihr geht es gut.«

»Ich wollte nicht so streng sein.«

»Streng«, höhnte Yolanda. »Meine *abuela* hat mir den Katechismus mit der Bibel in der einen und ihrem Stock in der anderen Hand beigebracht. Kates Problem ist, dass sie so *feinfühlig* ist wie ihr Bruder. Kaum bin ich durch die Tür gekommen, wissen sie, ob ich im Bus einen Sitzplatz hatte oder die ganze Fahrt stehen musste. Irgendein Ärger im Haus, und die beiden fühlen sich elend wie nasse Katzen.«

Bei dem Wort »Ärger« zuckte Claire zusammen und wurde rot. Yolanda zog ihr Tuch aus dem Ärmel ihres Mantels und begann, es sich über den Kopf zu binden.

»Jetzt hören Sie mir mal zu. Sie brauchen jemanden, der länger bleiben kann, wenn Sie wieder abends arbeiten. Ich kann mich umhören, wenn Sie möchten. Es wird mir keinerlei Mühe bereiten, eine andere Anstellung zu finden.«

»Gott bewahre«, sagte Claire entsetzt. »Du gehörst zur Familie.« Sie zögerte, schlug die Hand vors Gesicht und schluckte einen Kloß hinunter. »Ich bin einfach frustriert. Es ist wirklich schwer, den Schritt vom Unterrichten zurück auf die Konzertbühne zu schaffen, und dieser Job ist eine große Chance für mich. Aber niemand wird mich je wieder verpflichten, wenn ich erst mal den Ruf habe, unzuverlässig zu sein.«

»Mark wusste nicht, dass er verreisen muss?«

»Ein Kollege in London ist krank geworden. Er muss für ihn eine Rede auf einer großen europäischen Energiekonferenz halten.«

»Und was war es vor ein paar Wochen noch?«

»Wien«, antwortete Claire ein wenig abwehrend. »Ein ungeplantes Treffen mit ein paar Leuten von der OPEC.«

Yolanda runzelte lächelnd die Stirn. »Sieht so aus, als würde es immer irgendwas sein. Ich bin jetzt seit acht Jahren bei Ihnen und weiß nie, ob er gerade kommt oder geht.«

»Dann war es vielleicht ein Fehler, dass ich wieder angefangen habe, Konzerte zu geben«, sagte Claire zögernd. »Vielleicht hätte ich warten sollen, bis Kate ein bisschen älter ist.«

»Vielleicht dies und vielleicht das. Arbeit ist wichtig. Für einen Mann wie für eine Frau.« Yolanda fasste Claires Handgelenk und schüttelte sanft ihren Arm. »Sie haben Glück. Sie haben einen guten Mann und gute Kinder und einen guten Job. Sie haben nur den Fehler gemacht, sich nicht jemanden zu suchen, der länger bleiben kann.«

»Da könnte was dran sein«, sagte Claire lächelnd und umarmte Yolanda. »Ich habe so ein Glück – mit Mark und mit den Kindern und mit dieser Chance. Aber Kate und Kyle würden es mir nie verzeihen, wenn du uns verlässt. Ich werde irgendeine Lösung finden.«

Mehr als eine Stunde war verstrichen, und der Mann in dem Kamelhaarmantel am Steuer des BMW wurde unruhig. Dank des Wetters waren kaum Fußgänger unterwegs, die sich sein Gesicht einprägen könnten, aber trotzdem sollten sie längst weg sein. Er sehnte sich nach einer Zigarette. Der Besitzer des Wagens war offensichtlich Raucher, und der Geruch trieb ihn zum Wahnsinn. Er hatte nach der Operation Desert Storm aufhören müssen; die Wochen, die er in den brennenden Ölfeldern verbracht hatte, hatten seine Lungen dauerhaft geschädigt. Trotzdem vertrieb nichts eine lange Wartezeit besser als eine Zigarette.

Seine Kollegen, die einhundert Meter weiter die Straße hinauf warteten, waren genauso rastlos. Erst zwei Personen waren aus dem Wohnhaus an der Ecke gegenüber gekommen: eine ältere Südamerikanerin mit einem Kopftuch und ein Schwarzer mit einem Schäferhund an der Leine. Der Mann mit der Narbe sah wieder auf seine Uhr. So spät war sie noch nie gewesen. Er hatte ihren Vorstellungsplan überprüft – der Vorhang ging in weniger als einer halben Stunde hoch. Er fragte sich, ob sie wegen des Wetters früher aufgebrochen war.

»Noch zehn Minuten«, sagte er.

Der zweite Mann stampfte gegen die Kälte mit den Füßen auf und fluchte. Was schlecht begann, nahm meist ein schlechtes

Ende, und die Frau war nur der erste von zwei Aufträgen, die sie an diesem Abend zu erledigen hatten.

»O nein«, kreischten Kate und Kyle im Chor und warfen Kopfkissen in Richtung Fernseher. Ihre Mutter lachte. Sie hatten gemeinsam zu Abend gegessen und es sich auf der Couch gemütlich gemacht, um *Titanic* zu gucken, aber der Vorspann war kaum über den Bildschirm geflimmert, als plötzlich ein Südamerikaner im Frack ins Bild kam, der zum Playback eines spanischen Lieds die Lippen bewegte, während er auf dem Times Square auf dem Dach eines Taxis tanzte. Sooft sie Yolanda auch anflehten, nicht den Sender zu wechseln, wenn der Videorekorder lief, so häufig vergaß sie es trotzdem.

»Ich laufe zur Videothek und leihe ihn aus«, sagte Claire und schlug die Decke auf ihrem Schoß beiseite.

Kyle sah aus dem Fenster. Der Wind war aufgefrischt und wirbelte lange weiße Wolken von den schneebedeckten Dächern auf.

»Das kann ich doch machen«, sagte er und sprang auf.

Claire drehte sich um und warf einen Blick auf die Küchenuhr. Kyle hatte erst im letzten Jahr begonnen, sich auf eigene Faust in der Nachbarschaft zu bewegen.

»Ich könnte ein bisschen frische Luft brauchen«, sagte sie.

»Lügnerin«, neckte er sie. »Du hasst die Kälte. Und du hast es selbst gesagt – ich bin kein Kleinkind mehr.«

Claire biss sich auf die Lippe und nickte. »Nimm dein Handy mit.«

»Ich bin sofort zurück.«

Eine Tür aus Glas und Eisen schwang auf, und Kyle trat aus dem Haus auf die Straße. Er trug eine grüne Schulmütze, die hoch auf seinem Kopf saß, und den Goretex-Parka seines Vaters. Die Ärmel bauschten sich an den elastischen Bündchen, und die Schultern hingen zu tief, aber er trug ihn trotzdem gerne.

Er vergrub die Hände in den Taschen, stieß auf einen gefalteten Zettel und zog ihn heraus. Sein Vater hatte handschriftlich eine Liste erstellt: Rashid, Azikiwo, Statoil, Petronuevo. Einige Namen erkannte er, andere nicht. Rashid war ein alter Freund seines Vaters, der für die OPEC arbeitete, und Statoil war die staatliche norwegische Ölgesellschaft. Azikiwo und Petronuevo sagten ihm nichts. Er sprach die Worte laut aus und genoss ihren Klang. Alles an dem Job seines Vaters war cool. Wenn er erwachsen war, wollte er genauso sein wie er.

Er steckte den Zettel wieder in die Tasche, trat unter der Markise des Gebäudes hervor und ging in südlicher Richtung den Riverside Drive hinunter. Die beiden Männer standen an der Kreuzung 86th Street. Laternenlicht fiel auf Kyles Gesicht, als er mit gesenktem Kopf vorbeieilte. Einer der Männer drehte sich um und starrte ihm nach.

»Das ist der Junge«, sagte der Mann mit der Narbe.

»Welcher Junge?«, fragte der zweite Mann.

»Der Sohn, du Vollidiot. Ich dachte, du hättest dir das Bild eingeprägt.«

»Sie habe ich mir eingeprägt«, protestierte der Mann. »Nicht den Jungen. Von einem Jungen hast du nie was gesagt.«

»Aber sie ist nicht gekommen. Wir müssen improvisieren.«

Der Mann mit der Narbe zog das Funkgerät aus der Tasche, flüsterte eilig etwas hinein und lief Kyle nach. Sein Kollege zögerte kurz und folgte ihm dann. Er steckte schon zu tief drin, um zu widersprechen.

Der Fahrer des BMW ließ das Beifahrerfenster herunter, als Kyle näher kam. Frau oder Kind, das war ihm gleich.

»Verzeihung«, rief er höflich.

Kyle machte einen Schritt auf den Wagen zu und beugte sich unsicher zum Fenster.

»Ja?«

Der Mann mit der Narbe trat von hinten hinzu und traf Kyle mit einem Totschläger hinter dem Ohr. Der zweite Mann fing ihn auf, als er zusammensackte und seine grüne Mütze zu Boden fiel. Sekunden später fuhr der BMW los, der Junge eingeklemmt zwischen den beiden Männern auf der Rückbank.

Der Wind erfasste die Mütze und wehte sie in einen Gully. Eine Stunde später erreichte sie den Fluss, wo die Flut sie in Richtung Hafen und den Atlantik jenseits davonzog. Bei Tagesanbruch trieb sie schon Meilen vor der Küste und wurde nie wieder gesehen.

SIEBEN JAHRE SPÄTER

1

Ich wachte früh auf und lauschte Claires Atem. Sie hatte mir den Rücken zugewandt, klang jedoch nicht, als würde sie noch schlafen, deshalb drehte ich mich auf die Seite und massierte mit einer Hand sanft ihren Nacken und ihre Schultern. An manchen Morgen ignorierte sie mich, an anderen schliefen wir miteinander, und an wieder anderen weinte sie. Nach ein paar Minuten ohne Reaktion stand ich auf und machte mich für die Arbeit fertig.

Die Küche war kalt und dunkel. Ich schaltete das Licht über der Arbeitsplatte an, drehte die leise klappernde Heizung auf und deckte das übliche Wochentagsfrühstück für Claire und Kate – Obst, Müsli und Joghurt. Freitags legte ich immer ein Schokoladencroissant dazu, das ich für sie in der Mitte teilte.

Als ich in der Lobby unseres Hauses ankam, hatte Frank, der Nachtportier, schon ein Taxi gerufen, das vor dem Haus auf mich wartete. Er wünschte mir einen guten Morgen und überreichte mir ernst einen kleinen Packen an meinen Sohn adressierter Post. Als ich ein Jahr nach seinem Verschwinden zum ersten Mal Post für Kyle erhielt, war das ein Schock, auch wenn es nur Werbung für eine Teenie-Zeitschrift war. Ich dachte den ganzen Tag lang darüber nach und klopfte dann an die Tür des Hausverwalters, Mr Dimitrios. Mit Tränen in den Augen gestand er mir, dass er seit zwölf Monaten alle Werbesendungen an Kyle abgefangen hatte, und überreichte mir einen Schuhkarton voller Umschläge. Ich zwang mich, sie durchzusehen – Reggie Kinnard, der Detektiv, der mit uns zusammengearbeitet hatte, hatte erwähnt, dass Psychopathen, die Kinder entführen, sich manchmal ein Vergnügen daraus machten, Briefe an die Familie des Opfers zu schreiben. Aber der Karton enthielt nichts

Ungewöhnliches. Der freundliche Vertreter einer Direkt-Marketing-Agentur, mit dem ich am Telefon sprach, riet, einfach »verstorben« auf jede Sendung zu schreiben und an den Absender zurückzuschicken. Stattdessen ließ ich Mr Dimitrios die Briefe weiter abfangen, damit Claire und Kate sie nicht sahen, und sie mir von Frank aushändigen. Zurzeit sind es vor allem Werbung für Akne-Produkte und CD-Clubs, Sommerjob-Angebote und Zeitschriften wie *Maxim* und *Outside*. Die Sachen, die ein Neunzehnjähriger eben so zugeschickt bekommt. Sachen, für die sich Kyle vielleicht tatsächlich interessiert, wenn er noch lebt.

Ich ließ das Taxi halten, um an einem durchgehend geöffneten Kiosk in der 72nd Street die Zeitungen zu kaufen, und fuhr dann weiter zur Arbeit. Im Büro ist immer irgendjemand, egal zu welcher Uhrzeit ich komme – der Hedgefonds, bei dem ich Büroräume gemietet habe, handelt rund um die Uhr. Er hat nur etwa sechzig Angestellte, belegt jedoch ein komplettes Stockwerk in einem Bürohochhaus in Midtown Manhattan, dessen eine Hälfte von einem großen, nicht unterteilten Handelsraum eingenommen wird. In einer Ecke des Raumes steht der Namensgeber des Fonds, ein mitternachtsblauer 1966er Ford Shelby AC auf einem niedrigen Podest. Der Wagen hatte sich als zu groß für die Fahrstühle erwiesen, so dass Walter Coleman, der Gründer des Fonds, ihn mittels eines Krans anliefern ließ, nachdem Arbeiter ein Garagentor-breites Loch in eine Front des Gebäudes geschlagen hatten.

Walters Sohn Alex war derjenige, der mir eineinhalb Jahre nach Kyles Verschwinden vorschlug, mich als unabhängiger Energie-Analyst selbstständig zu machen. Ich hatte gezögert. Ich brauchte das Geld, aber ich wusste nicht, ob ich einen Job noch mit so viel Engagement und Hingabe machen konnte wie vorher, und ob ich, selbst wenn, als freier Sachverständiger erfolgreich sein würde. Ich hatte meine gesamte berufliche Karriere auf der Seite der Verkäufer zugebracht und Rechercheergebnisse über Ölfirmen an die Kunden der Investmentbank vertickt, für die ich arbeitete. Nach eineinhalb Jahren weg von den Märkten und ohne die institutionellen Verbindungen, deretwegen die Leute mit mir hatten reden wollen, fürchtete ich, nichts Wertvolles mehr liefern zu können. Ich hatte Recht, dass mich meine ehemaligen Quellen bis auf ein oder zwei Freunde im Stich lassen würden, lag jedoch falsch damit zu glauben, es würde eine Rolle spielen. Cobra war der Großvater der Hedgefonds-Gemeinde, Urahn zahlreicher Generationen von Firmen, die tratschten und sich kabbelten und sich im Ganzen benahmen wie eine große Familie. Alex und sein Vater hatten für mich ein paar Anrufe getätigt, und plötzlich hatte ich ein Dutzend Kunden, allesamt Fonds, mit denen Wall Street unbedingt Geschäfte machen wollte. Schon bald gab es in der Wall Street keinen Verkäufer mehr, der für mich nicht alles stehen und liegen lassen würde, erpicht auf eine wohlwollende Erwähnung gegenüber meiner Kundschaft. Und in dem Maße, in dem ich einflussreicher wurde, streckten auch meine alten Kontakte ihre Fühler wieder aus. Das Geschäft boomte, sogar der jüngste Crash war ein verkappter Segen gewesen: Die Kunden, die untergegangen waren, wurden durch frisch entschuldete und zutiefst geläuterte Überlebende ersetzt, die verzweifelt originelle Ideen und Analysen verlangten, um ihre faulen Kreditstrategien abzulösen.

Der größte Vorteil besteht darin, dass ich kaum noch reisen muss. Die traditionellen Fonds-Manager, die ich zuvor bediente, haben mich stets auf dem Sprung von Amerika nach Europa gehalten, meine persönliche Anwesenheit war ein Akt der Vasallentreue, ein nettes Essen und eine Flasche Wein der Tribut, den sie verlangten. Für unsere junge Familie ist es schwer gewesen. Wenn ich Claire und den Kindern sonntagabends einen Abschiedskuss gab, wusste ich oft schon, dass vor mir eine Woche voller karger Hotelzimmer lag, während ich es Claire überließ, sich um die Kinder zu kümmern. Ich vermisste sie, und ich hatte ein schlechtes Gewissen, Claire allein zu lassen, aber ich konnte – Gott hilf mir – keinen Auftrag absagen, ich genoss den Erfolg, die Anerkennung und die finanzielle Belohnung. In meinem neuen Job bin ich meistens abends wieder zu Hause, meiner Hedgefonds-Kundschaft ist die Zeit, die ich in ihrer Gegenwart verbringe, egal, und sie besteht darauf, ihr Essen selbst zu bezahlen, aber es bleibt eine traurige Wahrheit, dass alle Zeit, über die ich nun verfüge, nicht aufwiegen konnte, was ich verloren habe.

Mein Büro liegt auf der Südseite des Gebäudes neben dem Handelsraum. Nachdem ich mir in der Küche eine Tasse Kaffee geholt habe, setze ich mich an den Schreibtisch und überfliege die Wirtschafts- und Auslandsnachrichten. Ich konzentriere mich auf die Schlagzeilen und Autorennamen und verfolge die Arbeit von Journalisten, die über besonders gute Informationen oder Verbindungen verfügen; ich versuche, das Rudeldenken der Wall Street zu meiden, und Pressekontakte lassen sich erstaunlich leicht pflegen. Es gibt immer irgendetwas, das Journalisten nicht schreiben können oder wollen oder schon geschrieben haben, ohne es richtig zu verstehen. Ich habe mehr als zwanzig Jahre Erfahrung auf den Energiemärkten und bin deshalb die richtige Adresse, wenn man Fakten oder Gerüchte ventilieren möchte. Ich kenne die Industrie aus dem Effeff, kann mit Informationen frei umgehen und publiziere nie selbst – auch wenn ich mich hin und wieder überreden lasse, eine Marktbeobachtung zu diktieren, weil ein befreundeter Journalist in einer Verlegenheit steckt. GASPREIS VOR ERNEUTEM ABSTURZ ODER ZEHN ÖLAKTIEN FÜR DEN CLEVEREN INVESTOR. Dafür können sie Leute befragen, zu denen meine Wall-Street-Verbindungen vielleicht keinen Zugang haben, füttern mich mit Details, die sie bisher noch nicht in einem längeren Artikel verwerten konnten, oder warnen mich vor größeren Storys, die sich auf die Märkte auswirken könnten. Und alle profitieren davon.

Gegen acht Uhr tippte ich einen zweiseitigen aktuellen

Marktbericht für meinen Kundenstamm, um sie auf Faktoren hinzuweisen, die sie beachten sollten. Danach stand ich auf, streckte meine Glieder und erlaubte mir, eine Viertelstunde aus dem Fenster neben meinem Schreibtisch zu starren. Es muss das Fenster gewesen sein, das mich bewogen hat, ein Büro bei Alex und Walter zu mieten. Vielleicht hatte es mich sogar dazu bewogen, mein Glück als unabhängiger Analyst zu versuchen. Es blickt nach Süden auf die Park Avenue, und ich kann zu praktisch jeder Tageszeit Hunderte von Menschen auf der Straße sehen.

An dem Abend, als Kyle verschwand, saß ich in einem Flugzeug nach London. Als wir in Heathrow zum Gate rollten, informierte mich eine Stewardess, dass ein Manager des Kundenservice mich sprechen wollte. Ich war zu erschöpft, um etwas anderes zu erwarten als einen lauwarmen Händedruck und steifen Smalltalk, wie es Fluggesellschaften geschäftlichen Vielfliegern manchmal angedeihen ließen.

An die folgenden zwei Stunden kann ich mich nur verschwommen erinnern. Ich weiß, dass mich die Nachricht von Kyles Verschwinden traf wie ein Schlag, nachdem ich geraume Zeit keine Luft mehr bekam. Ich weiß noch, wie ich auf dem langen Rückflug nach New York zusammengesunken auf meinem Platz saß und das Gefühl hatte, immer tiefer zu fallen, ohne dass der Boden in Sicht kam. Vor allem jedoch erinnere ich mich an den Ausdruck in Claires Gesicht, als wir uns auf der Polizeiwache trafen – die Trauer, die mich davon überzeugte, dass der Albtraum real war, und das Schuldgefühl, das mich seitdem nie wieder verlassen hat.

Wenn ich aus dem Fenster starre, kommt Amy, meine Assistentin, manchmal herein und spottet freundlich über meine Trance. Es hilft nachzudenken, lüge ich sie an. Die Wahrheit kann ich mir selbst nur mit Mühe eingestehen. Claire und ich haben nie im Detail über den Abend gesprochen, an dem Kyle verschwunden ist, aber ich habe ihre Aussage gegenüber der Polizei und die Beschreibung der Kleidung gelesen, die Kyle getragen hat. Trotz all der Jahre, die mittlerweile verstrichen sind, suche ich in der Menge auf der Straße noch immer nach einem schlaksigen Zwölfjährigen mit einem zu großen Parka und einer grünen Schulmütze.

2

Ich saß am Schreibtisch und las ein Wirtschaftsmagazin, als Amy den Kopf hereinsteckte und mir einen guten Morgen wünschte. Sie hielt einen Umschlag in der Hand. »Raten Sie mal, was ich hier habe.« Sie lächelte.

»Hmm ...«, sagte ich und tippte mir mit dem Finger ans Kinn. Amy ist vierzig, verheiratet und im Vorstand ihrer Kirchengemeinde. Sie trug an diesem Tag ein schlichtes dunkelblaues Kleid und hatte das Haar zu einem züchtigen Dutt hochgesteckt. »Ein Ticket nach Las Vegas. Sie verlassen mich, um einen Job als Croupier im Bellagio anzunehmen.«

»Von wegen«, höhnte sie. »Den einzigen Job, den ich in Las Vegas annehmen würde, wäre in einer Mission.«

»Wie die Schauspielerin in *Guys and Dolls*, die am Ende Marlon Brando kriegt.«

»Jean Simmons«, sagte sie und wurde ein wenig rot. Amy liebte alte Filme. »In *Elmer Gantry* hat sie mir besser gefallen. Und *Guys and Dolls* spielt in New York. Aber das hat alles rein gar nichts damit zu tun.« Sie griff in den Umschlag und zog mit dramatischer Geste ein BlackBerry heraus. »Ta-daa!«

»Mein neues Handy?«, fragte ich erstaunt.

»Noch besser. Ihr altes Handy.«

Ich war mir das ganze Wochenende wie ein Volltrottel vorgekommen. Am Freitag war ich bei der Rückkehr von einem spätnachmittäglichen Meeting vor dem Büro mit einem Fahrradkurier kollidiert und nur deshalb nicht gestürzt, weil ein Fremder meinen Arm gestützt hatte. Der Gedanke, meine Taschen zu kontrollieren, kam mir erst im Fahrstuhl nach oben. Ich nahm an, der Fremde hätte das klobige Gerät für meine Brieftasche gehalten und mitgehen lassen.

»Das ist nicht Ihr Ernst. Wo ist das denn wieder aufgetaucht?«

»Der Wachmann in der Halle hat es mir gegeben. Er sagte, am Samstag wäre irgendein Typ reingekommen und hätte es abgegeben. Er behauptet, er hätte es unter dem Zeitungskasten an der Ecke gefunden und Ihre Visitenkarte auf der Rückseite entdeckt.«

Ich nahm ihr das BlackBerry ab und begutachtete es. Es sah unversehrt aus. Ich schaltete es ein, und auf dem Display leuchtete kurz eine Warnung auf, dass der Akku fast leer war, die sofort wieder erlosch.

»Erstaunlich«, sagte ich und legte es in die Ladeschale. »Vielleicht ist es mir bloß aus der Tasche gerutscht, als ich gestolpert bin. Schwer zu glauben, dass es tatsächlich jemand abgegeben hat.«

»So schwer nun auch wieder nicht. New York ist voller netter Menschen.«

»Haben Sie den Namen des Mannes notiert?«, fragte ich und dachte, dass ich ihm eine Flasche Scotch schicken sollte.

»Der Wachmann sagt, er hat keinen Namen hinterlassen.« Sie beugte sich vor und senkte die Stimme zu einem rauchigen Flüstern: »Das ist der Moment, wo Sie sich bei Ihrer Assistentin bedanken, weil sie daran gedacht hat, Ihre Karte auf die Rückseite Ihres Dreihundert-Dollar-Handys zu kleben.«

»Mensch«, sagte ich laut. »Es ist wirklich ein Glück, dass ich eine Assistentin habe, die so wunderbar ist, daran zu denken, meine Visitenkarte auf die Rückseite meines Dreihundert-Dollar-Handys zu kleben. Vielen Dank, Amy. Ich wüsste nicht, was ich ohne Sie täte.«

»Sie würden den halben Tag damit vergeuden, zu versuchen, Ihre Kontakte auf das neue Handy zu laden, bevor Sie die Geduld verlieren und mich anschreien würden, ich soll einen Techniker vom Support rufen.« Sie schniefte. »Ich rufe AT&T an, um die Nummer wieder aktivieren zu lassen. Brauchen Sie irgendwas aus dem Lager?«

»Nein, nichts, danke.«

Mit einem gespielt missbilligenden Kopfschütteln verließ sie das Zimmer. Ich nahm mir vor, ihr Blumen zu kaufen, wenn ich Mittag essen ging. Dann konnte ich auch gleich einen Strauß für Claire mitnehmen. Claire liebte Blumen.

Ich machte es mir wieder mit meiner Zeitschrift bequem, als das Telefon auf meinem Schreibtisch klingelte. Amy war noch nicht wieder an ihrem Platz, also nahm ich ab und sagte Hallo.

»*As-Salamu 'Alaikum*«, begrüßte mich eine dünne Stimme. Friede sei mit dir.

»*Wa 'Alaikum As-Salam*«, antwortete ich. Und Friede mit dir. Ich hatte den Anrufer sofort erkannt. Es war Rashid.

»Geht es dir gut?«, fragte er.

Wir hatten vor kaum zwölf Stunden miteinander gesprochen, aber Araber legen großen Wert auf Rituale. Die erste Lektion im geschäftlichen Umgang mit Vertretern des Nahen Ostens: Eile bringt einen nicht weiter.

»Sehr gut. Und dir?«

»Ich lebe noch, *al-Hamdulillah*.«

Es war die Antwort, die ich erwartet hatte. Rashid litt an akutem Nierenversagen, Folge eines lebenslangen Kampfes gegen Diabetes sowie latenter Komplikationen nach einer Nieren- und Bauchspeicheldrüsen-Transplantation vor einigen Jahren. Er wurde ambulant im New York Presbyterian Hospital behandelt. Seine Wiener Ärzte hatten ihm eine Klinik in Houston empfohlen, aber bei dem Gedanken, sich für längere Zeit in die Hauptstadt der amerikanischen Energie-Industrie zu begeben, war Rashid nicht wohl gewesen. Vor seiner letzten Erkrankung hatte er zwanzig Jahre lang das Büro des Generalsekretärs der OPEC geleitet, und die texanischen Öl- und Gas-Magnaten, deren ausländische Reserven von den Mitgliederländern der OPEC verstaatlicht worden waren, waren Rashids Arbeitgeber nicht unbedingt freundlich gesonnen. New York war die naheliegende zweite Wahl gewesen.

»Gelobt sei Gott«, erwiderte ich die Formel.

»Ich höre, es gibt ein Problem bei Nord Stream.«

Nord Stream war mit dem Bau der Pipeline unter der Ostsee betraut, die russisches Erdgas nach Deutschland liefern sollte. Ich warf einen Blick auf die Nachrichten auf meinem Bildschirm, ohne eine entsprechende Meldung zu entdecken.

»Was für ein Problem?«

»Ich weiß nicht.«

Ich fragte mich, ob Rashid vollkommen ehrlich zu mir war. Er war meine älteste und beste Quelle und darüber hinaus ein guter Freund, aber oft hielt er aus Gewohnheit mehr zurück, als er teilte. Doch meistens ließ er es mich wissen, wenn er über Informationen verfügte, auf die er nicht weiter eingehen konnte. Ich wollte gerade nachbohren, als eine Schlagzeile auf dem Bildschirm meine Aufmerksamkeit erregte: BERICHTE ÜBER EXPLOSION BEI NORD-STREAM-TERMINAL. Der Terminal lag in der Nähe von St. Petersburg in Russland.

»Reuters hat gerade eine Meldung gebracht, dass es dort irgendeine Explosion gegeben hat.«

»Ich sehe es.«

Ich klickte die Schlagzeile an, doch es gab noch keine weiteren Details.

»Lass mich ein paar Anrufe machen. Ich melde mich zurück, wenn ich mehr weiß.«

»Danke. *Me salama.*«

»Alla i'salmak.«

Ich wählte eine andere freie Leitung meines Telefons und rief Dieter Thybold an, einen Freund bei Reuters in London.

»Hier ist Mark«, sagte ich, als er abnahm. »Was hat es mit dieser Pipeline-Explosion auf sich?«

»Ich hab noch keinen Schimmer«, sagte er angespannt. »Ich kann nicht mal bestätigen, dass es eine Explosion gegeben hat. Aber irgendwas Seltsames ist da im Gange.«

»Inwiefern?«

»Heute sollte eine feierliche Zeremonie zum Abschluss der Bauarbeiten an dem Terminal stattfinden. Viele Journalisten und Würdenträger waren vor Ort. Seit zwanzig Minuten herrscht komplette Funkstille. Niemand kann seine Leute erreichen. Und gerade eben hieß es, dass die Russen den Luftraum zwischen St. Petersburg und der finnischen Grenze gesperrt haben. Außerdem gibt es auf ihren Militärbasen in Priblowo und Kronstadt einen massiven Anstieg verschlüsselter Funksprüche.«

»Und woher wissen deine Leute dann, dass es eine Explosion gegeben hat?«, fragte ich, während mein Adrenalinpegel stieg.

»Ein Kamera-Team hat die Zeremonie gefilmt. Das Material müsste jede Minute gesendet werden. Im letzten Bild, bevor es dunkel wird, sieht man einen winzigen Blitz.«

»Was ist mit Satellitenbildern?«

»Es war zu bewölkt. Ich muss Schluss machen.«

»Warte. Glaubst du, es war ein Terroranschlag?«

»Es fällt schwer, etwas anderes zu glauben, oder? Aber bis jetzt haben wir noch keine Fakten.«

»Wir bleiben in Kontakt.«

Nachdem ich aufgelegt hatte, schaltete ich CNN ein und wartete auf neue Meldungen, während ich eine Brandmail an meine Kunden und Rashid absetzte. Auf dem unlängst fertiggestellten Terminal herrschte kaum Betrieb, solange die angeschlossene Pipeline noch im Bau war, ein Bruchteil seiner Kapazität wurde benutzt, um Erdgas in der Region zu transportieren, aber ein Angriff auf die Anlage würde die Märkte aufrütteln, die das als böses Omen für zukünftige Entwicklungen deuten würden. Energie-Infrastruktur war ein weiches Ziel. Ein systematischer Feldzug gegen Raffinerien, Pipelines oder Speicheranlagen konnte gewaltigen wirtschaftlichen Schaden anrichten. Als Reaktion würden wahrscheinlich die Energiepreise drastisch in die Höhe schnellen und damit die Kapitalmärkte schwächen, die Zinsertragskurve würde einbrechen, der Euro abstürzen. Ich schrieb DRINGEND in das Betreff-Feld und klickte auf Senden. Dreißig Sekunden später stand Alex Coleman in meinem Büro.

»Glaubst du, es ist ernst?«, wollte er wissen.

Alex sah schrecklich aus, an seinem Haaransatz waren raue Flecken von Schuppenflechte erkennbar, und er hatte bläuliche Ringe unter den Augen. Er hatte während der jüngsten Marktturbulenzen eine schwere Zeit durchgemacht. In Wahrheit machte er seit Jahren eine schwere Zeit durch. Ich konnte den Stand seiner Positionen an den Schweißflecken unter seinen Achselhöhlen ablesen.

»Ich weiß auch nicht mehr als das, was ich in der E-Mail geschrieben habe.«

»Hast du eine Theorie?«

»Die Hälfte der ehemaligen Sowjetrepubliken ist über diese Pipeline verärgert, und alle würden es gern sehen, wenn die Russen eins aufs Dach bekommen. Ich glaube, es ist schlimm.«

»Scheiße.«

Als er aus meinem Büro stürmte, schaltete CNN gerade zu einem Sonderbericht um. Nach ein paar Sekunden war mir klar, dass sie auch nicht mehr wussten als ich. Ich nahm den Hörer und wählte.

Zwei Stunden später hielt ich den Hörer wieder ans Ohr. Ich wartete ungeduldig, dass Dieter sich meldete. Die Private-Equity-Märkte brachen ein, der Ölpreis war gestiegen, aber niemand wusste etwas Genaues. Rashid war unerreichbar. Er hatte auf meine E-Mail geantwortet, dass er den ganzen Tag im Krankenhaus zubringen müsse, und darum gebeten, elektronisch auf dem Stand gehalten zu werden. Meine Telefonanlage blinkte wie ein Weihnachtsbaum, meine Kunden verlangten verzweifelt Informationen, und ich hatte ihnen nichts zu erzählen.

Ich stand auf, um meine verkrampften Muskeln zu lockern, und ging ans Fenster. Dicke träge Schneeflocken rieselten aus einem stahlgrauen Himmel und schmolzen, sobald sie auf dem Boden landeten. Ich hatte angefangen, den Schnee zu hassen, so wie ich angefangen hatte, alles andere an New York zu hassen. Aber Claire und ich würden niemals umziehen. Unsere Wohnung im Riverside Drive war das einzige Zuhause, das Kyle kannte – das einzige Zuhause, zu dem er zurückkehren konnte.

»Mark«, sagte Dieter. Er klang gehetzt. »Tut mir leid, aber ich kann dir immer noch nichts Neues erzählen.«

»Halt mich nicht hin«, drängte ich. »Du hast mindestens zwanzig Leute an der Sache. Irgendetwas musst du doch wissen.«

»Die Russen haben alles dichtgemacht, aber der Wind weht von Westen und wir konnten einen lokalen Korrespondenten südlich von Wyborg erreichen, bevor er in eine Straßensperre der Polizei geriet. Es ist sehr viel Rauch in der Luft. Mehr weiß ich auch nicht.«

Ich wollte ihm eine weitere Frage stellen, aber er hatte schon aufgelegt. Frustriert schlug ich mit der flachen Hand auf den Tisch.

CNN hatte mittlerweile die Aufnahmen bekommen, auf die Dieter sich in unserem ersten Telefonat bezogen hatte, und sendete sie zum circa zwanzigsten Mal. Ich betrachtete sie auf einem der Monitore auf meinem Schreibtisch. Es begann mit einer Totalen aus der Luft: gefrorene Sümpfe und die mattgrauen Gewässer des Finnischen Meerbusens. Dann ein Schwenk und ein Zoom auf den Terminal, kein bedeutender Anblick, gedrungene Kühl- und Waschtürme, flache braune Gebäude für die Kompressoren, eine antennengeschmückte zentrale Kontrollstation auf hohen Stelzen und endlose Kilometer von mattblauen Rohren und Ventilen. Wohnhäuser gab es keine – laut Angaben des CNN-Reporters pendelten die Arbeiter von Wyborg, dreißig Kilometer westlich, oder von Hamina in Finnland, dreißig Kilometer östlich, zu der Anlage. Die Kamera fuhr auf eine Gruppe hochdekorierter Würdenträger, die aus einem Gebäude traten, das aussah wie ein Speisesaal. Jacques Pripaud, Vorstandsvorsitzender der Banque Paribas, kam als einer der Ersten durch die Tür, und sein Gesichtsausdruck wirkte wie der eines Mannes, der gerade in einer russischen Kantine gegessen hat. Dicht hinter ihm folgte sein Pendant von der Deutschen Bank. Ich nahm mir einen Notizblock und drehte den Ton lauter in der Hoffnung, dass der Kommentar diesmal vielleicht weitere der unbekannten Gesichter identifizieren würde. Ich hatte bereits zweiundzwanzig Namen notiert, darunter die Vorstandsvorsitzenden der vier größten europäischen Banken, einen russischen Vizepremierminister, den Bürgermeister von St. Petersburg und den deutschen Außenminister. Die Pipeline war in Europa heftig umstritten, weil dadurch eine Energieabhängigkeit von Russland entstehen konnte, die denjenigen, die alt genug waren, sich noch an den Kalten Krieg zu erinnern, einiges Unbehagen bereitete. Alle Wirtschaftsgrößen und Politiker, die den Bau unterstützt hatten, waren erschienen, um Flagge zu zeigen.

Die Kamera folgte den Männern bei ihrem Weg über einen vereisten Parkplatz zu einem weißen Zelt mit einer Reihe von Ventilen, von denen eines mit einem vergoldeten Kontrollrad ausgestattet war. Die angeschlossene Anzeige war so klein, dass es sich bestenfalls um eine Nebenleitung handeln konnte, und überhaupt war die ganze Aktion, ein Ventil per Hand zu öffnen, reines Theater – alles an der Anlage war automatisiert. Links neben den Rohren stand ein Mikrofon, an das der stellvertretende russische Premierminister klopfte, um die Anwesenden um Ruhe zu bitten, bevor er mehrere gefaltete Zettel aus der Tasche zog und den Mund aufmachte. Dann flammte das Bild kurz orangefarben auf und wurde schwarz.

»Treffer.« Ich trommelte mit den Fingern an meine Stirn und überlegte, wen ich noch anrufen konnte. CNN hatte das letzte Bild eingefroren, was mir Zeit ließ, die kleine gelbe Einblendung in der linken unteren Ecke zu lesen, in der auf die Quelle des Bildmaterials hingewiesen wurde: EURONEWS. Normalerweise achtete ich nicht auf Fernsehreporter, erinnerte mich jedoch, dass ein Journalist, den ich kannte, vor ein paar Jahren zu Euronews gegangen war. Ich zwang mich, an gar nichts zu denken, bis der Name plötzlich auftauchte: Gavin Metcalfe. Ein Engländer, der für den *Economist* gearbeitet und gekündigt hatte, um einen Job als Produzent bei Euronews anzunehmen, weil deren Zentrale in der Nähe der französischen Alpen lag. Gavin und seine Frau waren begeisterte Skiläufer. Ich gab den Namen in mein Adressbuch ein und fand zwei Nummern, beide mit einer Vorwahl in Großbritannien. Ich drückte auf einen Knopf meiner Gegensprechanlage.

»Amy, haben Sie eine aktuelle Nummer von Gavin Metcalfe? M-e-t-c-a-l-f-e. Er hat früher in London gearbeitet, aber ich glaube, er ist jetzt in Frankreich.«

Ich hörte ihre Finger über die Tastatur klappern.

»Ich habe eine Festnetznummer von seinem Büro und eine Handynummer, allerdings beide in Großbritannien.«

»Genau wie ich. Tun Sie mir bitte einen Gefallen und versuchen Sie, ihn über die Zentrale von Euronews in Lyon zu erreichen.«

»Mach ich.«

Ich legte auf und probierte es trotzdem unter der Handynummer, weil er sie möglicherweise behalten hatte. Der Anruf wurde sofort auf eine Mailbox umgeleitet, und eine anonyme Stimme forderte mich auf, eine Nachricht zu hinterlassen. In der Hoffnung, dass die Nummer nicht neu vergeben worden war, nannte ich kurz den Grund meines Anrufs und schickte eine SMS von meinem Handy hinterher. Im selben Moment blinkte ein Licht auf meiner Telefonanlage.

»Das ist seltsam«, sagte Amy, als ich abnahm. »Da meldet sich keiner …«

»Einen Moment«, unterbrach ich sie. Mein BlackBerry klingelte. Ich warf einen Blick auf das Display und erkannte die Londoner Nummer, unter der ich es gerade versucht hatte. »Ich muss Schluss machen. Das könnte er sein.«

Ich legte den Hörer auf und nahm das BlackBerry ans Ohr. »Mark Wallace.«

»Mach ein Browser-Fenster in deinem Computer auf«, meldete sich eine Stimme. Im Hintergrund hörte man ein unidentifizierbares Rauschen.

»Gavin?«

»Unterbrich mich nicht. Ich bin in einem Auto und habe nicht viel Zeit. Du willst wissen, was mit Nord Stream ist, richtig?«

»Richtig«, bestätigte ich aufgeregt.

»Dann tu, was ich dir sage. Öffne ein Browser-Fenster und gib in der Menüzeile ein: FTP, Doppelpunkt, Doppel-Slash, euronews, Punkt, net, Slash …«

Ich tippte die etwa fünfzig Zeichen lange URL, die er mir diktierte, sorgfältig ein und unterbrach ihn mehrmals, wenn ich mir nicht sicher war, was er gesagt hatte. Gavin hatte einen unverständlichen nordenglischen Akzent, bei dem alle Vokale irgendwie gleich klangen. Schließlich trug er mir auf, Enter einzugeben, was ich tat.

»Die Seite verlangt einen Benutzernamen und ein Passwort«, sagte ich.

»Benutzername ist extérieur, alles kleingeschrieben. Passwort ist baisclarcinc. Die scheiß Franzosen machen jedes Mal Theater …«

Ich gab beides ein. Mein Schulfranzösisch reichte aus, um die pubertäre Verunglimpfung übersetzen zu können. Ich drückte auf die Enter-Taste. Im Hintergrund hörte ich ein Kind schreien.

»Ich sehe eine Reihe von Ordnern. Bist du mit der Familie unterwegs?«

»Auf dem Weg zum Flughafen. Klick den Ordner mit dem Namen Archiv an und darin dann den Ordner mit dem heutigen Datum. Darin findest du einen weiteren Ordner namens Nord Stream.«

»Erledigt.«

»Jetzt siehst du zwei Dateien, EsatIIB135542 und EsatIIC-141346, die du durch Anklicken herunterladen kannst. Sie sind umfangreich, aber unser Server ist direkt an einen Backbone-Provider angeschlossen, so dass Probleme mit der Datenmenge, wenn überhaupt, vermutlich eher bei dir auftreten.«

»Was sind das für Dateien?«

»Videos. Das erste ist das Rohmaterial, das du aus dem Fernsehen kennst. Das zweite ist etwas vollkommen anderes.«

Ich klickte auf die zweite Datei. Auch wir waren an ein schnelles Glasfaserkabel angeschlossen. Eine Dialogbox teilte mir mit, dass der Download zehn Minuten dauern würde, während die Datenübertragungsgeschwindigkeit Zahlen erreichte, die ich nie zuvor gesehen hatte.

»Gib mir einen Tipp«, sagte ich, während ich mich fragte, was zum Teufel da vor sich ging. »Ich stehe unter extremem Druck.«

»Du stehst unter Druck?«, fragte er höhnisch. »Ich hatte den ganzen Nachmittag den DGSE im Nacken.«

»Sag mir, wer der DGSE noch mal ist.«

»Die Nazis vom französischen Auslandsgeheimdienst. Kurz nachdem wir die ersten Bilder gesendet haben, sind sie aufgetaucht und haben uns einen Maulkorb verpasst. Ich bin rausgegangen, um eine Zigarette zu rauchen, und nicht wieder reingegangen. Wenn ich für die Faschisten arbeiten wollte, hätte ich einen Job bei Murdoch angenommen.«

»Und was ist die zweite Datei?«

»Überlegenswert ist, was sie nicht ist. Es ist nicht unser Bildmaterial. Wir hatten einen Kameramann und einen Reporter auf dem Boden, und wir haben sie beide bei der ersten Explosion verloren. Ich bin jetzt auf der Umgehungsstraße am Flughafen. Ich muss jeden Moment auflegen.«

Ich kritzelte *erste Explosion* in meinen Notizblock. Ich musste mich konzentrieren.

»Und wer hat das Material dann aufgenommen?«

»Unsere Satelliten-Crew ist weitergefahren, nachdem unsere Jungs plötzlich nicht mehr auf Sendung waren. Irgendjemand hat heimlich eine ihrer Frequenzen benutzt, und das Material wurde automatisch hochgeladen. Wir haben es selbst erst vor einer Stunde entdeckt.«

»Zeigen die Aufnahmen, was passiert ist?«

»Ja.«

»Ist es schlimm?«

»Im Vergleich dazu wirken die Typen, die 9/11 durchgezogen haben, wie ein Haufen dilettantischer Kids. Guck dir den ganzen Film an, bis zum Schluss.«

»Mach ich«, sagte ich und fragte mich, wie grausam die Bilder waren, die ich zu sehen bekommen würde. Blieb nur noch eine Frage. »Hat das Material sonst schon irgendjemand?«

»Nein. Ich bin bis jetzt noch nicht dazu gekommen, mir zu überlegen, wem ich es geben soll. Ich möchte, dass es verbreitet wird, aber ich will nicht, dass mein Name erwähnt wird. Hast du verstanden?«

»Du fliehst außer Landes, Gavin«, fühlte ich mich verpflichtet, das Naheliegende festzustellen. »Die werden eins und eins zusammenzählen.«

»Aber es gibt einen Unterschied zwischen Verdacht und Wissen. Hab ich dein Wort?«

»Selbstverständlich.«

»Also gut. Und noch was, Mark – ich werde einen neuen Job brauchen. Irgendwas in Dubai wäre nett. Ich hab die Nase von den verdammten Wintern voll. Kennst du dort irgendjemand?«

»Ja. Sag Bescheid, wenn ich ein paar Anrufe für dich machen soll. Und vielen Dank.«

Er legte auf, ohne sich zu verabschieden. Die Dialogbox auf dem Monitor teilte mir mit, dass ich noch sieben Minuten warten musste. In einer weiteren dringenden E-Mail an meine Kunden und Rashid teilte ich ihnen mit, dass ich möglicherweise eine Bestätigung für einen größeren Terroranschlag hätte, weitere Details würden in Kürze folgen. Der Dow-Jones-Index war um einhundert Punkte gefallen, als ich auf Senden drückte. Bis Alex und Walter kurz darauf in meinem Büro standen, schon um einhundertfünfzig Punkte, und meine Telefonanlage blinkte, als würde sie jeden Moment explodieren.

»Was zum Teufel ist da los?«, wollte Walter wissen. Er hatte das Profil eines Raubvogels – Adlernase, tiefliegende Augen und kurze weiße Haare. Ein Teil seiner Legende besagte, dass er unter Druck noch gemeiner wurde. Alex sah aus, als wäre er überfahren worden.

»Zwei Minuten«, sagte ich, verärgert über Walters Ton. Auch wenn ich dankbar für seine berufliche Unterstützung war, hatte ich mich nie an sein Gebaren gewöhnen können, als müsse die ganze Welt auf sein Wort hin springen. Ich wies mit dem Kopf auf meinen Bildschirm. »Ich habe ein Video der Ereignisse. Der Typ, von dem ich es habe, meint, es wäre schlimm. Er sagte etwas von einer ›ersten Explosion‹, was nahelegt, dass es weitere gegeben hat.«

Amy steckte erneut den Kopf durch die Tür.

»Tut mir leid«, sagte ich, bevor sie den Mund aufmachen konnte. »Ich kann jetzt mit niemandem sprechen. Für mindestens eine halbe Stunde gibt es nur E-Mail-Updates. Warten Sie.«

Die Datei war fertig heruntergeladen, und ich zog eine Kopie in den Ordner, in dem ich Dokumente aufbewahrte, auf die meine Kunden zugreifen konnten.

»Ich kopiere eine ziemlich große Datei in den öffentlichen Ordner. Sobald die Kopie abgeschlossen ist, schicken Sie Rashid und allen anderen auf dem Premium-Verteiler eine E-Mail mit der Adresse.«

»In Ordnung«, sagte sie und schloss die Tür.

»Können wir hier weitermachen?«, knurrte Walter ungeduldig.

Gereizt klickte ich auf die Datei. Mein Media Player öffnete sich, und Sekunden später flimmerten unidentifizierbare Bilder über meinen Monitor, auf der unteren Hälfte ein metallisch glänzendes Grau, auf der oberen eine verschwommene blaue Röhre. Als der Bildausschnitt sanft nach oben wanderte, erkannte ich das Objekt.

»Die Kamera ist auf einem der Waschtürme montiert«, sagte ich. »Das Objektiv war direkt nach unten gerichtet, damit niemand sie bemerkt.«

»Wessen Kamera?«, fragte Walter.

»Das wusste mein Kontaktmann nicht. Er meinte, Piraten hätten eine Sendefrequenz gekapert.«

Die Kamera fuhr mit größerer Brennweite weiter nach oben, bis am oberen Bildrand der Finnische Meerbusen zu erkennen war, und schwenkte dann nach rechts. Alex zeigte auf den Bildschirm.

»Was ist das?«

Vier Metallstützen ragten in den Himmel, die Enden schwarz und verbogen, dazwischen stiegen dunkle Rauchwolken auf.

»Der Kontrollturm«, antwortete ich entsetzt. Selbst wenn der Terminal nur im Minimalbetrieb arbeitete, musste der Turm von mindestens drei bis vier Männern besetzt gewesen sein.

Die Kamera schwenkte weiter zu dem weißen Zelt, unter dem ich zuletzt den russischen Vizepremier vor seiner Rede gesehen hatte – oder das, was noch davon übrig war.

»O mein Gott«, keuchte Alex.

Brennende Fetzen rahmten eine verkohlte rechteckige Fläche, auf der verstreute Körperteile zu sehen waren, als die Kamera näher zoomte. Einige Überlebende krochen aus grässlichen Wunden blutend auf dem Boden herum. Alex schnappte sich den Papierkorb und übergab sich. Auch mir war speiübel. Walter machte Anstalten zu gehen.

»Warte«, brachte ich heraus. »Mein Kontakt hat gesagt, ich sollte es mir bis zum Ende ansehen.«

»Warum?«

»Keine Ahnung.«

»Kannst du es nicht vorspulen?«, fragte Walter ungeduldig.

Ich klickte den entsprechenden Button an, und das Video begann in zehnfacher Geschwindigkeit zu laufen. Walter nahm, ohne zu fragen, mein Telefon und begann eine Latte knapper Befehle herunterzuleiern, während ich mit zitternden Fingern eine weitere Brand-Mail tippte. Sechs Minuten später – die einer Stunde realer Zeit entsprachen – hatten die Russen vier Militärhubschrauber und fünfzehn bis zwanzig Feuerwehrfahrzeuge auf dem Gelände, zwei weitere Helikopter kreisten in der Luft. Der Parkplatz, den ich vorher gesehen hatte, war in ein behelfsmäßiges Lazarett umgewandelt worden, in dem Dutzende von Sanitätern und Medizinern in Schutzanzügen die Verletzten versorgten.

»Stopp«, befahl Walter.

Ich hatte bereits auf den Pause-Button geklickt. In der Mitte des Bildes war plötzlich ein blassrotes X aufgetaucht, auf der linken Seite eine Zahlenkolonne in derselben Farbe.

»Lass es in halber Geschwindigkeit laufen«, sagte Walter.

Neugierig beobachtete ich, wie er sich über den Monitor beugte. Die Kamera schwenkte langsam nach rechts auf die Hubschrauber und Rettungsfahrzeuge. Walter tippte mit einem Finger auf die sich ständig verändernde Zahlenkolonne am linken Bildrand.

»Entfernung und Azimut«, erklärte er knapp. Walter war als Offizier in Vietnam gewesen, im Gegensatz zu mir, dennoch hatte ich plötzlich eine schreckliche Vorahnung, was passieren würde. »Lass es wieder in Normalgeschwindigkeit laufen.«

Die Kamera verharrte kurz auf jedem der gelandeten Hubschrauber und den Rettungsfahrzeugen, das X in der Bildmitte blinkte mehrfach. Nach jedem Blinken hinterließ es einen roten Punkt. Als die Kamera zu einer Weitwinkeleinstellung wechselte, spürte ich mein Herz im Hals pochen.

Der Schlag ließ nicht lange auf sich warten.

Alle Fahrzeuge und Hubschrauber explodierten gleichzeitig. Den Bruchteil einer Sekunde später radierte eine weitere Detonation das Behelfslazarett aus. Niemand am Boden hatte eine Chance. Alex würgte erneut.

»Granaten«, bemerkte Walter. »Einige zielgesteuert abgefeuert, andere vorher deponiert. Wahrscheinlich im Dach eines der Gebäude. Sie müssen vorausgesehen haben, wo die Rettungsteams ihr Lager aufschlagen würden. Wer zum Teufel sind diese Typen?«

Ich schüttelte benommen den Kopf, während die Kamera in den Himmel schwenkte. Das blassrote X wurde blau, ebenso wie die Zahlenkolonne am linken Bildrand. Die Kamera schwenkte weiter, bis sie den Hubschrauber in der Luft erfasst hatte, und zoomte dann näher. Das blaue X fing an zu blinken.

»Das glaube ich nicht«, sagte Walter und klang zum ersten Mal, seit ich ihn kannte, erstaunt.

Am unteren rechten Bildrand erschien ein Rauchstreifen. Der Hubschrauber ging in Flammen auf, trudelte zur Seite und stürzte ab. Ein zweiter Hubschrauber kam ins Bild, versuchte, nach Osten zu entkommen, und fiel eine Sekunde später brennend vom Himmel. Walter schlug mit den Fingerknöcheln auf meinen Schreibtisch, ich blickte schockiert zu ihm.

»Von hier aus können wir nichts machen. Wir müssen uns konzentrieren. Welche Möglichkeiten eröffnet uns das?«

Ich zwang mich, wieder auf die Monitore zu blicken, mit denen ich meine Märkte im Blick hielt. Der Dow war um fünfhundert Punkte gefallen, Öl im Front Month um acht Dollar pro Barrel gestiegen, langfristige Staatsanleihen waren auf Talfahrt, und der Euro hatte gegenüber dem Dollar um drei Prozent nachgegeben.

»Second-Month Öl shorten, Rückkauf zwei Jahre«, sagte ich, selbst erstaunt, dass mein Verstand noch funktionierte. »Die Sache hat keinen Einfluss auf die Energieversorgung, und die kurzfristige Nachfrage wird nur dann schwächer eingeschätzt werden, wenn der Markt weiter so massiv einbricht.«

»Gut«, sagte er und wandte sich an Alex. »Wie sieht es mit deinem Exposure aus?«

Alex antwortete nicht. Er starrte noch immer auf den Bildschirm. Das Bild zeigte wieder eine Totale, und die Kamera machte einen sanften Schwenk. Bis auf schwarze Rauchwolken und ein Flammenmeer am Boden war der Horizont leer.

»Alex«, wiederholte Walter scharf.

»Ich bin verkehrt herum aufgestellt«, gestand Alex wie benommen und fuhr sich mit der Hand durchs Haar. »Ich war long positioniert und bin Volatilität short.«

»Und was willst du jetzt machen?«

»Ich weiß es nicht, Dad.«

»Verstehe.« Walter machte auf dem Absatz kehrt und ging hinaus. Alex zögerte einen Moment, bevor er ihm folgte.

Ich begann, eine weitere E-Mail zu tippen, und suchte nach Worten für das, was ich gerade gesehen hatte.

3

Am späten Nachmittag war ich in einer Telefonkonferenz mit einer Gruppe von Fonds-Managern, mit denen ich dieselben Punkte besprach, die ich schon den ganzen Tag lang erörtert hatte. Meine Stimme war heiser, und während ich mir mit halbem Ohr die immer gleichen Fragen anhörte, überflog ich die Schlagzeilen auf dem Monitor, um der Nachrichtenlage einen

Schritt voraus zu bleiben. Alles, was ich wusste, stand bereits in meinem schriftlichen Bericht, doch ich hatte schon vor langer Zeit gelernt, dass die Menschen eher geneigt sind zu glauben, was man ihnen persönlich vorträgt.

»Kommt drauf an«, sagte ich auf eine Frage danach, wer für den Anschlag verantwortlich sein könnte. »Wenn die Zeremonie zum Abschluss der Bauarbeiten nur ein mögliches Angriffsziel war, bei dem es vorrangig darum ging, möglichst viele Diplomaten zu töten, wissen Sie ebenso viel wie ich. Es könnten islamische Fundamentalisten gewesen sein, die die Gelegenheit genutzt haben. Tschetschenen, die alte Rechnungen begleichen wollen, oder jede andere Terrororganisation. Wenn der Anschlag die Pipeline als solche im Visier hatte, scheint es vernünftig zu fragen, wer ein Motiv gehabt hätte. Am wenigsten glücklich über die Nord-Stream-Pipeline sind die Ukraine, Polen, die Tschechische Republik, Weißrussland und die Slowakei – die Länder, denen der Verlust von Transitgebühren droht, die sie für bereits existierende Pipelines auf ihrem Staatsgebiet kassieren, und die, was noch entscheidender ist, Gefahr laufen, zum Opfer russischer Rohstoff-Erpressungen zu werden.«

»Im Moment ist Erdgas billig«, unterbrach mich einer der Zuhörer. »Warum können die Ukrainer, Polen und all die anderen nicht einfach woanders kaufen?«

Ich unterdrückte einen Seufzer. Meine Kunden waren daran gewöhnt, mit einem Mausklick Geld um den ganzen Globus zu bewegen. Logistik war für sie ein ähnlich esoterisches Thema, wie es vor der Hypothekenkrise Mortgage Backed Securities gewesen waren.

»Erstens«, sagte ich, entschlossen, möglichst viele Missverständnisse aufzuklären, »ist Erdgas zurzeit billig, weil die Wirtschaft am Boden liegt. Und da es zurzeit billig ist, haben zahlreiche Firmen weitere Erschließungs- und Förderprojekte abgesagt. All das bedeutet, dass die Preise vermutlich in den Himmel schießen werden, sobald die Nachfrage wieder steigt.«

»Ist das eine Vorhersage, mein Freund?«, fragte eine Stimme mit australischem Akzent.

»Unbedingt. Zweitens können die ehemaligen Ostblock-Länder bei niemand anderem kaufen, weil Erdgas am wirtschaftlichsten durch Pipelines transportiert wird, und Russland ist der einzige Produzent, mit dem ihre Pipelines verbunden sind. Niemand wird in absehbarer Zeit Geld investieren, um das zu ändern, weil Pipelines teuer sind und Osteuropa kein großer Markt ist. Die Russen waren nach dem Zusammenbruch der Sowjetunion ein Jahrzehnt lang mittelbar auf die ehemaligen Ostblock-Staaten angewiesen, weil der Verlauf der bestehenden Pipelines bedeutete, dass sie die Lieferung von Erdgas nach Osteuropa nicht unterbrechen konnten, ohne auch den Nachschub für Westeuropa abzuschneiden. Die Nord-Stream-Pipeline ändert das, weil sie unter der Ostsee eine direkte Verbindung zu Deutschland schafft. Und Ukrainer, Polen und alle anderen ehemaligen sowjetischen Vasallen und Republiken, die versucht haben, zu ihren früheren Herren auf Distanz zu gehen, wissen nur zu gut, dass es schwierig ist, einen Nachbarn zu ignorieren, der einem Licht und Heizung abdrehen kann.«

»Der Sprecher der russischen Duma hat im Radio die Ukraine für den Anschlag verantwortlich gemacht«, sagte irgendjemand. »Für wie wahrscheinlich halten Sie das?«

»Russland hat die Exporte in den Westen in den letzten fünf Jahren schon zwei Mal vorübergehend unterbrochen, weil man der Ukraine wegen Streitigkeiten über den subventionierten Preis das Gas abgedreht hatte, ein Mal im Januar 2006 und ein Mal im März 2008. Die Ultranationalisten in der ukrainischen Koalitionsregierung haben damals ein paar hässliche Drohungen ausgestoßen. Damit stehen sie ganz oben auf jeder Verdächtigenliste.«

»Sie glauben also, dass sie es waren?«, wollte dieselbe Stimme wissen.

»Meiner Meinung nach ist es kurzfristig nicht so wichtig, wer es tatsächlich war. Entscheidend ist, wie die Russen reagieren. Sie werden unter enormem Druck stehen, schnell und hart zurückzuschlagen, und Geheimdienste haben, wie die Vereinigten Staaten im Irak lernen mussten, eine Art, genau die Antworten zu liefern, die die Politiker hören wollen. Das wiederum wirft die Frage auf, wie die NATO reagieren wird, wenn Russland einer ehemaligen Sowjetrepublik mit militärischen Maßnahmen droht.«

Auf meinem Bildschirm blinkte eine Nachricht von Alex auf, während zwei Teilnehmer der Telefonkonferenz anfingen, darüber zu diskutieren, wie wahrscheinlich es war, dass die Ukraine den Anschlag zumindest unterstützt hatte. Alex' Nachricht lautete knapp: *Drink?* Es war erst kurz nach vier, und ich hatte noch einen Haufen Arbeit zu erledigen. Aber ich war schon eine Weile nicht mehr mit Alex aus gewesen, und ich wusste, wie er sich fühlen musste. In den Handelsräumen gibt es keine Geheimnisse – Alex war baden gegangen. Ich zögerte kurz und tippte dann meine Antwort: *15 Minuten*.

»Ich habe Zeit für zwei weitere Fragen.«

»Was ist Ihr bester Tipp?«, fragte eine andere Stimme.

»Die fallende Terminkurve. Werfen wir einen Blick auf den Schlusskurs für Brent an der ICE ...«

Alex saß an seinem Schreibtisch und tippte irgendetwas in seinen Computer. Ich klopfte, setzte mich auf einen Stuhl und wartete, bis er fertig war. Er hatte ein frisches Hemd angezogen, sah jedoch immer noch ziemlich fertig aus. Ich war jedes Mal entsetzt, wie ausgelaugt und aufgeschwemmt er wirkte – ich hatte immer noch den schlanken, sympathischen jungen Mann vor Augen, den ich vor zehn Jahren kennen gelernt hatte, ein Wunderkind in Fragen kinetischer Marktmodelle, der mit seinem kurzen Haar und seiner schwarzen Brille eine flüchtige Ähnlichkeit mit Buddy Holly hatte und zu kurze Khaki-Hosen trug. Ich war damals einer der Top-Analysten an der Wall Street, Alex war gerade mit der Uni fertig und versuchte mit einem eigenen kleinen Fonds sein Glück. Walter, ein wichtiger Kunde, hatte mich darum gebeten, ein wenig Zeit mit ihm zu verbringen. Alex überwand meinen anfänglichen Widerstand, weil er intelligent und unterhaltsam war. Wir fingen an, uns regelmäßig auszutauschen – über die Arbeit und über andere Dinge. Weil ich meine begrenzte Zeit mit Claire und den Kindern schützen wollte, lud ich nur sehr selten berufliche Bekannte zu mir nach Hause ein, aber ich mochte Alex genug, um für ihn eine Ausnahme zu machen. Es war ein voller Erfolg. Alex verzauberte Claire mit seinem Interesse für Kunst und Musik, Kate und Kyle mit seinem Repertoire an Kartentricks und der Bereitschaft, mit ihnen Verstecken zu spielen. Ich weiß noch, dass ich damals dachte, dass er genau die Art lebhafter, intellektuell aufgeweckter junger Erwachsener war, zu dem meine Kinder, so hoffte ich, eines Tages heranwachsen würden. Claire wollte, dass ich ihn wieder einlud, damit sie ihn ein wenig mästen konnte, aber damals hatte sich Alex' Glück bereits gewendet, und der Anschlussbesuch wurde wieder und wieder verschoben, bis er irgendwann ganz vergessen wurde.

»Verdammt harter Tag«, sagte ich.

»Für eine Menge Leute.« Alex schob seine Brille nach oben und massierte die wund aussehenden Abdrücke auf seiner Nase. »Wo steht mittlerweile die offizielle Zahl der Opfer?«

»Mehr als dreihundert.« Die einzige gute Nachricht, die ich an diesem Tag erhalten hatte, war eine SMS von Gavin, dass er und seine Familie sicher in England gelandet waren.

Alex verzog das Gesicht. »Und ich sitze hier und tue mir leid, weil mir die Hosen runtergezogen wurden. Das rückt die Perspektiven schon irgendwie zurecht, was?«

Ja und nein. Eine Tragödie reduzierte Unwichtigkeiten auf ihr Normalmaß, aber ehrlicher Schmerz war schwerer zu lindern. Alex hatte von Geburt an genug Geld gehabt, um das Leben zu führen, das er führen wollte, aber das Einzige, wonach er sich wirklich sehnte, war die Anerkennung seines Vaters. Dafür arbeitete er schon, solange ich ihn kannte, und je härter er arbeitete, desto weniger bekam er sie.

»Wie übel hat es dich erwischt?«, fragte ich, weil ich dachte, dass es geringfügig weniger peinlich war, als nicht zu fragen.

»Erst ein Drink«, sagte er.

Wir fuhren mit dem Fahrstuhl in die Lobby und gingen zu Pagliacci um die Ecke, ein edles Restaurant mit Cocktail-Lounge, das um diese Tageszeit in der Regel menschenleer war. Tapeten, Servietten und Karten waren allesamt mit Clowns verziert; sogar auf den Messingständern und -haltern der Lampen waren Clownsgesichter aufgeprägt. Mich schauderte es jedes Mal, wenn ich den Laden betrat, aber Alex mochte ihn aus irgendeinem Grund. Der Barkeeper sah uns kommen und griff nach einer Flasche Stoli. Als wir uns auf die leeren Hocker an der Bar setzten, stellte er ein halbvolles Becherglas auf den Tresen und wandte sich mir zu.

»Amstel.«

Alex leerte sein Glas in drei Zügen, und der Barkeeper goss nach.

»Willst du darüber reden?«, setzte ich vorsichtig an.

»Ich möchte dich erst etwas fragen«, sagte er und starrte auf den Tresen. »Ich hab gehört, dass die Typen aus dem Büro mich hinter meinem Rücken Eddie nennen. Was hat das zu bedeuten?«

»Keine Ahnung«, sagte ich.

Walters erste Lehrlinge, die sich selbstständig gemacht hatten, waren seinem Beispiel gefolgt und hatten ihre Fonds nach einer Automarke – Mustang, Charger – benannt, und der Brauch hatte sich eingebürgert. Als Alex für kurze Zeit einen eigenen Fonds managte, nannte er ihn Torino, wie der Cobra ein Ford-Modell.

»Du könntest mir einen Gefallen tun.«

»Was denn?«

»Lüg mich nicht an.«

Ich atmete tief ein und langsam wieder aus. Als ich vor fünf Jahren drohte unterzugehen, war es Alex gewesen, der seinen Vater überredet hatte, mir einen Rettungsring zuzuwerfen. Ich stand in seiner Schuld. Ich wollte ihn nicht verletzen, aber mir blieb keine andere Wahl.

»Eddie kommt von Edsel.«

Er nickte und nahm noch einen Schluck von seinem Wodka. Der Ford Edsel war Detroits berühmtester Flop, ein mit großem Werbeaufwand angekündigtes Modell, das zum absoluten Ladenhüter wurde.

»Das ist witzig«, sagte Alex. »Der Edsel war nach Henry Fords Sohn benannt, oder?«

Ich nickte.

»Wer hat sich das ausgedacht?«

»Ich weiß es nicht.«

Er drehte sich auf seinem Barhocker, um mir in die Augen zu blicken.

»Hatte ich dich nicht gebeten, mich verdammt noch mal nicht anzulügen?«

Ich nahm mein Bier, trank einen Schluck und sah ihn fest an. Ich wusste wirklich nicht, von wem es stammte. Witze und Spitznamen breiteten sich in den Handelssälen aus wie ein Buschfeuer, und nur selten erfuhr man die Quelle. Ich wusste allerdings, dass es eine Menge Typen gab, die Alex nicht mochten, weil er der Sohn vom Boss war und weil jeder mit Alex' Erfolgsbilanz schon vor Jahren rausgeflogen wäre.

»Tut mir leid«, entschuldigte Alex sich sofort. »Ich bin irgendwie ein Wrack im Moment.«

»Mach dir keine Gedanken.«

Der Barkeeper, der eineinhalb Meter entfernt Limetten in Scheiben schnitt, hörte uns offensichtlich interessiert zu, weshalb ich vorschlug, uns an einen der Tische zu setzen. Vorher ließ sich Alex sein Glas noch mal auffüllen. Wir hatten den Laden vor nicht einmal zehn Minuten betreten, und er war bei seinem umgerechnet fünften Drink.

»Weißt du, was echt beschissen ist?«, fragte Alex, stützte die Ellbogen auf den Tisch und rieb sich die Kopfhaut.

»Was?«

»Dass es so schwer ist, ausgerechnet dir etwas vorzujammern.«

Ich lächelte. Aber er hatte Recht. Auch mir war es schon aufgefallen – in meiner Gegenwart war es den Leuten peinlich, sich zu beklagen. Beinahe egal, was ihr Problem auch sein mochte, mein Los war immer schwerer.

»Ich wünschte bloß …«

»Was?«, fragte ich, als sich seine Stimme verlor.

»Als ich Torino hatte, habe ich Fehler gemacht. Mein Dad sagt, Fehler sind ansteckend.«

Sein Fehler war es gewesen, frisch von der Uni einen eigenen Fonds zu gründen, so wie sein Vater nach seiner Zeit in der Armee Cobra aufgelegt hatte. Aber wo Walter Erfolg gehabt hatte, war Alex gescheitert, so wie es fast jedem in seinem Alter ergangen wäre. Und davon hatte sich sein Selbstbewusstsein nie wieder erholt.

»Man kann die Vergangenheit nicht ungeschehen machen«, wiederholte ich eine Wahrheit, die zu akzeptieren auch für mich ein taglicher Kampf war.

»Wohl nicht«, murmelte er. »Aber es ist wie mit dem Flügelschlag des Schmetterlings. Vielleicht wäre alles anders gekommen.«

Ich lehnte mich traurig zurück. Ich hatte so was schon öfter erlebt – Typen, die auf dem Markt rasiert worden waren und danach zwanghaft mit einem bestimmten Ereignis oder einer falschen Entscheidung haderten. Sie entwickelten die Überzeugung, dass sich alles bestens gefügt hätte, wäre da nicht dieser eine unglückliche Augenblick gewesen. Es war ein Maß an Selbsttäuschung, das ich bei Alex bisher noch nicht beobachtet hatte, und wenn er irgendjemand anderes gewesen wäre, hätte ich mein Bier ausgetrunken und wäre gegangen. Ich hatte zu viel Zeit mit betrunkenen Tradern verbracht, um auch nur einen Funken Geduld mit dieser speziellen Sorte von Selbstmitleid zu haben. Aber bei Alex war das anders. Ich sorgte mich um ihn, und sei es nur, weil er offensichtlich jemanden brauchte, der sich um ihn sorgte. Ich wollte, dass er glücklich war.

»Hör mal«, sagte ich und knuffte seine Schulter. »Darf ich ehrlich zu dir sein?«

»Selbstverständlich«, erwiderte er steif.

»Du hast in diesem Job jetzt schon seit Jahren dein Bestes gegeben. Vielleicht wird es Zeit, sich einzugestehen, dass du nicht für das Hedgefonds-Geschäft gemacht bist. Guck mich an: Ich bin intelligent, aber mir ist schon vor langer Zeit klar geworden, dass ich nicht die Konstitution habe, jeden Tag den Abzug zu drücken. Und guck dir die Leute an, die Erfolg haben – viele von ihnen reiten auf der Welle ihrem Absturz entgegen. Fünfzig Prozent des Ganzen ist Glück. Das weißt du. Warum willst du dich weiter fertigmachen?«

»Du glaubst, Profit zu erwirtschaften hätte etwas mit Glück zu tun?«, fragte er ätzend.

»Glaubst du, Glück wäre nicht wichtig?«, gab ich zurück.

»Für die meisten schon. Aber was ist mit Leuten wie meinem Vater? Denen, die nie einbrechen, die nie die Nerven verlieren?«

Während des Zusammenbruchs der Finanzmärkte hatte Walter satte Gewinne gemacht, indem er US-Bundesanleihen gehortet und Bankpapiere gnadenlos geshortet hatte. Dieser Erfolg hatte seinen ohnehin makellosen Ruf zu beinahe gottgleichem Glanz poliert.

»Die, die noch nicht eingebrochen sind, meinst du. Guck dich mal ein bisschen in der Geschichte um. Napoleon stand auch ziemlich gut da, bis er nach Moskau aufgebrochen ist. Irgendwann erwischt jeder mal ein mieses Blatt.«

Alex machte den Mund auf, würgte die wütende Erwiderung,

die ihm auf der Zunge lag, jedoch herunter und nahm noch einen Schluck aus seinem Glas.

»Du solltest dich auf den politischen Kram konzentrieren«, riet ich ihm. »In dem Bereich liegt eine große Chance für dich.«

Er schüttelte abschätzig den Kopf.

»Warum nicht?«

»Ich würde lieber Kellnerinnen vögeln«, murmelte er sarkastisch. »Das war doch der Job, den Fredo Corleone gekriegt hat, oder?«

Ich fand Alex' Haltung stur und dumm. Als Ende der neunziger Jahre eine Handvoll Kongressabgeordneter einen halbherzigen Versuch unternommen hatten, Hedgefonds nach dem Long-Term Capital Management-Desaster allgemein stärker zu regulieren, hatten Walter und sein Zirkel nach jahrelanger Gleichgültigkeit erstmals wieder nach Washington geschaut. Nachdem ihr Interesse geweckt war, stellten sie recht bald fest, dass die Politik sich nicht wesentlich von den anderen Arenen unterschied, in denen sie spielten; mit dem einen entscheidenden Unterschied, dass es hier darauf ankam, Kapital hineinzupumpen, ohne irgendwelche Regeln zu brechen, anstatt es wie gewohnt abzuziehen. Walter und seine Freunde hatten eine Menge Geld und waren sehr einfallsreich im Umgehen der Regeln. Walters neueste Strategie sah vor, dass eine vorgeblich unabhängige Initiative – Amerikaner für freie Märkte – die Großartigkeit seines Klüngels propagieren sollte, und er hatte Alex als ersten Vorsitzenden der Organisation vorgeschlagen. Wie zu erwarten, hatte Alex das Angebot als Misstrauensvotum gegenüber seinen Talenten als Trader gedeutet und war noch tiefer in Depressionen versunken.

»Du siehst das falsch«, sagte ich und wünschte, ich könnte durch die Verbitterung und Enttäuschung zu dem Alex durchdringen, den ich früher gekannt hatte. »Du könntest sehr einflussreich werden.«

Er zuckte die Achseln, leerte sein Glas und hielt es mit den

Eiswürfeln klimpernd für den Barkeeper sichtbar hoch. Wider besseres Wissen und meine Überzeugung sagte ich nichts, sondern fragte mich, ob ich Alex würde nach Hause tragen müssen.

»Apropos«, sagte er, als der Barkeeper wieder gegangen war. »Ich soll dich zu dem DASS-Lunch morgen Mittag einladen.«

DASS war die bestehende politische Organisation, ein informeller Club, den Walter und seine Schützlinge vor fünfzehn Jahren gegründet hatten, um die ersten Schritte in Washington zu koordinieren. Der wenig hochgesinnte Name war ein Akronym ihrer vertraulichen Mission: Dumme Abgeordnete und Staatskontrolleure Stoppen.

»Warum ich?«, fragte ich.

»Senator Simpson wird anwesend sein. Sein Strippenzieher Clifford White hat heute angerufen und gefragt, ob du dabei sein könntest. Der Senator will offenbar ein paar neue Gedanken zur Energiepolitik präsentieren.«

Simpson galt als früher Favorit im Rennen um die republikanische Präsidentschaftskandidatur. Ich war überrascht, dass er im aktuellen politischen Klima mit Walter und seinen Kumpanen das Brot brechen wollte, aber im rechten Licht betrachtet, war es möglicherweise ein durchaus gerissener Schachzug. Bis zu den Wahlen hatten die Zeitungen wahrscheinlich einen neuen Oberschurken gefunden, und das große Geld für die Wahlkampagnen kam schon immer von der Wall Street.

»Gibt es weitere Gäste?«, fragte ich.

»Nikolai Narimanov. White hat ihn ebenfalls eingeladen.«

Narimanov war für mich eine ungleich größere Verlockung als Simpson. Er war der reichste und erfolgreichste der russischen Oligarchen, die aus der Asche der Sowjetunion aufgestiegen waren, und hatte einen weltumspannenden Energiekonzern aufgebaut. Ich beobachtete seine diversen Firmen schon seit Jahren, hatte ihn jedoch bisher nicht persönlich kennen gelernt.

»Das ist recht ungewöhnlich, oder?«

»Ich bin bloß der Botenjunge. Ja oder nein?«

Narimanov persönlich kennen zu lernen war eine Gelegenheit, die man sich nicht entgehen ließ.

»Ja.«

»Also gut, dann.«

Wir saßen schweigend beieinander, während Alex weitertrank. Die Uhr an der Wand schlug die volle Stunde. Alex beugte sich unvermittelt vor und verschüttete Wodka auf dem Tisch.

»Sag mir«, flehte er mit belegter Stimme, »wie schaffst du es?«

»Wie schaffe ich was?«, fragte ich und erkannte, dass er jeden Moment losheulen würde.

»Nicht zu verzweifeln.«

Ich legte meine Hand auf seine, als eine Träne über seine Wange kullerte. Nach Kyles Verschwinden hatte ich Panikattacken, Anfälle stechender Brustschmerzen, die mich nach Luft ringend auf die Knie sinken ließen. Es hatte dreier verschiedener Kardiologen bedurft, um mich davon zu überzeugen, dass mir körperlich nichts fehlte. Die Heftigkeit der Attacken hat nach und nach abgenommen, obwohl ich noch immer spüre, wie meine Brust sich zuschnürt, wenn mir zu viel Arbeit oder familiäre Probleme aufgebürdet werden.

»Jeder verzweifelt. Glaub mir. Wichtig ist, einen Grund zu finden, weiterzumachen. Einen Job, der einem Spaß macht; oder eine Frau. Eine Familie ...«

»Du hattest etwas ganz Besonderes. So funktioniert das nicht für jeden.«

Ich schloss kurz die Augen, um den Schmerz abklingen zu lassen, den sein wütender Gegenschlag aufgewühlt hatte. Es stimmte, Claire und ich hatten etwas Besonderes, miteinander und mit den Kindern. Alex hingegen war das Produkt einer bitteren Scheidung, die Mutter und Sohn dem Vater entfremdet und den Grundstein für Alex' zwanghafte Fixierung gelegt hatte.

»Manchmal ja, manchmal nicht. Aber es macht mich krank

zuzusehen, wie du dich fertigmachst, weil du glaubst, du würdest Walter enttäuschen. Du bist sein Sohn. Du solltest für seine Zuneigung nicht auf Knien rutschen müssen.«

Alex rieb sich erneut die Stirn, nickte, ohne mich anzusehen, und kippte den Rest Wodka hinunter.

»Du hast Recht«, lallte er. »Ich bin sein Sohn.« Beim Aufstehen kippte er beinahe den Tisch um. »Ich muss jetzt gehen.«

»Zurück ins Büro?«, fragte ich besorgt.

»Nein.« Er wedelte vage mit der Hand. »Ich muss noch wohin. Bis morgen dann.«

Ich folgte ihm, als er aus dem Lokal auf die Straße taumelte und ein Taxi heranwinkte. Er ließ sich auf die Rückbank fallen und sackte beim Anfahren zur Seite. Ich rieb mir den Nacken und spürte die Schweißflecken unter meinen Armen. Ich hatte nicht gewusst, dass er so stark trank. Der Barkeeper starrte mich stumm an, als ich in das Restaurant zurückkehrte.

»Wie viel schulde ich Ihnen?«

»Er hat eine laufende Rechnung.«

Natürlich. Ich legte trotzdem einen Zehndollarschein für mein Bier auf den Tresen.

»Wie oft endet er in diesem Zustand?«

Der Barkeeper zuckte die Achseln. Vermutlich sprach er nur widerwillig über einen wertvollen Kunden.

»Vielleicht sollten Sie darüber nachdenken, ihm den Hahn abzudrehen.«

»Vielleicht«, erwiderte der Barkeeper. »Aber dann würde er bloß irgendwo anders hingehen. Und ich bin nicht derjenige, der ihn unglücklich macht. Haben Sie darüber mal nachgedacht?«

4

Ich ging zurück ins Büro, um mich um meine E-Mail-Korrespondenz zu kümmern und ein paar Stichworte zu dem Bericht für den kommenden Tag zu notieren. Der späte Nachmittag ist der einzige Ruhepunkt des globalen Handelstags und deshalb für mich meistens eine besonders produktive Zeit. New York ist um vier Uhr fertig, die Asiaten fangen nicht vor acht an, und Sydney und Melbourne – die einzigen um diese Zeit geöffneten Finanzzentren – sind zu klein, um nennenswerte Aktivität zu generieren. Wenn ich die blinkende Telefonanlage, die piependen Monitore mit den aktuellen Marktdaten und das permanente Hintergrundgetöse ausgelassener Wut oder Freude aus dem Handelssaal ausblende, kann ich in der Regel konzentriert arbeiten.

Aber eine Stunde später warf ich den Stift auf den Schreibtisch und gab auf. Alex ging mir nicht aus dem Sinn, und die Bilder, die ich am Morgen gesehen hatte, verfolgten mich weiter. Hunderte von Toten und jeder irgendjemandes Kind. Eine Stimme in meinem Kopf bemerkte bitter, dass diese Familien wenigstens wussten, was ihren Lieben zugestoßen war, und deshalb angemessen trauern konnten. Es war ein gehässiger, selbstmitleidiger Gedanke, und ich gab mir alle Mühe, ihn zu verdrängen, während ich meinen Aktenkoffer packte. Ich wollte zu Hause bei Claire und Kate sein.

Draußen war es kalt und dunkel, doch der Himmel war aufgerissen. Trotz der angespannten Wirtschaftslage ließ Cobra von fünf bis Mitternacht eine Reihe von Limousinen mit Chauffeur vor dem Gebäude warten, deren Benutzung er mir – in Kleinigkeiten stets großzügig – erlaubte. Ich stieg in den ersten Wagen und nannte dem Fahrer meine Adresse. Er reichte mir eine Nachmittagsausgabe der *New York Post* und chauffierte mich dann durch den dichten Verkehr. Die Explosion der Pipeline nahm die ersten zehn Seiten der Zeitung ein, und in zwei verschiedenen Artikeln wurde ich namentlich als Quelle des Nord-Stream-Videos genannt. Beide erwähnten, dass ich jeden Kommentar dazu abgelehnt hatte. Meine Zurückhaltung entsprang nicht nur dem Wunsch, Gavin zu schützen – ich hatte auch kein Interesse daran, auf dem Rücken einer Tragödie öffentliche Aufmerksamkeit einzufahren.

Es gab eine Zeit, in der ich das völlig anders gesehen hatte. Als junger Wall-Street-Überflieger war ich in meinem Drang nach Zeilen, Spalten und Minuten medialer Wahrnehmung so berechnend wie ein intriganter Politiker. Jeder Krieg, jede Naturkatastrophe, jeder Brand einer Raffinerie und jedes Tankerunglück waren für mich Gelegenheit, mein professionelles Profil zu verbreiten, indem ich im Fernsehen und in den Zeitungen darüber dozierte, was das jeweilige Ereignis für die Energie-Industrie bedeutete und was möglicherweise als Nächstes geschehen könnte. Beschämt erinnere ich mich heute daran, dass ich mir nie auch nur eine Sekunde Zeit genommen habe, Mitleid mit den Betroffenen zu empfinden, sondern vielmehr sogar noch stolz war auf meine »Objektivität«. Die eine große Lektion meines Lebens – und ich würde alles dafür geben, sie nicht so gründlich gelernt zu haben – lautet, dass wir alle verwundbar sind.

Ich legte die *Post* beiseite und rutschte nervös auf dem Sitz hin und her. Wie immer um diese Jahreszeit waren die Straßen verstopft von Vorstädtern, die den Weihnachtsbaum im Rockefeller Center und die Schaufenster mit den beweglichen Figuren in der 5th Avenue sehen wollten. Erstaunlich viele von ihnen fuhren immer noch riesige, benzinschluckende Geländewagen, und als ich auf die Abgaswolken vor dem Fenster blickte, ertappte ich mich bei der Frage, wie die Welt in fünfzig Jahren aussehen würde. Nicht bloß wegen der globalen Erwärmung – jeder in der Energiebranche weiß, dass es nicht annähernd ausreichend Öl und Gas auf der Erde gibt, um die halbwegs realistisch prognostizierte, langfristige Nachfrage zu befriedigen. Ein eigenartig offensichtliches Thema, das kaum erörtert wird, weil die Kreise, die es vielleicht ansprechen könnten, zu sehr auf das don-quijoteske Ziel reduzierten Verbrauchs fixiert sind. Die Nachfrage nach Energie schwankt mit dem globalen Sozialprodukt, aber auf lange Sicht wird keine noch so hohe Zahl von Energiesparlampen den explodierenden Verbrauch der Entwicklungsländer kompensieren können. Jeder einzelne verfügbare Tropfen Öl, jedes Erdgasmolekül wird irgendwo von irgendjemandem verbraucht werden, es sei denn, es gibt eine kostengünstigere Alternative, und je eher wir die entdecken, desto weniger schmerzhaft wird die unvermeidliche Übergangsphase. Aber egal was die Zukunft bringt, ich habe starke Zweifel, dass es dann noch so etwas wie einen Cadillac Escalade geben wird, außer vielleicht in einem Museum.

Als mein Wagen in den Central Park fuhr, rief Rashid an. Wir tauschten die rituellen Höflichkeiten aus und brachten dann ein paar ergebnislose Minuten mit dem Versuch zu, uns gegenseitig über Nord Stream auszuhorchen. Keiner von uns hatte dem anderen etwas Neues zu erzählen.

»Was hast du eigentlich für ein Interesse an der Sache?«, fragte ich. Die OPEC handelte mit Öl, nicht mit Erdgas. Und wenn ein Mitgliedsland zusätzlich auch Gas exportierte, saßen die Kunden eher in Asien als in Europa.

»Kein spezielles. Ein paar Banken aus dem Nahen Osten sind an der Finanzierungsgesellschaft für Nord Stream beteiligt. Eine von ihnen hat heute ihren Europachef verloren. Und die Führung des Königreichs wird jedes Mal nervös, wenn es irgendwo einen Terroranschlag gibt. Sie wären gern auf dem Laufenden.«

Das Königreich war Saudi-Arabien, und die Sorge durchaus verständlich. Fünfzehn der neunzehn Flugzeugentführer vom 11. September 2001 waren Saudis gewesen, eine Tatsache, die die saudische Königsfamilie extrem nervös bezüglich möglicher politischer Folgen gemacht hatte. Sie lebten in einer ungemütlichen Nachbarschaft und brauchten Amerika für ihre Sicherheit.

»Gibt es irgendeinen Grund für die Annahme, dass saudische Staatsbürger beteiligt gewesen sein könnten?«

»Nicht, dass ich wüsste«, sagte ich. »Ich muss ein Gespräch auf der anderen Leitung annehmen. Wir bleiben in Kontakt.«

Ich schob mein Handy wieder in die Jackentasche. Ich neigte dazu, seine Erklärung zu glauben. Rashids Position bei der OPEC war abhängig vom Wohlwollen der einflussreicheren Mitgliedsstaaten, was der Hauptgrund dafür war, dass er mit mir Informationen austauschte. Ich half ihm, über die Angelegenheiten seiner Auftraggeber auf dem Laufenden zu bleiben.

Als ich endlich zu Hause ankam, gab ich dem Fahrer fünf Dollar Trinkgeld, beklagte mit dem Portier für ein paar Minuten die miserable Saison der Knicks und fuhr mit dem Fahrstuhl in unser Stockwerk. Die Fahrstuhltür ist aus altem Mahagoni, eingefasst in Messing, die unteren Paneele abgestoßen und verkratzt von Generationen von Kinderwagen, Tretrollern und pubertärer Zerstörungswut. Wie immer wanderte mein Blick zu einer Delle unterhalb der Bedienungsknöpfe, die Kyle mit elf aufgeregt mit einem Baseball-Schläger hinterlassen hat. Wenn ich allein war, berührte ich die Stelle auch manchmal. Die Werbesendungen, die der Hausverwalter für mich sammelte, machten mich traurig, weil sie mich an all die Dinge erinnerten, zu denen ich mit meinem Sohn nicht mehr gekommen war – ihm beizubringen, sich zu rasieren, mit ihm Colleges zu besuchen oder ihm ein paar Scheine extra zuzustecken, damit er ein Mädchen in ein Konzert oder zu einem netten Essen einladen konnte. Aber die Delle im Fahrstuhl machte mich glücklich. An dem Morgen, an dem er sie hinterlassen hatte, hatte Kyle drei Treffer gelandet, und sein Trainer hatte ihm zur Belohnung den Spielball geschenkt. Es war ein großartiger Tag gewesen, an den ich mich gern erinnerte.

Der Fahrstuhl näherte sich unserer Etage, und ich konnte Claire Klavier spielen hören. Als die Fahrstuhltür aufging, fiel erst eine, dann kontrapunktisch eine zweite Geige ein. Wahrscheinlich spielten Claire, Kate und – wer noch? Im Flur unserer Wohnung sah ich einen NYU-Rucksack auf dem Boden und erinnerte mich plötzlich an etwas, das Claire mir vor ein paar Tagen erzählt hatte: Sie, Kate und ein Student von der NYU sollten zusammen bei einem Ferienkonzert im Memorial Sloan-Kettering Cancer Center auftreten, der Krebsklinik, in der Claire ehrenamtliche Leiterin des Kulturprogramms war. Ich hängte meinen Mantel auf und ging ins Wohnzimmer.

Der schwarze Yamaha-Stutzflügel, den ich Claire zur Hochzeit geschenkt hatte, war aus seiner Ecke in die Mitte des Zimmers gerollt worden. Claire saß beim Spielen leicht vorgebeugt auf der Klavierbank, die Schultern zurückgezogen, den Oberkörper über den Hüften ausbalanciert, die Unterarme absolut parallel zum Boden. Sowohl das Klavier als auch die Bank waren Maßanfertigungen; Claire litt unter Rückenschmerzen, wenn sie falsch saß. Ihr gegenüber standen Kate und ein großer, schlanker junger Mann asiatischer Abstammung mit Nickelbrille. Als Teenager hatte Kate ihren Babyspeck endgültig verloren, und ihr Haar war heller geworden, auch wenn sie nach wie vor Claires volle Gesichtszüge und ihren mediterranen Teint hatte, eine Verbindung, die sie leicht exotisch aussehen ließ wie eine blonde Römerin. Außerdem war sie gewachsen, überragte inzwischen ihre Mutter und war nur noch wenige Zentimeter kleiner als ich mit meinen ein Meter achtzig. Trotz ihrer Größe und ihrer schlanken, fraulichen Figur war sie mir bis vor Kurzem immer noch wie ein Kind vorgekommen. Aber irgendetwas hatte sich verändert, und das lag nicht nur daran, dass wir gemeinsam Bewerbungen fürs College ausfüllten – sie hatte eine Reife, eine neue Sicherheit und Haltung, die mir bisher nicht aufgefallen war.

Claire blickte in die andere Richtung, aber Kate sah mich und winkte mir mit dem kleinen Finger ihrer Bogenhand zu. Der Junge lächelte höflich. Ich nickte beiden zu, lockerte meine Krawatte und setzte mich auf die Couch, um ihnen zuzuhören. Sie spielten ein Violinkonzert von Bach. Wenn sie alle drei Sätze spielten, würde es noch etwa zehn Minuten dauern.

Mein Blick wanderte zu Claire zurück. Im Fahrstuhl ihr Klavierspiel zu hören hatte mich an unsere Anfangszeit erinnert. Wir hatten uns auf einer Vernissage in einer Galerie in SoHo kennen gelernt, zu der mich ein Kollege mitgeschleift hatte. Seine Freundin war die Künstlerin. Ich positionierte mich neben dem Büfett, versuchte auszusehen, als würde ich auf irgendjemanden warten, und zählte die Minuten, bis ich gehen konnte, ohne unhöflich zu wirken. Eine schlanke, dunkelhaarige Frau trat hinzu und musterte das Büfett. Sie trug schwarze Jeans, ein schwarzes T-Shirt und schwarze Ballerinas, das klassische Downtown-Outfit, karger, als ich es für gewöhnlich attraktiv fand, aber sie hatte sonnengebräunte, grazile Arme und zierliche Handgelenke. Stirnrunzelnd stemmte sie die Hände in die Hüfte und verzog das Gesicht zu einer übertriebenen Schmollmiene.

»Stimmt was nicht?«, fragte ich, selbst überrascht, sie angesprochen zu haben.

»Die Amaretto-Kekse sind weg.«

Die meisten Amaretto-Kekse waren in meinem Bauch, Opfer meiner Langeweile. Ich versuchte hastig, das Thema zu wechseln.

»Kommen Sie häufig zu Vernissagen hierher?« Eine Gesprächseröffnung von erhabener Einfallslosigkeit. Ich verzog das Gesicht.

»Ja. Ich kenne die Besitzerin. Manchmal passe ich für sie auf die Galerie auf.« Sie musterte mich kurz von oben bis unten und sah mir dann wieder ins Gesicht. Ich war direkt von der Arbeit gekommen und trug einen kastig geschnittenen Brooks-Brothers-Anzug, eine Hermès-Krawatte aus dem Duty-Free-Store und abgetretene Slipper. »Banker, stimmt's?«

»Ist das so offensichtlich?«

»Ziemlich. Außerdem ist Anna mit einem Banker zusammen«, sagte sie. Anna war die Freundin meines Freundes. »Und Sie sehen aus, als wären Sie von einem Freund der Künstlerin hergeschleppt worden.«

»Gibt es dafür ein spezielles Aussehen?«

»Es ist mehr ein spezielles Verhalten. Der deutlichste Hinweis ist, dass jemand allein am Büfett rumlungert und alle Amaretto-Kekse isst.«

Das sagte sie mit so ausdrucksloser Miene, dass ich nicht wusste, ob sie mit mir flirtete oder ernsthaft verärgert war.

»Erwischt«, erwiderte ich locker. »Wie kann ich das wiedergutmachen?«

Sie verschränkte die Arme und legte den Kopf zur Seite. »Sind Sie bloß höflich oder wollen Sie das wirklich wissen?«

Ich hatte stark den Eindruck, dass sie mich gleich auffordern würde, mich zurück an die Wall Street zu verpissen, aber ich mochte ihre direkte Art und die beiläufige Musterung, der sie mich unterzogen hatte; es gefiel mir, wie ihre schwarze Jeans tief auf ihrer schmalen Hüfte saß, also entschied ich mich für eine aufrichtige Antwort.

»Ich möchte es wirklich wissen.«

»Es gibt eine Biscotteria in der Mott Street, die nur Frischgebäck verkauft.«

Die Mott Street war in Little Italy, nur ein paar Blocks entfernt. Ich sah mich kurz um und strengte mich an, mir mein blödes Grinsen zu verkneifen. In der Galerie drängten sich die Besucher, die Vernissage war ein voller Erfolg.

»Mark Wallace«, sagte ich und bot ihr meine Hand an. »Ich glaube nicht, dass uns jemand vermissen würde. Wir könnten sofort hingehen, wenn Sie mögen.«

»Claire Rossi«, sagte sie und lächelte zurückhaltend. »Sofort wäre wunderbar.«

Ich hatte eine karge Bäckerei mit ein paar Kunststofftischen und einem Besitzer in Kochschürze erwartet, aber der Laden, zu dem sie mich führte, war ein veritabler Konditorenpalast mit

Marmortresen, einer Espressomaschine von den Ausmaßen einer Kirchenorgel und Kellnern im Frack, die Opernarien sangen. Das gesamte Personal kannte sie, und man brachte uns gleich zwei Ständchen. Es wäre peinlich gewesen, wenn sie es nicht so offensichtlich genossen hätte.

»Ich war mit dem Sohn des Besitzers auf der Julliard School«, erklärte sie, nachdem ein Mann mit einem gewaltigen Schnurrbart für uns die Toreador-Arie aus *Carmen* geschmettert hatte.

»Sind Sie Musikerin?«

»Pianistin.«

»Wollten Sie das schon immer werden?«

Sie nickte.

»Warum?«

Sie kniff fragend die Augen zusammen.

»Ich meine, gab es einen Pianisten, den Sie früher bewundert haben, hat Ihr Vater oder Ihre Mutter gespielt, hatten Sie einen großartigen Lehrer oder irgendwas?«

Sie strich ihr Haar glatt, ohne mich anzusehen. Ich hatte das Gefühl, in ein Fettnäpfchen getreten zu sein, ohne zu wissen, womit.

»Ich fände es sehr schön, wenn Sie irgendwann mal für mich spielen würden«, versuchte ich, das Gespräch wieder in Gang zu bringen.

»Für Sie?«, fragte sie mit einem Hauch ihrer vorherigen Bestimmtheit.

»Im Gegenzug mache ich irgendetwas für Sie.«

»Was denn?«

»Was immer Sie wollen.«

Sie lachte, und ich war erleichtert.

»Haben Sie irgendwelche besonderen Talente?«

»Außer Finanzberichte zu analysieren und Tabellenkalkulationen zu erstellen?«

»Genau. Abgesehen davon. Meine Tabellenkalkulationen mache ich selber.«

»Was Männer so können. Marmeladengläser öffnen, Regale aufhängen, Frühstückseier verbrennen.«

»Hmm ...« Sie nahm einen Stift aus ihrer Handtasche und kritzelte etwas auf eine Serviette, die sie mir zuschob. Dann stand sie auf. »Ich überlege es mir. Ich muss jetzt gehen. Rufen Sie mich doch mal an.«

Ich blieb, trank meinen Kaffee aus, spielte mit der Serviette und fragte mich, wie bald ich sie anrufen konnte, ohne übereifrig zu wirken. Ihr unvermittelter Aufbruch hatte mich nervös und erhitzt zurückgelassen. Ich wartete mit meinem Anruf bis zum nächsten Morgen. Wir trafen uns ein zweites und ein drittes Mal. Ich arbeitete hundert Stunden pro Woche, aber Schlaf wurde mir rasch unwichtiger als das Zusammensein mit ihr. Ich sah sie albern und zärtlich, in Tränen aufgelöst und leidenschaftlich. Aber sie bot nie an, mir etwas vorzuspielen, und ich fragte sie – sosehr ich es auch wollte – nie wieder danach, überzeugt, dass sie aus eigenen Gründen immer noch darüber nachdachte. Ihr Geschenk zum Zwei-Monats-Jubiläum unseres Besuchs in der Biscotteria war der Schlüssel zu einem Ballettstudio in Chelsea, wo sie abends arbeitete, verbunden mit dem gemurmelten Hinweis, dass sie dort, wenn die Tänzer nach Hause gegangen waren, meistens noch übte.

Am nächsten Abend verließ ich mein Büro gegen Mitternacht, nahm die U-Bahn vom World Trade Center zur 23rd Street, lief durch verlassene, von Lagerhäusern gesäumte Straßen zu einem zugigen Industriegebäude am West Side Highway. Der Klang ihres Klavierspiels hallte im Treppenhaus wider wie ein Leuchtfeuer, und mit klopfendem Herzen stieg ich ihm entgegen. Als ich die Tür zu dem Studio öffnete und sie am Klavier sitzen sah, begriff ich sofort, warum meine Frage, ob sie schon immer Pianistin werden wollte, sie erstaunt hatte. Sie war wie verwandelt und spielte mit sicheren Händen und hingerissenem Gesichtsausdruck. Sie war zur Pianistin geboren. Doch die Freude, die ihre Musik in mir auslöste, wurde von der Furcht getrübt, dass ihr innerstes Selbst in einer Welt verwurzelt war, die Nicht-Musiker wie ich nie ganz begreifen würden. Sie bemerkte mich an der Tür, und das Klavier verstummte, als sie aufstand, um mich zu begrüßen.

Auf einer Decke auf dem Holzboden schliefen wir miteinander und saßen danach in die Decke gehüllt an die Wand gelehnt in der Dunkelheit. Eine komplette Wand des Studios war verglast, und wir blickten über den Highway auf die verlassenen Docks am Hudson. Die Lichter von Hoboken schimmerten auf dem unruhigen Wasser, und die vorbeifahrenden Schlepper und Kähne sahen aus wie Spielzeugboote. Genussvoll verschwörerisch tauschten wir flüsternd kleine Geheimnisse.

»Nicht sehr«, sagte ich, als sie mich fragte, ob ich als Junge einsam gewesen sei. Wir waren beide Einzelkinder. »Ich habe ein Baseball-Spiel mit Würfeln erfunden, meine Mannschaft gegen historische Teams oder wer immer gerade in der Stadt war, um gegen die Yankees zu spielen. Ich habe Ergebnislisten und Statistiken geführt und die Regeln ständig verfeinert, damit die Wahrscheinlichkeiten realistischer wurden.«

»Klingt, als ob du einsam gewesen wärst.«

»Vielleicht«, gab ich zu. »Und du?«

»So ähnlich. Ich habe mich ständig in irgendwelchen Tagträumen verloren. Mit zwölf träumte ich davon, einen berühmten Cellisten zu heiraten. Wir würden ein Kind bekommen, ein Wunderkind an der Violine, und als Familientrio eine Konzerttournee durch Europa machen. Überall würden uns die Menschen applaudieren und Blumen auf die Bühne werfen. Ich hatte einen kompletten Tourneeplan ausgearbeitet, den ich aus einem Buch über Jenny Lind hatte, das ich mir aus der Bibliothek geliehen hatte.«

Ihre Erinnerung kristallisierte die Sorge, die auf mir lastete, seit ich die Tür des Studios geöffnet hatte: dass sie nur mit jemandem glücklich werden könnte, der ihre Leidenschaft und ihr Talent teilte. Ich hatte Angst, sie zu fragen, wovon sie heute träumte.

»Jenny Lind«, wiederholte ich, um die verlegene Gesprächspause zu überbrücken, und plötzlich fiel es mir wieder ein. »Der Schwedische Kanarienvogel?«

»Die Schwedische Nachtigall.« Sie stieß mir mit dem Ellbogen in die Rippen. »Eine der größten Sopranistinnen aller Zeiten. Kulturbanause.«

»Verzeihung«, sagte ich und spürte ihre warme Brust an meinem Arm, als ich sie abwehrte. »Und was ist mit dem Wunderkind? Junge oder Mädchen?«

»Ich konnte mich nie entscheiden. Bei einem Mädchen hatte ich Angst, es könnte hübscher sein als ich. Aber bei einem Jungen hätte ich niemanden gehabt, mit dem ich auf die Toilette gehen könnte, und die Vorstellung, in einem fremden Land allein zu gehen, hat mir Angst gemacht.«

Ich lachte, liebkoste mit den Lippen ihren Nacken und nahm schließlich all meinen Mut zusammen. »Niemand könnte hübscher sein als du. Aber du hast jetzt ein anderes Problem.«

»Und das wäre?«

»Du bist mit einem Typen zusammen, der nie etwas anderes außer einem Kazoo gespielt hat.«

Mit angehaltenem Atem wartete ich auf ihre Antwort. Sie küsste mein Gesicht und ließ ihre Hände über meinen Körper wandern.

»Vielleicht ein Junge und ein Mädchen«, sagte sie seufzend. »Beide an der Geige, damit sie zusammen üben können. Und ein Mann, der uns applaudiert und Blumen wirft.«

»Und ihnen alles über Baseball beibringt?«

Sie nickte.

»Das kriege ich hin«, sagte ich und zog sie enger an mich. »Niemand wirft Blumen wie ich.«

Eine unbehagliche Enge in meiner Brust löste sich gerade rechtzeitig zum Ende des Konzerts. Claire schlug eine bittersüße Dur-Terz an und hielt den Schlussakkord mit dem rechten Pedal, während Kate und der Junge wie ein Echo unisono den Bogen nach unten strichen. Ich wartete, bis der Widerhall verklungen war, atmete gemessen ein, stand auf und klatschte Beifall. Claire lächelte diskret in meine Richtung, bevor sie begann, ihre Noten zu ordnen, aber Kate klemmte die Geige unter den Arm, breitete dramatisch die Arme aus und verbeugte sich tief. Dann richtete sie sich grinsend wieder auf und tippte dem Jungen mit der Bogenspitze an die Brust.

»Das ist Phil«, sagte sie. »Er studiert an der NYU.« Sie wies mit dem Bogen auf mich. »Und das ist mein Vater.«

Phil rieb sich mit gespieltem Schmerz die Brust und warf Kate einen übertrieben vorwurfsvollen Blick zu, bevor er die Hand ausstreckte. Sie verdrehte die Augen und grinste ihn auf eine Art von der Seite an, die mich als Vater sofort alarmierte. Bis jetzt war ich eigentlich kaum mit Jungen konfrontiert gewesen – Kate war nicht besonders gesellig. Im Stillen machte ich mir Sorgen, sie könne sich zu eng an ihr Elternhaus gebunden fühlen, weil sie glaubte, Claire und ich würden sie brauchen. Aber als ich Phil jetzt die Hand gab, merkte ich, dass ich noch nicht komplett auf die Realität eines fremden jungen Mannes in meinem Wohnzimmer vorbereitet war – vor allem nicht auf jemanden, der älter war als Kate.

»NYU ist eine hervorragende Uni«, sagte ich. »In welchem Semester sind Sie?«

»Im zweiten Studienjahr«, antwortete er. »Gewissermaßen.«

»Phil hat zwei Urlaubssemester genommen, um zu reisen«, erklärte Kate, »aber mit den bestandenen Sonderprüfungen und einer hohen Semesterstundenzahl kann er demnächst im dritten Studienjahr einsteigen.«

Das bedeutete, er war neunzehn oder zwanzig, zwei oder drei Jahre älter als Kate. Ich wusste nicht, wie ich das fand. Der Junge wirkte durchaus nett – keine sichtbaren Tätowierungen oder Piercings und ein passabler Geiger. Ich fragte mich, womit sein Vater wohl sein Geld verdiente, bis mir auffiel, dass ich vielleicht ein bisschen voreilig war.

»Wir sind doch hier fertig, oder?«, wandte Kate sich an ihre Mutter.

»Ja«, antwortete Claire. »Das Einzige, woran du noch arbeiten musst, sind die Arpeggios im ersten Ritornello. Und die Übergänge könnten ein wenig klarer sein. Ansonsten *bravissimo.*«

»*Bella Signora*«, sagte Phil und warf ihr eine Kusshand zu. »*Grazie molto.*«

Kate lächelte und legte ihre Geige in den Kasten. »Ich geh noch ein paar Minuten raus«, sagte sie beiläufig. »Ich bin pünktlich zum Abendessen wieder da.«

»Wohin willst du denn?«, fragte Claire und blickte mit besorgter Miene von den Noten auf.

»Zu Java Joe. Phils Computer spielt irgendwie verrückt. Ich guck ihn mir mal an. Vermutlich ist die Registrierungsdatenbank durcheinandergeraten – ein fehlerhafter Cluster auf der Festplatte oder irgend so was.«

Kate war als Autodidaktin zur absoluten Computer-Spezialistin geworden, die immer genug Taschengeld hatte, weil sie sich um die Netzwerke und die Hardware unserer Nachbarn kümmerte. Und bei Java Joe trafen sich alle Teenager aus dem Viertel. Trotzdem hauchte sie Phils Namen auf eine Art, die mein unbehagliches Gefühl noch verstärkte.

»Du hast morgen Schule«, sagte Claire. »Was meinst du, Mark?«

Kate lief rot an, die Wut stand ihr ins Gesicht geschrieben, aber sie widersprach ihrer Mutter nur in Ausnahmefällen. Stattdessen sah sie mich an. Ich blickte demonstrativ auf die Uhr und runzelte die Stirn, um anzudeuten, dass ich Claires Sorge teilte. Eine der obersten Regeln für Eltern ist es, nie die Autorität des Partners zu unterminieren. Doch es war nicht das erste Mal, dass ich über diese Brücke gehen musste. Kate war siebzehn. Egal wie schwierig es für Claire oder mich sein mochte, wir mussten sie erwachsen werden lassen.

»Es ist jetzt halb sieben. Ich denke, das ist kein Problem, solange du rechtzeitig wieder zu Hause bist, um den Tisch zu decken. Sagen wir in einer Stunde?«

»Mom?«, fragte Kate.

Claire biss sich auf die Lippe und nickte. »Nimm dein Handy mit.«

»Ich bin gleich wieder da.«

Dreißig Sekunden später fiel die Wohnungstür zu, und Claire und ich waren allein. Ich ging um das Klavier und begann, die Notenständer zusammenzuklappen.

»Glaubst du, sie mag ihn?«, fragte ich, als ich das Schweigen nicht länger ertragen konnte.

Claire zuckte die Achseln, den Blick starr auf die Tastatur gerichtet.

Ich verstaute die Notenständer hinter einem Vorhang und blickte über die Baumkronen auf den Hudson. Ein Schlepper zog einen großen Frachter flussaufwärts. Claires Schweigen machte mir jedes Mal Angst. Ich wusste oft nicht, was es ausgelöst hatte, und erst recht nicht, wie lange es dauern würde. Irgendwann hellte sich ihre Stimmung unvermittelt wieder auf, als würde sie aus einer Wolke hervortreten, und dann hatten wir ein paar gute Tage, Tage, die mich daran erinnerten, wie es früher gewesen war. Aber die Wolke kehrte unweigerlich zurück.

Eine Bewegung auf der Straße riss mich aus meinen Gedanken, und ich sah Phil und Kate an der Ecke im hellen Licht einer Laterne stehen. Er berührte ihren Arm und sagte etwas, das sie zum Lachen brachte. Sie hob den Kopf, und er küsste sie.

»Ich habe auch Angst«, sagte ich und wandte mich Claire zu. »Jedes Mal, wenn sie die Wohnung verlässt. Aber Kate geht im nächsten Jahr aufs College. Es ist völlig normal, dass sie unabhängiger sein will und Beziehungen haben möchte.«

»Und was ist mit uns?«

Die Frage überraschte mich.

»Wie meinst du das?«

Claire schüttelte den Kopf und fing an zu spielen. Eine Nocturne von Chopin, op. 9, Nr. 2. Es war ein altes Lieblingsstück von ihr, das sie abends immer gespielt hatte, nachdem wir Kyle und Kate ins Bett gebracht hatten. Damals sank ich mit einem Glas Wein auf die Couch, erschöpft von der Arbeit und dem Reisen, vom Die-Kinder-Baden, Bettfertig-Machen und unzähligen Wiederholungen von »Schlaf, Kindchen, schlaf«. Hin und wieder blickte Claire beim Spielen auf, um mich anzulächeln, und ich erinnerte mich an das Angebot, das ich ihr in der Biscotteria gemacht hatte: was immer sie wollte. Für mich war es ein guter Deal gewesen, und ich hatte über mein Glück gestaunt bis zu dem Moment, in dem mir das Glück ausging. Während ich der vertrauten Musik lauschte, gingen mir ihre Worte im Kopf herum. Was war mit uns – wenn Kate weg war? Darüber machte ich mir Sorgen. Mehr als alle anderen war Kate diejenige, die die dunklen Wolken in Schach hielt.

Ich sah erneut aus dem Fenster. Kate und Phil umarmten sich immer noch. Als ich wieder zu meiner Frau blickte, ließ sie die Schultern hängen, wie sie es tat, wenn sie schmerzten. Ich hatte kurz ein schlechtes Gewissen, weil ich vergessen hatte, Blumen zu kaufen. Über Kates Beziehung zu Phil würde ich später nachdenken. Zunächst musste ich tun, was ich konnte, um Claires Schmerzen zu lindern.

5

Ich saß am nächsten Morgen in meinem Büro, vergraben im Fallout der Ereignisse des Vortags, als die Gegensprechanlage summte. Ich hatte schlecht geschlafen und war müde und gereizt.

»Was gibt's, Amy?«

»Eine Theresa Roxas ruft auf Ihrer direkten Durchwahl an.«

»Kenn ich nicht«, gab ich ärgerlich zurück, in der Annahme, dass es sich um eine Journalistin handelte. Die Presse hatte mich rund um die Uhr gejagt, um zu erfahren, aus welcher Quelle das Nord-Stream-Video stammte.

»Sie behauptet, Alex hätte Ihnen eine E-Mail geschickt, um sie anzukündigen.«

»Einen Moment.«

Ich scrollte durch das Eingangsfach meiner Mailbox. Über Nacht hatte ich mehr als hundert Mails erhalten und bisher erst ein Drittel davon durchgesehen. Tatsächlich fand sich in der Mitte der Liste eine Nachricht von Alex mit dem Betreff: THERESA ROXAS. Ich registrierte, dass sie kurz nach drei Uhr in der Frühe abgeschickt worden war, und hoffte, dass er nicht die ganze Nacht durch getrunken hatte. Meistens schaute Alex morgens kurz in meinem Büro vorbei, um Hallo zu sagen, aber es war schon nach zehn, und ich hatte ihn bisher nicht gesehen.

»Gefunden«, sagte ich und klickte die E-Mail an. »Ist Alex heute da?«

»Ich weiß nicht. Möchten Sie, dass ich nachfrage?«

Ich las kurz die Mail, ehe ich antwortete: *Theresa Roxas wird wegen wichtiger Informationen im Laufe des Tages Kontakt mit dir aufnehmen.*

Das war nach Börsengepflogenheiten nicht auffällig kurz und klang auch durchaus wie mit klarem Verstand geschrieben, aber die späte Absendezeit und die vage Erwähnung »wichtige Informationen« machten mich ein wenig argwöhnisch. Die Energiemärkte ziehen alle möglichen verrückten Verschwörungstheoretiker an, und ich bekam ständig Anrufe von Leuten, die mich unbedingt davon überzeugen wollten, dass die OPEC insgeheim von internationalen Zionisten kontrolliert wurde, oder irgendeinen ähnlich paranoiden Unsinn. Ich hatte keine Zeit an eine Verrückte zu verschwenden, die Alex in einer Bar kennen gelernt hatte.

»Ich nehme den Anruf«, sagte ich widerwillig. »Und bitte versuchen Sie, Alex für mich zu erreichen. Ich würde ihn gern kurz sprechen.«

»Mach ich.«

Ich schaltete auf die Direktleitung um.

»Miss Roxas? Hier ist Mark Wallace.«

»Theresa«, antwortete sie mit spanischer Aussprache. Im Hintergrund konnte ich Stimmen hören und nahm an, dass sie von einem öffentlichen Ort aus anrief.

»Theresa«, wiederholte ich. »Vielen Dank für Ihren Anruf. Alex hat mir in einer Mail geschrieben, dass Sie mir etwas zu sagen hätten.«

»Ja. Aber das möchte ich nicht am Telefon besprechen. Ich würde Sie lieber persönlich treffen.«

Ich rieb mir müde den Nasenrücken. Es gibt nicht allzu viele Dinge, die man nicht am Telefon besprechen kann. Vielleicht war sie immer noch in der Bar und brauchte jemanden, der die Rechnung beglich.

»Darf ich fragen, woher Sie Alex kennen?«

»Wir sind alte Freunde.«

Ich wartete, aber das war alles, was sie zu dem Thema zu sagen hatte.

»Ich habe zurzeit einen wirklich äußerst engen Terminplan«, erwiderte ich, bemüht, so etwas wie Bedauern anklingen zu lassen. »Sind Sie sicher, dass Sie mir nicht zumindest einen kleinen Hinweis geben können?«

»Kennen Sie sich mit seismischem Reprocessing aus?«

Ihre Frage erwischte mich unvorbereitet. Seit den frühen dreißiger Jahren benutzten Energieunternehmen seismische Studien – vor allem Messungen von Schallwellen durch künstlich erzeugte Erderschütterungen –, um Öl- und Gasvorkommen zu finden. Seismisches Reprocessing war ein in jüngerer Zeit entwickeltes Verfahren, bei dem man fortgeschrittene Computertechnologie nutzte, um alte Daten neu zu analysieren und dabei zuvor unentdeckte Details zu enthüllen. Es war ein Thema, von dem nicht viele Menschen wussten oder auch nur gehört hatten.

»Oberflächlich«, gab ich vorsichtig zu.

»Und Sie wissen auch, dass Aramco in den Fünfzigern und dann noch einmal in den siebziger Jahren in Ghawar ausgedehnte seismische Untersuchungen durchgeführt hat?«

Aramco war der ursprüngliche Name von Saudi Aramco, der staatlichen saudi-arabischen Ölgesellschaft. Und Ghawar war das größte Ölfeld der Saudis – das größte Ölfeld der Welt. Jetzt hatte sie meine volle Aufmerksamkeit.

»Ja.«

»Dann sollten wir uns treffen.«

Mich schwindelte, Erschöpfung wich nervöser Erregung. Die Geologie von Ghawar war eines der am besten gehüteten Geheimnisse der Energiemärkte, weil die Saudis nicht wollten, dass ihre Kapazitäten zur Ölförderung bekannt wurden. Informationen bedeuteten Macht – wenn die Preise niedrig waren, konnten die Saudis Versorgungsmängel andeuten. Wenn die Preise in die Höhe schossen, konnten sie ankündigen, die Fördermengen zu erhöhen. Mit neu analysierten seismischen Daten würde man einer realistischen Einschätzung der tatsächlichen Lage einen Riesenschritt näher kommen, weil man wissen würde, wie viel Öl das Feld ursprünglich enthalten hatte. Ich zählte stumm bis drei und zwang mich zur Ruhe. Die Wahrscheinlichkeit, dass irgendjemand, von dem ich noch nie gehört hatte, die Geheimnisse der Saudis in seinen Besitz gebracht und dann ausgerechnet mich ausgewählt hatte, um sie zu teilen, waren praktisch gleich null.

»Ich bin kein Ingenieur«, wandte ich in einem erneuten Versuch ein, sie aus der Reserve zu locken. Erfahrung hatte mich gelehrt, dass Menschen dazu neigten, offener mit einem zu reden, wenn sie glaubten, dass man das Gesagte nicht kapierte. »Wenn es um die Interpretation technischer Daten geht, brauche ich Hilfe.«

»Eine Interpretation wird nicht das Problem sein«, erwiderte sie flach. »Treffen wir uns nun oder nicht?«

Ich erkannte, dass ich am Telefon nicht mehr erfahren würde. Ich warf einen unglücklichen Blick auf meinen Computer – während unseres kurzen Gesprächs waren vier neue Mails eingegangen. Aber ich konnte es nicht riskieren, mir die Chance auf einen derart gigantischen Scoop entgehen zu lassen. Ich musste hören, was sie zu sagen hatte.

»Auf jeden Fall. Wann und wo?«

»Sofort wäre gut. Ich bin im Café Centro im MetLife-Gebäude.«

»In einer Viertelstunde«, ließ ich jede weitere Zurückhaltung fallen.

»Ich nehme bereits Platz. Der Tisch ist auf Ihren Namen reserviert.«

Mit einem Klick wurde die Verbindung beendet. Ich rief nach Amy und schnappte mir meine Tastatur. Ich wollte wissen, wer diese Theresa war, bevor wir miteinander sprachen. Google lieferte acht Treffer für »Theresa Roxas«, vier davon für die MySpace-Seite einer trägen Phillipina, die ihre Kunstfertigkeit im Baton Twirling demonstrierte. Ich versuchte es mit »Theresa« und »Roxas« und bekam 165 000 Treffer, das erste halbe Dutzend für eine katholische Schule in Mexiko. Wütend probierte ich beide Namen in Verbindung mit Begriffen aus der Ölindustrie, als Amy endlich in mein Büro kam.

»Tut mir leid«, sagte sie. »Ich habe versucht, Alex aufzuspüren. Lynn hat nichts von ihm gehört, und er geht auch nicht an sein Handy. Ich habe ihm gerade eine Nachricht hinterlassen, dass er Sie anrufen soll.«

Lynn war Alex' Assistentin und außerdem Amys Nachbarin aus Brooklyn. Sie waren Mitglieder derselben Kirchengemeinde.

»Versuchen Sie es bei ihm zu Hause, bitte«, sagte ich und wies auf das Telefon. »Kurzwahl siebzehn.«

»Der Anrufbeantworter«, verkündete Amy kurz darauf. »Soll ich eine weitere Nachricht hinterlassen?«

Ich nickte und schob frustriert die Tastatur weg, ohne etwas Nützliches erfahren zu haben. Ich zog meine Anzugjacke an.

»Ich werde mich mit dieser Roxas treffen«, erklärte ich Amy, als sie den Hörer wieder auflegte. »Versuchen Sie weiter, Alex zu erreichen. Ich möchte so bald wie möglich mit ihm sprechen.«

»Das mache ich. Und denken Sie an das Mittagessen mit Senator Simpson im Palace Hotel.«

»Scheiße.« Das hatte ich ganz vergessen. Mein Tag war schon chaotisch gewesen, bevor Theresa sich gemeldet hatte, und es sollte offenbar noch schlimmer werden. Ich schüttelte den Kopf und wollte noch einmal fluchen, als ich Amys gerunzelte Stirn sah.

»Tut mir leid. Ich habe furchtbar viel um die Ohren.«

Amy ließ den Blick auf meine Brust sinken und rückte meine Krawatte zurecht.

»Ich könnte Alex' Hausverwalter anrufen und ihn bitten, an seine Tür zu klopfen. Vielleicht hört er das Telefon aus irgendeinem Grund nicht.«

Das war behutsam formuliert, aber ich kannte Amy gut genug, um zwischen den Zeilen zu lesen.

»Sie meinen, weil er seinen Rausch ausschläft?«, fragte ich leise.

Amy nickte. »Lynn hat sich an mich gewandt. Sie macht sich Sorgen. Sie meint, irgendjemand sollte mit seinem Vater sprechen.«

Bei der Vorstellung einer Unterhaltung mit Walter über dieses Thema seufzte ich unwillkürlich.

»Wird schon im Handelssaal darüber getuschelt?«

»Noch nicht«, sagte sie, den Blick weiter gesenkt. Klatsch war Amy ebenso zuwider wie Fluchen.

»Ich komme mir vor wie ein Idiot. Ich hätte es früher merken müssen.«

»Seien Sie nicht so streng mit sich«, sagte Amy, ein wenig verlegen über ihre eigene Direktheit. »Richtig schlimm ist es erst in letzter Zeit geworden. Und man kann nicht die Probleme anderer Menschen lösen.«

»Darum sorget nicht den andern Morgen«, zitierte ich, »denn der morgende Tag wird für das Seine sorgen. Es ist genug, dass ein jeglicher Tag seine eigene Plage habe.«

»Matthäus sechs«, sagte sie und blickte überrascht und erfreut auf. »Amen.«

Es war ein Vers, den ich in der Familientherapie gelernt hatte. Nicht für den anderen Morgen sorgen könnte ich nur, wenn ich die Verantwortung für mein Leben abtreten oder aufhören würde, mich um die Menschen zu kümmern, die ich liebte. Beides schien mir keine gute Idee. Aber ich mochte Amy, und ich wusste, dass sie sich – unabhängig davon, was Matthäus dazu zu sagen hatte – Sorgen um mich machte.

»Amen«, wiederholte ich.

6

Das Café Centro ist ein großer Laden mit kunstvollen Steinfliesen und mehreren Speisebereichen, die durch Reihen brauner Lederbänke und glänzende Glasscheiben voneinander getrennt sind. Es liegt direkt neben der Grand Central Station und ist immer voll. Ich nannte dem Empfangskellner meinen Namen, und er führte mich auf einem gewundenen Kurs zu einem Tisch in der hintersten Ecke. Daran saß eine Frau Anfang dreißig und las die *Financial Times*. Sie trug eine strahlend weiße Bluse, einen engen schwarzen Rock und rauchfarbene Nylonstrümpfe. Das Haar hatte sie zu einem komplizierten Chignon hochgesteckt – einen Begriff, den ich nur kannte, weil ich Kate einmal geholfen hatte, diese Frisur zu versuchen –, und an ihrem Stuhlbein lehnte eine türkisfarbene Aktenmappe. Auf ihrer Nase saß eine feine Lesebrille. Der Gesamteindruck war der einer lateinamerikanischen Audrey Hepburn, die eine Studentin der Wharton Business School spielte. Jeder Mann in dem Lokal blickte immer wieder zu ihr hinüber. Als ich an ihren Tisch kam, ließ sie die Zeitung sinken und bot mir ihre Hand.

»Theresa Roxas.«

»Mark Wallace«, erwiderte ich leicht benommen. Von Nahem sah sie sogar noch besser aus.

Während ich mich setzte, nahm sie eine kleine silberne Kanne und goss zwei Tassen mit dampfendem Kaffee voll, ohne den Blick von mir zu wenden.

»Glückwunsch zu der Nord-Stream-Story. Ihr Name steht in allen Zeitungen.«

»Vielen Dank.«

Sie nahm ihre Tasse, pustete leicht, den Blick weiter fest auf mein Gesicht gerichtet. Ich hatte das Gefühl, dass sie darauf wartete, dass ich das weiter ausführte, und fragte mich, ob mein erster Instinkt vielleicht doch richtig gewesen war. Womöglich war sie eine Journalistin und ihre ganze Geschichte nur eine List, mich aus der Reserve zu locken.

»Verzeihen Sie, ich möchte nicht grob erscheinen«, sagte ich, »aber wenn Sie meinen Namen in der Zeitung gelesen haben, wissen Sie sicherlich auch, dass ich zurzeit unglaublich beschäftigt bin. Wenn Sie also Informationen für mich haben, wäre ich Ihnen wirklich sehr dankbar, wenn wir zur Sache kommen könnten.«

Sie hielt meinen Blick einen weiteren Moment und nippte an

ihrem Kaffee. Dann stellte sie die Tasse ab und hob die Aktenmappe vom Boden auf. Eine der Seitentaschen enthielt einen klobigen weißen iPod ohne Kopfhörer, den sie vor mir auf den Tisch legte.

Ich nahm den iPod, drehte ihn um und betrachtete mein Zerrbild auf der silbernen Rückseite. Ich drehte ihn wieder um und drückte zögernd auf den Knopf in der Mitte. Ich hatte nicht einmal gewusst, dass man auf einem iPod Daten speichern konnte – ich dachte, die Dinger wären bloß für Musik.

»Sie müssen ihn an einen Computer anschließen.«

»Klar.« Ich steckte den iPod ein und hoffte, dass ich nicht rot wurde. »Ich habe ein paar Fragen, wenn Sie nichts dagegen haben.«

»Zum Beispiel?«

Ich zögerte, unsicher, wo ich anfangen sollte. Alles an dieser Begegnung fühlte sich verkehrt an. Die überwiegende Mehrzahl der anonymen Hinweise, die ich in meiner Karriere gesammelt hatte, stammte von irgendwelchen Betrunkenen, die über ihre Wichtigkeit tönten, oder unzufriedenen Angestellten, die ihrem Arbeitgeber eins auswischen wollten. Nur in Filmen überreichten schöne Frauen in schicken Restaurants einem vertrauliche Informationen.

»Es interessiert mich immer noch, woher Sie und Alex sich kennen.«

»Ich habe nach dem College für kurze Zeit in New York gelebt und Master-Kurse an der Columbia University belegt. Alex und ich haben uns auf einer Party kennen gelernt und angefreundet.«

»Master-Kurse in was?«

»Operational Research. Ablauf- und Planungsforschung.«

Sie hatte mich erneut überrascht. OR war ein kompliziertes Teilgebiet der Mathematik, für gewöhnlich eine exklusive Sphäre für fortgeschrittene Nerds. Dem Aussehen nach hätte ich bei Theresa eher auf Hauptfach französische Literatur getippt.

»Ist das Ihr Spezialgebiet?«

»Nein. Ich habe einen Master of Science in Erdöltechnik an der Texas Tech University gemacht und anschließend für Halliburton gearbeitet. Die haben mich dann für ein halbes Jahr an die Columbia University geschickt, damit ich meine analytischen Fertigkeiten auffrische.«

»Dann sind Sie Expertin für das Reprocessing und die Analyse seismischer Daten.«

Sie zuckte die Achseln. Es war ein beeindruckender Lebenslauf, wenn er stimmte. Alex konnte vermutlich später für sie bürgen, trotzdem dachte ich mir, dass ein kleiner Test nicht schaden würde.

»Vielleicht können Sie mir helfen. Ich muss gerade eine Reihe von seismischen Studien durchgehen und bin mir nie ganz im Klaren über den Unterschied zwischen Pre-Stack-Migration und Tiefen-Migration.«

»Weil Sie kein Ingenieur sind.«

Nun war es an mir, die Achseln zu zucken. Dass ich kein Ingenieur war, bedeutete nicht, dass ich nicht ein paar Dinge aufgeschnappt hatte.

Sie schüttelte unwillig den Kopf und nippte an ihrer Tasse. »Es ist eine Frage der vertikalen Achse und der Approximation der Laufgeschwindigkeit. Jede Annahme von Strahlen innerhalb einer Vertikalebene gilt als Zeitmigration. Reicht Ihnen das oder möchten Sie, dass ich es weiter ausführe?«

Jede weitere Ausführung hätte mich glatt überfordert. Ihre Qualifikation hatte keinen direkten Bezug zu den Informationen, die sie mir gegeben hatte, aber ich spürte, wie mein Puls schneller schlug. Ihre Glaubwürdigkeit wuchs mit jedem richtigen Satz, den sie sagte.

»Das ist perfekt, vielen Dank.« Ich schenkte uns beiden Kaffee nach und tippte auf den iPod in meiner Jackentasche. »Und was werde ich darauf finden?«

»Aufbereitete seismische Daten, von Bohrbeginn an täglich dokumentierte Fördermengen nach Bohrloch, Druck an Bohrlochsohle und Bohrlochkopf, ebenfalls von Bohrbeginn bis heute, Menge des eingepumpten Meerwassers, aktuelle und historische Zahlen zum chemischen Mischungsverhältnis des geförderten Erdöls, Rotationspläne für die Bohrlöcher, Kapazitäten zur Gas-Öl-Trennung vor Ort und ein paar andere Sachen.«

»Für Ghawar?«, fragte ich perplex.

»Für jedes Ölfeld in Saudi-Arabien. Ich nehme an, Sie haben sich eben nur dumm gestellt, als Sie sagten, Sie wüssten nicht, wie man das Material analysiert, richtig? Denn auf der Festplatte finden Sie auch die offiziellen saudischen Schätzungen der eigenen Reserven, aber damit würde ich nicht anfangen. Sie sind mehr oder weniger wertlos. Es ist besser, wenn Sie Ihre eigenen Schlüsse ziehen.«

Ich war sprachlos. Jeder einzelne Satz der von ihr erwähnten Daten würde das Wissen um die saudischen Produktionskapazitäten drastisch erweitern. Zusammen genommen waren sie der Spionage-Coup eines Lebens, der ein exaktes Bild der größten und am meisten abgeschotteten Ölwirtschaft der Welt liefern würde. Es war viel, viel, viel zu gut, um wahr zu sein – und ich war lange genug dabei, um zu wissen, was das bedeutete.

»Und woher stammt das Material?«, fragte ich.

»Von einem Bekannten. Mehr kann ich Ihnen nicht sagen. Aber Alex meinte, dass Sie eine Menge Leute in der Branche kennen. Sie sollten in der Lage sein, sich genug Einzeldaten bestätigen zu lassen, um das Material selbst zu bewerten. Sie wissen schließlich auch clevere Fragen zu stellen wie die nach dem Unterschied zwischen Zeit- und Tiefenmigration.«

Ich konnte ihren Sarkasmus verstehen. Und es stimmte – ich kannte Leute. Aber der Einzige, der mir Informationen von dieser Tragweite bestätigen konnte, war Rashid.

»Können Sie mir wenigstens sagen, wie Ihr Bekannter in den Besitz des Materials gekommen ist?«

»Er – wir nehmen einmal an, es ist ein er – wurde von Saudi Aramco für ein Consulting-Projekt engagiert, bei dem er auch auf das Datenarchiv des Unternehmens zugreifen musste. Dabei hat er eine Hintertür zu dem vertraulichen Material entdeckt, ein Administrator-Passwort auf einem Server, dessen Werkseinstellung nie geändert worden war.«

Die Saudis unterhielten garantiert einen gigantischen Sicherheitsapparat, aber es war die Art Fehler, die so banal war, dass es plausibel klang. Trotzdem musste ich vorsichtig sein, denn ich wollte ihr unbedingt glauben.

»Das führt mich zu meiner nächsten Frage«, sagte ich.

»Warum Sie?«

»Warum irgendjemand? Die Saudis rasten aus, wenn diese Informationen auf den Markt kommen, und sie können sich die besten IT-Leute der Welt leisten, um herauszubekommen, woher sie stammen. Dieser Bekannte von Ihnen riskiert eine Menge Ärger. Warum sollte er das tun?«

»Er hat seine Spuren gründlich verwischt.« Sie tippte auf die *Financial Times* auf dem Tisch. »Und er liest in der Zeitung, dass Sie ein Typ sind, der den Mund halten kann. Sie können doch den Mund halten, oder? Denn eins möchte ich ausdrücklich klarstellen – ich will nicht, dass mein Name im Zusammenhang mit diesen Informationen gegenüber Dritten genannt wird. Das ist eine Sache ausschließlich zwischen uns beiden.«

»Und Alex«, ergänzte ich und fragte mich, ob es diesen Bekannten wirklich gab oder ob sie die Informationen selbst beschafft hatte.

»Und Alex. Apropos, ich würde Ihnen nur ungern meine Kontaktdaten geben. Wenn Sie mich aus irgendeinem Grund erreichen müssen, können Sie das über ihn tun.«

»Dann darf ich annehmen, dass Theresa Roxas nicht Ihr richtiger Name ist?«, fragte ich, als mir klar wurde, warum ich bei Google nichts gefunden hatte.

»Spielt das eine Rolle?«

»Nein. Aber Sie haben meine Frage nicht beantwortet. Warum sollte jemand ein solches Risiko eingehen?«

Theresa – oder wie immer sie hieß – nahm ihre Aktenmappe und ihre Zeitung und stand auf.

»Sehen Sie sich die Daten an«, sagte sie. »Ich denke, dann werden Sie es verstehen.«

7

Sobald ich auf meiner Etage aus dem Fahrstuhl trat, wusste ich, dass auf den Märkten irgendetwas im Gange war. Der Lärm auf dem Handelsparkett steigt und sinkt mit der Spannung wie das Geräusch des Windes in der Takelage eines Schiffes. Es klang noch nicht so aufgeregt, als wäre der drohende Sturm schon ausgebrochen, aber die angespannte Erwartung in den Stimmen der Händler ließ vermuten, dass alle gebannt zum Horizont starrten. Instinktiv lenkte ich meine Schritte in die Richtung, bevor ich umkehrte. Der iPod brannte ein Loch in meine Jackentasche, und ich hatte nur noch eine Stunde bis zum Mittagessen mit Senator Simpson. Was auch immer auf den Märkten passierte – oder sich anschickte zu passieren –, es würde warten müssen.

Als ich den Vorraum meines Büros betrat, legte Amy gerade mit gestresstem Blick das Telefon auf.

»Hat Alex Sie angerufen?«

»Nein. Haben Sie mit ihm gesprochen?«

»Nein. Aber er hat Lynn eine SMS geschickt und bestätigt, dass er zu dem Mittagessen kommt.«

Ich nahm mein BlackBerry aus der Tasche, weil ich dachte, dass er sich vielleicht direkt bei mir gemeldet hatte. Ich hatte einunddreißig neue E-Mails und nur eine einzige SMS, die jedoch nicht von Alex, sondern von Kate stammte: *bücherei eiskalt chaucer öde lädst du mich zu sushi und grünem tee ein?*

Kate arbeitete seit einiger Zeit ein paar Stunden die Woche in der großen Bibliothek in der 42nd Street, Ecke 5th Avenue an einem Englischreferat.

Ich beantwortete Kates SMS, *sorry heute geht nicht halt dich warm alles liebe xox*, und fragte gleichzeitig Amy: »Gibt es irgendwelche neuen Nachrichten?«

»Franzosen und Russen haben in einer gemeinsamen Erklärung angekündigt, dass sie bei der Jagd nach den Terroristen kooperieren wollen. Ihr Telefon läutet Sturm. Jeder will wissen, was Sie davon halten.«

Das ergab durchaus Sinn. Die Verbündeten der NATO unter Führung der Vereinigten Staaten hatten in der Nacht ein Kommuniqué veröffentlicht, indem sie den Anschlag auf Nord Stream verurteilten, Russland jedoch zur Zurückhaltung mahnten. Die vorhersehbare Reaktion der Russen lautete, dass die NATO sich gehackt legen solle. Schließlich hätten die USA auch keine Zurückhaltung geübt, als sie nach 9/11 in Afghanistan einmarschiert waren oder die erkennbar fadenscheinige »Koalition der Willigen« geschmiedet hatten, um Saddam zu stürzen. Und konfrontiert mit einer Gelegenheit, den Amerikanern in den Rücken zu fallen und sich in Russland einzuschmeicheln, wo französische Firmen um den Zuschlag für eine Reihe gigantischer Bauprojekte in der Öl- und Gasindustrie warben, hatte auch der Élysée-Palast wie zu erwarten reagiert. Aber nachdem Bush unseren internationalen Ruf so gründlich ruiniert hatte, konnten wir uns die Pose moralischer Überlegenheit nicht mehr leisten, was vor allem gegenüber Frankreich schon wehtat.

»Gut. Ich überfliege kurz die neuesten Nachrichten und versuche dann, so schnell wie möglich ein Statement rauszuschicken. Versuchen Sie bitte, Rashid zu erreichen. Sagen Sie ihm, dass ich ihn gern persönlich treffen würde – morgen Vormittag, wenn es geht.« Ich wandte mich meinem Zimmer zu und machte gleich wieder kehrt. »Sie wissen nicht zufällig, wie man an die Daten auf einem iPod herankommt?«

»Ein iPod?«, fragte Amy mit ratloser Miene.

»Ja.« Ich zog den MP3-Player aus der Jackentasche und zeigte ihn ihr.

»Keine Ahnung. Möchten Sie, dass ich Frick und Frack anrufe?«

Frick und Frack waren die Mitarbeiter des IT-Supports für unser Stockwerk, zwei dickliche Fünfzigjährige mit schütterem, zu identischen dünnen Pferdeschwänzen gebundenem Haar, die für die National Security Agency gearbeitet hatten, bevor sie zu Cobra gekommen waren. Walter war ein Sicherheitsfanatiker geworden, nachdem eine Guerilla-Website sich in seine Positionen eingehackt und sie veröffentlicht hatte. Er war damals short mit einer Reihe illiquider Biotech-Aktien gewesen, und die Konkurrenz hatte ihn gnadenlos bluten lassen. Frick und Frack – die eigentlich Fred Richter und Frank Ackerman hießen – waren kurz nach dem Debakel engagiert worden, um neue Sicherheitsprotokolle zu implementieren.

»Nein, ich glaube nicht«, sagte ich. »Theresa« hatte mich mit ihrer Paranoia angesteckt. Ich wollte nicht, dass irgendjemand die Daten sah, die sie mir gegeben hatte, bis ich entschieden hatte, wann – wenn überhaupt – ich sie veröffentlichen wollte.

»Können Sie mir einen Gefallen tun?«, bat ich Amy.

»Was denn?«

»Finden Sie einen Japaner, der außer Haus liefert, und bestellen Sie Sushi und grünen Tee.«

Ich hatte gerade eine Mail an meine Kunden beendet, in der ich dazu riet, Anleihen französischer Ölzulieferfirmen zu kaufen und deutsche und englische Positionen zu shorten, als Kate hereinkam. Sie trug Bluejeans, eine hüftlange dunkelblaue Wolljacke und einen hellbeigen Shetlandpulli, und ihre Nase war rot von der Kälte. Ich schickte die Mail ab und stand auf.

»Hey«, sagte ich, beugte mich über meinen Schreibtisch und gab ihr einen Kuss. »Hast du das Kabel?«

»Hast du mein Sushi?«

»Amy hat es bestellt. Es müsste jede Minute hier sein.«

»Super.« Sie streifte ihre Fleece-Handschuhe ab, nahm eine Schere von meinem Schreibtisch und machte sich an der Verpackung zu schaffen. »Das ist ein verdammt teures Pflaster hier. Ich musste neunundzwanzig fünfundneunzig für ein blödes Stück Kabel bezahlen. Das sind mit Steuern fast dreiunddreißig Dollar.«

Ich zog drei Zehner und drei Eindollarscheine aus der Brieftasche und legte sie auf den Tisch. »Und wie stellen wir das nun an?«

»Ganz einfach.« Sie legte die Schere beiseite und zog das Kabel aus der verstümmelten Plastikverpackung. »Gib mir den iPod.«

Ich reichte ihr das Gerät. Sie schnaubte verächtlich, drehte es um und studierte die mikroskopisch kleine Prägung auf der Rückseite.

»Zweite oder dritte Generation«, sagte sie und steckte ein Ende des Kabels in die Buchse an der Unterseite des iPods. »Mindestens fünf Jahre alt. Wäre ein Wunder, wenn der noch funktioniert. Die Halbwertzeit dieser Teile beträgt nur sechs Monate, was überraschenderweise genau die Zeit ist, die Apple braucht, um ein neues Modell auf den Markt zu bringen.«

Ich lächelte automatisch, während sie das andere Ende des Kabels in einen versteckten Port an der Seite meines Monitors steckte. Sie wirkte ein wenig zu munter und zu sarkastisch. Wenn Kate überdreht und scharfzüngig wurde, bedeutete das meistens, dass irgendetwas sie beschäftigte. Vielleicht wollte sie deshalb mit mir zu Mittag essen.

»Hmmm«, sagte sie und berührte die Vorderseite des iPod. »Zumindest reagiert er. Das ist schon mal gut.« Sie steckte das Geld ein, das ich auf den Schreibtisch gelegt hatte, kam auf meine Seite und fuhr das Betriebssystem des Computers hoch. »Noch besser«, sagte sie und markierte ein rechteckiges graues

Laufwerksymbol auf dem Monitor. »Einen Moment lang hatte ich befürchtet, dass wir die Daten auf einem Mac laden müssten. Einige der früheren iPods waren nicht automatisch mit Windows kompatibel.« Sie klickte zwei Mal auf das Symbol, woraufhin sich ein Explorer-Fenster öffnete und Dutzende von Ordnern mit einem Reißverschluss-Icon anzeigte.

»Und was haben wir?«, fragte ich.

»Etwa neunzig Gigabyte komprimierter Dateien«, sagte sie und klickte wahllos einige Ordner an. »Hauptsächlich Excel-Tabellen und ein paar PDFs. Am besten kopiere ich alles auf deinen Computer und de-komprimiere es dann. So hast du eine Sicherheitskopie, falls der iPod seinen Geist aufgibt.«

Ich zögerte. Mein Computer war an das Netzwerk von Cobra angeschlossen. Mein Geschäft war es, Informationen zu veröffentlichen, nicht, sie zu verstecken, deshalb hatte ich mir nie viele Sorgen über Datensicherheit gemacht.

»Kann man es stattdessen auch auf CD kopieren?«

»Nicht ohne weiteres. De-komprimiert sind die Dateien zwischen zwölf und fünfzehn Gigabyte groß, was bedeutet, dass du zwanzig bis fünfundzwanzig CD-ROMs brauchen würdest. Vielleicht kriegt man das Material auch auf drei DVDs, aber ich nehme mal an, dass du keinen Dual-Layer-Brenner hast?«

»Nicht, dass ich wüsste.«

»Möchtest du die Informationen bei dir tragen können oder machst du dir Sorgen, irgendjemand könnte schnüffeln?«

»Eher wegen des Schnüffelns«, gab ich zu.

»Ich könnte alles verschlüsseln.«

»Ist das auch effektiv?«

»O ja«, sagte sie. »Es gibt jede Menge militärisch geprüfter Verschlüsselungsprogramme. Dann musst du zwar mit einem sehr langen und willkürlichen Passwort leben, aber das kann ich dir aufschreiben, damit du es nicht auswendig zu lernen brauchst. Kleb es nur bloß nicht auf die Unterseite der Tastatur.«

»Super«, sagte ich, wie immer beeindruckt von ihrem technischen Know-how. »Wie lange wird das dauern?«

»Eine Dreiviertelstunde bis eine Stunde, je nachdem, wie schnell der iPod die Daten überträgt. Warum? Musst du irgendwohin?«

Ihre Stimme brach leicht, als sie das fragte. Irgendetwas bekümmerte sie. Wenn dieser Phil ihr wehgetan hatte, würde ich ihm einen Tritt in seinen knochigen Arsch verpassen.

»Ein Mittagessen, das ich nicht absagen kann, aber erst in einer halben Stunde. Möchtest du reden?«

Sie zog mit der Maus Dateien von dem iPod in einen neuen Ordner, den sie auf meinem Computer angelegt hatte. Ich ließ ihr Zeit und wartete.

»Ich habe heute Morgen eine Mail von Sophie Reyes bekommen.«

Ich stutzte über den unvermuteten Themenwechsel. Sophie war die Tochter einer alten Kollegin von Claire, die gemeinsam mit Kate zur Schule gegangen war, bevor Sophie mit ihren Eltern nach San Francisco gezogen war. Sie kamen jedoch nach wie vor regelmäßig zu Besuch nach New York, und Mütter und Töchter trafen sich ein oder zwei Mal im Jahr zum Mittagessen.

»Ist alles in Ordnung?«

Sie schüttelte den Kopf. Ihre Unterlippe zitterte.

»Was ist los?«, fragte ich sanft. »Was ist passiert?«

Kate räusperte sich und schlug sich eine Hand vors Gesicht. Gerade rechtzeitig, bevor die Tränen zu fließen begannen, war ich auf den Beinen und hatte sie in die Arme geschlossen.

»Schsch«, flüsterte ich. Ich wartete, bis Kate sich ein wenig beruhigt hatte, führte sie dann zu einem der Stühle vor meinem Schreibtisch, reichte ihr eine Packung Papiertaschentücher und nahm neben ihr Platz. Sie schnäuzte sich und tupfte die Tränen von ihren Wangen.

»Ich habe den ganzen Morgen überlegt, wie ich es dir sagen

soll«, begann sie erstickt. »Ich will es nicht noch schlimmer machen.«

»Sag einfach, was du sagen willst. Es mir zu erzählen, macht es bestimmt nicht schlimmer. Versprochen.«

»Sophies Mutter ist zur künstlerischen Leiterin des San Francisco Ballet berufen geworden, und Sophie hat mir geschrieben, dass sie ganz begeistert gewesen sei, als sie gehört habe, dass Mom einen Vorspieltermin für das Orchester hat.«

»Das Ballet kommt zu einem Gastspiel nach New York?«, fragte ich verwirrt.

»Nein, ich habe nachgesehen. Aber der Pianist der Kompanie geht nach dieser Saison in den Ruhestand. Sie suchen ab September Ersatz.«

Aus irgendeinem Grund fiel mir der alte Witz über die Frau ein, die im Lotto gewonnen hat und nach Hause kommt, um ihrem Mann zu sagen, er solle packen. »Was denn? Kalte oder warme Sachen?«, fragt er aufgeregt. »Ist mir doch egal«, antwortet die Frau. »Solange du schleunigst verschwindest.«

»Ich weiß nicht, was ich sagen soll«, stotterte ich. »Willst du damit andeuten, dass deine Mutter plant, mich zu verlassen?«

Kate schüttelte vehement den Kopf. Nachdem das Geheimnis heraus war, wirkte sie wieder gefasster.

»Nein. Deswegen habe ich ja auch gezögert, es dir zu erzählen, weil ich wusste, dass du vorschnell falsche Schlüsse ziehen würdest. Ich wette, Sophies Mutter hat Mom gefragt, ob sie Interesse hätte, und Mom hat Ja gesagt, ohne groß darüber nachzudenken. In gewisser Weise ist es auch ein gutes Zeichen. Es bedeutet, dass sie sich wieder für ihre Karriere interessiert. Du hast mir doch immer erzählt, wie wichtig die Karriere für Mom war, als du sie kennen gelernt hast.«

Kate versuchte, die Tatsachen zu verdrehen, um die Wucht des Schlags abzumildern. Wut wallte in mir auf und wich rasch einem Gefühl von Panik. Ich war Claire gegenüber am Abend zuvor ehrlich gewesen. Auch ich hatte Angst. Und am meisten fürchtete ich einen weiteren Verlust. Kate oder Claire. Sie waren alles, was ich hatte.

»Sie hat einen Vorspieltermin für einen Job in San Francisco, ohne es mir zu sagen. Das muss doch irgendwas zu bedeuten haben.«

»Aber nicht, dass sie dich verlassen will. Ich glaube, sie hat Angst.«

»Wovor?«

»Davor, zu viel Zeit allein in der Wohnung zu verbringen, wenn ich nächstes Jahr aufs College gehe.« Kate griff nach meiner Hand. »Dort erinnert sie alles an Kyle. Sie muss loslassen. Wirklich loslassen. New York und all die schlechten Assoziationen hinter sich lassen.«

»Hat sie dir das gesagt?«

»Nicht ausdrücklich. Mir ist vieles auch erst durch Sophies Mail klar geworden.« Kate drückte meine Hand. »Du musst mit ihr reden, Dad.«

»Und was soll ich sagen? Dass ich den plötzlichen Drang verspüre, nach San Francisco zu gehen?«

»Vielleicht.« Kate lächelte schüchtern. »Dort schneit es seltener.«

»Wie ging noch der Spruch aus dem Achtziger-Jahre-Film, den wir am Wochenende gesehen haben? ›Wohin du auch gehst, dort bist du.‹ Nach San Francisco zu ziehen würde nichts ändern.«

»Vielleicht doch, wenn du es zulässt.«

»Ich bin doch nicht derjenige, der sich an die Vergangenheit klammert, Kate.«

»Herrgott noch mal, Dad«, rief sie. »Willst du mich für dumm verkaufen? Du behandelst Mom wie eine Invalide, du hast dich mit dem Portier verschworen, Kyles Post verschwinden zu lassen, und jedes Mal, wenn wir mit dem Fahrstuhl fahren, streichst du rührselig über die Delle in der Wand. Es ist nicht bloß die Wohnung, die sie hinter sich lassen muss.«

Ich drehte mich um und sah, dass Kate mit knallroten Wangen über meinen Schreibtisch gebeugt stand.

»Du denkst also, sie sollte mich verlassen?«, fragte ich, überwältigt von dieser Attacke.

»Nein. Kapierst du es nicht? Nicht von dir muss sie wegkommen, sondern von deiner zwanghaften Fixierung darauf, was mit Kyle passiert ist.«

Ich hatte das Gefühl, meine Brust würde platzen.

»Wie sollte ich nicht darauf fixiert sein? Ich bin derjenige, der an dem Abend nach London geflogen ist, um irgendeine blöde Rede zu halten. Ich hätte zu Hause sein sollen …«

»Stimmt. Du hättest da sein sollen. Und wenn du da gewesen wärst, wärst du wahrscheinlich mit Kyle zur Videothek gegangen, und es wäre nichts passiert. Aber vergiss nicht, dass ich diejenige war, die den Film sehen wollte, und Yolanda hat ihn überspielt, und Mom war diejenige, die Kyle allein hat gehen lassen, und Kyle war derjenige, der darauf bestanden hat. Es war der Fehler von uns allen. Wir haben alle Schuld, und wir müssen alle darüber hinwegkommen.«

Ich wandte mich zum Fenster und versuchte, mich zu beruhigen.

»Keiner von uns wird je vergessen, was geschehen ist«, fuhr Kate fort. »Das ist eh klar. Aber wenn du nicht wenigstens versuchen kannst, die Vergangenheit hinter dir zu lassen – über deine Schuld hinwegzukommen und Mom zu helfen, über ihre hinwegzukommen –, dann hast du Recht, denke ich. Dann wird Mom dich verlassen.«

8

Ich war spät dran, als ich schließlich mit Kates Worten im Ohr zu dem Mittagessen aufbrach. Während ich in nördlicher Richtung die Park Avenue hinunterging, presste ich eine Hand fest gegen mein Brustbein, um den Schmerz zu lindern, so wie ein Jogger einen Krampf bekämpft. Ein weiteres Mantra, das ich in der Familientherapie gelernt hatte, lautete: Du kannst nur so viel tun, wie du tun kannst. Ich hatte das immer so gedeutet, dass man seine Lieben nicht vollkommen beschützen konnte, egal, wie sehr man sich auch bemühte. Nun kam mir zum ersten Mal der Gedanke, dass die Begrenzung vielleicht in mir selbst liegen könnte. Vielleicht gelang es mir nicht, den Schmerz meiner Frau zu lindern, weil ich mein verschwundenes Kind nicht loslassen konnte.

An der Ecke 47th Street kam mir eine junge Asiatin in Kates Alter entgegen, hielt mir ein Flugblatt zu Tibet hin und fragte mich höflich, ob ich bereit sei, eine Mail an meinen Kongressabgeordneten zu schicken. Sie wirkte verlegen, als ich sie direkt ansah, womöglich erkannte sie, wie aufgewühlt ich war, aber ich strengte mich an zu lächeln und nahm das Flugblatt entgegen. Ich weiß, wie bitter es ist, ignoriert zu werden, wenn man versucht, die Aufmerksamkeit auf ein Thema zu lenken, das einem verzweifelt am Herzen liegt.

Unmittelbar nach Kyles Verschwinden verschlang ich fieberhaft alles an Büchern und Artikeln über vermisste Kinder, um so viel wie möglich darüber zu erfahren, wer sie entführte, was mit ihnen geschah und – am wichtigsten – wie sie gefunden wurden. Es gibt eine ganze Wagenladung von Literatur zu dem Thema und zahllose bemitleidenswerte Organisationen und Hilfsgruppen. Die Hauptregel lautet, das Verschwinden so breit wie möglich bekannt zu machen und die Hilfe der Öffentlichkeit zu mobilisieren. Die Polizei hatte überall in unserem Viertel Plakate mit der Bitte um Hinweise aufgehängt, und am Morgen nach Kyles Verschwinden hatten die Lokalnachrichten mit der Geschichte aufgemacht, in den Tagen danach gefolgt von einer Reihe kleinerer Berichte und Artikel in den Zeitungen. Aber in einer Stadt von der Größe New Yorks passieren ständig schlimme Dinge, und ein paar Nachrichtenzyklen weiter war Kyle in der Masse vergessen. In dem verzweifelten Bemühen, das Gesicht meines Sohnes für möglichst viele Menschen gegenwärtig zu halten, kaufte ich eine Reihe verboten teurer Anzeigen in der *New York Times* und der *New York Post*. Aber als ich am Tag sieben mit der U-Bahn vom One Police Plaza nach Hause fuhr, fiel mir auf, dass nur eine Handvoll Passagiere überhaupt Zeitungen lasen und dass mindestens ein Drittel dieser Zeitungen in anderen Sprachen als Englisch waren. Mir kam der Gedanke, dass Millionen Menschen nur eine kurze Zugfahrt entfernt lebten, ohne je eine Ahnung davon zu haben, wie mein Sohn aussah – oder auch nur, dass er verschwunden war –, unabhängig davon, wie viele Viertelseiten-große Anzeigen ich schaltete.

Am nächsten Morgen ließ ich von der Arbeitsvermittlung der Columbia University ein Angebot aushängen, in dem ich Studenten mit Fremdsprachenkenntnissen, die bereit waren, Plakate zu kleben und Flugblätter zu verteilen, einen guten Stundenlohn anbot. Ich engagierte fünfundzwanzig Teams von jeweils zwei Personen, weil ich darauf bestand, dass die Studenten aus Sicherheitsgründen immer zu zweit unterwegs waren. Die meisten von ihnen versuchten, das Geld zurückzuweisen, als ich ihnen erklärte, was ich wollte, aber ich drängte sie, es anzunehmen. Das war nur fair. Wir erstellten zweisprachige Versionen des Polizeiplakats auf Spanisch, Kantonesisch, Russisch, Koreanisch, Bengalisch, Arabisch, Urdu, Portugiesisch und einem Dutzend anderer Sprachen und schwärmten anhand eines nach Ethnien unterteilten Stadtplans, den ich im Internet gefunden hatte, mit der U-Bahn aus.

Zu der Zeit waren Claire und ich bereits in der Familientherapie. Ich sprach über meine Arbeit mit den Studenten – darüber, wie viel besser ich mich fühlte, weil ich aktiv etwas unternahm und täglich Fremde traf, die mit uns um unseren Verlust weinten und versprachen, alles in ihrer Macht Stehende zu tun, um uns zu helfen. Claire war damals in schlechter Verfassung und schwankte zwischen unkontrollierbaren Weinkrämpfen und beinahe katatonischen Phasen. Kate sagte, dass sie mit mir kommen wolle. Zunächst zögerte ich, weil sie noch so jung war, aber der Therapeut ergriff ihre Partei und wies darauf hin, dass sie unabhängig von ihrem Alter genau wie ich das Bedürfnis empfand, etwas für Kyle zu tun. Also erlaubte ich ihr, mich nach der Schule auf kurzen Ausflügen und an den Wochenenden auf etwas längeren Fahrten zu begleiten. Bald nahm ich sie so häufig mit, wie ich nur konnte.

An der Ecke 48th Street und Park Avenue, etwa hundert Meter hinter dem asiatischen Mädchen, stand ein Papierkorb. Aus Gewohnheit blickte ich hinein und sah einen Haufen zerknüllter Flugblätter, was mich nicht überraschte. Neunzig Prozent der Flugblätter, die ich verteilt hatte, waren ebenfalls im nächsten Mülleimer gelandet. Das wusste ich, weil ich nachgesehen hatte. Manchmal ließ es mich verzweifeln. Aber wenn einem etwas wirklich wichtig ist, kann man unmöglich nicht alles tun, was in der eigenen Macht steht, und sei es nur, um die eigene Hoffnung am Leben zu halten. Ich faltete das Flugblatt und steckte es ein. Eine E-Mail war nicht zu viel verlangt.

Als der Sommer nahte und wir jedes Viertel der Stadt schon zwei Mal durchkämmt hatten, blieben die Studenten nach und nach weg. Aber Kate und ich machten weiter. Das Verteilen der Flugblätter war zu einem Akt der Solidarität geworden, zwischen uns beiden und für Kyle. Unser Aktionsradius wurde immer weiter, wir klebten Plakate und verteilten Flugblätter in Westchester, Connecticut, und New Jersey. Wir fuhren sogar bis nach Boston und Washington. Unterwegs unterhielten wir uns im Auto über ernste und unernste Dinge. Und wenn wir nicht redeten, lauschten wir Hörbüchern, verfolgten die Geschicke der New Yorker Sportteams im Radio oder lösten Kreuzworträtsel, wobei Kate die Hinweise immer laut vorlas. Diese gemeinsam verbrachte Zeit war wie ein Geschenk, das Einzige, was mich davor bewahrte, verrückt zu werden.

Irgendwie waren achtzehn Monate verstrichen. Alex lud mich zum Mittagessen ein, erfuhr, dass ich kurz vor finanziellen Engpässen stand, und sorgte dafür, dass Walter mir einen Job anbot. Wenig später hatte Yolanda – die andere funktionierende Erwachsene in unserem Haushalt – verkündet, dass sie in die Dominikanische Republik heimkehren müsse, um ihre Schwester zu pflegen. Bis dahin war es mir gelungen, meine Zeit zwischen den Flugblattmissionen und Claire einigermaßen gerecht aufzuteilen, aber das wurde mit meinem neuen Job schwieriger. Ich schränkte die Verteilung von Flugblättern ein, weigerte mich jedoch, sie ganz aufzugeben. Das hätte bedeutet, sich abzufinden. Claire hatte angefangen, ehrenamtlich im Sloan-Kettering-Center zu arbeiten, und Kate und ich nutzten die Zeit, die sie im Krankenhaus verbrachte, um in der Nachbarschaft weiter unsere Runden zu drehen. Irgendwann begann Kate, sich unter Vorwänden zu entschuldigen, bis ich eines Tages begriff, dass sie genug hatte. Sie war jetzt dreizehn und hatte ihre eigenen Interessen. Ich konnte entweder allein weitermachen und noch weniger Zeit mit Claire und Kate verbringen oder aufhören. Ich hörte auf. Es war eine der schwersten Entscheidungen meines Lebens, weil es sich anfühlte wie ein Vertrauensbruch, was mein Schamgefühl noch verstärkte.

Beim Betreten des Palace Hotels wurde ich von einem livrierten Portier empfangen. In der Mitte der prachtvollen Lobby stand ein rundes rotes Sofa. Ich setzte mich, um mich einen Moment auszuruhen, bevor ich in den Speisesaal ging. Ich hatte aufgehört, Flugblätter zu verteilen, weil es das Richtige war für die Familie, die mir geblieben war. Nun wurde es Zeit, dass ich auch aufhörte, mir selbst etwas vorzumachen. Ich würde Kyles Post stoppen, meine einsame Wacht am Fenster meines Büros einstellen und nach San Francisco ziehen, wenn Claire wollte, dass ich mit ihr kam. Und ich würde meine Scham verbergen. Ich schloss die Augen und versuchte, ruhig zu atmen. Mein Sohn war tot. Claire und Kate lebten. Für sie musste ich stark sein.

9

Ich meldete mich bei einem düster dreinschauenden Sicherheitsbeamten in Zivil zum Lunch an. Nachdem er gründlich meinen Ausweis studiert hatte, gewährte er mir Zutritt zu der geschlossenen Gesellschaft, vor der Senator Simpson sich verbreiten sollte. Versammelt war sie in einem langen schmalen Raum mit hoher Decke, getäfelt mit dunklem Mahagoni und erleuchtet von schweren Kristalllüstern – eine traditionelle New Yorker Kulisse wie aus einem Roman von Edith Wharton. Etliche der bereits um den riesigen ovalen Tisch sitzenden Gäste blickten in meine Richtung, als ich eintrat. Bis auf das Ambiente erinnerte nur die Tatsache, dass alle Anwesenden männlich waren, an ein Politiker-Lunch der vorletzten Jahrhundertwende. Abgesehen davon waren die Gäste zu jung, zu leger gekleidet und ethnisch zu bunt gemischt. Es war eine typische Zusammenkunft von Hedgefonds-Managern, hyperkinetische Vierzigjährige mit blauen Jacketts, offenem Hemdkragen und 10 000-Dollar-Armbanduhren, im Schoß ein BlackBerry, auf das sie immer wieder hektisch schielten. Seit meinem letzten Lunch mit der Organisation war die Gruppe deutlich geschrumpft. Die Überlebenden wirkten gealtert, aber ungebrochen.

Ich nickte knapp und entdeckte dann Alex am anderen Ende des Raumes. Der Stuhl neben ihm war frei. Als ich mich setzte, erhob Walter sich gerade und klopfte mit einem Buttermesser an sein Glas. Er war wie immer makellos gekleidet in einem Savile-Row-Anzug und einer diskreten Clubkrawatte.

»Alles in Ordnung?«, fragte ich Alex flüsternd.

Er legte einen Finger auf die Lippen und wies auf seinen Vater, ohne mich anzusehen. Er roch nach abgestandenem Alkohol.

Ich strengte mich an, meine Probleme mit Claire beiseitezuschieben und mich auf Alex zu konzentrieren. »Ich habe heute Morgen deine Freundin Theresa getroffen. Wir müssen uns unterhalten.«

Walter klopfte noch einmal lauter an sein Glas und blickte stirnrunzelnd in meine Richtung. »Wenn ich um Ihre Aufmerksamkeit bitten dürfte«, sagte er. »Und wenn das Servicepersonal den Raum jetzt bitte verlassen würde.«

Ich lehnte mich ungeduldig zurück, während ein Dutzend Kellner im Frack aufhörten, das Besteck zu richten, und aus dem Salon eilten. Das Essen stand bereits auf dem Tisch – ein kalter Meeresfrüchtesalat für die meisten Anwesenden sowie für einige wenige eine Alternative. Das koschere Gericht war auf Einweg-Tellern und in Zellophanpapier verpackt serviert worden wie Blumenbouquets von einem teuren Floristen.

»Meine Herren«, sagte Walter, »wir haben heute eine Reihe von Gästen, die ich Ihnen alle nicht ausführlich vorstellen muss. Neben meinem Sohn sitzt unser Spätankömmling, Mr Mark Wallace.«

Ich winkte knapp und vermutete, dass Walter meinen Namen nur erwähnt hatte, um mich für meine Verspätung zu tadeln. Er war geradezu zwanghaft pünktlich. Einige Gäste applaudierten und gratulierten mir mit einem erhobenen Daumen zu meinem Nord-Stream-Coup.

»Zu meiner Linken Mr Nikolai Narimanov.«

Ein interessiertes Raunen ging durch den Raum, selbst die blasiertesten Hedgefonds-Manager blickten von ihren BlackBerrys auf. Narimanov, ein kräftig gebauter Mann Ende fünfzig, trug einen schlichten schwarzen Rollkragenpullover und eine teuer aussehende Lederjacke. In dieser Runde war er ein Unikum – er kam nicht aus der Finanzwelt, war jedoch genauso wohlhabend und erfolgreich wie alle anderen um den Tisch Versammelten, und hatte sein Geld in der realen Welt verdient wie die Industriemagnaten, die die amerikanische Wirtschaft zu der Zeit beherrscht hatten, als Wharton ihre Romane schrieb. Ich hatte schon seit Ewigkeiten auf eine Gelegenheit gewartet, ihn kennen zu lernen. Er saß regungslos da und ließ die musternden Blicke ungerührt über sich ergehen.

»Zwei Plätze rechts von mir«, fuhr Walter fort, »der ehemalige stellvertretende Handelsminister, Mr Clifford White.«

Man konnte regelrecht spüren, wie die Temperatur im Raum absackte. White – der Wahlkampfmanager von Senator Simpson – war Anwalt und politischer Strippenzieher, exakt der Typ Washingtoner Hinterzimmer-Politiker, den Hedgefonds-Manager verachteten. Ein einziges Mal hatte er eine gewisse Prominenz erlangt, als ein demokratisches Mitglied des Bankenausschusses bei der Senatsanhörung vor seiner Berufung in das Kabinett von Papa Bush ätzend gefragt hatte, wie viele Steine die Mehrheitspartei habe umdrehen müssen, ehe sie Simpson gefunden hätte. Der folgende Tumult hatte ihn kurz in den Rang eines republikanischen B-Promis katapultiert. White lächelte schmallippig.

»Und schließlich rechts neben mir unser heutiger Ehrengast, Senator Joseph Simpson.«

Mit einem Nicken nahm der Senator den zögernden Applaus entgegen. Die meisten Wall-Street-Konservativen sind im Grunde Freigeister, denen die Lippenbekenntnisse zu den christlich-moralischen Werten, zu denen Simpson und alle anderen republikanischen Kandidaten sich genötigt fühlten, gegen den Strich gehen. Da sie jedoch bis ins Mark pragmatisch waren, wussten die versammelten konservativen Fonds-Manager auch, dass ein Kandidat wie Simpson – der wie Reagan freie Märkte und minimale Steuern propagierte – ungeachtet seines abschreckenden Gewäschs über familiäre Werte wahrscheinlich die beste Wahl war, auf die sie hoffen konnten. Der Applaus erstarb schlagartig, als sich nicht Simpson, sondern White erhob.

»Ein kleiner Hinweis, bevor der Senator zu Ihnen spricht«, begann White. Irgendjemand links neben mir ließ hüstelnd das Wort »Idiot« vernehmen, so laut, dass er sich einen tadelnden Blick von Walter einfing. Ein paar Leute lachten. White räusperte sich verärgert.

»Senator Simpson möchte, dass Sie die heutige Zusammenkunft als ein Arbeitsessen betrachten. Zu diesem Zweck möchte er einige politische Positionen ausführen, die er bisher noch nicht öffentlich vertreten hat, und verlässt sich dabei auf Ihre Diskretion ...«

Blablabla. Senator Simpson schickte sich an, den Typen, die das wirklich große Geld für seinen Wahlkampf mobilisieren konnten, in den Arsch zu kriechen, und er wollte, dass sie wussten, dass er sich ihnen insgeheim stärker verbunden fühlte, als er das in der Öffentlichkeit je sagen konnte. Ich spürte, wie sich Widerwillen aufbaute. White versuchte, einen Raum voller Typen für dumm zu verkaufen, deren wichtigste Fähigkeit darin bestand, die Dinge zu sehen, wie sie waren, und entsprechend zu handeln. Als ich den Blick schweifen ließ, bemerkte ich, dass Narimanov in meine Richtung sah. Er nickte kaum merklich. Ich erwiderte sein Nicken und fragte mich, ob er wusste, wer ich war. Es ist ein seltsamer Aspekt meines Berufs, dass ich die Menschen, die mit meiner Arbeit am besten vertraut sind, häufig gar nicht persönlich kenne. Früher, als ich noch einen größeren Verteiler hatte, war ich ständig Leuten begegnet, die mich wie einen engen Bekannten begrüßten und eifrig intellektuelle Debatten erörtern wollten, von denen ich gar nicht wusste, dass ich an ihnen teilgenommen hatte. So anstrengend das auch sein konnte, war es trotzdem ungemein nützlich, um das Eis zu brechen. Insofern wäre es durchaus hilfreich, wenn Narimanov sich als einer meiner treuesten Fans entpuppen sollte. Wie alle anderen in meiner Branche war ich eher dürftig über Russland informiert und konnte eine Top-Quelle gut gebrauchen.

»Und jetzt«, sagte White in dem missglückten Versuch, einen Boxring-Ansager zu imitieren, »der geschätzte Senator des großartigen Staates Wyoming und so Gott will zukünftige Präsident der Vereinigten Staaten von Amerika, Senator Joe Simpson.«

White wandte sich Simpson zu und begann begeistert zu applaudieren. Sein Beifall verhallte in dem ansonsten stillen Raum, so dass er es nach einer Weile aufgab und mit hochrotem Kopf Platz nahm. Man konnte sich nur wundern, wie jemand sein Publikum derart falsch einschätzen konnte, aber ich vermutete, dass White kein Einzelfall war. Im Laufe der Jahre hatte ich ein paar hässliche Geschichten über derartige Mittagessen gehört – Arglist, Heuchelei und Täuschung wirkten wie blutige Köder in einem Haifischbecken, in dem schon mehr als ein aalglatter, verlogener Kandidat zerfleischt worden war.

Simpson stand lässig auf und musterte die feindseligen Gesichter um den Tisch. Er war ein großer Mann mit dem wettergegerbten Gesicht eines Zigaretten-Reklame-Cowboys, der sich gern mit Bolotie und mit türkis besetzter Spange fotografieren ließ und trotz seiner konservativen Positionen gute Umfrageergebnisse bei weiblichen Wählern erzielte. Ich hatte plötzlich so ein Gefühl, dass es wirklich hässlich werden konnte.

»Ist Ihnen schon mal der Gedanke gekommen«, begann er mit einem lockeren Lächeln, »dass ich Sie vielleicht auch nicht mag?«

Er machte eine Pause. Nach dem tödlichen Schweigen infolge von Whites Vorstellung ertönte vereinzelt wohlwollendes Lachen. Zu meiner großen Überraschung hatte Simpson genau das Richtige gesagt. Vor diesem Publikum half ein offenes Wort am ehesten weiter.

»Mein Vater hatte eine Ranch«, fuhr er mit einem kaum hörbaren Kleinstadt-Akzent fort, »und Finanzleute habe ich als Kind nur getroffen, wenn der Leiter der örtlichen Bank vorbeikam, um sich nach den ›rückständigen Zahlungen‹ zu erkundigen. Von ihm habe ich eine Menge Wörter gelernt – Wörter wie

›fällig‹ und ›Verzug‹ und ›Zwangsvollstreckung‹ – eine Schule für sich.«

Er hielt erneut inne, während ich mich rasch umsah. Alle Anwesenden hatten sich vorgebeugt und lauschten gespannt. Vielleicht hatte Whites Vorstellung nur dem Zweck gedient, Simpson im Vergleich aufrichtiger wirken zu lassen. Wie auch immer, der Senator wusste offensichtlich, wie man Menschen erreichte.

»Diese Ausbildung wollte ich fortführen, also ging ich zunächst aufs College und studierte dann Jura. Letztendlich war es mein Ziel, nach Washington zu gehen, wo ich die Regierung überzeugen wollte, mehr für ehrliche Leute wie meinen Vater und die Nachbarn zu tun, unter denen ich aufgewachsen bin. Nach meinem Examen nahm ich also einen Posten im Landverwaltungsamt des Innenministeriums an, einer von dreißig frisch examinierten Juristen, die allein in jenem Jahr eingestellt wurden. Und ich dachte, ich wüsste alle Antworten. Ich hatte einen ganzen Haufen reformerischer Ideen darüber, welche Programme die Regierung auflegen und was ihr zum Wohle des ländlichen Amerikas alles unterstellt werden sollte. Aber zu meiner großen Überraschung war der Tag, an dem ich im Landverwaltungsamt anfing, der Beginn meiner eigentlichen Lehrzeit. Und ich habe gelernt, dass alles, was die Regierung anfasst, korrumpiert und von einer maßlosen Bürokratie aufgebläht wird. Ich habe es aus erster Hand und unter allen nur denkbaren Umständen immer wieder beobachtet, und ich hatte schwer damit zu kämpfen, diese Einsichten mit meinen jugendlichen Ideen für einen starken Staat in Einklang zu bringen. Und dann sah ich wie Paulus auf der Straße nach Damaskus plötzlich das Licht. Ich erkannte, dass, wie Präsident Ronald Reagan zu sagen pflegte, die neun erschreckendsten Wörter unserer Sprache lauten: ›Wir sind von der Regierung und wollen Ihnen helfen.‹«

Er war jetzt in Fahrt und offenbar nahtlos in eine erkennbar vorgestanzte Wahlrede übergegangen. Ein paar Minuten lang prangerte er das Übel eines starken Staates an und prügelte vor allem auf die Demokraten und die Entscheidungen des amtierenden Präsidenten ein, wobei er sorgfältig darauf achtete, sich auch von republikanischen Torheiten wie der berüchtigten Brücke nach Nirgendwo in Alaska zu distanzieren. Vielleicht weil er erkannte, dass seine Zuhörerschaft nur über eine begrenzte Aufmerksamkeitsspanne verfügte, kehrte er, als die Spannung im Raum nachließ und die Blicke wieder zu den BlackBerrys wanderten, zu seinem Ausgangspunkt zurück.

»Insofern mag es einem wie eine Ironie des Schicksals erscheinen, dass ich Politiker geworden bin, also genau das, was ich erklärtermaßen nicht leiden kann und Sie so offensichtlich verachten. Aber lassen Sie mich Ihnen etwas erzählen, was ich als Kind gelernt habe: In der Natur gibt es ein empfindliches Gleichgewicht, und jeder und alles hat eine Rolle zu erfüllen. Kojoten sind eine Pest, aber sie halten manch andere Pest, wie zum Beispiel Ratten oder Kaninchen, in Schach. Broker können Raubtiere sein, aber sie sind ein Instrument der Marktdisziplin und notwendig, wenn wir die Wirtschaft wieder in Schwung bringen wollen. Und Politiker – nun ja, vielleicht können wir manchmal die Wahrheit sagen und den Leuten erklären, dass mehr nicht immer besser bedeutet, dass Träume manchmal Schäume sind und dass eine Existenz in Stärke und Würde nur möglich ist, wenn die Menschen Verantwortung für ihr eigenes Leben übernehmen.«

Es gab vereinzelt spontanen Beifall für den Senator, obwohl er seine Zuhörer gerade mit einer Tierplage verglichen hatte, und ich dachte, dass ich womöglich tatsächlich dem nächsten Präsidenten der Vereinigten Staaten zuhörte.

»Lassen Sie mich nun zu dem Grund kommen, der mich heute tatsächlich hierhergeführt hat. Ich möchte mit Ihnen einige wirtschaftspolitische Ideen teilen. Dabei ist mir bewusst, dass Sie wahrscheinlich alle mehr über das Thema wissen als ich, deshalb werde ich meine einleitenden Worte knapp halten und direkt zur Sache kommen.«

Aufmerksam lauschte ich Simpsons Resümee der aktuellen

prekären wirtschaftlichen Lage. Er hatte seine Fakten und Zahlen parat, was ihn von den meisten anderen Politikern unterschied.

»Was also«, schloss er, »ist langfristig die größte Bedrohung unserer Hoffnung, in Amerika Wohlstand für zukünftige Generationen zu schaffen? Die Demokraten sind fixiert auf den Niedergang der produzierenden Industrie, den Export von Jobs für die Mittelklasse und die wachsende Einkommensungleichheit. Das sind zugegeben alles wichtige Themen, obwohl ich, was die angemessenen politischen Antworten betrifft, anderer Ansicht bin. Aber worin liegt ungeachtet all dessen letztendlich Amerikas größte strategische Verwundbarkeit? Was ist tatsächlich das Herzblut unserer Wirtschaft?«

»Energie«, sagte ich und begriff plötzlich, warum ich zu dem Mittagessen eingeladen worden war.

»Vielen Dank, Mr Wallace«, sagte Simpson und nickte in meine Richtung. »Das ist absolut richtig. Energie. Das einzige Produktionsmittel, das jeden Sektor unserer Wirtschaft antreibt. Das einzige Produktionsmittel, das jeden einzelnen Sektor der Weltwirtschaft antreibt. Zurzeit importieren wir Amerikaner ein Drittel der Energie, die wir verbrauchen. Und eine steigende Nachfrage nach dieser Energie in Ländern wie China und Indien bedeutet, dass nicht nur die Energiepreise sich in der Zukunft immer weiter in die Höhe schrauben werden, sondern auch, dass die Länder, die diese Energie besitzen, in zunehmendem Maß in der luxuriösen Lage sein werden, zu entscheiden, an wen sie verkaufen wollen – und an wen nicht.«

Ich blickte zu Narimanov, der die Augen halb geschlossen hatte. Simpson schien auf eine Variante des Arguments zuzusteuern, das auch schon gegen den Bau der Nord-Stream-Pipeline vorgebracht worden war – dass Energieabhängigkeit den Rohstoffexporteuren zu viel politische Macht gibt. Ich fragte mich erneut, warum Narimanov anwesend war und worauf Simpson tatsächlich hinauswollte.

»Einen Moment mal«, unterbrach ihn einer von Walters streitlustigeren Schützlingen. »Sie wollen doch nicht etwa ein Apollo-Programm oder ein Manhattan-Projekt vorschlagen, um uns energieunabhängig zu machen, oder? Denn wenn wir das wollen, können wir auch Al Gore wählen. Steuern rauf, Inlandswachstum am Arsch und bei Schnee zu Fuß zur Arbeit gehen, während ein paar durchgeknallte Wissenschaftler in irgendeiner Regierungseinrichtung in Florida oder New Mexico Milliarden von Dollar für die Entwicklung von Solarfahrrädern verpulvern.«

Bisher hatte Simpson mich positiv überrascht, und ich hoffte, er würde darauf hinweisen, dass sowohl das Apollo-Programm wie auch das Manhattan-Projekt ungeheuer erfolgreich gewesen waren.

»Niemals«, erklärte er zu meiner Enttäuschung vehement. »Meine Meinung zu staatlich subventionierten Initiativen habe ich ja bereits dargelegt. Die Märkte werden einen sanften, kontinuierlichen Anstieg der Öl- und Gaspreise sehr gut verkraften. Aber nur, wenn die Märkte die Gelegenheit bekommen, frei zu handeln. Und das ist der kritische Punkt. Von den fünfzehn führenden energieexportierenden Ländern betrachten genau zwei Kohlenwasserstoffe als frei handelbare Ware. Die anderen dreizehn – eine Gruppe, die unter anderem den Iran, Venezuela, Angola und Nigeria umfasst – haben in der Vergangenheit bereits die Bereitschaft demonstriert, ihre Energiereserven als politische Waffe einzusetzen. Deshalb frage ich Sie, meine Herren: Was passiert, wenn eines oder mehrere dieser Länder unsere Wirtschaft angreifen, indem sie uns keine Energie mehr verkaufen? Oder noch wichtiger: Wie sollten wir uns in Antizipation einer solchen Situation positionieren?«

Drei oder vier Leute versuchten gleichzeitig, die Frage zu beantworten. Sie klangen allesamt skeptisch. Walter klopfte erneut mit dem Buttermesser an sein Glas, und die Runde verstummte.

»Etwas mehr Disziplin, wenn ich bitten darf«, befahl er streng. »Ich möchte zuerst hören, was Mark zu sagen hat.« Er wandte sich mir zu. »Wie siehst du das? Kaufst du dem Senator sein Szenario ab?«

»Als Amerikaner und als Vater«, sagte ich und beugte mich vor, »bereitet mir persönlich die galoppierende Inflation aufgrund unhaltbarer Defizite und ruinöser, gesetzlich festgelegter Ansprüche der Bürger an den Staat die größte wirtschaftliche Sorge für die nächste Generation.« Meine Bemerkung löste zustimmendes Gemurmel aus. Inflation ist für die Finanzwelt wie Knoblauch für Vampire, und Bücher über die Weimarer Republik waren zur Pflichtlektüre der Hedgefonds-Gemeinde geworden. »Trotzdem hat der Senator eine interessante Frage aufgeworfen. Wir sind ernsthaft in der von ihm angedeuteten Weise verwundbar, wenn die weltweite Nachfrage nach Öl und Gas die Produktion einholt oder übersteigt, aber das ist nur eine Frage der Zeit ...«

»Der Schwachsinn ist ganz Ihrerseits«, sagte jemand, wieder notdürftig mit einem Hüsteln kaschiert. Es war ein launisches, ungnädiges Publikum, das keinem Redner viel Vorschuss gewährte, aber ich hatte zu viel Erfahrung mit diesen Leuten, um mich durch Zwischenrufe einschüchtern zu lassen.

»Selber Bullshit«, gab ich zurück. »Es gibt auf der Welt nur begrenzte Öl- und Gasvorräte. Es wird in jedem Fall passieren.«

»Wann?«, fragte Narimanov. Tuschelnd wandten sich die um den Tisch Versammelten in seine Richtung.

»Schwer zu sagen«, erwiderte ich vorsichtig, während ich überlegte, warum er diese Frage gestellt hatte. Sein Unternehmen machte auf Dutzenden von Energiemärkten rund um die Erde Geschäfte. Wahrscheinlich konnte er die Frage selbst besser beantworten als ich. »Kurzfristig schwankt die Nachfrage je nach Wirtschaftslage und beschert uns so die Zyklen von Boom und Krise, die Städte wie Houston alle fünfzehn Jahre pleite gehen lassen. Längerfristig steigt die Nachfrage jedoch kontinuierlich ein wenig stärker als das Bevölkerungswachstum, eine Entwicklung, die man zurzeit in der Dritten Welt beobachten kann. Die große Unbekannte sind die Reserven.«

»Wie sieht das Worst-Case-Szenario aus?«, fragte Walter.

»Im schlimmsten Fall …«, begann ich und verstummte unvermittelt, als mir plötzlich ein enorm unwahrscheinlicher Zufall aufging. Die eigentliche Antwort auf diese Frage lag vermutlich in den angeblich geheimen saudischen Daten verborgen, die Theresa mir just an diesem Morgen übergeben hatte. Meine Gedanken rasten, während ich zu begreifen versuchte, was dieser Zufall bedeuten könnte. Irgendwas war hier faul, und das gefiel mir gar nicht. Alex stieß unter dem Tisch gegen mein Bein, während Walter mich stirnrunzelnd ansah.

»Im schlimmsten Fall haben wir die Spitze der globalen Öl-Förderung bereits überschritten«, brachte ich heraus und ratterte eine Analyse herunter, die ich schon hundertmal vorgetragen hatte. »Die Saudis behaupten, dass sie in der Lage sind, weitere drei- bis vierhundert Millionen Barrel pro Tag zu fördern, womit sie weltweit über die größten Reserven verfügen. Aber ganz genau weiß das niemand, weil die Saudis ihre Förderdaten nicht veröffentlichen.« Ich strich mir durchs Haar und versuchte, konzentriert zu bleiben. »Es gibt eine Theorie, die davon ausgeht, dass sie die Unwahrheit sagen – sie belügen uns und vielleicht auch sich selbst –, so dass die weltweite Ölförderung in naher Zukunft drastisch sinken wird. Wer sich für die technischen Aspekte interessiert, sollte Hubberts Theorie zum so genannten ›Peak Oil‹, dem Ölfördermaximum, nachlesen. Es gibt jede Menge Literatur zu dem Thema.«

Ich machte eine Pause, während einige Anwesende sich eine Notiz in ihrem BlackBerry machten, und sah Alex verstohlen von der Seite an. Er starrte auf sein unangerührtes Mittagessen und kaute konzentriert an einem Nagel. Mein Instinkt sagte mir, dass es richtig gewesen war, Theresa zu misstrauen. Sie hatte mich angelogen. Darüber, wie sie an die Daten gekommen war, warum sie sie mir gegeben hatte und was ihre Echtheit betraf. Der Zeitpunkt unserer Begegnung war ein zu großer Zufall, um nicht irgendetwas mit diesem Lunch zu tun zu haben. Vielleicht versuchte sie, Simpsons Kandidatur verdeckt zu unterstützen oder zu torpedieren. In jedem Fall hätte ich wetten können, dass Alex wusste, dass irgendetwas nicht stimmte. Deswegen war er mir auch aus dem Weg gegangen. Der Gedanke, dass er versucht haben könnte, mich hinters Licht zu führen, tat weh.

»Wenn die Anhänger der Hubbert-Theorie richtig liegen«, fuhr ich fort, »geht Senator Simpson zu Recht davon aus, dass wir vor großen Problemen stehen. Die Vereinigten Staaten werden – Minimum – zwanzig Jahre brauchen, um den Übergang von unserem aktuellen Energie-Paradigma zu einer relativen Unabhängigkeit von fossilen Brennstoffen zu bewerkstelligen, und unsere Wirtschaft ist extrem verwundbar, sollte eine Energieknappheit eintreten.«

»Immer locker bleiben«, unterbrach mich der Typ, der eben noch »Schwachsinn« gehüstelt hatte. »Energie ist eine Ware. Wenn wir weniger von Nigeria kaufen, kaufen wir eben mehr von Mexiko. Das ist alles eine Frage des Preises.«

»Zwei Bemerkungen dazu«, fauchte ich, verärgert über seine ignorante Herablassung. »Erstens gibt es sehr viele verschiedene Sorten von Rohöl, während die Infrastruktur unserer Raffinerien auf eine ganz spezielle Mischung ausgerichtet ist. Es ist nicht so leicht, süßes nigerianisches durch saures mexikanisches Rohöl zu ersetzen. Zweitens darf man nicht vergessen, dass die Verkäufer Regierungen sind, und Regierungen geht es nicht nur um Geld. Sie sind auch an Dingen wie Waffen, Technologie und politischem Einfluss interessiert. China hat 2006 einen Deal ›Waffen gegen Öl‹ mit den Saudis gemacht, und ein Beispiel dafür, dass sich die ölexportierenden Länder zu politischen Zwecken verbünden können, haben wir bereits 1973 erlebt, als die arabischen Nationen die USA und andere westliche Staaten boykottierten, weil diese Israel im Yom-Kippur-Krieg unterstützt hatten. Damals gab es jedoch niemand anderen, an den die Araber ihr Öl hätten verkaufen können. Das Ganze hätte sehr viel schlimmer ausgehen können, wenn China und Indien damals schon substanzielle Abnehmer gewesen wären und Yuan und Rupien auf arabische Konten geflossen wären.«

Es entstand eine bedeutungsschwere Pause, in der die Anwesenden meine Ausführungen verdauten. Ich bereute es beinahe, so vehement argumentiert zu haben. Ich hätte mich nicht provozieren lassen dürfen. Das Szenario war nach wie vor eher unwahrscheinlich, und ich wusste noch nicht, mit welcher politischen Position Simpson darauf reagieren würde.

»Also gut«, wandte Walter sich wieder an Simpson. »Einmal angenommen, Ihre Sorge ist berechtigt, was schlagen Sie vor?«

»Lassen Sie mich zunächst ein paar Jahre zurückgehen«, antwortete der Senator. »Nach dem Zweiten Weltkrieg war es eines der wichtigsten strategischen Ziele Amerikas, unseren Ölnachschub zu sichern, indem wir die Sowjetunion aus dem Nahen Osten herausgehalten haben. Sechs verschiedene amerikanische Präsidenten erkannten die Notwendigkeit, sich dieser Problematik anzunehmen. Roosevelt, Truman, Eisenhower und Carter bekräftigten alle eine militärische Option gegen die Russen, falls notwendig. Nixon und Reagan haben diese Option sogar über die Sowjetunion hinaus ausgedehnt und uns zu einer Intervention gegen jede Bedrohung der Region von außen verpflichtet – etwa aus China oder Indien. Aber wie Ihr Kollege Mr Wallace bereits festgestellt hat, sah sich nur Nixon während des arabischen Ölembargos 1973 mit der Art von Problemen konfrontiert, die ich heute anspreche. Und wie hat Nixon darauf reagiert?«

Simpson sah mich erwartungsvoll an.

»Mit dem Emergency Petroleum Allocation Act, einem Gesetz zur –«, begann ich.

»Der EPAA war eine taktische Maßnahme«, unterbrach Simpson mich, »zur Abwehr eines akuten Mangels. Welche strategischen Maßnahmen erwog Nixon für den Fall, dass das Embargo nicht zusammengebrochen wäre?«

»Eine Invasion«, antwortete ich beklommen. »Nixons Verteidigungsminister Schlesinger erklärte dem britischen Botschafter, dass die Vereinigten Staaten nicht bereit seien, Drohungen von ›unterentwickelten und unterbevölkerten Ländern‹ nachzugeben, und dass Amerika bei einem Andauern des Embargos Truppen losschicken würde, um die Ölfelder in Saudi-Arabien, Kuwait und Abu Dhabi zu besetzen. Nixon steckte damals natürlich auch mitten im Watergate-Skandal und taumelte oft betrunken …«

»Es war die einzige Option, die Amerika damals hatte«, sagte Simpson abschätzig. »Und es ist auch heute die einzige Option, die wir haben.«

»Nur damit ich Sie richtig verstehe«, sagte ich, sauer, als Stichwortgeber missbraucht worden zu sein, »Sie wollen für die Präsidentschaft mit dem Plan kandidieren, weitere Teile des Nahen Ostens zu besetzen?«

Er lachte gönnerhaft.

»Natürlich nicht. Drei demokratische und drei republikanische Präsidenten haben Amerika darauf verpflichtet, unsere Ölversorgung im Nahen Osten gegen Störungen der Region von außen zu verteidigen. Auf dieser Grundlage gründet sich meine Position, der Welt unmissverständlich klarzumachen, dass wir auch bei Störungen und Unruhen von innen intervenieren werden. Der beste Krieg ist der, der nie geführt werden muss. Die Araber hätten es 1973 niemals gewagt, ein Embargo gegen Amerika zu verhängen, wenn sie gewusst hätten, dass wir militärisch reagieren.«

Es war ein Argument, das ich schon öfter gehört hatte. Allerdings noch nie von einem ernstzunehmenden Politiker.

»Das heißt, wenn die Araber uns ihr Öl nicht verkaufen, nehmen wir es uns einfach, richtig? Wie genau nennen Sie eine solche Politik?«

»Ich nenne es ein Energie-Sicherungskonzept«, retournierte Simpson aalglatt. »Und ich glaube, die Zeit dafür ist jetzt gekommen.«

White sprang auf, bevor ich etwas erwidern konnte. »Fragen?«

Der Raum explodierte.

10

Unter erneutem entschlossenem Einsatz seines Buttermessers beruhigte Walter die Versammlung und erklärte, dass jeder, der etwas sagen wolle, sich melden sollte. White moderierte die Diskussion und ignorierte mich konsequent, was auch keine große Rolle spielte, da Simpson den Fragen mehr oder weniger auswich, nachdem er offenbar gesagt hatte, was er sagen wollte. Der Tenor der Fragen ließ erkennen, dass das Publikum etwa zu gleichen Teilen gespalten war – die eine Hälfte klang, als wäre man der Ansicht, dass Simpson auf dem richtigen Weg war, die andere, als glaubte sie, er wäre ein gefährlicher Irrer. Walter blieb still und verriet nichts. Ich wusste, in welchem Lager ich war. Irgendwann musste Amerika den Übergang von Gas und Öl zu anderen, regenerativen Energien bewältigen – und es war allemal besser, das Thema jetzt anzusprechen, um später ein moralisches Dilemma zu vermeiden. Denn egal, wie Simpson argumentierte, es würde bei dem amerikanischen Beharren auf ungehinderten Zugang zu Öl und Gas auf längere Sicht nicht nur um ein mögliches Embargo gehen. Wenn sich die Produktions- und die Nachfragekurve kreuzten und ernsthafte Energieengpässe auftraten, ließ sich unser automobiler Lebensstil nur auf Kosten von Heizung, Nahrung und Trinkwasser für die Entwicklungsländer aufrechterhalten. Das war eine Wahl, die ich nicht treffen wollte.

Kurz bevor Walter die Versammlung beendete, stand Alex auf und verließ den Raum, ließ jedoch sein Jackett über der Stuhllehne hängen. Ich folgte ihm wenig später, drängte an den Sicherheitsleuten vorbei und wandte mich auf der Suche nach den Toiletten nach rechts und links, weil ich annahm, dass Alex dorthin verschwunden war. Ich wollte ihn unter vier Augen sprechen, um der Sache mit Theresa Roxas auf den Grund zu gehen. Aber in diesem Moment berührte jemand von hinten meinen Arm. Als ich mich umdrehte, blickte ich in das Gesicht von Nikolai Narimanov, den ich in meiner Aufregung ganz vergessen hatte.

»Mr Wallace«, sagte er und bot mir seine Hand an. »Ich bin ein großer Bewunderer Ihrer Arbeit.«

Er hatte einen kräftigen Händedruck und überraschend den Hauch eines schottischen Akzents.

»Vielen Dank«, sagte ich. »Bitte nennen Sie mich Mark. Ich wusste nicht, dass Sie meine Arbeit lesen. Darf ich fragen, wer sie an Sie weitergeleitet hat?«

»Freunde schicken mir häufig Sachen, die mich interessieren könnten. Ich hoffe, das ist kein Problem.«

Ich war verblüfft, wie gut er Englisch sprach. Ich hatte gelesen, dass er das sowjetische Äquivalent eines Stipendiumsstudenten gewesen war – ein intelligenter Junge aus einem Dorf am Ende der Welt, der nach dem Gewinn eines lokalen Mathematik-Wettbewerbs postwendend in ein Elite-Programm für Ingenieure gesteckt worden war. In meinem Job begegnete ich vielen Ausländern, die im Rahmen einer technischen Ausbildung Englisch gelernt hatten. Aber nur wenige sprachen es derart fließend, egal, wie lange sie später im englischsprachigen Ausland gelebt hatten.

»Überhaupt nicht«, sagte ich. »Ich wünschte nur, ich hätte früher erfahren, dass es eine Verbindung zwischen uns gibt. Es könnte durchaus interessant sein, sich hin und wieder auszutauschen.«

»Wie wäre es jetzt mit einem privaten Gespräch? Ich bin mit dem Wagen da. Ich kann Sie mitnehmen.«

»Das wäre großartig«, sagte ich und entschied spontan, Alex zunächst laufen zu lassen. Er konnte mir schließlich nicht ewig ausweichen, und die Gelegenheit, Narimanov kennen zu lernen, war zu faszinierend, um sie sich entgehen zu lassen.

Er hob einen Finger, und ein stämmiger Leibwächter, den ich irrtümlich der Sicherheitstruppe des Senators zugerechnet hatte, nahm Haltung an.

»Mein Mitarbeiter wird Ihre Sachen holen. Wollen wir?«

Er führte mich durch einen Seitenausgang über einen Hof zur Madison Avenue, wo drei schwarze Geländelimousinen im Schatten der St. Patrick's Cathedral parkten. Das hintere Fenster des letzten Wagens war offen, und auf der Rückbank saßen zwei Männer mit offenen Sporttaschen im Schoß. Ich fragte mich, ob Narimanov einen Diplomatenpass hatte und welche Beziehungen er hatte spielen lassen, um die Erlaubnis zu bekommen, mit einem schwer bewaffneten Autokorso durch New York zu gondeln.

Ein weiterer großer Mann öffnete die hintere Tür des mittleren Wagens, und wir stiegen ein. Das Wageninnere war mit Elektronik vollgestopft – Flachbildschirme, Tastaturen, Telefone, alles professionell verkabelt und einsatzbereit.

»Nett«, sagte ich, als die Tür geschlossen wurde. Meiner Erfahrung nach mochten es Milliardäre, wenn man ihre Spielzeuge bewunderte.

»Praktisch«, erwiderte Narimanov lässig. »Nun. Senator Simpsons Mitarbeiter Mr White hat mir durch einen gemeinsamen Bekannten vorgeschlagen, an dem heutigen Essen teilzunehmen. Was glauben Sie, warum ich eingeladen wurde?«

Die Höflichkeiten waren beendet.

»Hat er es Ihnen nicht gesagt?«

»Ich habe vor dem Essen ein paar Minuten mit Senator Simpson und Mr White gesprochen. Der Senator hat mir erklärt, dass er ein großer Bewunderer des russischen Volkes sei. Außerdem wollte er wissen, ob ich Tennis spiele.«

Ich lachte und dachte über seine Frage nach. Simpson war offensichtlich bereit, das Risiko einzugehen, sich bei der Finanzwelt einzuschmeicheln, aber kein Politiker der Mitte wäre so dumm, Geld von Ausländern oder einem von Ausländern kontrollierten Unternehmen anzunehmen.

»Sie haben gute Kontakte zum Kreml«, sagte ich zögernd. »Vielleicht möchte Simpson Sie als inoffiziellen Kontakt zu Ihrer Regierung benutzen, um seine Vorstellungen zu kommunizieren.«

»Genau das war auch meine Vermutung. Und was ist die Gegenleistung?«

»Ich weiß es nicht«, gab ich zu.

»Ich auch nicht.«

»Sie könnten fragen.«

»Wenn ich die Absicht hätte, als Bote zu fungieren, was nicht immer unbedingt eine begehrenswerte Rolle ist.«

Ich nickte. Für Geschäftsleute war Politik ein Mittel, kein Zweck. Die vordere Tür wurde geöffnet, und der stämmige Leibwächter nahm auf dem Beifahrersitz Platz und gab mir meinen Mantel und meinen Aktenkoffer.

»Wohin?«, fragte Narimanov.

»46th Street und Park Avenue, wenn es kein Umweg ist. Ich könnte genauso gut laufen.«

»Das ist kein Problem.«

Der Leibwächter murmelte etwas in seinen Ärmel, und alle drei Wagen setzten sich gleichzeitig in Bewegung. Narimanov reckte den Hals und blickte zum Turm der Kathedrale hinauf. Ich nutzte die Ablenkung, um ihm meinerseits eine Frage zu stellen.

»Was glauben Sie, wie Ihre Regierung auf den Nord-Stream-Anschlag reagieren wird?«

»Kennen Sie den Ausdruck *laldie*?«, fragte er, noch immer aus dem Fenster blickend.

»Nein. Ist das Russisch?«

»Schottisch. Ich habe ein Jahr auf einer Ölbohrinsel im Ochotskischen Meer gearbeitet, als Assistent des Chefingenieurs aus Glasgow. Wenn ein Arbeiter betrunken zum Dienst kam, gab's ein *laldie* – eine ordentliche Tracht Prügel mit der Rohrzange. Das war eine Botschaft.«

»Und Sie glauben, Russland schickt sich an, irgendwem ein *laldie* zu verpassen?«, nahm ich die Anspielung auf.

»Russland und unsere neuen Verbündeten, die Franzosen. Auf jeden Fall.«

»Die Ukrainer?«

»Ich werde es Sie wissen lassen, wenn ich etwas höre.«

»Werden Sie etwas hören?« Fragen konnte nicht schaden.

»Vielleicht«, sagte er ernst und sah mich direkt an. »Als Gegenleistung für Ihre ehrliche Meinung zu Senator Simpsons Vorschlag.«

Ich wusste, das war bloß Geplänkel, aber es gefiel mir, dass wir miteinander redeten. Ein Dialog war immer ein guter Anfang.

»Es ist eine schlechte Idee. Wir würden unsere Probleme bloß hinauszögern. Und durch die Aufteilung der Welt in Besitzende und Habenichtse reduzieren wir die Chancen für eine globale Kooperation an anderen Fronten, und die ist wichtig, wenn wir die Kosten für Energieprojekte für die kommende Generation auf viele Schultern verteilen und ökologische Probleme angehen wollen. Die Chinesen haben eine Menge dreckige Kohle, die sie verbrennen können, wenn sie mit dem Rücken zur Wand stehen. Außerdem würde eine ernsthafte Energieknappheit das globale Wachstum schwer belasten und unserer Wirtschaft zwangsläufig schaden. Das ganze Konzept ist dumm.«

»Und was schlagen Sie vor?«

»Große Forschungsprojekte sind eine Aufgabe, die Regierungen stets gut geleistet haben, und Nuklearenergie, Wind, Syngas und Brennstoffzellen bieten viel versprechende Ansätze. Washington sollte wenigstens die auf Kohlenwasserstoffen basierende Energie teurer machen, um Anreize für die Erforschung von Alternativen zu schaffen. Aber das eigentliche Problem besteht darin, dass es kein Gefühl für die Dringlichkeit gibt, weil im Augenblick die Wirtschaft schwächelt und niemand genau weiß, wann Öl und Gas tatsächlich ausgehen werden.«

»Einverstanden«, sagte er knapp. »Durch Ihre Arbeit haben Sie genauso Zugriff auf Informationen wie ich durch meine. Ich schlage vor, wir arbeiten zusammen.«

»Woran?«, fragte ich unsicher.

»Daran, herauszufinden, wann Öl und Gas tatsächlich ausgehen. Ich kann Informationen aus Russland, Afrika und bestimmten Gebieten des Nahen Ostens einbringen.«

Es war ein Fantasieangebot, aber ich musste offen sein.

»Ich würde gern mit Ihnen zusammenarbeiten, aber wir wissen beide, dass es letztendlich auf Saudi-Arabien hinausläuft.«

»Die Saudis haben im Laufe der Jahre viele Ausländer auf ihren Ölfeldern beschäftigt. Syrer, Iraker, Palästinenser, Inder und andere. Ich habe mich bemüht, möglichst viele Informationen von diesen Arbeitern zusammenzutragen. Das sind natürlich nur Fragmente, aber umfangreiche. Vielleicht haben Sie andere Fragmente?«

Die erwähnten Ausländer waren alle Staatsbürger von Ländern mit engen Verbindungen zu Russland. Ich fragte mich, wie viele der erwähnten Informationen direkt an ihn geflossen waren und wie viele er über Geheimdienstkontakte erhalten hatte. Nicht, dass es für mich eine große Rolle spielte, mit wem er Verbindungen pflegte. Verlässliche Fragmente waren genau das, was ich brauchte, um die Informationen von Alex' Freundin einer stichprobenartigen Prüfung zu unterziehen.

»Die habe ich«, erklärte ich entschieden. »Einige sogar. Und ein paar Kontakte bei der OPEC, die vielleicht hilfreich sind, wenn es darum geht, ein größeres Bild zu bestätigen, das wir möglicherweise zusammenfügen können.«

»Dann sind wir uns also einig?«, fragte er ernst.

Ich spürte einen elektrisierenden Taumel. Narimanov wäre eine der bedeutendsten Quellen, die ich je an Land gezogen hatte, beinahe so wichtig wie Rashid.

»Ja, das sind wir.«

Er bot mir erneut seine Hand an, und ich schlug ein.

11

Nach dem Austausch einiger weiterer Details und unserer Kontaktdaten verabschiedete ich mich von Narimanov. Er würde ein paar Tage brauchen, um seine Daten zusammenzustellen, was mir nur recht war. Vorausgesetzt, Alex konnte mir erklären, warum Theresa diesen speziellen Zeitpunkt gewählt hatte, Kontakt mit mir aufzunehmen, und mich davon überzeugen, dass sie eine glaubwürdige Quelle war. Wahrscheinlich würde ich mindestens genauso lange brauchen, um ihre Daten wenigstens stichprobenartig zu analysieren. Ich fragte mich, ob Alex wegen Roxas so aufgewühlt gewesen war. Oder ob Walter Alex benutzte, um seine Pläne mit Senator Simpson zu verfolgen, wie immer die aussehen mochten. Ich wusste, wie verwundbar Alex gegenüber Walters Forderungen war, trotzdem ärgerte es mich, dass er mich womöglich benutzt hatte.

In meinem Büro fand ich in der oberen Schreibtischschublade einen zugeklebten Umschlag mit einer Nachricht von Kate. Sie hatte die Daten von dem iPod erfolgreich auf meine Festplatte kopiert und verschlüsselt und mir das Passwort aufgeschrieben. Ich faltete den Zettel zusammen und steckte ihn in meine Hemdtasche. Das Hochgefühl nach dem Treffen mit Narimanov ebbte rasch ab, als mir mein Gespräch mit Kate wieder einfiel. Ich rieb mir die Stirn und versuchte zu entscheiden, was ich als Nächstes tun sollte. Claire war den ganzen Nachmittag im Sloan-Kettering-Center und wollte am Abend mit Kate ein Konzert in der Carnegie Hall besuchen. Es war vermutlich besser, irgendwo in Ruhe mit ihr zu reden, anstatt die Sache überstürzt zur Sprache zu bringen, wenn sie abgelenkt war. Vielleicht konnten wir am Wochenende wegfahren. In Connecticut gab es ein kleines Gasthaus, in dem wir ein paar Mal übernachtet hatten, als die Kinder noch klein waren. Das würde mir auch Zeit lassen, mir zu überlegen, was ich ihr eigentlich sagen wollte. Fetzen der Unterhaltung mit Kate kreisten in meinem Kopf herum. Und was, wenn sie sich irrte und Claire schon einen präzisen Plan hatte? Einen Plan, in dem ich nicht vorkam?

Der Computermonitor mit den aktuellen Nachrichten piepte, und ich warf einen Blick auf die blinkende Schlagzeile. Eine deutsche Nachrichtenagentur meldete, dass Franzosen und Russen Spezialeinheiten mobilisierten. Weitere Details gab es nicht, und bisher hatte auch noch keine andere Agentur die Meldung gebracht. Die Märkte gaben trotzdem leicht nach und reagierten nervös mit kleinteiligen Geschäften. Ich überlegte, Narimanov anzurufen und ihn zu fragen, ob er irgendetwas gehört hatte. Zögernd schlug ich mit dem Hörer auf meine offene Hand. Ich hasste es, als Bittsteller aufzutreten. Besser, wenn ich vorher etwas Substanzielles in petto hatte, das ich mit ihm teilen könnte – und das brachte mich wieder zu den Daten der Saudis. Ich entschied, dass Franzosen und Russen warten mussten. Das Wichtigste war, herauszubekommen, was Theresa mir wirklich gegeben hatte.

»Ich bin in Alex' Büro«, erklärte ich Amy im Hinausgehen.

»Da werden Sie niemanden antreffen. Ich habe von Lynn gehört, dass er angerufen hat, um sich für den Nachmittag abzumelden.« Sie senkte bedeutungsvoll ihre Stimme. »Offenbar fühlt er sich nicht wohl.«

Ich seufzte. Alles unterhalb einer Nierentransplantation sollte einen Broker eigentlich nicht davon abhalten, im Büro zu erscheinen, wenn die Märkte in Bewegung waren. Sich mit einem Kater zu verkriechen, war eine offene Einladung zu einem Anschiss durch Walter oder Schlimmeres.

»Versuchen Sie noch einmal, ihn auf seinem Handy zu erreichen.«

»Mache ich. Sie hatten übrigens eine Menge Anrufe. Möchten Sie, dass ich anfange, Anrufer durchzustellen?«

Das zentrale Dilemma meines Berufs bestand darin, dass meine Kunden mich für meine Erreichbarkeit bezahlten, während ich, je länger ich mit ihnen sprach, umso weniger Zeit zum

Arbeiten und darum auch weniger Substanzielles zu erzählen hatte.

»Nein, aber sagen Sie Bescheid, wenn jemand wirklich hartnäckig ist, dann versuche ich zurückzurufen. Konnten Sie Rashid erreichen?«

»Er hat sich gerade eben gemeldet. Sie sind zum Frühstück im Four Seasons Hotel verabredet. In seinem Zimmer um halb neun.«

»Vielen Dank.«

Ich kehrte an meinen Schreibtisch zurück und wünschte, ich könnte mich darunter verkriechen. Zu viel passierte auf einmal, zu vieles machte mir Sorgen. Die beste Therapie gegen Angst ist Beschäftigung, erinnerte ich mich, nahm Kates Brief und machte mich an die Arbeit. Ich dechiffrierte die Dateien, die sie von dem iPod kopiert hatte. Solange ich nicht mit Alex reden konnte, blieb mir nichts anderes übrig, als die Informationen so gut wie möglich durchzuarbeiten und zu hoffen, dass ich nicht auf eine Schnitzeljagd ins Nirgendwo geschickt wurde.

Sieben Stunden später hatte ich es geschafft, die Daten einigermaßen zu ordnen. Schon die schiere Masse war überwältigend, von der Komplexität ganz zu schweigen, und eine Handvoll wichtiger technischer Berichte war auf Französisch. Alex hatte nicht zurückgerufen. Zum Glück waren Kate und Claire in dem Konzert – so konnte ich ohne schlechtes Gewissen einfach weiterarbeiten. Bevor sie sich in den Feierabend verabschiedete, hatte Amy mir eine Pizza bestellt, deren kalte Reste jetzt in der Schachtel auf der Anrichte lagen.

Theresa hatte mich gewarnt, den Informationen des Managements nicht zu trauen, und das Datenrohmaterial war zu feinkörnig, um spontane Schlüsse zu ziehen, so dass ich als Nächstes ein Programm zur Berechnung der Erschöpfung von Lagerstätten zu Rate zog, das ein Bekannter an der Colorado School of Mines vor einigen Jahren entwickelt hatte. Dafür musste ich mühsam und aufwändig eine Reihe von Dateien und Ordnern konvertieren. Ich war gerade damit beschäftigt, Zahlen aus einer Tabellenkalkulation in die andere zu kopieren, als mein Handy klingelte, Anrufer unbekannt. Ich ignorierte es. Kurz darauf blinkte mein Bürotelefon, ehe erneut das Handy klingelte. Ich nahm ab, weil ich dachte, dass es Alex sein könnte, der aus der Bar im Pagliacci anrief.

»Mark Wallace.«

»Hier ist Reggie. Wie geht's?«

»Nicht schlecht«, sagte ich, setzte meine Lesebrille ab und rieb mir die Augen. Reggie Kinnard war der Detective der New Yorker Polizei, der nach Kyles Verschwinden vom ersten Tag an mit uns zusammengearbeitet hatte. Er meldete sich alle paar Monate, um mir mitzuteilen, er habe diese oder jene Datei aktualisiert, aber ich vermutete, er würde mich vor allem wissen lassen, dass er den Fall nicht vergessen hatte. Meistens nahmen wir dann irgendwo einen Drink oder tranken einen Kaffee zusammen. Ich mochte ihn und war dankbar für seine andauernden Bemühungen. Dass er nicht aufgab, bedeutete mir viel. »Und selbst?«

»Ich schlag mich so durch. Wo sind Sie?«

»Im Büro.«

»Sie sind nicht ans Telefon gegangen.«

»Ich bin ziemlich beschäftigt.«

»Zu beschäftigt für ein Bier?«

»Ich wünschte, ich könnte. Aber ich versinke in Arbeit.«

Ich hörte, wie ein Streichholz angerissen wurde, was darauf hindeutete, dass er schon mindestens einen Drink genommen hatte. Reggie war, solange ich ihn kannte, Raucher gewesen, obwohl er ständig versuchte aufzuhören. Der Alkohol war sein Ruin. Er atmete geräuschvoll aus, und ich stellte mir die blaue Wolke vor, die seine Gestalt umhüllte. Reggie war ein dunkelhäutiger Schwarzer mit der Statur eines College-Football-Cracks, einem immer grauer werdenden, unbeweglichen Gesicht und einem permanent traurigen Blick.

»Joe Belko ist heute in den Ruhestand gegangen«, sagte er.

Joe war Reggies Partner, ein Veteran, der seit einundzwanzig Jahren im Dezernat für Kapitalverbrechen gearbeitet hatte. In den fünf Jahren, in denen die beiden zusammenarbeiteten, hatte ich Joe selten über etwas anderes als das Angeln reden hören. Insofern überraschte es mich nicht, dass er die Dienstmarke abgegeben hatte. Er und Reggie waren auf Entführungs- und Vermisstenfälle spezialisiert und arbeiteten meistens mit dem FBI oder der Staatspolizei zusammen. Ich hatte das Gefühl, dass Joe genau wie Reggie mehr gesehen hatte, als er es sich je gewünscht hatte.

»Das ist bestimmt schwer für Sie. Hat man Ihnen schon jemand Neuen zugeteilt?«

»Noch nicht. Die Typen aus der oberen Etage wollen mich zu einem Schreibtischjob überreden. Aber wenn ich den ganzen Tag rumsitzen und Däumchen drehen wollte, würde ich richtig dickes Geld verlangen, so wie die Sportwagenfahrer-Clique, mit der Sie abhängen.«

Ich lachte pflichtschuldig.

»Kann ich für heute absagen und Sie nächste Woche anrufen?«

Er zog wieder an seiner Zigarette. Ich hatte ein schlechtes Gewissen, ihn zu enttäuschen. Reggie war kinderlos und schon lange geschieden und schien kein nennenswertes Privatleben zu haben.

»Es wäre wirklich besser, wenn wir uns heute noch unterhalten könnten.«

Ich spürte einen seltsamen Stich in der Brust und registrierte plötzlich, wie still es im Büro war. Man hörte nur das Summen der Neonleuchten, eine kaum hörbare Sirene ein Dutzend Blocks entfernt und Reggies gedämpftes Atmen im Hörer.

»Haben Sie etwas Neues?«

»Vielleicht ist es nichts. Machen Sie sich keine allzu großen Hoffnungen.«

Ich stand auf und zog meine Anzugjacke von der Stuhllehne. »Ich komme zu Ihnen. Sofort. Sagen Sie mir, wo Sie sind.«

Die Adresse, die Reggie mir nannte, war eine Kaschemme in der 2nd Avenue Höhe 63rd Street. Ich betrat die kleine Bar mit einem leuchtenden Neonkleeblatt über der Tür. Es war ein Laden, in den man zum Trinken kam, keine Musikbox, kein Nippes, keine Kellnerinnen. Nur nackte Wände, Linoleumboden und eine ramponierte Blechdecke. Ein halbes Dutzend Männer drängten sich nahe der Tür, um ein Eishockey-Spiel zu verfolgen, das ohne Ton über einen mit Fliegendreck verklebten Bildschirm flimmerte. Reggie stand in einem dreiteiligen grauen Anzug und hellgelber Krawatte allein auf der anderen Seite des Raumes. Als ich auf ihn zukam, klopfte er auf den zerkratzten Tresen, um die Aufmerksamkeit des tuberkulös aussehenden Barkeepers zu erregen.

»Jimmy und Guinney«, sagte er. »Mal zwei.«

Ich zückte meine Brieftasche und legte einen Zwanziger auf den kleinen Stapel Geldscheine vor ihm. Der Barkeeper servierte den Whiskey und gab das Wechselgeld heraus, während er wartete, dass die Schaumkrone auf dem Guinness sich setzte. Reggie stieß mit mir an, und wir kippten unseren Whiskey auf ex.

»Also, erzählen Sie«, sagte ich und spürte den Alkohol im Magen brennen.

Reggie griff in seine Brusttasche und zog ein gefaltetes Stück Papier heraus.

»Eine E-Mail«, sagte er. »Direkt an mich. Gestern Abend eingegangen.«

Mit zitternden Fingern entfaltete ich den Zettel und überflog die detaillierten Header-Informationen, bis ich zu der eigentlichen Nachricht kam, die nur zwei Sätze lang war.

Kyle Wallace wurde im Kofferraum eines roten BMW M5 mit diplomatischem Nummernschild hinterlassen. Der Wagen wurde zuletzt auf einem Parkplatz in der 125th Street am Hudson River gesehen.

Ich ließ die Hände auf den Tresen sinken, weil mir das Blatt plötzlich zu schwer vorkam.

»Noch zwei Jimmys«, sagte Reggie, als der Barkeeper die Guinness servierte. Er stieß mit mir an, und ich trank automatisch einen Schluck des schwarzen Gebräus.

»Es gab auch früher schon Hinweise«, sagte ich, an dem bitteren Bier würgend. »Dutzende. Und keiner hat uns weitergebracht. Was ist an diesem Tipp anders?«

»Vielleicht gar nichts«, sagte Reggie und zog eine Packung Marlboro und ein Feuerzeug aus der Jackentasche. Er nahm eine Zigarette und klopfte mit dem Filter auf die Schachtel, während der Barkeeper unsere Whiskeygläser nachfüllte.

»Sie dürfen hier drin nicht rauchen«, protestierte er mit irischem Akzent.

Reggie klappte sein Jackett auf und präsentierte seine goldene Marke.

»Das gibt einen Aufstand. Verdammt noch mal«, sagte der Barkeeper und blickte sich über die Schulter zu den Männern vor dem Fernseher um.

»Lass gut sein«, erklärte Reggie ihm. »Niemand ist wegen der Gesundheit hier.«

Der Barkeeper sah aus, als wollte er widersprechen, ehe er sich brummend entfernte.

»Vielleicht gar nichts, aber vielleicht doch etwas«, sagte ich, ohne den Blick von Reggie zu wenden.

Er nickte knapp, wandte den Kopf ab und blies Zigarettenqualm aus. »Sehen Sie, die Polizei bekommt Hinweise von vier verschiedenen Sorten von Leuten.« Er steckte die Zigarette in den Mundwinkel und begann, sie mit den Fingern abzuzählen. »Erstens, der rachsüchtige Typ. Der Nachbar hat einen Hund, der ständig bellt, und er will es ihm heimzahlen, also denkt er sich irgendeine Blödsinnsgeschichte aus, um ihm Ärger zu bescheren. Das trifft im vorliegenden Fall nicht zu, weil es keine Beschuldigung gibt. Zweitens, die Spinner. Die Spinner wollen

Aufmerksamkeit, also rufen sie an oder erscheinen persönlich, um zu behaupten, sie seien in Wahrheit der Son of Sam oder hätten das Verbrechen begangen, das gerade auf der Titelseite der *New York Post* ist. Viele von ihnen kennen wir schon, weil sie immer wiederkommen. Aber ihre Hinweise sind nie anonym – sie wollen die Aufmerksamkeit. Drittens«, fuhr er fort und tippte auf seinen Mittelfinger, »gibt es die kranken Arschlöcher. Die kranken Arschlöcher machen es aus Spaß. Sie wollen die Polizei verwirren oder die Familien der Opfer quälen. Ihre Hinweise sind anonym, enthalten jedoch nie irgendetwas, was man konkret überprüfen kann. Sie haben die Person, die man sucht, immer in einem Bus in Frankreich gesehen oder ...«

»Den Wagen können Sie überprüfen«, unterbrach ich ihn. »So viele rote BMWs mit Diplomatenkennzeichen kann es nicht geben.«

»Richtig.« Er schnippte Asche auf den Boden und trank noch einen Schluck Bier. »Das war das Erste, was ich getan habe. Die Tatsache, dass es ein M5 ist, macht die Sache noch leichter – ein Luxuswagen, der nur in begrenzter Stückzahl produziert wurde. Vor sieben Jahren gab es im gesamten Land exakt vier M5 mit Diplomatenkennzeichen – drei schwarze und einen roten. Der rote war hier in der Stadt zugelassen, in Queens. Er wurde an dem selben Abend gestohlen, an dem Kyle verschwunden ist.«

Meine Knie wurden weich. Ich schwankte und spürte Reggies Arm um meine Schulter. »Sachte«, sagte er. »Alles okay?«

»Ja.« Ich richtete mich gerade auf und atmete tief ein. Bis auf den Barkeeper rauchten jetzt alle Anwesenden, die Luft war unfassbar stickig. Jahrelang hatte ich mich danach gesehnt, die Sache abzuschließen, aber die Aussicht, endlich die Wahrheit zu erfahren, machte mir Angst. Wahrheit bedeutete auch das Ende der Illusionen.

»Der Wagen war auf einen venezolanischen Diplomaten namens Mariano Gallegos zugelassen«, fuhr Reggie fort. »Ich habe die Akte angefordert. Vielleicht erfahren wir daraus etwas

Neues. Ich würde gern mit dem Mann reden, wenn er noch im Land ist, was jedoch kompliziert werden könnte. Der Umgang mit Diplomaten ist verdammt heikel und anstrengend.«

»Vielleicht kann ich helfen«, schlug ich vor und hörte das Zittern in meiner Stimme. »Ich treffe morgen früh jemanden von der OPEC. Er kennt viele venezolanische Diplomaten. Wahrscheinlich kann er einen Kontakt für mich herstellen.«

»Das wäre super«, sagte Reggie aufmunternd. »Halten Sie mich auf dem Laufenden. Slainté.«

Wir hoben erneut unser Whiskeyglas. Mein Magen drehte sich, und ich hatte das Gefühl, würgen zu müssen. Ich nahm mir die E-Mail noch einmal vor und studierte jedes Wort. *Kyle Wallace wurde im Kofferraum eines roten BMW M5 mit diplomatischem Nummernschild hinterlassen …* »Hinterlassen« konnte alles bedeuten.

»Haben Sie irgendwelche Theorien, was passiert sein könnte?«, sagte ich aus Angst, ihm eine direkte Frage zu stellen.

Reggie sah sich eine Weile in der Bar um. Er wirkte müde, so wie sein Expartner Joe Belko immer müde gewirkt hatte.

»Nichts Gutes«, sagte er schließlich. »Tut mir leid.«

Der Raum verschwamm vor meinen Augen. Schweigen baute sich auf und wurde rasch unerträglich.

»Also, erzählen Sie mir von dem vierten Typ, der der Polizei Hinweise gibt«, sagte ich tränenblind.

»Der vierte Typ ist jemand, der tatsächlich etwas weiß. Wenn es nicht darum geht, eine Belohnung zu kassieren oder die Polizisten oder Familien zu quälen, dann hat es in der Regel etwas mit Schuld zu tun.«

»Sie glauben, die Mail ist von dem Typen, der Kyle verschleppt hat?«, fragte ich mit brechender Stimme.

»Nein«, sagte er und legte eine Hand auf meinen Arm. »Das glaube ich nicht. Menschen, die ein Verbrechen begehen und sich schuldig genug fühlen, es zu gestehen, entschuldigen sich fast immer. Eine Entschuldigung fehlt hier jedoch. Mal angenommen, es ist kein Mist von irgendeinem besonders kranken Arschloch, dann stammt es von jemandem, der aus zweiter Hand von dem Verbrechen erfahren und ein schlechtes Gewissen hat, sich nicht gemeldet zu haben.«

»Aber nicht schlecht genug, um seine oder ihre Identität preiszugeben oder uns zu sagen, wer es getan hat.«

Reggie zuckte die Achseln.

»Ja. Aber das muss nicht unbedingt das Letzte gewesen sein, was wir von ihm hören – wer immer die Mail abgeschickt hat, meldet sich vielleicht noch einmal. Das kommt vor. Der erste Kontakt ist der schwerste.«

Ich studierte noch einmal das Internet-Kauderwelsch im Kopf der Mail, während meine Angst vor der Wahrheit abebbte. Alles war besser als weiteres Warten.

»Das FBI oder irgendjemand sonst kann doch bestimmt feststellen, wo die Mail abgeschickt wurde, oder?«

»Schön wär's.« Er schnippte noch mehr Asche auf den Boden. »Ich habe schon mit unseren Technikern gesprochen. Die Mail wurde über einen Remailer verschickt, was ein vornehmer Ausdruck für ein Kränzchen von Computern in Ecken der Welt ist, in denen es so etwas wie eine Mitteilungspflicht nicht gibt. Der Remailer, über den diese spezielle Mail verschickt wurde, ist auf der Isle of Man, aber die Techniker meinen, die Nachricht könnte vom Absender rund um den Globus über Indien nach Afrika und weiß der Himmel wohin bis zur letzten Station gewandert sein. Sie werden versuchen, ihn aufzuspüren, aber sie haben mir keine allzu großen Hoffnungen gemacht.«

»Und was jetzt?«, fragte ich, weil ich nicht glauben wollte, dass wir in einer Sackgasse gelandet waren.

»Als Nächstes suche ich nach einem roten BMW M5.« Er zog ein letztes Mal an seiner Zigarette und trat die Kippe auf dem Boden aus. »Sieben Jahre sind eine lange Zeit, aber ich hatte früher mit Kfz-Diebstahl zu tun und kenne ein paar Tricks, wie man einen Wagen aufspürt. Weiter südlich müssten wir uns Sorgen machen, dass er mit irgendeinem Bananendampfer Richtung Südamerika verschwunden ist. Aber im Norden werden die meisten gestohlenen Autos entweder ausgeschlachtet oder mit einer falschen Fahrzeugnummer neu angemeldet. Wenn wir den Wagen finden, können wir ihn vielleicht bis zu dem Dieb zurückverfolgen.« Er schob das Kleingeld auf dem Tresen zusammen und ließ einen Fünfdollarschein liegen. »Kommen Sie. Ich hab den Wagen vor der Tür stehen. Ich fahr Sie nach Hause.«

Ich schüttelte leicht benommen den Kopf. »Ich würde lieber ein Stück laufen. Ein bisschen frische Luft wird mir guttun.«

»Ganz sicher?«

»Ja.«

»Na gut. Aber rufen Sie mich an, wenn Sie irgendwelche Fragen haben. Egal um welche Uhrzeit. Ich schlafe eh nicht viel.« Er zögerte. »Werden Sie es Claire und Kate erzählen?«

Ich dachte kurz darüber nach. Wenn Kate Recht hatte und Claire die Vergangenheit wirklich hinter sich lassen wollte, wäre eine falsche Spur fatal. All die emotionalen Barrieren, die Claire vielleicht für sich errichtet hatte, könnten wieder eingerissen werden. Es könnte der Tropfen sein, der das Fass zum Überlaufen brachte und sie endgültig in die Flucht trieb – weg von New York, weg von mir.

»Erst wenn wir mehr wissen.«

»Es ist Ihre Entscheidung. Aber warten Sie nicht zu lange. Sie wollen das doch nicht ganz allein mit sich herumtragen, und Ihre Frau und Ihre Tochter werden aufgebracht sein, wenn sie erfahren, dass Sie ihnen etwas verheimlicht haben.«

12

In der kalten Abendluft war das Brennen des Whiskeys rasch verflogen, als ich erst in südlicher Richtung der 2nd Avenue und dann in westlicher der 57th Street folgte. Das Herz von Midtown Manhattan schien stillgelegt, die hell erleuchteten Schaufenster wirkten ohne das Menschengewimmel des Tages verloren. *Kyle Wallace wurde im Kofferraum eines roten BMW M5 mit diplomatischem Nummernschild hinterlassen …* Von wem? Und in welchem Zustand? Den Kopf gesenkt, den Mantelkragen hochgeschlagen, eilte ich weiter.

Erst als ich mein Ziel erreichte, wusste ich, wohin meine Schritte mich geführt hatten. Die Carnegie Hall steht an der Kreuzung 57th Street und 7th Avenue, ein braunes Backsteingebäude, das aussieht wie eine überdimensionierte Unibibliothek. Ein uniformierter Türhüter erklärte mir, dass das Konzert in etwa einer halben Stunde enden würde. Ich wartete in einem Hauseingang gegenüber, an dem Claire und Kate auf ihrem Weg zur 8th Avenue vorbeikommen mussten, wo sie ein Taxi Richtung Uptown nehmen konnten. Ich bedeckte mein Gesicht mit beiden Händen und betete, dass Kyle nicht gelitten hatte.

Ein erster Schwung hastig hinauseilender Besucher kündete das Ende des Konzerts an. Zehn Minuten später entdeckte ich Kate. Sie trug dieselbe blaue Jacke wie am Mittag, statt der Jeans jedoch eine schwarze Hose und dazu schicke Lederstiefel mit flachem Absatz. Mit einer Hand hielt sie Claires Arm, mit der anderen gestikulierte sie heftig, während sie sprach. Claire, die einen langen schwarzen Mantel trug, nickte eifrig. Die Köpfe so dicht beieinander, sahen sie beinahe aus wie Schwestern. Aber so attraktiv Kate auch war, hatte Claire sich vor all den Jahren trotzdem unnötig Sorgen gemacht, dass ihre Tochter sie eines Tages in den Schatten stellen könnte. Für mich war sie noch immer die schönste Frau der Welt.

Ich machte einen Schritt zurück und verbarg mich im Schatten des Hauseingangs, als sie vorbeigingen. Ich wusste, dass Reggie Recht hatte und ich es ihnen erzählen musste, es war nur noch nicht die Zeit. Aber ich musste sie sehen, und sei es nur, um mich daran zu erinnern, dass ich nicht alles verloren hatte. Ich blickte ihnen nach, bis sie in der Menge verschwunden waren, bevor ich mich wieder auf den Weg ins Büro machte. Es würde Stunden dauern, bis ich körperlich so erschöpft war, dass ich schlafen konnte. In der Zwischenzeit konnte ich genauso gut noch ein bisschen Arbeit erledigen.

13

Um halb acht klingelte der Wecker meines Handys. Ein paar Stunden zuvor hatte ich auf der Couch in meinem Arbeitszimmer zu Hause mein Lager aufgeschlagen, um Claire nicht zu wecken. Ich hatte Kopfschmerzen und einen Blähbauch – Whiskey, Bier und kalte Pizza waren eine miese Mischung. Ich tastete blind über den Boden, bis ich mein Handy gefunden hatte, und drückte auf den mittleren Knopf, was mir fünf Minuten Aufschub verschaffen sollte. Als Antwort ertönte leises Zirpen, der Warnton bei fast leerem Akku. Fluchend drehte ich mich auf den Rücken. Das Handy hatte vor meinem Treffen mit Reggie stundenlang in der Aufladestation gelegen. Ich tippte mühsam eine E-Mail an Amy, in der ich sie bat, auf dem Weg zur Arbeit einen Ersatz-Akku zu besorgen. So wichtig wie mein Handy für mich war, durfte ich nicht riskieren, dass es unerwartet den Geist aufgab.

Ich richtete mich stöhnend auf. Es hatte bis vier Uhr morgens gedauert, die Zahlen für die Errechnung der tatsächlichen Ölreserven in das Programm einzugeben. Nach Drücken der Enter-Taste war eine Dialogbox erschienen, die eine Berechnungszeit von circa zehn Stunden angezeigt hatte. Ich wartete angespannt auf die Ergebnisse, denn manches an dem rohen Datenmaterial war durchaus beunruhigend.

Auf dem Couchtisch lag eine Notiz von Kate: *Du schnarchst. Phil kommt heute zum Abendessen. Schaffst du es? Bitte?* Ich lächelte, froh über ihre Begeisterung und ihren Wunsch, dass Claire und ich den Jungen besser kennen lernen sollten. Ich zerknüllte den Zettel, warf ihn in Richtung eines gut drei Meter entfernt stehenden Papierkorbs und landete einen unwahrscheinlichen Treffer – hoffentlich ein gutes Omen. Die letzten paar Tage waren reichlich verwirrend gewesen, und ich hoffte verzweifelt, dass sich langsam ein paar Puzzleteile zusammenfügten.

Die Lobby des Four Season Hotels in New York erinnert mit ihren hoch aufragenden Steinsäulen, der indirekt beleuchteten Decke aus Oxyt und dem altarähnlichen Podium am anderen Ende an eine Gedenkkapelle. Ich nahm die paar Stufen zur Rezeption und erklärte einem jungen Mann, dass ich mit Rashid al-Shaabi verabredet sei. Ich zeigte ihm meinen Ausweis, und er sah im Computer nach, ehe er einen livrierten Sicherheitsmitarbeiter rief, der mich in den 51. Stock begleitete. Oben erwartete uns ein mir unbekannter Mann mit orientalischen Zügen, der mich einen kurzen Flur hinunterführte, an die einzige Tür klopfte und sie dann mit einer Schlüsselkarte öffnete. Dabei streckte er den Arm aus, und ich konnte kurz eine Pistole im Halfter unter seinem Jackett sehen.

»Mr al-Shaabi soll sich schonen«, flüsterte er mir mit einem Brooklyner Akzent zu. »Achten Sie darauf, dass er sich nicht überanstrengt.«

Die Tür öffnete sich zu einer Suite, die komplett mit hellem Holz und erdtonfarbenen Teppichen ausgestattet war und einen prächtigen Blick über den Central Park und die Skyline von Manhattan bot. Rashid saß an einem Schreibtisch in einer Nische und telefonierte auf Arabisch. Er winkte mich herein und wies auf ein silbernes Tablett, das mit Kaffee und orientalischem

Gebäck beladen war. Beides war für mich – ich wusste, dass Rashid nur winzige Portionen von harntreibenden Getränken oder Süßigkeiten zu sich nehmen durfte. Ich hängte mein Jackett über einen Stuhl, goss mir eine Tasse Kaffee ein und nahm vor seinem Schreibtisch Platz.

Rashid trug ein strahlend weißes Hemd mit hochgekrempelten Ärmeln, eine blaue Anzughose und ausgetretene grüne Pantoffeln. Er sah schrecklich aus. Er war kaum ein Meter fünfzig groß und hatte selbst in seinen fülligsten Tagen höchstens fünfzig Kilo gewogen, so dass er kaum etwas zuzusetzen hatte, als sich sein Zustand kürzlich verschlechterte. Inzwischen waren sein Hals und seine Unterarme nicht mehr sehnig und zäh, seine ganze Gestalt wirkte vielmehr schlaff und zerbrechlich. Schon bei unserer letzten Begegnung vor drei oder vier Wochen war ich entsetzt gewesen, wie rapide er gealtert war.

»*As-Salamu 'Alaikum*«, sagte er, als er auflegte und sich mühsam erhob.

Wir begrüßten uns mit Küssen auf beide Wangen, er fragte nach meiner Gesundheit und fasste mich an den Schultern, zu kraftlos, um mich auch nur ein wenig durchzurütteln, während er früher meine Zähne zum Klappern gebracht hatte.

»Und wie geht es Claire und Katherine?«, erkundigte er sich.

»Beiden gut. Danke der Nachfrage.«

»Du musst sie unbedingt mitbringen, wenn du mich wieder besuchst«, befahl er. »In der Küche gibt es einen Libanesen, der richtige *atayef* zu bereiten weiß. Kennst du *atayef*?«

Ich nickte. Crêpes mit Käse oder Nüssen, die im Ramadan allgegenwärtig waren.

»Also, du bringst sie mit«, sagte er und schüttelte mich erneut kraftlos. »Sie werden es mögen. Es würde mich sehr glücklich machen.«

Rashid war Claire und Kate genau ein Mal begegnet, als er zehn Tage nach Kyles Verschwinden mit einem Tablett Lamm-Kebabs und Reis unangemeldet in meiner Wohnung aufgetaucht war. Bis auf Verwandte und Polizisten hatten wir in jener Zeit kaum Besuch. Niemand wusste, was er tun oder sagen sollte. Er blieb eine Stunde, weinte, wenn ich weinte, und ging erst, als ich ihm versprochen hatte, ihn anzurufen, wenn er mir in irgendeiner Weise helfen könnte.

»Das mache ich«, sagte ich und erkannte, dass ich unsere Freundschaft vernachlässigt hatte.

»Das wäre also abgemacht.« Er ließ meine Schultern los und sah auf die Uhr. »Entschuldige mich einen Moment, bitte. Ich muss meine Medizin nehmen.«

Er sah nicht kräftig genug aus, irgendwohin zu gehen. Allein die Anstrengung, aufrecht zu stehen, ließ Schweißperlen auf seiner Stirn glänzen, und sein Atem ging schnell und flach.

»Kann ich sie für dich holen?«

Er richtete sich ein Stück gerader auf und sah mich gekränkt an.

»Es würde mich sehr glücklich machen«, spielte ich meine Trumpfkarte als Gast aus.

»Im Bad«, willigte er brummend ein und wies den Weg mit dem Finger. »Es geht vom Schlafzimmer ab. Dort steht ein Becher mit der Uhrzeit drauf.«

Ich ging über einen rostfarbenen Läufer einen schmalen Flur hinunter. Die Tür zum Schlafzimmer und die Badezimmertür standen offen. Auf einem Tablett links neben dem Waschbecken standen ordentlich aufgereiht zwölf Plastikbecher, auf die mit schwarzem Filzstift eine Uhrzeit geschrieben war. Es schien unglaublich, dass ein Mensch von Rashids Größe täglich so viele Medikamente überhaupt zu sich nehmen, geschweige denn, verdauen konnte. Ich suchte nach dem Becher mit der Aufschrift 9.00 und dachte wehmütig, dass ich Claire und Kate besser bald zu einem Besuch mitnahm.

Als ich das Bad mit den Medikamenten in der Hand verlassen wollte, fiel mir eine Mesusa am Türrahmen auf. Das ist ein flacher, kunstvoll verzierter Metallbehälter von der Größe einer

Kaugummipackung, der einen Vers aus der Thora enthält und nach einem frommen jüdischen Brauch an einem Türrahmen befestigt wird. Jede dritte Tür in meinem Wohnhaus hat eine Mesusa. Ich lächelte, weil ich annahm, dass ein vorheriger Gast sie vergessen haben musste, und fragte mich, ob Rashid wusste, worum es sich handelte.

»Ist Leitungswasser okay?«

»Bitte. Nicht zu kalt.«

In der Kochnische füllte ich ein großes Glas mit lauwarmem Wasser und trug alles zurück in die Nische, wo Rashid wieder hinter seinem Schreibtisch Platz genommen hatte. Der Becher, den ich ihm überreichte, enthielt sechs Tabletten. Er nahm die erste in den Mund, schloss die Augen, trank einen Schluck Wasser und schluckte mühsam, was er roboterhaft so lange wiederholte, bis alle Tabletten weg waren. Die ganze Prozedur dauerte gut zwei Minuten, und hinterher sah er noch erschöpfter aus als zuvor.

»Alles in Ordnung?«

Er nickte stumm, die Augen noch immer geschlossen.

»Mir ist die Mesusa am Türrahmen des Schlafzimmers aufgefallen«, sagte ich in der Hoffnung, ihn mit ein wenig Gefrotzel aufzuheitern. »Sag mir nicht, du bist konvertiert?«

Er seufzte schwer. »Wenn man so krank ist wie ich, probiert man alles.«

Mir war unbehaglich zumute, bis er die Augen öffnete und grinste.

»Eigentlich«, fuhr er fort, »gehörte sie meiner Großmutter. Ein altes Familiengeheimnis. Aber erzähl es niemandem.«

Ich erwiderte sein Lächeln und fragte mich, ob er die Wahrheit sagte. Ich wusste, dass seine Großeltern aus dem Jemen nach Saudi-Arabien ausgewandert waren. Vielleicht war eine Mischehe der Grund gewesen. Er trank einen weiteren Schluck Wasser, stellte das Glas vorsichtig ab und sah mich erwartungsvoll an. Zeit fürs Geschäft.

»Ich muss eine ziemlich heikle Angelegenheit mit dir besprechen, aber vorher möchte ich dich um einen Gefallen bitten.«

»Selbstverständlich.«

»Kennst du einen Mann namens Mariano Gallegos? Er war vor einigen Jahren Mitglied der venezolanischen Delegation bei den Vereinten Nationen und ist vielleicht noch immer in New York oder auch nicht.«

Er runzelte die Stirn und rieb seinen dünnen Bart.

»Ich glaube nicht.«

»Ich muss mit ihm reden. Keine große Sache, ich möchte ihm bloß ein paar Fragen stellen. Besteht irgendeine Möglichkeit, dass du uns miteinander bekannt machen kannst?«

Er notierte sich etwas. »Ich werde sehen, was ich tun kann.«

»Danke, das wäre sehr nett.« Ich zögerte, unsicher, wie ich das nächste Thema ansprechen sollte. Theresas Daten. Mir war der Gedanke gekommen, dass Rashid verärgert reagieren könnte. In der langen Zeit unserer Bekanntschaft hatte er nie etwas gesagt oder getan, was nicht im Interesse der OPEC gewesen wäre, und die Enthüllung saudischer Geheimnisse fiel nicht unbedingt in diese Kategorie. Am besten legte ich meine Karten einfach auf den Tisch und sah dann weiter.

»Neulich hat mich die Freundin eines Freundes kontaktiert. Diese Freundin kannte wiederum jemanden, der bei Aramco gearbeitet hat. Sie hat mir eine Festplatte mit gewaltigen Mengen von firmeninternen Informationen übergeben. Aufbereitete seismische Daten, Fördermengen, Mischungsverhältnisse, alles Mögliche. Quelle für Quelle, für jedes einzelne Feld im Königreich.«

Ich machte eine Pause, um seine erste Reaktion abzuwarten.

»Hab ich das richtig verstanden?«, fragte er, legte die Fingerspitzen zusammen und neigte den Kopf zur Seite. »Du hast einen Freund, der eine Freundin hat, die einen Freund hat. Und dieser Freund hat der Freundin deines Freundes einen Haufen streng vertraulicher Informationen gegeben, und dann hat sich diese Freundin deines Freundes aus heiterem Himmel bei dir gemeldet und dir die Informationen überreicht. Und du meinst, diese Informationen könnten glaubwürdig sein.«

»Es sind schon seltsamere Dinge passiert«, sagte ich und wurde ein wenig rot.

»Aber nicht viele.«

»Stimmt«, gab ich zu. »Deswegen bin ich ja hier.«

»Du möchtest, dass ich für dich gestohlene Daten prüfe?«, fragte er und beugte sich ein wenig vor. »Auf der Grundlage von vertraulichem Wissen, das ich durch meine berufliche Tätigkeit als Angestellter der OPEC erworben habe?«

So hätte ich es nicht ausgedrückt, aber es brachte mein Anliegen ziemlich genau auf den Punkt.

»Ja.«

Er warf die Hände in die Höhe. »Warum sollte ich das tun?«

Diese Frage hatte ich erwartet. Ich nahm einen Packen Papiere aus meinem Aktenkoffer und gab sie ihm.

»Was ist das?«, wollte er wissen.

»Die Mengen des eingepumpten Meerwassers und die Mischungsverhältnisse des geförderten Öls in Ghawar für die letzten fünf Jahre. Auf der letzten Seite steht eine Zusammenfassung.«

Er blätterte zum Ende des Packens und überflog die letzte Seite. »Und?«

»Die Mischungsverhältnisse sind viel ungünstiger als zu erwarten, es sei denn, die Fördermenge ist dramatisch gesunken.«

»Bitte mach dich nicht lächerlich. Du bist kein Ingenieur. Es gibt jede Menge technische Gründe für niedrigere Erträge. Selbst wenn die Zahlen stimmen, muss das nicht unbedingt etwas bedeuten.«

Mein Kopf pochte leicht, und ich wünschte, ich hätte mehr geschlafen. Ich hatte nur eine Chance, ihn zu überzeugen, und die wollte ich nicht vermasseln.

»Ich weiß. Aber hör mich einen Moment an. Die Aramco-Daten, die ich gesehen habe …«

»Die vermeintlichen Aramco-Daten, die du gesehen hast«, unterbrach er mich.

»Gut. Die vermeintlichen Aramco-Daten, die ich gesehen habe, enthielten unter anderem Berichte an die Führungsetage des Managements, darunter auch einige, die ausdrücklich für die OPEC verfasst waren. Einer war namentlich an dich adressiert.«

»Und?«

»Und die Zahlen in diesen Berichten entsprechen nicht den Felddaten.«

»Das heißt, deine Informationen sind in sich widersprüchlich, was sie noch verdächtiger macht«, sagte er abschätzig.

Ich erwiderte nichts, sondern ließ ihm Zeit zum Nachdenken. Rashid war alles andere als dumm. Eine Möglichkeit war in der Tat, dass meine Informationen nicht korrekt waren. Die andere war, dass Aramco ihn und ihre politischen Herren belogen hatte. Und wenn das stimmte, stellte sich die Frage, warum.

»Ich bin müde.« Er seufzte, zog eine Schreibtischschublade auf, nahm ein Taschentuch heraus und tupfte sich die Stirn ab. »Diese Tabletten sind schlimmer als meine Krankheit.«

»Ich gehe«, bot ich sofort an und stand auf. »Wir können uns weiter unterhalten, wenn du dich ausgeruht hast.«

»Bleib.« Er machte mir ein Zeichen, wieder Platz zu nehmen. »Es ist nichts. Ich genieße die Gesellschaft. Hast du eine Kopie dieses an mich adressierten Berichts?«

Ich nahm sie aus meinem Aktenkoffer und gab sie ihm. Er blätterte ein paar Seiten durch und gab mir die Kopie dann mit unergründlicher Miene zurück.

»Ich möchte dir etwas erklären, auch wenn du es womöglich schwer verständlich findest«, sagte er und legte das Taschentuch über seinen Kopf wie eine *kafiya*. »In Wahrheit weiß niemand, wie viel Öl die Saudis noch haben und wie es um ihre Ölfelder bestellt ist. Ich nicht, das saudische Ölministerium nicht und auch der König nicht. Die saudische Regierung nimmt die OPEC in den Schwitzkasten, um die Förderkontingente zugeteilt zu bekommen, die man haben will, und befiehlt Aramco dann, diese Menge zu produzieren. Und Aramco tut, was getan werden muss, damit es auch passiert. Wenn der Minister oder der König wissen will, wie viele Überkapazitäten zur Verfügung stehen oder wie viele nachgewiesene Förderreserven es genau gibt, berichtet der Chef von Aramco das, was sie hören wollen, und schließt mit den Worten *Inschallah* – so Gott will. Und wer wollte dem widersprechen? Wenn Gott will, dass das Öl sprudelt, wird es sprudeln, wenn nicht, dann nicht.«

»Bei allem Respekt, Rashid, aber das kaufe ich dir nicht ab. Ich kenne einige Leute von der Aramco. Dort arbeiten eine Menge intelligente Ingenieure. Ich kann mir nicht vorstellen, dass die nicht wissen, was Sache ist.«

»Du darfst Intelligenz und kulturelle Prägung nicht durcheinanderbringen«, keuchte er ärgerlich. »Ich bin sicher, dass die von dir erwähnten intelligenten Ingenieure auf den unteren Ebenen der Organisation die richtigen Berechnungen angestellt haben. Trotzdem ist es inakzeptabel, problematische Neuigkeiten nach oben weiterzumelden, vor allem in Form einer Vorhersage. Denn viele führende Leute des Königreichs – einschließlich des Königs selbst – glauben aufrichtig, dass ein gehöriges Maß von Hybris darin liegt, die Zukunft vorhersagen zu wollen. *Inschallah*. Es wird sein, wie Gott will.«

»Das wäre ja auch in Ordnung, wenn die Saudis nicht auf dem Großteil der Ölreserven der gesamten Welt sitzen würden«, sagte ich und beobachtete, wie auf seiner Stirn erneut der Schweiß ausbrach. Es war die Art Geplänkel, die ihm normalerweise Spaß machte, aber ich machte mir immer noch Sorgen, ich könnte ihn überfordern. »Wenn die Peak-Oil-Theorie stimmt und die Ölreserven der Saudis, anders als alle vermuten, schon fast erschöpft sind, bedeutet das Probleme für alle.«

Er lächelte grimmig, wischte sich das Gesicht mit dem Taschentuch ab und warf es auf den Schreibtisch. »Willst du meine Meinung hören?«

»Bitte.«

»*Inschallah.*«

Ich grinste, weil ich dachte, er hätte wieder einen Witz gemacht, doch mein Lächeln erstarb, als die Sekunden verstrichen, ohne dass er noch etwas sagte.

»Du hast kein Interesse daran, eine weltweite Energiekrise zu verhindern?«

»Wenn sie sich nicht in den nächsten Wochen ereignet, bezweifle ich, dass sie mich noch betreffen wird.«

Wir starrten uns schweigend an, und ich fragte mich, ob es die Medikamente waren, die aus ihm sprachen.

»Ich bin ein wenig ratlos, Rashid«, sagte ich leise. »Du hast dich stets bemüht, anderen Menschen zu helfen, vor allem mir. Es fällt mir schwer zu glauben, dass es dir wirklich egal ist, ob du eine Katastrophe verhinderst, unabhängig davon, ob du sie noch erleben wirst.«

»Es gibt viele Dinge, die mir am Herzen liegen«, erwiderte er ernst. »Manche kann ich beeinflussen, andere nicht.«

»Du glaubst nicht, dass es einen Unterschied machen würde, ob die westlichen Regierungen über einen bevorstehenden Ölschock informiert sind oder nicht?«

»Offen gestanden, nein«, sagte er, eher amüsiert als bekümmert. »Amerika und seine Verbündeten sind ach so verliebt in die Demokratie, aber das bedeutet im Grunde nur, dass nie unbequeme Entscheidungen getroffen werden. Jeder weiß, dass nur eine begrenzte Menge Öl zur Verfügung steht, aber die westlichen Wirtschaftsmächte bringen nicht den politischen Willen auf, sich mit absolut vorhersehbaren Engpässen zu befassen, bis sich vor den Tankstellen Schlangen bilden. Und dann ist es, wie wir beide wissen, Jahre zu spät.«

»Sie würden Schritte unternehmen, wenn sie eine konkrete Warnung bekämen. Wir reden vom Ende der Welt, so wie wir sie kennen. Gravierende Ölversorgungsmängel würden Hunger, Tod und Krieg bedeuten. So etwas sorgt in der Regel für verschärftes Nachdenken.«

»Hunger, Tod und Krieg für wen?«, erwiderte er scharf. »Nicht für Amerika. Amerika wird leiden, aber es wird nicht den vollen Preis bezahlen. Ihr seid die einzig verbliebene große Militärmacht. Ihr werdet die Öl- und Gasfelder im Nahen Osten unter eure Gewalt bringen und die verbliebenen Rohstoffreserven nutzen, um einen Crash-Übergang hinzubekommen. Die wirklich üblen Folgen bleiben für die Dritte Welt vorbehalten – Orte, an denen schon immer Hunger, Tod und Krieg geherrscht hat, ohne dass das zu verschärftem Nachdenken geführt hätte.«

Es war eine knappe, brutale und absolut zutreffende Zusammenfassung dessen, was Senator Simpsons Plan tatsächlich bedeutete. Ich wünschte, Rashid wäre dabei gewesen, als Simpson versucht hatte, seine Ideen als »Energiesicherheit« zu verkaufen. Die Welt, die Rashid beschrieb, war nicht die, die ich meiner Tochter hinterlassen wollte.

»Ist das die herrschende Sicht der OPEC?«

»Mehr oder weniger. Die Führer der arabischen Golfstaaten sind sich der Gefahren ihrer ›besonderen Beziehung‹ zu Amerika durchaus bewusst, haben jedoch noch mehr Angst vor dem Iran und den Extremisten in der eigenen Bevölkerung. Jeder hat die Lektion von Kuwait begriffen. Ohne Bush und die US-Marines wären der Emir und seine ganze Sippschaft bloß noch eine weitere Truppe abgesetzter Aristokraten, die in Paris oder London Däumchen drehend darauf warten, dass ihnen das Geld ausgeht. Die Könige, Emire und Sultane brauchen Amerika für ihre Sicherheit, aber sie wissen alle, dass sie einen Pakt mit dem Teufel geschlossen haben. Wenn es hart auf hart kommt, wird Amerika annektieren, was annektiert werden muss, und die Königshäuser am Golf können bestenfalls auf eine großzügige Abfindung hoffen. Der Teufel verlangt immer seinen Tribut.«

Er rang nach Atem.

»Es geht dir nicht gut«, sagte ich, wütend auf mich selbst, weil ich zugelassen hatte, dass er sich so erregte. Es war ein Fehler gewesen, ihn zu bedrängen, ganz gleich, wie wichtig das Thema sein mochte. »Es tut mir leid. Kann ich dir irgendetwas holen?«

»Nur ein wenig mehr Wasser«, murmelte er und sank auf seinem Stuhl wieder in sich zusammen.

Ich holte frisches Wasser und wartete stumm, bis er die Augen schloss und wieder ruhiger zu atmen begann. Ich war schon auf halbem Weg zur Tür, als ich seine Stimme hörte.

»Schick mir deine Informationen. Ich sehe sie mir an und lasse dich wissen, was ich davon halte.«

»Danke«, sagte ich gerührt. »Das ist wirklich sehr freundlich von dir. Ich lasse dir im Laufe des Tages alles zukommen.«

Ich hatte die Hand schon auf der Klinke, als er ein weiteres Mal seine Stimme erhob.

»Möchtest du einen Rat?«

Ich drehte mich um und sah ihn an. Er hatte die Augen offen und lächelte mich an.

»Bitte.«

»Kauf dir irgendwo ein Stück entlegenes Land und schaff dir Ziegen an. Ziegen sind leicht zu halten und sehr nützliche Tiere. Ihr Fleisch kann man essen, ihr Fell zu Kleidung verarbeiten und ihren Dung als Treibstoff verbrennen.«

Als ich ging, lachte er leise.

14

Amy saß nicht an ihrem Schreibtisch, als ich ins Büro kam, aber der Akku für mein Handy lag auf meinem Tisch, also konnte sie nicht weit sein. Während ich die Akkus austauschte, warf ich einen Blick auf meinen Computer, um zu sehen, ob das Programm zur Berechnung der Erschöpfung der Ölquellen schon durchgelaufen war. Aber kein Glück – ein blinkendes Icon zeigte an, dass der Prozess noch im Gange war. Ich klopfte ein paar Mal auf den Hauptprozessor, um die Sache zu beschleunigen. Alte Gewohnheiten sind hartnäckig, und als ich ein kleiner Junge war, hatte es immer geholfen, bei schlechtem Bild auf den Fernseher zu klopfen.

Ich legte das Handy mit dem neuen Akku in die Ladeschale und überflog die Nachrichten. Die Ukrainer dementierten nach wie vor lautstark jede Beteiligung an dem Anschlag, während Russen und Franzosen verdächtig still geworden waren. Nichts, was meiner unmittelbaren Aufmerksamkeit bedurfte. Ich hatte gerade angefangen, meine Mails systematisch abzuarbeiten, als Amy mit besorgter Miene in mein Zimmer platzte.

»Guten Morgen«, sagte ich und stand auf, um sie zu begrüßen. »Was gibt's?«

»Morgen.« Sie sah sich kurz um und beugte sich dann vor. »Alex ist heute wieder nicht da«, flüsterte sie. »Im Handelssaal munkelt man, dass Walter seine Positionen schließen will.«

»Welche Positionen?«, fragte ich besorgt.

»Alle.«

Ich setzte zu einem Fluch an und beherrschte mich gerade noch. Die Schließung sämtlicher Positionen war auf dem Handelsparkett, als würden einem alle Epauletten abgerissen. Es bedeutete, dass Alex endgültig raus war, seine Karriere als Händler beendet, bei Cobra und überall sonst – niemand würde ihn mit seiner Bilanz je wieder einstellen. Ich war wütend auf ihn, weil ich ihn im Verdacht hatte, mich getäuscht und in die Irre geführt zu haben, aber ich wollte ganz bestimmt nicht, dass ihm wehgetan wurde. Obwohl es vielleicht das Beste war, dachte ich, nachdem der erste Schock abgeklungen war. Ich hatte ihm neulich die Wahrheit gesagt – er war ein intelligenter Junge, aber nicht zum Trader geboren. Wenn er von dem täglichen Druck befreit war, schaffte er es vielleicht, sich zusammenzureißen, mit dem Trinken aufzuhören und sich wieder in halbwegs vernünftige körperliche Verfassung zu bringen. Und er konnte sich immer noch um das Management von Walters politischen Aktivitäten kümmern. Zumindest hoffte ich, dass er das tun würde. Vielleicht hatten er und sein Vater sich auch ernsthaft gestritten, was eine weitere Erklärung dafür wäre, dass er nicht wieder in seinem Büro erschienen war.

»Hat Lynn mit ihm gesprochen?«

»Nein. Er hat nicht angerufen. Sie ist gerade unterwegs zu seiner Wohnung, um sich zu vergewissern, dass alles in Ordnung ist.«

Ich zögerte kurz, ob ich mich einmischen sollte, und entschied dann, dass ich keine andere Wahl hatte. Alex war ein Freund. Ich musste ihm helfen, wenn ich konnte.

»Ich möchte mit Walter sprechen. Bitte versuchen Sie, so schnell wie möglich einen Termin auszumachen.«

»Wird erledigt. Und ich weiß nicht, ob Sie die Nachricht schon gesehen haben, aber Reggie hat vor ein paar Minuten angerufen. Er möchte, dass Sie ihn unter seiner Büronummer zurückrufen.«

»Danke.«

Amy trug einen knallroten Weihnachtspullover mit aufgestickten Zuckerstangen, die im Licht metallisch glänzten und bei mir leichtes Unwohlsein auslösten. Ich war zu alt, um mit drei Stunden Schlaf auszukommen, erst recht, wenn ich vorher ein paar Whiskeys gekippt hatte.

»Soll ich Ihnen einen Kaffee bringen?«, fragte sie besorgt. »Sie sehen ein wenig mitgenommen aus.«

»Vielleicht später«, sagte ich. Der Kaffee bei Rashid war mir nicht besonders bekommen, und ich hatte schon genug Säure im Magen. »Ein Stück trockener Toast wäre super.«

»Ich werde sehen, was ich auftreiben kann.«

Ich wählte Reggies Dienstnummer. Ein Polizist nahm ab und bat mich zu warten. Eine Minute später meldete sich Reggie. »Mark?«

»Ja.«

»Hatten Sie bei Ihrem OPEC-Kumpel Glück in Sachen Gallegos?«

»Er kennt ihn nicht persönlich, aber er hat mir versprochen, ein paar Anrufe zu machen. Er sollte sich im Laufe des Tages, spätestens morgen zurückmelden.«

»Die Situation ist nämlich sehr viel komplizierter, als ich dachte.«

Ich packte den Hörer fester. »Inwiefern kompliziert?«

»Die Akte über den gestohlenen BMW enthält einen Querverweis auf eine Mordermittlung.«

»Wer wurde ermordet?«, fragte ich atemlos.

»Gallegos' Schwager, ein Typ namens Carlos Muñoz, ebenfalls Diplomat. Am Tag des Diebstahls hat Gallegos Muñoz den Wagen geliehen. Dieser Muñoz klingt insgesamt wie ein echtes Früchtchen. Einen Haufen Beschwerden wegen sexueller Belästigung und eine Freundin in Long Island, die er als Sandsack benutzt hat. Laut Akte ist Muñoz an jenem Nachmittag zu ihr gefahren, aber sie hatte die Stadt schon verlassen. Vielleicht hatte sie endlich die Schnauze voll. Also fuhr er zurück in die Stadt, gabelte eine Nutte auf und fuhr mit ihr in ein Motel in der Lower West Side. Dort wurde auch seine Leiche gefunden. Mit drei Kugeln aus einer .45er Militärpistole in der Brust. Das Mädchen war verschwunden.«

Ich atmete langsam aus. »Und was heißt das?«

»Schwer zu sagen. Eine Möglichkeit ist, dass Muñoz der Typ war, den wir gesucht haben. Auf dem Parkplatz gab es eine Sicherheitskamera. Die Aufnahmen zeigen, dass er um halb sechs mit der Nutte angekommen und um sechs allein wieder weggefahren ist. Kyle hat Ihre Wohnung um kurz nach halb acht verlassen.«

»Ich bin verwirrt«, sagte ich, angestrengt bemüht, weiter analytisch zu denken. »Haben Sie nicht eben gesagt, dass Muñoz in dem Motel ermordet wurde?«

»Richtig. Im Bett und mit heruntergelassenen Hosen. So viel Glück müssten wir mal haben. Eine zweite Sicherheitskamera in der Hotellobby hat ihn bei seiner Ankunft erfasst, jedoch nicht beim erneuten Verlassen des Motels und seiner späteren Rückkehr. Unsere Leute haben sich das so erklärt, dass Muñoz eingecheckt, das Motel dann über die Feuertreppe wieder verlassen und den Wagen bewegt hat, bevor er auf demselben Weg und durch eine offen stehende Tür wieder auf sein Zimmer zurückgekehrt ist. Sie vermuten, dass er vielleicht kurz Zigaretten holen war und den Wagen irgendwo hat stehen lassen.«

»Klingt das für Sie logisch?«, fragte ich ungläubig.

»Nein. Es klingt wie ein Haufen Scheiße. Ich hab genug Akten gelesen, um zu erkennen, dass die Jungs, die mit dem Fall zu tun hatten, den Deckel möglichst schnell zuklappen wollten. Ein toter Diplomat im Zimmer einer Absteige; Sperma auf den Laken; Armbanduhr, Brieftasche und Geldclip verschwunden. Er hat das wilde Leben gesucht und mehr bekommen, als er bestellt hat. Ende der Geschichte. Niemand war an losen Enden interessiert.«

»Und wie wahrscheinlich ist es, dass er vor seiner Ermordung Kyle entführt hat?«

»Meiner Ansicht nach ziemlich unwahrscheinlich. Der Obduktionsbericht gibt die Todeszeit mit circa einundzwanzig Uhr an, womit kein großes Zeitfenster bleibt, in dem er Kyle geschnappt und den Wagen in Harlem abgestellt haben könnte, bevor er irgendwie zurück in das Downtown-Motel gelangt ist.«

»Das ist merkwürdig«, sagte ich und wünschte erneut, ich hätte mehr geschlafen.

»Was Sie nicht sagen.«

»Und was glauben Sie?«

»Ich weiß nicht. Muñoz hatte die Autoschlüssel noch in der Hosentasche. Vielleicht hat er den Wagen wirklich aus irgendeinem Grund um die Ecke abgestellt und irgendjemand hat ihn gestohlen. Vielleicht jagen wir auch einem Märchen hinterher.

Aber schlussendlich will ich jetzt jedenfalls noch dringender mit diesem Gallegos sprechen. Er wurde damals auch vernommen und hat seinen Schwager als einen wahren Heiligen hingestellt. Ich vermute, er weiß womöglich mehr, als er gesagt hat. Geben Sie mir also Bescheid, wenn Ihr Freund sich meldet, okay?«

»Okay«, sagte ich unglücklich. Weitere Ungewissheit war das Letzte, was ich brauchte.

»Halten Sie die Ohren steif«, sagte Reggie. »Ich melde mich bald wieder.«

Als ich aufgelegt hatte, summte Amy mich auf der Gegensprechanlage an.

»Walter hat jetzt Zeit für Sie.«

»Vielen Dank. Bin schon unterwegs.«

Walters Büro war vergleichsweise bescheiden, ein fünfzehn Quadratmeter großer Glaskasten mitten im Handelssaal. Die Jungs auf dem Parkett nannten es das Goldfischglas, und niemand wollte sich darin aufhalten, außer wenn die Boni ausgeschüttet wurden. Meist verstummten die Gespräche über die Märkte an den Tischen, damit alle lauschen konnten. Ins Goldfischglas zitiert zu werden bedeutete, dass ein Anschiss anstand.

»Komm rein«, sagte Walter und winkte mit einer Hand, als ich an die Tür klopfte. Er legte den Bericht, den er gelesen hatte, mit dem Gesicht nach unten auf seinen ansonsten leeren Schreibtisch und fixierte mich mit seinen blassblauen Augen. Einer seiner prägenden Charakterzüge bestand darin, dass er nie abgelenkt, sondern immer absolut auf das konzentriert war, dem er sich gerade widmete. Theoretisch bewundernswert, aber beunruhigend, wenn diese Konzentration einem selbst galt.

»Ich mache mir Sorgen um Alex«, sagte ich, weil es mir das Beste schien, nicht lange um den heißen Brei herumzureden. »Es scheint ihm schon länger nicht gut zu gehen.«

»Sehr aufmerksam von dir, vielen Dank«, erwiderte er knapp.

»Aber Alex ist nicht mehr zweiundzwanzig. Er braucht kein Kindermädchen.«

»Das sage ich ja auch gar nicht. Aber vielleicht braucht er Hilfe. Ich habe das Gefühl, dass er seit einiger Zeit heftig trinkt. Seine Positionen zu liquidieren wird seine Perspektiven nicht verbessern.«

Walter starrte mich an, ohne zu blinzeln. Ich starrte zurück. Versuchte er, mich einzuschüchtern?

»Mach die Tür zu und setz dich«, befahl er.

Ich folgte seiner Aufforderung, wie immer verärgert über seinen Ton.

»Jeder da draußen reißt sich den Arsch auf, um seinen Job zu behalten«, sagte er und zeigte mit dem Finger auf den Handelsraum. »Ich darf niemanden bevorzugen, bloß weil er mein Sohn ist.«

»Das schlage ich ja auch gar nicht vor. Ich sage nur, dass du ihm vielleicht eine hilfreiche Hand ausstrecken solltest. Weil er dein Sohn ist und weil es ihm schlecht geht.«

Ich ertrug seinen starrenden Blick ein paar weitere Sekunden und fragte mich, was er wirklich dachte. Es war schwer vorstellbar, dass Alex ihm vollkommen gleichgültig war, selbst wenn er sich mit ihm überworfen hatte. Walter blickte auf seinen Schreibtisch und richtete den umgedrehten Bericht mit einem Fingernagel parallel zur Tischkante aus.

»Ich habe Alex meine Besorgnis schon direkt mitgeteilt«, sagte er zögernd. »Ich wüsste nicht, was ich im Augenblick sonst noch machen kann.«

»Dann glaubst du also auch, dass er ein Problem hat?«

»Allem Anschein nach.« Er runzelte die Stirn. »Seine Mutter und ich machen uns Sorgen.«

Glanzlicht von Walters hässlicher Scheidung vor zwanzig Jahren war das von Alex' Mutter vorgelegte Gutachten einer Tierpsychologin gewesen, in dem festgestellt wurde, dass ihr Yorkshire Terrier wegen Walters negativer Energie selbstmordgefährdet sei.

Ein gefundenes Fressen für die Boulevardpresse, deretwegen Walter seinen Wohn- und Arbeitsplatz sogar vorübergehend nach London verlegt hatte. Das Eingeständnis, überhaupt etwas mit seiner Exfrau zu besprechen, war ein deutlicheres Anzeichen seiner Besorgnis als alle lauwarmen Erklärungen.

»Ich kann Alex gerne zureden, sich um professionelle Hilfe zu bemühen«, sagte ich zu Walter, von Vater zu Vater und mit neuem Mitgefühl. »Ich wüsste trotzdem gern, dass ich deine Unterstützung habe. Deine Meinung ist ihm wichtig.«

Bevor Walter antworten konnte, klingelte sein Telefon. Er nahm ab, lauschte und hielt mir dann den Hörer hin. »Es ist Amy. Sie sagt, es wäre dringend.«

»Entschuldige.« Ich nahm den Hörer. »Amy?«

»Ich habe Nikolai Narimanov in der Leitung«, erklärte sie. »Ich habe ihm erklärt, dass ich Ihnen gerne etwas ausrichte, aber er hat darauf bestanden, dass ich Sie störe.«

»Narimanov«, sagte ich zu Walter, die Hand auf der Sprechmuschel. »Er möchte mich unverzüglich sprechen.«

Walter zog die Brauen hoch. Ich zuckte die Schultern.

»Nimm das Gespräch an«, sagte er.

»Stellen Sie ihn bitte durch«, erklärte ich Amy.

»Nikolai?«

»Mark. Ihre Sekretärin hat mir erklärt, dass ich Sie in einem denkbar ungünstigen Moment erwische.«

»Ich fürchte ja.«

»Dann will ich direkt zur Sache kommen. Ich habe über unser Gespräch gestern nachgedacht und entschieden, dass ich nicht möchte, dass eine meiner vertraulichen Informationen einer größeren Öffentlichkeit bekannt wird, mit oder ohne Quellenangabe.«

»Dann gibt es für uns nicht viel zu besprechen«, erwiderte ich, gleichermaßen geknickt wie angepisst. Theoretisch sollte Narimanov mir zunächst nur meine saudischen Daten bestätigen, aber ich hatte gehofft, er könne eine meiner wichtigsten

Quellen in und über Russland werden. »Alle meine Top-Kunden haben zur gleichen Zeit Einsicht in das, woran ich zu einer gegebenen Zeit arbeite. Ich kann keine Spezialanalysen für Sie erstellen, die ich den anderen Abonnenten nicht zugänglich mache.«

»Das dachte ich mir, und deshalb möchte ich Ihnen neue Bedingungen anbieten. Ich kaufe Sie auf. Ich kapitalisiere Ihr aktuelles Einkommen zu einem günstigen Schätzkurs und zahle es Ihnen für fünf Jahre in bar. Im Gegenzug erklären Sie sich bereit, in dieser Zeit exklusiv für mich zu arbeiten.«

Ich schluckte heftig, überschlug die Zahlen im Kopf und kam auf drei bis vier Millionen Dollar pro Jahr. Walter sah mich fragend an.

»Das kommt unerwartet«, sagte ich angestrengt emotionslos. »Darüber muss ich eine Weile nachdenken und Sie dann zurückrufen.«

»Tun Sie das. Und denken Sie auch daran, dass Sie, wenn Sie für mich arbeiten, Zugriff auf Informationen haben, die Sie nirgendwo sonst bekommen.«

»Verstehe.«

»Vielleicht nicht im vollen Umfang. Ich gebe Ihnen eine kleine Probe: Russische und französische Spezialeinheiten haben gerade einen geheimen Angriff auf eine paramilitärische Basis der ukrainischen Ultranationalisten nördlich von Zhitomir abgeschlossen, etwa hundert Kilometer westlich von Kiew. Nach ersten Berichten konnten sie dort Beweismaterial für eine ukrainische Beteiligung an dem Nord-Stream-Anschlag sicherstellen und zwei Personen gefangen nehmen, die direkt in die Vorbereitung verwickelt waren.«

Meine Kinnlade klappte nach unten. »Sind Sie sicher?«

»Was?«, unterbrach Walter. Ich machte ihm ein Zeichen, still zu sein, und wartete gespannt auf Narimanovs Antwort.

»Ja. Im Laufe der nächsten Stunde wird eine Presseerklärung veröffentlicht werden. Handeln Sie schnell. Und sagen Sie mir bitte so bald wie möglich, ob Sie mein Angebot annehmen möchten. Ich mag es nicht, wenn man mich warten lässt.«

Damit legte er auf. Einen Moment lang war ich zu geschockt, um mich zu rühren. Dann beugte ich mich über Walters Schreibtisch und wählte Amy an.

»Was ist los?«, wollte Walter wissen.

»Neuigkeiten«, sagte ich. »Hör einfach zu.«

Amy nahm nach dem zweiten Klingeln ab. Ich würgte ihre Begrüßung ab. »Öffnen Sie sofort eine neue E-Mail an den kompletten Verteiler.«

Walter stand auf und ging zur Tür, wo er stehen blieb, einen Fuß auf dem Handelsparkett, einen Fuß in seinem Büro.

»Hab ich.«

»Betreff: DRINGEND in Großbuchstaben. Nachricht: *Verlässliche Berichte über einen russisch-französischen Militärschlag in der Ukraine. Sichergestelltes Beweismaterial belastet ukrainische Nationalisten als Urheber des Nord-Stream-Anschlags. Pressekonferenz in Kürze. Zu erwarten sind eine Rallye an den Kapitalmärkten und Einbrüche an den Energiemärkten. Detaillierte Analyse folgt.* Haben Sie das?«

»Ja.«

»Dann schicken Sie es raus. Ich bin in zwei Minuten wieder an meinem Schreibtisch.«

Ich legte auf und drehte mich um. Walter war schon im Handelssaal und brüllte seinen Händlern Befehle zu. Er wirkte ruhig und gefasst wie ein erfahrener Offizier, der seine Truppen in die Schlacht führt. Ich nahm an, dass unser Gespräch über Alex beendet war. Es würde ein weiterer langer Tag werden.

15

Kurz vor Mittag stand Amy in der Tür zu meinem Büro, einen Teller in der einen, einen dampfenden Becher in der anderen Hand. »Haben Sie einen Moment Zeit?«

Ein paar verrückte Stunden lagen hinter mir. Dreißig Minuten nach der Nachricht von Narimanov hatten Russen und Franzosen eine aufsehenerregende Pressekonferenz abgehalten, auf der mit schicken Schautafeln die forensischen Beweise, die die Nationen zum Handeln bewogen hatten, sowie scharfe Videoaufnahmen präsentiert wurden, die zeigten, wie Sondereinheiten beider Nationen am helllichten Tag einen *Apocalypse-Now*-artigen Angriff gegen ein paramilitärisches ukrainisches Lager führten. Es war eine beeindruckende Show, bei der beide anwesenden Außenminister in ihren Erklärungen indirekte Angriffe eingeflochten hatten, dass die USA noch das eine oder andere darüber lernen könnten, wie man den Terrorismus bekämpfte, ohne ganze Länder in Schutt und Asche zu legen. Die Ukrainer protestierten lautstark gegen gefälschte Beweise und drohten die Frage ihrer verletzten Souveränität vor die UNO zu bringen, doch niemand schenkte ihnen große Beachtung – sogar die ehemaligen sowjetischen Verbündeten hielten sich bedeckt. Den Vereinigten Staaten blieb nichts anderes übrig, als durch einen Sprecher des Außenministeriums versichern zu lassen, dass man alle verantwortungsvollen Anstrengungen zur weltweiten Bekämpfung des Terrorismus unterstützte. Spiel, Satz und Sieg für den Bären und den Pudel. Die Märkte reagierten, wie ich erwartet hatte, und in meiner Mailbox stapelten sich Glückwunschmails meiner Kunden.

»Selbstverständlich«, sagte ich und blickte zum hundertsten Mal auf meinen Monitor. Das rote Icon des Programms zur Berechnung von Erdölreserven zeigte nach wie vor aufreizend träge blinkend an, dass die Rechnung noch andauerte. »Kommen Sie rein.«

»Ich habe noch ein paar Scheiben Toast für Sie mitgebracht«, sagte sie und stellte den Teller auf meinem Schreibtisch ab. »Und wollen Sie jetzt vielleicht doch einen Kaffee?«

Ihre Frage erinnerte mich daran, wie müde ich war.

»Bitte«, sagte ich und unterdrückte ein Gähnen. Ich spülte einen Bissen Toast mit einem Schluck Kaffee herunter, was meinen Magen nicht glücklicher machte, aber ich brauchte das Koffein. »Haben Sie irgendwas von Alex gehört?«

»Nichts. Er hat Lynn nicht aufgemacht. Sie macht sich Sorgen.«

»Hat sie es Walter erzählt?«

»Sie hat mit Susan gesprochen. Und Susan hat versprochen, mit Walter zu reden.«

Susan war Walters Assistentin.

»Ich fahre auf dem Nachhauseweg mal bei Alex vorbei«, sagte ich mit einem Blick auf die Uhr. »Sonst noch was?«

»Rashid hat angerufen, um ein Treffen zwischen Ihnen und einem gewissen Mariano Gallegos zu verabreden. Er hat gesagt, ich solle Sie nicht stören.«

»Gut. Wann und wo?«

»Morgen Vormittag um neun Uhr im Turtle Bay Diner an der Ecke 46th Street und 2nd Avenue. Ich nehme an, Sie gehen zu Fuß?«

»Genau. Tun Sie mir einen Gefallen und setzen Sie Reggie davon in Kenntnis.« Sie sah mich fragend an, aber ich war nicht zu Erklärungen aufgelegt. »Und noch etwas.« Ich schrieb eine kurze Notiz und nahm den iPod und das Kabel, das Kate gekauft hatte, von meinem Schreibtisch. »Packen Sie das in Blasenfolie und lassen Sie es von einem hauseigenen Boten zu Rashid bringen, bitte.«

»Wird erledigt. Außerdem haben Sie noch eine Reihe von Anfragen potenzieller Kunden sowie circa eine Million Anrufe von Journalisten.«

Die Erwähnung potenzieller Kunden erinnerte mich an Narimanovs Angebot, mich komplett aus meinem Geschäft auszukaufen und exklusiv zu beschäftigen. Ich kannte ihn nicht gut genug, um vorschnelle Schlüsse zu ziehen, aber es war eine faszinierende Gelegenheit. Das von ihm erwähnte Geld würde unseren Lebensstandard spürbar erhöhen. Und ich konnte wahrscheinlich arbeiten, wo ich wollte. New York, London – vielleicht sogar San Francisco. Wieder fragte ich mich, wie ernsthaft Claire einen Umzug erwog und ob ich noch Teil ihrer Pläne war.

»Erstellen Sie bitte knappe Hintergrundberichte über die potenziellen neuen Kunden und mailen Sie mir eine Liste der Journalisten.« Bei denen, mit denen ich freundschaftlichen Umgang pflegte, musste ich mich zumindest melden, auch wenn ich nicht vorhatte, ihnen irgendetwas zu erzählen.

»Okay. Außerdem habe ich mit Claire gesprochen. Sie hat Lasagne bei Butterfield bestellt und möchte, dass Sie sie morgen Abend auf dem Weg zu dem Weihnachtskonzert im Sloan-Kettering-Center abholen. Soll ich Ihnen einen Wagen buchen?«

»Um wie viel Uhr fängt es an?«

»Das Essen, zu dem jeder etwas mitbringt, um sechs, das Konzert um sieben.« Sie wartete auf meine Antwort. »Mark?«

Mein Blick war zurück zu meinem Monitor gewandert, wo das Icon des Berechnungsprogramms aufgehört hatte, rot zu blinken, und stattdessen grün leuchtete.

»Verzeihung. Was?«

»Ich hatte Sie gefragt, ob ich Ihnen einen Wagen buchen soll.«

»Das wäre super«, sagte ich und griff nach der Tastatur. »Vielen Dank.«

Ich arbeitete seit ein paar Stunden an dem großen Tisch in dem Hauptkonferenzzimmer, als ich hörte, wie jemand den Raum betrat. Ich hob müde den Kopf und sah Walter. Um wach zu bleiben, hatte ich fünf oder sechs weitere Tassen Kaffee getrunken – mein Hemd war durchgeschwitzt, und ich war gereizt.

Zum einen, weil die Ergebnisse, die ich studierte, so schockierend waren, zum anderen, weil ich nicht recht wusste, ob ich ihnen glauben sollte. Wenn die Daten gefälscht waren, hatte irgendjemand sich größte Mühe gegeben, sie echt erscheinen zu lassen und mich auf eine Weise zu benutzen, die ich noch nicht durchschaut hatte. Ich fragte mich, ob Walter wusste, wer dieser jemand war. Er war meines Wissens der einzige Mensch, der Alex dazu hätte bewegen können, mich anzulügen.

»Imposante Ausstellung«, meinte er mit Blick auf die Dokumente, die ich an die lange Glaswand des Raumes geklebt hatte.

»Ich brauchte ein bisschen Platz. Wolltest du mit mir über Alex reden?«

»Ich wollte nur klarstellen, dass du mich über jedes Gespräch unterrichten sollst, das du mit ihm über persönliche Probleme führst.« Er wanderte langsam an der Wand entlang und blieb vor einer großen Landkarte in der Mitte stehen. »Saudi-Arabien?«

»Botschaft ist angekommen«, sagte ich. »Vielen Dank, dass du reingeschaut hast.«

Er zeigte auf eine der bunten 3-D-Darstellungen eines saudischen Ölfelds, die um die Karte herum aufgehängt waren.

»Und was ist das?«

»Arbeit.«

»Hmm …« Er beugte sich näher und studierte die Legende in der linken unteren Ecke des Farbausdrucks. »Gelb ist Öl, Blau ist Wasser und Grün Sedimentgestein. Geologische Studien?«

Ich verschränkte die Arme und starrte ihn an. Er schlenderte weiter und begutachtete eine Tabellenkalkulation.

»›Monatsnettoproduktion in hunderttausend Barrel‹«, las er. »Ich dachte, die Saudis veröffentlichen keine Produktionsdaten?«

»Tun sie auch nicht.«

Er wandte sich von der Wand ab und musterte mich. »Noch mehr Manna von Narimanov?«

Es gab zwei Möglichkeiten. Entweder er wusste, dass ich die

Informationen von Theresa erhalten hatte, und versuchte, mich zum Narren zu halten, oder nicht. Wenn ja, konnte ich ihm nichts Neues erzählen. Andernfalls war es zumindest geringfügig wahrscheinlicher, dass Alex mich nicht belogen hatte. Ich war es leid, ständig auf Vermutungen angewiesen, im Dunkeln zu tappen. Ich entschied, es herauszufinden.

»Nein«, sagte ich. »Aus einer anderen Quelle.«

Er pfiff leise. »Du scheinst ja eine ganz schöne Erfolgssträhne zu haben, was?«

»Vielleicht. Aber es gibt Komplikationen.«

»Inwiefern?«

Ich stand auf, schloss die Tür und nahm ihm gegenüber Platz. Ich brauchte etwa fünf Minuten, um ihm zu erklären, wie ich an die Daten gekommen war, wobei ich Alex »meinen Freund« und Theresa »einen Experten« nannte. Walters Gesicht glich einer Maske.

»Am meisten irritiert mich die Tatsache, dass die politischen Ideen, die Simpson gestern vorgetragen hat, sich auf genau jene Daten gründen, die mir kurz vorher sozusagen in den Schoß gefallen sind. Es fällt mir schwer, an einen Zufall zu glauben. Ich wette, da ist irgendwas im Busch.«

»Lass mich raten«, sagte Walter und wies mit der Hand auf die Dokumente. »Im Licht der Ergebnisse deiner Arbeit wirken die Ideen des Senators geradezu prophetisch.«

»Eine gründliche Analyse würde Wochen in Anspruch nehmen. Aber die kurze Antwort auf deine Frage lautet Ja. Nach oberflächlicher Lektüre und Deutung würde ich schätzen, dass die Saudis wahrscheinlich in etwa fünf Jahren mit drastischen Produktionsrückgängen rechnen müssen. So schnell können sich die westlichen Wirtschaften unmöglich umstellen, womit massive Verwerfungen unausweichlich sind, es sei denn, die USA übernehmen Simpsons Plan oder eine ähnliche Strategie.«

Ich ließ ihm Zeit für eine Reaktion, aber Walter schwieg. Ich wusste nicht, was ich denken sollte. Walter zeigte kaum je Gefühle, deshalb war es nicht überraschend, dass er die Nachricht gefasst aufnahm. Wenn ich ihn zwingen wollte, die Karten auf den Tisch zu legen, musste ich ihn härter bedrängen. Denn falls er dafür gesorgt hatte, dass ich die Daten bekam, wollte er natürlich auch, dass ich sie glaubte.

»Ich kann nur vermuten, dass die Quelle, von der ich die Informationen habe, sie auch Simpson zugespielt hat, und dass Simpson – vorausgesetzt, so war es – Schritte unternommen hat, sie zu überprüfen. Simpson sitzt im Geheimdienstausschuss des Senats. Ich wüsste wirklich gern, was CIA oder NSA dazu zu sagen haben.«

Wieder ließ ich den Satz im Raum stehen und wartete, dass Walter einen Zusammenhang bestätigte. Er war gut vernetzt, aber doch nicht so gut, dass er zur Überprüfung von Fakten auf unsere Geheimdienste zurückgreifen konnte. Wenn er anbot, sich die Daten anzusehen, und am nächsten Tag ein »Alles klar« zurückmeldete, wüsste ich, dass etwas im Gange war. Walter überlegte eine Weile und schüttelte dann entschieden den Kopf.

»Andersherum wird ein Schuh draus.«

»Wie meinst du das?«

»Überleg doch mal. Die Geschichte von ›dem Experten‹, dem die Daten in die Hände gefallen sind und der entschieden hat, sie an dich weiterzuleiten, riecht irgendwie komisch, und das weißt du auch. Deshalb bist du ja so argwöhnisch und erpicht darauf, dir die Informationen aus anderen Quellen bestätigen zu lassen.«

Ich nickte zögernd und fragte mich, ob das Ganze ein doppeltes Täuschungsmanöver werden sollte. »Und was ist deine Hypothese?«

»Ganz einfach. Solche Daten fallen gern im Umfeld von Geheimdiensten an. Ist es nicht viel wahrscheinlicher, dass CIA oder NSA die Informationen als Erste erhalten, die politischen Implikationen erkannt und sie im Geheimdienstausschuss bekannt gemacht haben? Worauf Senator Simpson, der Präsident werden will, eine Chance gewittert hat, sich vor allen anderen als Kandidat mit visionärer Politik zu positionieren?«

»Aber das würde heißen …«

»Dass Simpson die Daten selbst hat durchsickern lassen. Genau. Oder noch wahrscheinlicher seine kleine, handzahme Ratte White. Weil die Wähler sonst ja nicht wissen könnten, dass der Senator ein so großer Visionär ist, oder? Und«, fuhr er fort und hob einen Finger, um meinen Einwand zu unterbinden, »nachdem er beschlossen hatte, die Information durchsickern zu lassen, wer wäre als Empfänger besser geeignet als jemand aus meiner Umgebung? So konnte er tatsächlich zwei Fliegen mit einer Klappe schlagen. Am Dienstag erscheint er, um mir und meinen Geschäftsfreunden in geschlossener Runde sein Energiesicherungskonzept zu verkaufen, am Mittwoch kommst du angetanzt und erzählst mir, dass seine Besorgnis berechtigt ist. Damit hat Simpson die Daten in der Öffentlichkeit lanciert und sich gleichzeitig der Unterstützung des großen Geldes versichert.«

Es war eine nette Theorie, aber ein Teilchen passte nicht.

»Du vergisst, dass der Experte mir durch einen Freund vorgestellt wurde. Es scheint mir ziemlich weit hergeholt, dass Simpson einen manipulierbaren Experten finden konnte, der zufällig einen Freund von mir kennt.«

Walter sah mich mitleidig an. »Ockhams Rasiermesser.«

Ockhams Rasiermesser: Jede Erklärung eines Phänomens sollte mit möglichst wenigen Annahmen auskommen. Ich dachte eine Weile darüber nach, und dann wurde mir übel.

»Simpson hat keinen Experten gefunden, der einen Freund von mir kannte. Er hat einen Freund von mir gefunden, der bereit war, mir die Lüge aufzutischen, er kenne einen Experten.«

»Simpson ging davon aus, dass du argwöhnisch sein würdest. Die Vorstellung durch einen Freund hat dem Experten Glaubwürdigkeit verliehen.«

Ich hatte das Gefühl, mein Kopf müsse vor Erschöpfung und Verwirrung platzen. Walters Theorie war plausibel, aber allein die Tatsache, dass er sie mir vortrug, machte es unwahrscheinlicher, dass er Alex aufgefordert hatte, mich wegen Theresa zu belügen. Das wiederum bedeutete, dass White oder Simpson Alex irgendwie dazu gekriegt haben mussten. Aber wie? Und wofür?

Walter las meinen Gesichtsausdruck und grinste. »Du kennst doch den alten Spruch: Wenn du an der Wall Street einen Freund brauchst, kauf dir einen Hund.«

Ich brachte kein Lächeln zustande.

»Nun«, sagte er und stand auf. »Ich denke, wir wissen beide, was wir als Nächstes tun. Ich werde mit anderen Mitgliedern des Geheimdienstausschusses sprechen und sehen, was ich in Erfahrung bringen kann. Selbst wenn unsere Vermutung stimmt und Senator Simpson die Daten lanciert hat, bedeutet das nicht, dass sie korrekt sind. Es wäre ein eleganter kleiner politischer Trick, vorsätzlich Desinformation zu betreiben und falsche Daten zu streuen, ein Winkelzug, wie ihn White ausgeheckt haben könnte. Jede Erwähnung einer drohenden Energieknappheit in der Presse würde die meisten Amerikaner zu Tode erschrecken, ganz egal, wer sie anschließend wieder dementiert. Und allein davon würde Simpson stark profitieren. Sprich du mit deinem ›Freund‹. Vielleicht kannst du ihn dazu bewegen, reinen Tisch zu machen. Und wenn du irgendwelche Unterstützung brauchst, lass es mich wissen.«

»Was für Unterstützung?«, fragte ich matt.

»Fred und Frank. Die sind ziemlich gut darin, versteckte Verbindungen aufzudecken.«

Frick und Frack. Sie hatten mir vor Jahren mehr als ein Mal angeboten, dass sie für Jobs in der Grauzone zur Verfügung standen und in angreifbaren Computersystemen nach vertraulichen Informationen fischen könnten. Aber selbst wenn ich glaubte, dass sie Alex' Identität vor Walter geheim halten würden, war ich noch nicht bereit, sie Alex auf den Hals zu hetzen.

»Fürs Erste komme ich allein klar.«

»Schön …«

Es klopfte. Walter öffnete die Tür. Draußen stand Amy.

»Verzeihen Sie die Störung«, sagte sie, »aber Susan sucht Sie. Sie muss Sie dringend sprechen.«

Walter drehte sich zu mir um. »Komm morgen am späten Vormittag in mein Büro, dann gleichen wir unsere Ergebnisse ab. Bis dahin habe ich mit ein paar Leuten gesprochen.«

Ich nickte, und er ging.

»Und Reggie möchte, dass Sie ihn auf seinem Handy zurückrufen«, fuhr Amy an mich gewandt fort. »Er hat auch gesagt, es wäre dringend.«

»Danke.«

Sie schloss die Tür, und ich wählte Reggies Nummer.

»Mark?«, meldete er sich nach dem ersten Klingeln. »Wo sind Sie?«

»Im Büro.«

»Sind Sie allein?«

»Ja«, sagte ich. »Warum?«

»Ich hasse es, Ihnen das sagen zu müssen, aber Alex Coleman ist tot.«

16

»Ich kann es nicht glauben«, sagte ich zum zehnten oder elften Mal. Wir saßen in Reggies Wagen, der gegenüber von meinem Haus parkte. Bisher hatte er mir nur berichten können, dass man Alex tot in der Badewanne aufgefunden hatte.

»Es tut mir leid«, sagte er. »Ich weiß, er war ein guter Freund von Ihnen.« Sein Handy klingelte, und er warf einen Blick auf das Display. »Das ist mein Kumpel vom 19. Revier. Einen Moment bitte.«

Ich öffnete die Wagentür und stieg aus. Ich brauchte die frische Luft. Hinter der Mauer, die den Riverside Park begrenzt, setzte ich mich auf eine Bank, vergrub das Gesicht in den Händen und versuchte, das Geschehene zu fassen. Ich zitterte, obwohl mir die Wintersonne den Rücken wärmte. Ich hatte mich bemüht, Alex ein guter Freund zu sein – ihm nach bestem Wissen Rat zu geben und sein Selbstvertrauen, so gut ich konnte, zu stärken. Aber letztendlich sind wir alle allein auf der Welt, und dem, was ein Mensch für den anderen tun kann, sind Grenzen gesetzt. Ich unterdrückte ein Schluchzen und erinnerte mich an den Alex, den ich vor vielen Jahren kennen gelernt hatte – an seine Intelligenz, seine Warmherzigkeit und sein Talent, das sich nicht entfalten konnte.

Ein paar Minuten später stieg Reggie aus dem Wagen und setzte sich neben mich. »Ich hab ein paar Details, wenn Sie sie hören wollen.«

»Ich glaub schon.«

Er nahm sich Zeit, eine Zigarette anzuzünden. »Der genaue Todeszeitpunkt wird erst durch die gerichtsmedizinische Untersuchung festgestellt, aber den ersten Anzeichen nach ist er irgendwann am frühen Morgen gestorben, wahrscheinlich zwischen null und drei Uhr. Auf dem Boden neben der Badewanne stand eine leere Flasche Wodka, auf dem Toilettentisch ein offenes Fläschchen mit Schlaftabletten. Als unmittelbare Todesursache wird Tod durch Ertrinken angenommen.«

»Mein Gott.« Mir trat unvermittelt ein Bild von Alex vor Augen, der durch eine sich sanft kräuselnde Wasseroberfläche zu mir hochstarrte, das ich mit einer heftigen Kopfbewegung abzuschütteln versuchte. »Hat er einen Abschiedsbrief hinterlassen?«

»Glauben Sie, es war Selbstmord?«

»Ich weiß nicht.« Einen Unfall könnten Walter und Alex' Mutter vermutlich besser akzeptieren. »Was denken Ihre Leute?«

»Die haben sich noch kein abschließendes Urteil gebildet. Die Wohnung ist ziemlich verwüstet.«

Ein Gedanke ließ mich abrupt hochschrecken.

»Sie wollen doch nicht andeuten, dass er ermordet wurde?«

Reggie zuckte die Achseln.

»An der Leiche wurden keine Spuren direkter Gewaltanwendung festgestellt, deshalb ist es eher unwahrscheinlich. Vielleicht hat er seine Wohnung auf der Suche nach einer versteckten Flasche Alkohol oder einem alten Liebesbrief selbst demoliert. Trinker zerdeppern ständig irgendwas. Wenn der Obduktionsbericht und die Auswertung der Spurensicherung vorliegen, wissen wir mehr.« Er zog ein weiteres Mal an seiner Zigarette und schnippte sie dann ärgerlich weg. Eine Frau, die mit ihrem Hund vorbeikam, warf ihm einen finsteren Blick zu. »Die Festplatte seines Computers fehlt.«

»Also muss irgendjemand bei ihm gewesen sein.«

»Nicht unbedingt.«

Ich blickte ihn von der Seite an.

Er seufzte. »Hören Sie, wenn ein Mensch betrunken anfängt darüber nachzudenken, sich umzubringen, macht er sich vielleicht Sorgen, was er zurücklässt. Seine persönlichen Geheimnisse versteckt man heutzutage auf dem Computer. War Alex technisch versiert?«

»Er hatte einen Master in Wirtschaft und einen Bachelor mit Nebenfach Informatik.«

»Sehen Sie. Er muss gewusst haben, dass es sehr schwer ist, Daten auf einer Festplatte wirklich auszuradieren. Wenn man seine Spuren verwischen will, baut man die Festplatte am besten aus und sieht zu, dass man sie loswird. Wir überprüfen die Mülleimer in einer Umgebung von zehn Blocks.«

»Von was für Geheimnissen reden Sie denn?«

»Was für Geheimnisse hat ein Mann? Pornos sind immer eine ziemlich sichere Wette. Vielleicht stand er auf kranke Sachen, Bilder von kleinen Kindern oder so.«

Ich zuckte instinktiv zusammen.

»Reine Spekulation«, fügte Reggie rasch hinzu. »Ich meine

bloß, vielleicht gab es Dinge, die seine Eltern und Freunde nach seinem Tod nicht erfahren sollten.«

Vielleicht bestand sein Geheimnis darin, dass er unter der Hand einen Deal mit einem US-Senator gemacht hatte, um ihm bei seiner Wahl zum Präsidenten zu helfen. Die Vorstellung war mir unangenehm, und ich wusste auch nicht, ob ich sie Reggie gegenüber erwähnen sollte. Wenn Alex ermordet oder in den Selbstmord getrieben worden war, musste die Polizei natürlich alles wissen. Wenn nicht, wollte ich seinen Namen nicht mit allerlei wilden Spekulationen durch den Dreck ziehen. Ich hatte das Gefühl, die Sache erst mit Walter besprechen zu müssen.

»Das ist jedenfalls alles, was ich im Augenblick weiß«, fuhr Reggie fort. »Die ermittelnden Beamten werden Sie wahrscheinlich irgendwann befragen wollen. Ich habe erwähnt, dass Sie ein Freund von ihm waren.«

»Klar doch«, sagte ich nervös.

»Also gut. Ich muss weiter. Kommen Sie zurecht?«

»Ja, aber vielleicht bleibe ich noch eine Weile hier sitzen.«

»Kein Problem. Treffen wir uns morgen Vormittag trotzdem mit Gallegos?«

Bei allem, was geschehen war, hatte ich das glatt vergessen.

»Sicher«, sagte ich, weil ich das Treffen nicht verschieben wollte. »Wir treffen uns in dem Diner?«

»Um neun Uhr. Haben Sie schon mit Claire und Kate geredet?«

»Nein, ich will den richtigen Augenblick abwarten.«

Dass ich mir in diesem Moment nicht vorstellen konnte, wann der richtige Augenblick sein könnte, ließ ich ungesagt.

Das Abendessen mit Claire, Kate und Phil war eine Herausforderung. Ich erwähnte Alex' Tod nicht, weil ich den Abend nicht verderben wollte. Ich beschloss, es ihnen am nächsten Morgen zu sagen, bevor sie es in der Zeitung lasen.

Phil saß auf Kyles altem Platz am Esstisch. Zum Glück war

er nicht schüchtern. Er kam auf sein Jahr auf Reisen zu sprechen und erzählte eine Anekdote nach der anderen über Missgeschicke in der Dritten Welt, die Claire und Kate zum Lachen brachten. Ich lächelte nach Kräften mit. Claire trank ein zweites und ein drittes Glas Wein, was sie sonst fast nie tat. Ich wurde etwas wehmütig, als ich sie so lebhaft sah. Irgendwann während des Essens ertappte ich Kate bei einem besorgten Blick in meine Richtung, der mir aus anderen Gründen wehtat. Sie war zu jung, um ein so feines Gespür für Unglück zu haben.

Nach dem Abendessen verlor ich eine schnelle Partie Risiko, überließ den anderen dreien die fröhliche Planung der Weltherrschaft und zog mich ins Schlafzimmer zurück. Als Claire ins Bett kam, döste ich unruhig. Sie ergriff im Dunkeln meine Hand und drückte sie auf ihre Brust. Ich knöpfte langsam ihr Nachthemd auf, voller Begehren, aber sorgfältig auf ihre Stimmung achtend. Sie kniete sich hin und zog das Nachthemd mit einer fließenden Bewegung über ihren Kopf, bevor sie sich rittlings auf mich hockte. Wir liebten uns stumm, ihr Kopf an meiner Brust.

Hinterher hielt ich sie eng in meinen Armen, küsste ihren Hals und schmeckte Salz. Ihr Atem ging wieder ruhiger, aber ich wusste, dass sie noch wach war. Mir war zum Heulen zumute. Ich wollte nicht auch noch sie verlieren.

»Man hat mir heute einen Job angeboten«, sagte ich.

»Wer?«

»Ein Russe namens Narimanov. Er ist ein großer Öl-Tycoon mit Unternehmen auf der ganzen Welt. Ich würde mehr oder weniger das Gleiche machen wie jetzt auch, aber exklusiv für ihn.«

»Ich dachte, du arbeitest gerne für Alex und Walter.«

Bei der Erwähnung von Alex' Namen verzog ich im Dunkeln das Gesicht. »Er bietet mir sehr viel Geld«, sagte ich.

»Brauchen wir mehr Geld?«

»Eigentlich nicht«, antwortete ich. Für mich waren die vergangenen sieben Jahre finanziell sehr erfolgreich gewesen. Ich wappnete mich für den Sprung. »Aber ich bin ins Nachdenken gekommen. Kate geht im nächsten September aufs College. Dann hält uns nichts mehr hier fest. Vielleicht sollten wir ein Jahr in Paris oder Rom leben. Du hast mir immer erzählt, dass es dort eine viel lebhaftere klassische Musik-Szene gibt, und du sprichst doch ein wenig Französisch und Italienisch.«

Sie erstarrte leicht.

»Oder sonst irgendwohin«, fügte ich eilig hinzu. »Ich dachte bloß, eine Veränderung würde uns guttun.«

»Ich habe schon einen Job im Sloan-Kettering-Center.«

»Aber die Arbeit dort ist sehr hart«, drängte ich sie, sich mir anzuvertrauen. »Denkst du nie darüber nach, dort aufzuhören?«

Sie schüttelte meinen Arm von ihrer Schulter und rückte von mir weg.

»Claire?«

»Es ist spät«, sagte sie. »Wir reden ein anderes Mal.«

Mit Tränen in den Augen lag ich neben ihr im Bett. Für mich fühlte es sich so an, als wäre sie schon weg.

17

Das Turtle Bay Diner lag an der Ecke 46th Street und 2nd Avenue und hatte eine durchgehende verschmierte Glasfront und zwei identische Namensschilder in verblichener grüner Farbe an beiden Fassaden. Es sah aus wie ein Laden, der schon seit zwanzig oder dreißig Jahren hier war, ohne dass jemand, der mehr als fünf Blocks entfernt wohnte, ihn je bemerkt hätte. Ich hatte die Hand schon an der Tür, als ich Reggies Stimme hörte.

»Hey.«

Ich wandte mich um und sah seinen zerbeulten Undercover-Wagen am Ende einer Bushaltestelle stehen. Er saß auf dem Fahrersitz und beugte sich zur Seite, zum offenen Beifahrerfenster hin.

»Was gibt's?«

»Ich habe gerade erfahren, dass ich so schnell wie möglich nach Staten Island muss. Meinen Sie, Sie kommen allein mit Gallegos klar?«

»Glaub schon«, sagte ich und stützte meine Ellbogen auf das Wagendach.

Er lehnte sich noch ein wenig weiter aus dem Fenster, um mich besser ansehen zu können.

»Sind Sie sicher? Nichts für ungut, aber Sie sehen heute Morgen ein wenig mitgenommen aus.«

»Ich habe schlecht geschlafen. Und ich musste Claire und Kate von Alex' Tod erzählen, bevor sie es irgendwo anders erfahren. Sie waren beide ziemlich aufgewühlt.«

»Das kann ich mir vorstellen«, meinte er kopfschüttelnd. »Und was ist mit Ihnen?«

»Ich weiß nicht.« Ich war dankbar, dass er mich nicht fragte, ob ich ihnen auch von der E-Mail über Kyle erzählt hatte. Ich hasste es, etwas vor Claire zu verbergen. Unsere Beziehung hatte sich ursprünglich auf die Idee gegründet, dass wir eine zweiköpfige Nation ohne Geheimnisse waren. Aber Kates Enthüllung und mein Gespräch mit Claire im Bett hatten mich erschüttert. Ich durfte es nicht riskieren, sie weiter aufzuwühlen, ehe ich nicht besser wusste, wie ich reagieren sollte. »Mir ist, als könnte ich einen kräftigen Drink gebrauchen.«

»Eines der ersten Dinge, die man als junger Polizist auf Streife lernt: Wenn du das Gefühl hast, einen Drink zu brauchen, nimm einen.«

»Na super«, sagte ich und musste doch lachen. »Das stärkt mein Vertrauen in die Polizei enorm. Gibt es irgendwas Neues über Alex oder die fehlende Festplatte?«

»Nicht, dass ich wüsste, aber ich bin mir auch nicht sicher, ob ich davon erfahren würde. Sein Vater lässt alle vom Bürgermeister abwärts wie auf rohen Eiern laufen. Ich wette, der Gerichtsmediziner wird feststellen, dass es ein Unfall war, wenn sich nicht doch noch ein Abschiedsbrief findet, und vielleicht sogar trotzdem. Familien neigen dazu, sich gegen einen Suizidbefund zu wehren.«

Ich verstand, wie Walter sich fühlen musste. Der Gedanke, dass das eigene Kind so unglücklich war, dass es sich vorsätzlich das Leben genommen hatte, war schrecklich.

»Also, hören Sie zu«, sagte Reggie. »Gallegos. Stürmen Sie nicht rein und bedrängen ihn mit einem Haufen Fragen über seinen Schwager, sonst macht er wahrscheinlich gleich dicht. Bringen Sie ihn dazu, erst über sich zu reden, und wenn er sich wohl fühlt, arbeiten Sie sich zum eigentlichen Thema vor.«

»Ist das aus dem Polizeihandbuch?«

»Ja«, sagte er. »Und wenn das nicht funktioniert, hauen Sie ihm Ihren Knüppel in die Niere.«

»Mein Job besteht zu fünfzig Prozent darin, Leute zum Reden zu bringen. Das kriege ich schon hin.«

»Versuchen Sie, so viel wie möglich über den Wagen, das Motel und die Nutte herauszukriegen. Wie oft Carlos ihn benutzt hat, wohin er normalerweise gefahren ist, ob er öfter Prostituierte aufgelesen hat. Und ob er Feinde hatte.«

»Diese Fragen muss die Polizei ihm doch auch schon damals gestellt haben.«

»Gallegos' Aussage in den Akten ist ziemlich dünn. Das wundert mich ein wenig.«

Hinter Reggies Wagen tauchte ein Bus auf und hupte laut. Reggie betätigte einen Schalter, um den roten Warnblinker im Heckfenster des Wagens einzuschalten, und gab dem Busfahrer winkend zu verstehen, dass der um seinen Wagen herumfahren sollte. Der Fluch auf den Lippen des Fahrers, als er an dem riesigen Lenkrad kurbelte, war deutlich zu lesen.

»Du mich auch, Freundchen«, sagte Reggie, während er den Busfahrer im Rückspiegel beobachtete. »Und noch eins, Mark.

Fragen Sie Gallegos unbedingt nach seiner Theorie über das, was geschehen ist. Das ist eine Frage, die viele Detectives gern vergessen.«

Als ich die Tür des Diners öffnete, schlug mir der Geruch von gebratenem Speck entgegen. Das Lokal war lang und schmal mit zehn bis zwölf Tischen mit Polsterbänken zur Linken und einem altmodischen Tresen auf der Rechten und etwa zur Hälfte gefüllt. Auf einem Barhocker neben dem Eingang hockte eine junge Bedienung in den wuchernden Ranken einer Grünlilie, die sich in ihrem Haar verfingen.

»Eine Person?«, fragte sie und griff nach einer Speisekarte.

»Ich bin hier mit einem Mr Mariano Gallegos verabredet. Kennen Sie ihn?«

Sie ließ ihr Kaugummi knallen und führte mich in den hinteren Teil des Restaurants. Dort saß ein Mann in einem hellbraunen Anzug und einer kastanienbraunen Krawatte allein an einem Tisch auf einer Polsterbank und blickte in meine Richtung. Er war pummelig mit einem schwachen Kinn und schütterem Haar, etwa zehn Jahre älter als ich. Als ich näher kam, erhob er sich halb und bot mir seine Hand an.

»Mark Wallace?«

»Freut mich, Sie kennen zu lernen.«

Wir schüttelten einander die Hand.

»Ich weiß, wer Sie sind und was Sie machen«, begann er hastig und spielte mit seiner Gabel. »Verzeihen Sie, wenn ich das sage, aber ich glaube, Sie haben sich geirrt. Ich bin Handelsattaché. Ich bin mit Verträgen betraut. Alles, was mit Öl zu tun hat, wird von einer anderen Abteilung bearbeitet.«

»Verstehe«, sagte ich, von seiner Offenheit auf dem falschen Fuß erwischt. »Aber Ihr Name fiel neulich in einem Gespräch, und ich dachte, es wäre gut, wenn wir uns persönlich kennen lernten.«

»Was für ein Gespräch?«

»Ein Gespräch mit einem Freund«, sagte ich und fragte mich,

warum er so nervös war. »Bitte entspannen Sie sich. Es gibt keinen Grund zur Sorge.«

Eine Kellnerin kam mit einem müden Lächeln an unseren Tisch, um Kaffee auszuschenken und unsere Bestellung aufzunehmen. Gallegos orderte ein einfaches Omelett, ich blieb bei Kaffee und Toast. Als die Kellnerin gegangen war, blickte er nach rechts und links und beugte sich vor.

»Ihr Wunsch, mich zu treffen, wurde mir von einem Assistenten des Botschafters ausgerichtet«, flüsterte er. »Meine Kollegen sind sich der Tatsache bewusst, dass Sie mit einigen sehr einflussreichen Leuten zusammenarbeiten.« Er rieb Daumen und Zeigefinger aneinander, um anzudeuten, welche Art von Einfluss er meinte. »Alle in der Botschaft sind Patrioten, aber man hat mich angewiesen, Ihnen mitzuteilen, dass man gewisse Arrangements treffen könnte, falls Sie an Informationen interessiert sind.«

So oder so ähnlich hatte ich das schon hundertmal gehört. Die Energie-Industrie ist die anrüchigste Nische der Finanzwelt – in meiner Branche wird man um Bestechungsgelder angehauen wie Investmentbanker um Anzeigen für die Programmhefte von Wohltätigkeitsgalas. Überraschend war lediglich, wie unwohl Gallegos sich dabei offensichtlich fühlte. Er hatte seine Gabel fest gepackt, und der Tisch vibrierte, weil er mit einem oder beiden Beinen nervös zuckte. Spontan vermutete ich, dass er ein freundlicher Diplomat der mittleren Ebene war, der nur noch ein paar Jahre bis zu seiner Pension hatte, und zutiefst unglücklich darüber war, sich so weit außerhalb des ihm vertrauten Geländes bemühen zu müssen.

»Hören Sie«, sagte ich so beruhigend, wie ich konnte. »Ich muss mich bei Ihnen entschuldigen. Ich will Sie nicht in irgendetwas verwickeln, in das Sie nicht verwickelt werden wollen. Und ich bin auch nicht hier, um Ihnen Fragen über die venezolanische Ölindustrie zu stellen.«

»Was dann?«

Reggies Ermahnung zum Trotz wollte ich nicht lange um den heißen Brei herumreden.

»Es geht um Ihren ehemaligen Schwager Carlos Muñoz. Ich hatte gehofft, Sie könnten mir etwas über ihn erzählen.«

Gallegos sah mich kurz ausdruckslos an und schüttelte dann den Kopf. »Dazu sage ich nichts.«

»Warum nicht?«

»Weil es eine Privatangelegenheit ist.«

Er hatte das Thema Geld bereits angesprochen, und ich wollte ihn spontan fragen, ob eine kleine Barzahlung ihn möglicherweise gesprächiger machen würde, aber ich spürte, dass das ein Fehler gewesen wäre. Mir fiel auf, dass er einen Ehering trug. Ich zog meine Brieftasche aus meiner Jackentasche, klappte sie auf und zeigte ihm ein Foto.

»Das ist mein Sohn Kyle. Er wurde vor sieben Jahren genau an demselben Abend entführt, an dem Ihr Schwager ermordet wurde. Er wurde nie gefunden.«

Gallegos sah mich bestürzt an und murmelte etwas auf Spanisch. Ich schnappte nur das Wort *dios* auf. Er hatte selber Kinder, das sah ich.

»Ich brauche Ihre Hilfe«, sagte ich. »Bitte.«

»Ich verstehe nicht, was Sie von mir wollen«, antwortete er hörbar erschüttert.

»Die Polizei hat Informationen, die darauf hindeuten, dass mein Sohn am Abend seines Verschwindens vielleicht in Ihrem Wagen war. Dem Wagen, den Sie Ihrem Schwager geliehen hatten.«

Gallegos' Gesichtszüge wurden hart. »Die Polizei glaubt, dass Carlos etwas mit dem Verschwinden Ihres Sohnes zu tun hat?«

»Die plausibelste Theorie geht davon aus, dass die Leute, die Carlos den Wagen gestohlen haben, vielleicht etwas damit zu tun haben.«

Das war kein klares Dementi, was er jedoch zum Glück überhörte.

»Die bei der Polizei sind Idioten«, sagte er bitter. »Ich würde nichts glauben, was die Ihnen erzählen.«

»Wieso sagen Sie das?«

Er nippte an seiner Tasse und seufzte. »Weil die Polizei überhaupt nichts kapiert hat. Carlos war nicht das Opfer eines wahllosen Verbrechens. Er wurde gezielt ermordet.«

Ich blinzelte. Das war nicht die Antwort, die ich erwartet hatte. Ich war hin- und hergerissen zwischen der Hoffnung, etwas Wichtiges zu erfahren, und der Befürchtung, dass Gallegos Gespenster sah.

»Ermordet von wem?«

Er berührte das Foto in der aufgeklappten Brieftasche.

»Alles, was ich Ihnen erzähle, bleibt unter uns. Das müssen Sie mir bei Ihrem Sohn schwören.«

»Unter uns und einem Polizisten, mit dem ich zusammenarbeite, ein Detective namens Reggie Kinnard. Er ist ein guter Polizist. Ich vertraue ihm. Nichts, was Sie mir erzählen, wird ohne Ihre Erlaubnis weiter als bis zu ihm gehen. Das schwöre ich.«

Er zögerte, und ich fürchtete, er würde mich abweisen.

»Also gut«, sagte er schließlich. »Dazu muss ich Ihnen erklären, dass Carlos und ich in dem gleichen Armenviertel aufgewachsen sind. Wir haben beide ein Stipendium für die höhere Schule bekommen. Er war Kapitän der Fußballmannschaft, Vorsitzender des Debattierclubs, ein geborener Anführer. Ich war eher von der stillen Sorte, aber er hatte immer ein offenes Ohr für mich, weil wir uns schon kannten, als wir noch kurze Hosen trugen. Nach der Uni haben wir zwei Schwestern geheiratet. Carlos hat mich meiner Frau vorgestellt. Die Schwestern stammen aus einer alten Familie in Caracas, die so gute Beziehungen hat, dass sie uns beide mit guten Posten bei der Regierung versorgen konnte.« Er fasste sich mit zitternden Fingern an die Brust. »Ich selbst war nie besonders ehrgeizig. Ein gutes Buch, ein leckeres Glas Wein, ein schnelles Auto – das hat mir immer gereicht. Aber Carlos war dazu bestimmt, ein bedeutender Mann zu werden. Er stieg schnell auf. Manche Leute glaubten, er könne eines Tages Präsident werden.«

»Sie haben ihn bewundert«, sagte ich voller Unbehagen über die Diskrepanz zwischen dem Carlos, den er beschrieb, und dem brutalen Schläger, von dem Reggie mir erzählt hatte.

»Sehr.«

»Und was ist passiert?«

Gallegos' Augen glänzten, und ich hatte den Eindruck, dass ihm gleich die Tränen kommen würden.

»In der Woche vor seiner Ermordung haben Carlos und ich uns zum Mittagessen getroffen. Er wirkte erregt und unglücklich. So hatte ich ihn noch nie gesehen. Ich fragte ihn, was los war. Er sagte, man hätte ihm und einigen seiner politischen Rivalen ein Bestechungsgeld angeboten – eine sehr große Summe –, um etwas zu tun, was den Interessen Venezuelas schaden würde. Die anderen hatten eingewilligt, aber er hatte sich geweigert. Hinterher hatte er den Eindruck, dass die Männer argwöhnisch waren, er könne sein Wissen benutzen, um sie bloßzustellen. Er erzählte mir, dass man ihn bei der Arbeit fälschlicherweise bezichtigt hatte, Frauen belästigt zu haben. Er hatte den Verdacht, dass er beschattet und sein Telefon abgehört wurde. Er glaubte, man versuchte, ihn einzuschüchtern und ihm einen Eindruck davon zu vermitteln, wie sein Leben aussehen würde, wenn er nicht kooperierte.«

»Wie hat er darauf reagiert?«

»Er war noch unentschieden. Es war das letzte Mal, dass wir miteinander gesprochen haben. Eine Woche später rief seine Frau an, um mir mitzuteilen, dass er tot war.«

»Und Sie glauben, diese Leute haben ihn umbringen lassen.«

»Dessen bin ich mir sicher. Seine Rivalen haben politisches Kapital aus seinem Tod geschlagen. Die venezolanischen Zeitungen haben sich ausführlich über das kriminelle Verhalten verbreitet, das zu seinem ›schäbigen Tod‹ geführt hat. Carlos war ein Reformer. Alle gleichgesinnten Freunde mussten sich von ihm distanzieren, ganz egal, wie verdächtig ihnen die Umstände seines Todes auch erscheinen mochten.«

Die Kellnerin brachte unser Frühstück, das wir beide ignorierten. Gallegos wirkte aufrichtig, aber ich hatte den starken Verdacht, dass er seinen Schwager durch eine rosarote Brille sah. Während meiner zwanzig Jahre in der Finanzbranche hatte ich noch nie von einem Typen gehört, der fälschlicherweise der sexuellen Belästigung bezichtigt worden war.

»Und das haben Sie alles der Polizei erzählt?«

»Nein. Nichts davon.«

»Warum nicht?«

»Weil mir telefonisch geraten wurde, es nicht zu tun. Das müssen Sie verstehen. Ich bin nicht so mutig wie Carlos. Ich hatte eine Frau, zwei Töchter, eine frisch verwitwete Schwägerin und vier vaterlose Neffen und Nichten. Ich habe getan, was man mir gesagt hat, und die Klappe gehalten.«

»Wer hat Sie angerufen?«

Er schüttelte wortlos den Kopf.

»Ich muss es wissen«, bedrängte ich ihn.

»Das kann ich Ihnen nicht sagen«, erwiderte er leise. »Und es ist nicht richtig, dass Sie danach fragen. Dinge geschehen. Sie haben ja keine Ahnung.«

Ich wusste sehr gut, dass Dinge geschahen, und verspürte plötzlich den Drang, ihn am Kragen zu packen und seinen Kopf gegen die Wand zu schlagen. Die Tatsache, dass irgendjemand nicht wollte, dass er wilde Theorien verbreitete, bedeutete nicht, dass die Theorien stimmten, aber ein Name hätte mir einen Ansatzpunkt für weitere Ermittlungen gegeben.

»Sie haben Ihre Schwägerin erwähnt«, sagte ich, bemüht, die Erbitterung in meiner Stimme zu unterdrücken. »Wie war ihre Ehe mit Carlos?«

Er kniff die Augen zusammen.

»Sie haben den Polizeibericht gelesen. Sie wollen wissen, ob er gewalttätig war.«

»War er?«

»Das sind alles Lügen. Carlos hat in seinem ganzen Leben keine Frau geschlagen. Er war ein hingebungsvoller Ehemann.« Er lächelte grimmig. »Als Nächstes wollen Sie vermutlich fragen, warum ein hingebungsvoller Ehemann sich eine Freundin gehalten hat.«

»Ja.«

»In sexuellen Dingen sind die Amerikaner so unvernünftig«, sagte er mit einer wegwerfenden Handbewegung. »Carlos lag das Wohl seiner Familie am Herzen, aber er hatte natürliche Bedürfnisse.«

»Sie wussten, dass er sich mit einer anderen Frau traf?«, fragte ich.

»Selbstverständlich. Er hat es mir erzählt, als er sich zum ersten Mal den Wagen ausleihen wollte. Die Frau lebte außerhalb der City auf Long Island. Sie kannten sich erst seit ein paar Wochen, und er hatte vor, die Sache bald zu beenden. Es war nichts Wichtiges.«

»Wie oft hat er sich den Wagen geliehen?«, kam ich auf Reggies Fragenliste zurück.

»Ein oder zwei Mal pro Woche. Er hatte einen Schlüssel.«

»Und er ist damit immer nach Long Island gefahren.«

»Soweit ich weiß.«

»Bei seinem Tod war Carlos mit einer Prostituierten zusammen. Hat Sie das überrascht?«

Er verzog das Gesicht. »Männer sind Männer. Aber ja, es hat mich überrascht. Carlos war ein Romantiker. Er war immer entflammt für irgendein Mädchen. Und eine Prostituierte hat nichts Romantisches.«

Mein Handy kündigte mit leisem Läuten den Eingang einer dringenden SMS an.

»Entschuldigen Sie mich«, sagte ich, zog das Handy aus der Tasche. Die SMS war von Amy: *Walter will dich so bald wie möglich in seinem Büro sehen.* Ich fluchte leise und fragte mich, was er einen Tag nach dem Tod seines Sohnes auf der Arbeit machte. *Zwanzig Minuten*, simste ich zurück.

»Probleme?«, fragte Gallegos.

»Nein, nichts«, sagte ich und ärgerte mich, dass ich seinen Erzählfluss unterbrochen hatte. Ich musste so viel wie möglich aus ihm herausbekommen, solange er in redseliger Stimmung war. »Die erwähnte Bestechung? Hat Carlos Ihnen sonst noch irgendwas darüber erzählt?«

»Ein wenig. Man hatte ihm und seinen Kollegen angeboten, Aktien einer Ölfirma zu erwerben, die Bohrrechte besaß, die viel wertvoller waren, als es auf dem Markt bekannt war. Die Idee war, dass jeder billig Aktien kaufen und sie dann mit riesigem Gewinn wieder verkaufen konnte, wenn die Nachricht bekannt wurde.«

»Und was wurde als Gegenleistung verlangt?«

»Das hat Carlos nicht gesagt.«

»Kennen Sie den Namen der Firma?«

»Nein. Ich weiß nur, was ich Ihnen erzählt habe.«

Es konnte nicht allzu viele Ölfirmen geben, deren Aktienkurs vor sieben Jahren nach Bekanntwerden zuvor geheimer Reserven in die Höhe geschossen war. Es war eine Spur, auch wenn ich nicht wusste, wohin. Ich wollte mich bedanken und verabschieden, als mir Reggies letzte Frage wieder einfiel.

»Sagen Sie mir, was glauben Sie, was an jenem Abend in dem Motel passiert ist?«

Gallegos senkte den Kopf. Als er wieder aufblickte, strömten Tränen über seine beiden Wangen.

»Ich glaube, ein mutiger Mann ist gestorben, weil er ehrlich bleiben wollte.«

Wir verabschiedeten uns, und Gallegos verschwand auf der Toilette, um sich ein wenig frisch zu machen. Beim Bezahlen blickte ich beiläufig in den Spiegel hinter der Theke und sah einen Mann am Tresen sitzen, der mir den Rücken zugewandt hatte.

Trotz seiner tief ins Gesicht gezogenen Baseball-Kappe erkannte ich eine lange glänzende Narbe von seinem Mund bis zum Ohr wie von einer schweren Verbrennung. Beschämt, ihn angestarrt zu haben, guckte ich eilig weg.

18

Die Aktivität im Handelsraum war gedämpft, alle beugten sich über ihre Monitore oder flüsterten in ihre Telefone. Auf dem Weg zu Walters Büro legte ich mir ein paar unbeholfene Beileidsbekundungen zurecht. Vorhänge, die ich nie zugezogen gesehen oder überhaupt je bemerkt hatte, waren geschlossen. Ich spürte die Blicke in meinem Rücken, als ich an die Tür des Glaskastens klopfte.

»Herein«, rief Walter.

Ich trat ein und schluckte die vorbereiteten Worte herunter. Neben Walter waren zwei weitere Männer in seinem Büro – einer, Anfang vierzig, saß vor dem Schreibtisch, der andere links neben ihm mit dem Rücken zu den Vorhängen. Sie hätten als Vorher-Nachher-Modelle für eine Abstinenzler-Broschüre fungieren können – der Jüngere war sportlich mit einem frischen Gesicht, der Ältere aufgeschwemmt mit einer von geplatzten Äderchen durchzogenen Nase. Ihrem ausdruckslosen Blick und ihren identisch zerknitterten Anzügen nach zu urteilen, mussten sie zu Reggies Burschenschaft gehören.

»Lieutenant Wayland und Deputy Chief Ellison vom NYPD«, bestätigte Walter mit leiser Stimme meine Vermutung. Der Chief war der Lasterhafte. »Sie möchten dir einige Fragen stellen.« Er wies auf einen freien Stuhl zwischen den beiden Polizisten. »Setz dich, bitte.«

Keiner der Polizisten bot mir die Hand an. Ich nahm Platz und wandte mich wieder Walter zu. Er war so sorgfältig gekleidet wie immer, aber die beinahe greifbare Intensität, die er sonst ausstrahlte, war verpufft, sein Blick über meine Schulter ins Leere gerichtet. Mir fiel zum ersten Mal auf, dass er alt wurde.

»Ich kann dir gar nicht sagen, wie leid es mir tut«, sagte ich. »Alex war ein guter Freund. Auch Claire lässt dir ihr Beileid ausrichten.«

Walter nickte steif, nach wie vor ohne mich anzusehen. Der Lieutenant räusperte sich und zog einen Notizblock aus der Tasche, das Wort ergriff jedoch sein Chef.

»Mr Wallace«, dröhnte er. Überrascht wandte ich mich zu ihm um. »Mr Coleman und seine Familie befinden sich in einer schwierigen Lage. Sie würden natürlich gern in Frieden trauern, aber leider gibt es immer wieder Klatsch und Gerüchte, wenn die Umstände eines Todes nicht ganz eindeutig sind.« Er massierte sein Kinn und blickte mich traurig über die von ihm angedeuteten niederen Neigungen der Menschen an. »Deshalb ist es unser Job, alle Mehrdeutigkeiten auszuschließen, um es der Familie leichter zu machen. Verstehen Sie?«

»Ich glaube schon«, sagte ich und blickte wieder zu Walter. Er starrte auf seine Hände. Vermutlich ging es darum, den Gerichtsmediziner zu drängen, als Todesursache nicht Selbstmord, sondern einen Unfall festzustellen.

»Das werden wir sehen«, sagte der Chief. »Lieutenant?«

Der Lieutenant blätterte in seinem Notizblock.

»Am Montagnachmittag waren Sie mit Alex Coleman in einer Bar namens Pagliacci«, sagte er und legte eine Pause ein, damit ich das bestätigte.

»Richtig.«

»Der Barkeeper hat ausgesagt, dass Alex aufgewühlt wirkte. Können Sie uns sagen, warum?«

»Er hatte einen schlechten Tag auf der Arbeit.«

Der Lieutenant schürzte die Lippen und notierte sich etwas.

»Verstehe. Und hat Alex, soweit Sie das einschätzen können,

während Ihres Gesprächs irgendwelche Gefühle von Depression oder Sinnlosigkeit geäußert?«

Es war eine lächerlich zugespitzte Frage, die erwartete Antwort offensichtlich, doch ich zögerte, als mir einfiel, wie flehend Alex mich gefragt hatte, wie ich es schaffte, nicht zu verzweifeln, und wie brüsk er meinen Vorschlag zurückgewiesen hatte, über eine Tätigkeit außerhalb des Finanzhandels nachzudenken.

»Mr Wallace«, knurrte der Chief hinter mir, und ich wandte wieder den Kopf. »In einer Situation wie dieser verlangt der Gerichtsmediziner, dass wir sehr spezielle Fragen stellen, um ein Licht auf den Geisteszustand des Verstorbenen zu werfen, wobei die meisten Menschen nicht qualifiziert sind, solche Beobachtungen zu machen.« Er beugte sich vor und legte seine nikotinfleckigen Finger auf meinen Arm. »Sie zum Beispiel sind doch kein Psychologe, oder, Mr Wallace?«

»Nein.«

»Dann ist es vermutlich das Beste, nicht zu viele Spekulationen anzustellen.« Er wies mit dem Kinn auf den Lieutenant. »Stellen Sie die Frage noch mal.«

»Hat Alex Coleman, soweit Sie das einschätzen können, während Ihres Gesprächs im Pagliacci am Montagnachmittag irgendwelche Gefühle von Depression oder Sinnlosigkeit geäußert?«

»Nein«, log ich. Walter und Alex' Mutter wollten einen Tod durch Unfall feststellen lassen, und es war nicht an mir, sich ihnen zu widersetzen. »Das hat er nicht.«

»Am nächsten Tag haben Sie beim Mittagessen neben ihm gesessen. Hat er da irgendwelche Gefühle von Depression oder Sinnlosigkeit geäußert?«

»Nein.«

»Hat er bei einem der beiden Anlässe von Selbstmord gesprochen oder angedeutet, dass er sich etwas antun wollte?«

»Nein.«

»Ist Ihnen irgendetwas bekannt, was bei Alex Coleman zwischen Ihrer letzten Begegnung und seinem Tod Suizidgedanken ausgelöst haben könnte?«

Ich wechselte einen weiteren Blick mit Walter und wünschte, ich hätte Zeit gehabt, Alex' mögliche Verwicklung mit Senator Simpson zu besprechen, bevor ich mit der Polizei redete – wobei ich bezweifelte, dass die Beziehung zu dem Senator der Auslöser gewesen war, nach dem der Lieutenant gefragt hatte. Alex war am frühen Mittwochmorgen gestorben, nur ein paar Stunden, nachdem Walter seine Positionen liquidiert hatte. Ich würde wetten, dass sie am Abend zuvor zum letzten Mal miteinander gesprochen hatten und dass Walter Alex seine Entscheidung mitgeteilt hatte. Vielleicht versuchte Walter nur, seine Schuldgefühle zu lindern. Es war nicht sein Lebensziel gewesen, Alex einzuschüchtern, aber ich fragte mich, wie er seine Errungenschaften einschätzte, nachdem er nun seinen Sohn verloren hatte.

»Nein«, antwortete ich leise. »Mir ist nichts dergleichen bekannt.«

»Gut«, sagte der Chief. »Ich denke, wir sind dann hier so weit fertig …«

»Eine Sache noch«, unterbrach ihn der Lieutenant und blätterte eine neue Seite auf. »Alex hat Ihnen Anfang der Woche eine E-Mail geschickt und Ihnen ein Treffen mit einer gewissen Theresa Roxas vorgeschlagen. Haben Sie sie getroffen?«

»Ja«, sagte ich verlegen. Dass sie die E-Mail gefunden hatten, überraschte mich nicht – auf unserem Server wurden Kopien von allem gespeichert.

»Wir würden gern mit Miss Roxas sprechen. Haben Sie eine Nummer, unter der wir sie erreichen können?«

»Nein.«

Er blickte stirnrunzelnd von seinem Block auf. »In Alex' E-Mail stand, dass sie wichtige Informationen für Sie hätte. War dem so?«

»Sie hatte Informationen«, gab ich zu. »Ob sie wichtig sind, weiß ich noch nicht. Ich überprüfe sie noch.«

Am Rande meines Gesichtsfelds nahm ich eine winzige Bewegung Walters wahr. Er hatte von seinen Händen aufgeblickt und sah mich an.

»Und wie sollten Sie sie erreichen, wenn Sie weitere Fragen haben?«

»Über Alex.«

Der Lieutenant tippte mit seinem Stift auf den Block, offenbar verlegen über die Wendung, die meine Antworten herbeigeführt hatten. Der Chief half ihm nicht aus der Patsche, sondern schwieg.

»Hat sie gesagt, woher sie sich kannten?«

»Sie waren befreundet.«

»Ihr Name stand nicht in seinem Adressbuch.«

»Vielleicht war sie in seinem Computer gespeichert?«

»›War‹?«, unterbrach mich der Chief. »Sie sagten gerade: ›Vielleicht war sie in seinem Computer gespeichert?‹ Warum nicht ›ist‹?«

Scheiße. Ich war ein Idiot. Dass Reggie Scherereien bekam, weil er über eine polizeiliche Ermittlung geplaudert hatte, war das Letzte, was ich wollte.

»Wie Sie wissen, bin ich in der Informationsbranche und rede mit vielen Leuten. Ich habe gehört, dass die Festplatte von Alex' Computer fehlt. Vielleicht waren Theresas Kontaktdaten auf der Festplatte.«

»Wie heißt die Person, mit der Sie gesprochen haben?«, wollte der Chief wissen.

Scheiße. Scheiße. Scheiße. Scheiße.

»Es steht mir nicht frei, Ihnen das zu sagen.«

»Es ist mir schnurz, was Ihnen Ihrer Meinung nach freisteht oder nicht«, knurrte er.

Ich zuckte die Achseln, wütend über meinen Schnitzer. Der Chief wandte sich mit hochrotem Kopf an Walter.

»Mr Wallace ist Ihr Angestellter. Vielleicht könnten Sie ihn davon überzeugen, dass es zu seinem Besten ist, unsere Fragen so umfassend wie möglich zu beantworten.«

Das stimmte nicht. Ich war ein Consultant. Ich wandte mich Walter zu und fragte mich, wie er die Situation lösen würde. Er starrte mich lange an und erhob dann die Stimme. »Ich möchte gern privat mit den Beamten sprechen, Mark. Wenn du bitte so lange draußen warten würdest.«

»Selbstverständlich.«

»Ich glaube nicht …«, setzte der Chief an, aber Walter brachte ihn mit einer Geste zum Schweigen.

Ich verließ den Raum, dankbar für die Pause. Ohne die neugierigen Blicke zu beachten, die nach wie vor auf mich gerichtet waren, wählte ich Reggies Handynummer. Er meldete sich nach dem ersten Klingeln.

»Hey. Wie ist es mit Gallegos gelaufen?«

»Später«, flüsterte ich und schirmte das Telefon mit der Hand ab. »Hören Sie. Ich hab Mist gebaut. Zwei hohe Tiere von Ihrem Laden namens Wayland und Ellison haben mir Fragen über Alex gestellt, und ich habe mich verplappert und ausgeplaudert, dass ich weiß, dass seine Festplatte fehlt.«

»Scheiße.«

»Der Chief wollte wissen, wer mir das erzählt hat, aber ich habe die Antwort verweigert. Er wirkte nicht sehr glücklich.«

Reggie seufzte. »Vor dem Mittagessen mit seinem alten Kumpel Jack Daniel's ist der Chief ein wenig übellaunig, danach wird er regelrecht gemein.«

»Tut mir leid.«

»Machen Sie sich deswegen keine Gedanken. Ich habe ein sattes Plus auf der Bank der kleinen Gefälligkeiten. Wenn Sie mich preisgeben müssen, geht die Welt nicht unter.«

»Sicher?«

»Ja.«

»Okay, ich muss Schluss machen. Ich warte vor Walters Büro.

Die haben mich bloß rausgeschickt, um zu überlegen, wie sie mich unter Druck setzen können.«

»Verstehe. Und wo sind Sie später?«

»Hier und dann im Sloan-Kettering-Center. Warum?«

»Ich hab vielleicht Neuigkeiten für Sie.«

»Haben Sie eine Spur zu dem Wagen?«, fragte ich und spürte mein Herz bis in den Hals schlagen.

»Könnte sein. Lassen Sie Ihr Handy an. Außerdem will ich hören, was mit Gallegos war.«

»Das ist auch so eine seltsame Geschichte.«

»Das steht irgendwann mal auf meinem Grabstein. Bis dann.«

Eine halbe Minute später ging die Tür wieder auf. Wayland und Ellison kamen heraus, ohne mich zu beachten. Walter rief meinen Namen.

»Lass mich erklären …«, sagte ich, als ich sein Büro wieder betrat.

»Spar dir die Mühe«, unterbrach er mich. »Es ist mir wirklich völlig egal, mit wem von der Polizei du redest. Du hast die Informationen über die Saudis von dieser Theresa Roxas, oder?«

»Stimmt«, sagte ich, nicht überrascht, dass er eins und eins zusammengezählt hatte.

»Und Alex war der Freund, der dich ihr vorgestellt hat.«

»Ja.«

»Und als wir gestern miteinander gesprochen haben und uns einig waren, dass der Freund, der dich mit dem Experten bekannt gemacht hat, wahrscheinlich für Senator Simpson arbeitet, hast du es nicht für nötig erachtet, mir zu erzählen, dass dein Freund in Wahrheit mein Sohn war.«

Sein Ton war absolut vernichtend, und an jedem anderen Tag hätte ich ihm erklärt, dass meine Quellen ihn verdammt noch mal nichts angingen. Heute jedoch war es verständlich, dass er erregt war.

»Ich wollte Alex erst die Chance geben, die Sache zu erklären. Als ich dann gestern erfuhr, was passiert ist, wusste ich, dass ich es dir sagen musste, aber die Gelegenheit hat sich nicht ergeben.«

Er starrte mich wütend an, als wäre meine Erklärung völlig lächerlich, aber ich würde nicht in die Falle tappen, mich zu verteidigen, obwohl ich mir keiner Schuld bewusst war. Ich ließ zehn lange Sekunden verticken und versuchte dann, über seinen Vorwurf hinwegzugehen. »Und was glaubst du, was Alex' Beziehung zu Theresa Roxas zu bedeuten hat?«

Er schob seine Hemdsärmel vor und drehte die kleinen goldenen Schweinchen, die er als Manschettenknöpfe trug. Die Schweine waren ein Markenzeichen, eine Erinnerung an den alten Wall-Street-Aphorismus, dass Bullen und Bären Geld machen, während Schweine geschlachtet werden. Das Nesteln war ein vertrautes Anzeichen dafür, dass sein Verstand arbeitete. Ich nutzte die Pause, um meinen vorherigen Platz wieder einzunehmen.

»Ich glaube, es bedeutet, dass Senator Simpson – oder noch wahrscheinlicher Clifford White im Namen des Senators – hinter meinem Rücken eine Vereinbarung mit Alex getroffen hat«, sagte er ruhig, als alle Schweinchen perfekt ausgerichtet waren.

»Was für eine Vereinbarung?«

»Ich habe keine Ahnung. Und dein Versäumnis, mich korrekt zu informieren, bedeutet wahrscheinlich auch, dass es schwierig werden wird, es noch herauszubekommen.«

»Tut mir leid«, sagte ich in der Hoffnung, dass eine Standardentschuldigung einen weiteren Ausbruch verhindern würde. Ich war nicht in der Stimmung für seine theatralischen Anwandlungen. »Was kann ich tun, um zu helfen?«

»Du hast bereits sehr viel für diese Familie getan. Ich möchte dich nur noch um einen Gefallen bitten.«

»Jederzeit.«

»Ich will, dass du deinen Kram packst, aus meinem Büro verschwindest und dich verdammt noch mal nie wieder hier blicken lässt.«

19

Zehn Minuten später saß ich immer noch wie vor den Kopf geschlagen an meinem Schreibtisch, als die Nachricht eines befreundeten Kunden auf dem Monitor aufleuchtete: *Höre, dass Cobra Ihren Vertrag gekündigt hat, weil Walter Sie für unzuverlässig hält. Was zum Teufel ist los?*

Ich schnappte mir die Tastatur und zögerte dann, weil mir klar wurde, dass nichts, was ich schreiben könnte, einen Unterschied machen würde. Wenn Walter es sagte, war es wahr, und das hatte er offensichtlich getan. Kurzfristig musste ich mir keine Sorgen machen. Meine Kunden waren keine Lemminge; die meisten würden zu mir halten. Aber sie würden sich ein wenig distanzierter geben, um Walter nicht zu verärgern und weil die Geschichte mich doch irgendwie anrüchig machte. Langfristig würden meine Geschäftsbeziehungen sich verschlechtern, weitere Kündigungen würden eingehen. In ein oder zwei Jahren könnte ich durchaus ganz aus dem Business sein. Ich dachte eine Weile still darüber nach.

In Wahrheit war mir das verdammt egal. Geld konnte ich immer irgendwie verdienen. Alex' Tod war ein Weckruf, eine Erinnerung daran, dass die einzig wichtigen Menschen in meinem Leben die waren, die ich liebte. Ich nahm den Hörer und wählte unsere Privatnummer. Ich war es leid, clever zu tun. Ich würde Claire geradeheraus sagen, dass ich von ihrem Vorspiel-Termin in San Francisco wusste, und ihr begreiflich machen, dass ich alles tun würde, um bei ihr zu bleiben – dass ich sie liebte und nicht ohne sie glücklich sein konnte.

»Hallo?«, meldete sie sich.

»Mark hier. Bist du beschäftigt?«

»Ich muss gleich ins Krankenhaus. Ich habe den ganzen Tag Proben. Warum? Ist alles in Ordnung?«

»Eher nicht. Ich muss mit dir reden.«

Sie schwieg einen Moment, und ich fragte mich, was sie dachte.

»Komm heute Abend ein bisschen früher. Vor dem Empfang. Ich treffe dich um fünf im Pediatic Pavillon.«

»Ich liebe dich.«

»Fünf Uhr«, wiederholte sie distanziert. »Es gibt auch einige Dinge, über die ich mit dir reden muss.«

20

Ich brauchte einen Moment, um mich zusammenzureißen, und summte dann Amy an. Kurz darauf kam sie in mein Büro, in der Hand ein Taschentuch, mit dem sie ihre Wangen abtupfte.

»Sie haben es schon gehört?«

Sie nickte. »Was ist passiert? Hat es etwas mit Alex zu tun?«

»In gewisser Weise schon. Es ist eine lange Geschichte. Ich bin noch nicht ganz sicher, wie sich die Dinge für mich weiterentwickeln werden, aber ich höre hier sofort auf. Sie müssen Ihre eigene Situation bedenken. Ich würde Sie sehr gern mitnehmen, hätte jedoch volles Verständnis dafür, wenn Sie auch andere Alternativen in Erwägung ziehen möchten. Sie wissen, dass ich Ihnen beste Referenzen ausstellen würde. Es ist Ihre Entscheidung.«

»›Der ist nicht stark, der in der Not nicht fest ist‹«, sagte sie und versuchte zu lächeln. »Sprüche. Ich bleibe bei Ihnen.«

»Danke«, sagte ich, gerührt von ihrer Loyalität. »Was meinen Sie, wie schnell wir ein paar Kartons organisieren können?«

»Das Lager hat eben welche geliefert. Ich wollte gerade anfangen, die Akten zu sortieren. Möchten Sie, dass ich Ihnen helfe, die Kartons zusammenzubauen?«

»Ich denke, das schaffe ich auch allein. Mir wäre es lieber, Sie würden ein Umzugsunternehmen bestellen und nach kurzfristig verfügbarem Büroraum suchen. Oberste Priorität ist das Tempo, bitte. Ich will jetzt genauso dringend hier weg, wie Walter mich verschwinden sehen will.«

Bis nach dem Mittagessen war ich mit Packen beschäftigt, zum einen, weil ich meine Fähigkeit, die Origami-artigen Kartons zusammenzubauen, zu optimistisch eingeschätzt hatte, zum anderen, weil alle anriefen, um zu erfahren, was zwischen mir und Walter vorgefallen war. Nachdem ich mehrere Kartons geschreddert hatte, löste ich das Karton-Problem, indem ich Amy um eine Anleitung bat, das andere dadurch, dass ich erklärte, es sei eine persönliche Sache gewesen. Der Handvoll Kunden, die weiter bohrten, deutete ich an, dass Walter und ich uns über Alex zerstritten hätten, weil ich annahm, dass es auf den Märkten ohnehin schnell genug die Runde machen würde. Es war die am wenigsten schädliche Version der Ereignisse, die ich verbreiten konnte, und die noch dazu den Vorteil hatte, wahr zu sein.

Kurz nach zwei summte Amy mich zum x-ten Mal an. Ich ließ einen Stapel Memos zu alten Deals uneingepackt liegen und drückte auf die blinkende Telefonleitung.

»Mark Wallace.«

»Ich war enttäuscht, heute Morgen nichts von Ihnen gehört zu haben.«

Ich erkannte die Stimme sofort. Narimanov.

»Ich habe ziemlich turbulente vierundzwanzig Stunden hinter mir.«

»Ich habe von Alex Colemans Tod gelesen. Standen Sie sich nahe?«

»Sehr.«

»Es tut mir leid. Ich wollte vorschlagen, dass wir uns zusammensetzen und mein Angebot weiter besprechen, aber wenn Sie möchten, können wir das auch verschieben.«

Ich war nicht in der Stimmung fürs Geschäft, aber unter den Umständen wäre es dumm gewesen, ihn zu verstimmen.

»An wann hatten Sie gedacht?«

»Um drei Uhr? In meiner Wohnung im Time Warner Center.«

Ich warf einen Blick auf meine Uhr. Vor meinem Treffen mit Claire blieb mir noch reichlich Zeit.

»Drei Uhr passt mir gut.«

»Nehmen Sie den Eingang in der 58th Street. Der Portier zeigt Ihnen den Weg.«

»Ich freue mich.«

21

Das Time Warner Center ist eine nach New York City verpflanzte Scheibe von Hongkong – eine überfüllte Luxus-Mall, darüber ein Nobelhotel und eine Reihe überteuerter Eigentumswohnungen mit zumeist auswärtigen Besitzern in miteinander verbundenen Türmen plus tonnenweise Marmor, um das Ganze stilvoll wirken zu lassen. Narimanov besaß eine Penthouse-Wohnung, aber ich hatte das Gefühl, dass er nicht viel Zeit dort verbrachte. In dem makellosen, modernen skandinavisch möblierten Wohnzimmer, in das ich geführt wurde, gab es keine Fotos oder andere persönliche Gegenstände, jedes Sofakissen war frisch aufgebauscht und perfekt platziert, so dass ich mich fragte, ob die Zimmermädchen nach einer Broschüre arbeiteten. Auf einem Tisch vor einer Glaswand mit Blick auf den Columbus Circle stand ein schlichtes Schachbrett aus Holz. Es war falsch aufgestellt, die Figuren hinter den Bauern wahllos aufgereiht. Ich ging hinüber und begann, die Aufstellung zu korrigieren.

»Spielen Sie?«, fragte Narimanov hinter mir.

»Ein wenig.« Ich drehte mich zu ihm um. Er trug das Gleiche wie neulich – dunkelgraue Hose, schwarzer Rollkragenpullover – und hatte einen Umschlag in der Hand. Ich fragte mich, ob er ein Angebot für mich enthielt. »Vor Jahren. Auf dem College. Aber ich hatte nie die Geduld, Partien auswendig zu lernen, deshalb bin ich nicht besonders versiert geworden.«

»Das hat mich auch immer gestört. Haben Sie je Bobby-Fisher-Random-Chess oder Chess960 gespielt, wie man es heute nennt?«

»Nie gehört.«

»Das ist eine moderne Variante des so genannten Shuffle Chess, die Mitte der Neunziger von Bobby Fisher, dem exzentrischen ehemaligen Weltmeister, entwickelt wurde. Die Aufstellung der Offiziere wird durch Würfeln bestimmt, so dass man sich nicht auf einstudierte Eröffnungen und Kombinationen verlassen kann. Es gibt 960 mögliche Ausgangsstellungen. Wir müssen irgendwann einmal spielen.« Er wies auf die Sitzgruppe. »Schön, dass Sie gekommen sind. Bitte setzen Sie sich.«

Ich ließ mich auf ein weißes Ledersofa sinken, und er nahm auf dem passenden Polsterstuhl Platz und klemmte den Umschlag zwischen Sitz und Lehne. Er beugte sich vor, die muskulösen Unterarme auf die Knie gestützt, die breiten Hände fest gefaltet. Mit seinen breiten Schultern und den typisch slawischen Zügen sah er aus wie ein russischer Film-Gangster, wirkte jedoch dank seiner fast anmutigen Bewegungen trotzdem nicht grob.

»Schöne Wohnung haben Sie hier. Tolle Aussicht.«

»Ich habe meine Leute nur angewiesen, nichts in einem Gebäude zu kaufen, auf dem Trump steht«, erwiderte er trocken. »Und das haben sie gefunden. Trump ohne Trump.«

Ich lächelte. Er wurde mir immer sympathischer.

»Etwas zu trinken?«, fragte er.

»Für mich nichts, danke. Und bevor wir irgendetwas anderes besprechen, wollte ich mich für Ihre Vorabmeldung des russisch-französischen Angriffs bedanken. Für die meisten Analysten ist Russland ein großes schwarzes Loch. Ich bin gespannt, mehr darüber zu erfahren.«

»Für mich ist Russland manchmal auch ein großes schwarzes Loch. Wenn das russische Volk aus siebzig Jahren Kommunismus eins gelernt hat, dann, den Mund zu halten. Ich habe von einem leitenden französischen Ölmanager davon erfahren, der es direkt von dem verantwortlichen General gehört hatte. In Frankreich ist es viel leichter, an vertrauliche Informationen zu kommen als in den meisten anderen Ländern. Alle Absolventen der Grand Écoles gehen miteinander ins Bett.«

»Und was passiert als Nächstes?«

Er zuckte mit den Schultern.

»Die Franzosen haben für Russland Kopf und Kragen riskiert. Als Nächstes werden sie eine Gegenleistung verlangen. Das heißt, die Angebote französischer Firmen für russische Energieprojekte werden bevorzugt behandelt.«

»Einige davon kontrollieren Sie selbst«, entschied ich, seine Leutseligkeit auf die Probe zu stellen. »Ich bin bloß neugierig – wie genau läuft so was? Bekommen Sie einen Anruf, in dem Ihnen mitgeteilt wird, wem Sie einen Vertrag geben sollen?«

»Früher schon«, antwortete er locker. »Aber Russland ist westlicher geworden. Es gibt jetzt viel mehr Zuckerbrot als Peitsche. Der Kreml hat eine Liste von Wünschen und ich habe eine Liste von Wünschen. Geschäfte werden gemacht.«

Die Tatsache, dass ich ihn mochte, bedeutete nicht, dass ich ihm vollkommen vertraute. Es war erst wenige Jahre her, dass die russische Regierung den Öl-Giganten Yukos zerschlagen und seinen milliardenschweren Besitzer Michail Chodorkowski ins Gefängnis gesteckt hatte. Verurteilt wegen Steuerhinterziehung, aber nach Ansicht der meisten westlichen Beobachter war sein eigentliches Verbrechen gewesen, Oppositionsparteien finanziell unterstützt zu haben. Vielleicht verhandelte Narimanov über manche Dinge mit seiner Regierung, aber es gab bestimmt auch Momente, in denen er schlicht spuren musste. Ich nahm mir vor, etwas über seine politischen Verbindungen in Erfahrung zu bringen.

»Offenbar gute. Ich bin sehr geschmeichelt von Ihrem Angebot.«

»Und ein wenig überrascht, dass ich so schnell Nägel mit Köpfen mache?«

»Ein wenig«, gab ich zu. »Das ist nicht die übliche Verhandlungstaktik.«

»Es sei denn, die Umstände haben sich geändert. Ich habe von Ihren Problemen mit Walter Coleman gehört.«

Ich strengte mich an, eine ausdruckslose Miene aufzusetzen. Ich hatte ihm die Geschichte selbst erzählen wollen. Dass er sie schon von jemand anderem gehört hatte, war schlecht, weil es mich in die Defensive brachte.

»Sie haben mich in Ihre Wohnung eingeladen, um Ihr Jobangebot zurückzuziehen?«, fragte ich mit gespielter Coolness. »Das ist mindestens ebenso unüblich.«

Er lachte. »Keineswegs. Aber ich muss wissen, was zwischen Ihnen beiden vorgefallen ist, wenn wir zusammenarbeiten wollen. Walter ist auf den Märkten hoch angesehen. Ich kann sein Urteil nicht einfach ignorieren.«

Es war die Reaktion, die ich erwartet hatte. Eine öffentliche Verurteilung durch Walter war ungeachtet meiner Erfolgsbilanz eine schwere Bürde. Narimanovs Angebot gab ihm das Recht, mehr zu erfahren, als ich meinen Kunden mitgeteilt hatte.

»Über Walters Sohn Alex bin ich an vertrauliche Marktinformationen gekommen«, erläuterte ich vorsichtig. »Die Quelle dieser Informationen ist eine offene Frage, ebenso wie Alex' Beziehung zu der fraglichen Person. Walter hat erst nach Alex' Tod davon erfahren. Er fand, dass ich ihn früher hätte einweihen müssen.«

»Walter hat erfahren, dass sein Sohn hinter seinem Rücken eine Vereinbarung mit einer dritten Partei hatte, und war wütend auf Sie, weil Sie es ihm nicht erzählt haben?«

Ich nickte, beeindruckt von seiner raschen Auffassungsgabe.

»Verstehe.« Er legte seine Fingerspitzen zusammen und überlegte. »Geht es um die Daten der saudischen Ölfelder?«

Mir war, als würde sich der Boden unter meinen Füßen auftun. Ich fragte mich, woher zum Teufel Narimanov von den saudischen Daten und vor allem davon wusste, dass Alex und ich im Bilde waren. Die letzten paar Tage wirbelten im Schnelldurchlauf durch meinen Kopf, während ich versuchte zu ergründen, in welcher geheimen Verbindung Narimanov zu den Ereignissen stand. Doch ich fand keinen Anhaltspunkt.

»Sie müssen mir erklären, woher Sie das Wissen haben, diese spezielle Frage zu stellen«, sagte ich, so ruhig ich konnte. »Vorausgesetzt, wir wollen zusammenarbeiten.«

Er grinste, mein Unbehagen sichtlich genießend.

»Vor ein paar Tagen hat mich ein Bekannter aus Washington angerufen und erzählt, dass Alex Coleman Fragen über einen Fund vertraulicher saudi-arabischer Informationen stellte, wobei er darauf bestanden hat, dass seine Gesprächspartner gegenüber seinem Vater Stillschweigen bewahren.«

»Und diese Leute haben das Geheimnis Walter gegenüber gewahrt und es Ihnen erzählt. Das klingt merkwürdig.«

»Warum? Ich habe bekannt gemacht, dass ich für Informationen, die mich interessieren, sehr gut bezahle. Das war immer ein wichtiges Element meines Erfolgs. Ich bekomme Anrufe von allen möglichen Leuten zu allen möglichen Themen. Wie ich Ihnen gestern erklärt habe, habe ich Zugang zu Informationen, die normalerweise nicht zu bekommen sind.«

»Sie bekommen Anrufe von Mitgliedern der amerikanischen Regierung?«

Er warf mir einen gönnerhaften Blick zu. »Selbstverständlich.«

Ich hatte in meiner Karriere schon zu viel gesehen, um über Korruption ernsthaft schockiert zu sein, aber dass Leute aus meiner eigenen Regierung Informationen an Ausländer verkauften, machte mich doch sauer. Und als ich erkannte, wie sehr mich Narimanov bei unserer ersten Begegnung manipuliert hatte, wurde ich noch wütender. Er hatte Saudi-Arabien mit keinem Wort erwähnt – ich hatte das Thema aufgebracht und mich auch noch für clever gehalten. Ich war nicht in der Stimmung, mich für dumm verkaufen zu lassen.

»Ich nehme an, dann sind wir hier fertig«, sagte ich und stand auf.

»Wie meinen Sie das?«, fragte er und blickte zu mir auf.

»Sie haben mich angesprochen, weil Sie mit mir zusammen an einer Analyse über die globalen Ölreserven arbeiten wollten. Die meisten Informationen, die Sie für die Antwort brauchen, haben Sie bereits oder können Sie sich von Ihren Freunden in Washington besorgen. So oder so habe ich nicht den Eindruck, dass Sie meine Dienste wirklich benötigen. Es war mir ein Vergnügen, Sie kennen zu lernen. Viel Glück.«

Ich machte einen Schritt Richtung Tür.

»Warten Sie«, sagte er. »Vielleicht habe ich mich unglücklich ausgedrückt.«

»Ganz im Gegenteil. Sie haben sich bemerkenswert klar ausgedrückt. Ich hab es nur nicht so gern, wenn man mit mir spielt.«

Er stand nun ebenfalls auf und runzelte die Stirn. »Verzeihen Sie«, sagte er und sah mir direkt in die Augen. »Sie haben Recht, ich hätte neulich bei unserer ersten Begegnung offener sein sollen.« Er wies auf die Couch. »Bitte.«

Überrascht und ermutigt nahm ich wieder Platz. Männer, die so reich waren wie Narimanov, waren meist konstitutionell außerstande, sich zu entschuldigen.

»In Wahrheit habe ich die Informationen nicht«, gab Narimanov zu und setzte sich wieder auf den Stuhl. »Alex hat nur Erkundigungen eingeholt. Er hat die Daten nicht weitergegeben. Und ich würde nur ungern an der Quelle danach fischen.«

»Sie kennen die Quelle?«

»Ja. Eine US-amerikanische Behörde, die allgemein unter ihren drei Anfangsbuchstaben bekannt ist.«

Das entsprach Walters Theorie. Die Informationen waren von der CIA oder der NSA an Senator Simpson weitergereicht worden, der dafür gesorgt hatte, dass ich sie bekam.

»Und warum wollen Sie nicht an der Quelle fischen?«

»Ich ziehe die Linie bei der Bestechung von staatlichen Geheimdiensten oder jeder Form von Zusammenarbeit mit ihnen. Russlands, Amerikas oder sonst jemandes. Geheimdienste sind schlechte Freunde und noch schlimmere Feinde. Ich angle bloß in offenen Gewässern – oder zumindest Gewässern, die nicht direkt Sperrgebiet sind.«

Das war eine smarte Devise, und seine Umsicht veranlasste auch mich, innezuhalten und meine eigene Situation noch einmal zu überdenken. Ich war lange genug im Geschäft, um zu wissen, dass ich die saudischen Daten ungeachtet ihrer Quelle veröffentlichen konnte. Mögliche juristische Konsequenzen würden die Person oder Personen betreffen, die mir die geheimen Informationen zugespielt hatten. Aber meine Situation war eine andere, wenn ich diese Informationen einfach an einen ausländischen Staatsbürger weiterverkaufte, moralisch wie juristisch. Außerdem wollte ich nicht so ein Schwein werden wie die Leute, die ich eben noch in Gedanken verurteilt hatte, und ich wollte ganz bestimmt nicht ins Gefängnis wandern.

»Was genau schlagen Sie vor?«

»Mein Angebot von gestern steht. Ich kaufe Sie aus, und Sie arbeiten exklusiv für mich. Es geht mir gar nicht um die saudischen Daten – ich bekomme mehr Informationen, als ich verarbeiten kann, und die Leute, die ich zurzeit dafür angestellt habe, begreifen die Feinheiten wichtiger Vorgänge nicht. Ich brauche jemanden wie Sie – jemand, der unabhängig arbeitet und dem ich vertrauen kann.«

Ich schüttelte bedauernd den Kopf. »Es wird trotzdem nicht funktionieren. Ich kann Material aus dem Umfeld der US-Geheimdienste nicht an einen Privatmann verkaufen, noch viel weniger an einen ausländischen Staatsbürger. Wenn ich die Daten verifizieren kann, habe ich keine andere Wahl, als sie öffentlich zu machen.«

Er starrte eine Weile stirnrunzelnd auf den Teppich und blickte dann wieder auf. »Was halten Sie davon? Das saudische

Rohdatenmaterial und alles, was Sie sonst noch aus Quellen der US-Regierung bekommen, stellt eine Ausnahme in unserer Verabredung dar. Es steht Ihnen frei, es nach Ihrem Belieben zu veröffentlichen, vorausgesetzt, man kann es nicht zu Ihnen oder meinem Unternehmen zurückverfolgen.«

Es war eine clevere Konzession und ungemein praktikabel. Es gab eine Reihe kompetenter Journalisten, die ich benutzen konnte, um Material in der Öffentlichkeit zu lancieren. Ich spürte eine Euphorie über das Angebot, die nichts mit Walters Missbilligung zu tun hatte. Abgesehen von Alex hatte ich keine emotionalen Bindungen zu meinem aktuellen beruflichen Umfeld. Ich respektierte meine Hedgefonds-Kunden, aber ich mochte sie nicht besonders. Sie waren zu selbstbezogen, zu sehr darauf konzentriert, Geld zu verdienen, und – möglicherweise auch eine gefährdete Spezies. Ein Wechsel zum jetzigen Zeitpunkt wäre ein kluger Schachzug.

»Perfekt. Angenommen, wir kommen zusammen, wo soll ich mein Büro haben?«

»Das steht Ihnen absolut frei. Ich möchte Sie mindestens einmal im Monat nach meinem Ermessen entweder in London oder New York treffen, aber ansonsten können Sie Ihren Laden aufmachen, wo Sie wollen.«

Dann könnte ich Claire begleiten, falls sie wollte, dass ich mit ihr nach San Francisco kam.

»Wunderbar. Ich muss das Ganze noch mit meiner Frau besprechen, aber ich denke, wir haben vielleicht einen Deal.«

»Ausgezeichnet.« Er nahm den Umschlag, der an seinem Bein lehnte, und hielt ihn mir hin. »Eine Geste des guten Willens. Die versprochenen Details zu Saudi-Arabien, die ich unabhängig zusammenstellen konnte. Ich würde Ihre erste Einschätzung gern so bald wie möglich hören.«

Ich nahm den Umschlag gespannt entgegen, öffnete ihn und sah, dass er drei Daten-CDs in lilafarbenen Jewelcases enthielt.

»Danke«, sagte ich und entschied, dass dies der Moment war,

selber ein bisschen im Trüben zu fischen. »Sagen Sie, hat Ihr Mann in Washington Ihnen gesagt, ob die Saudi-Arabien-Daten seiner Meinung nach irgendwas taugen?«

»Nein. Nur, dass die Herkunft korrekt sei – was für sich genommen natürlich schon eine Empfehlung ist.«

»Stimmt.« Ich stand auf. »Vorausgesetzt, es gibt zu Hause keine Probleme, lass ich von meinem Anwalt einen Vertragsentwurf aufsetzen und melde mich gleich Anfang nächster Woche bei Ihnen.«

Er lächelte. »Willkommen an Bord.«

22

Eine Stunde später stand ich vor Butterfield und wartete auf den Wagen, der mich abholen sollte, als mein Handy klingelte. Ich stellte den rechten Fuß auf einen Hydranten, balancierte die Lasagne vorsichtig auf meinem Knie und zog mein Handy aus der Tasche. Die Nummer auf dem Display kam mir bekannt vor, aber ich wusste sie trotzdem nicht einzuordnen.

»Hallo?«

»*As-Salamu 'Alaikum.*«

Scheibenkleister. Es war Rashid, der über die Zentrale des Four Seasons anrief. Nicht, dass ich nicht mit ihm sprechen wollte, aber für einen Plausch war es ein denkbar ungünstiger Moment. Das Aluminium-Tablett mit der Lasagne hing in der Mitte durch wie eine überbeanspruchte Schaukel, während wir die vorgeschriebenen Höflichkeiten austauschten.

»Kann ich dich in ein paar Minuten zurückrufen?«, fragte ich bei der ersten schicklichen Gelegenheit.

»Nicht nötig. Ich fände es schön, wenn du mich morgen besuchen kämst. Würde das passen?«

»Gern«, sagte ich und fragte mich, ob er ein Feedback zu den saudischen Daten bekommen hatte. Ich hatte sie ihm erst am Vortag zugeschickt. »Kann ich dir irgendetwas mitbringen?«

»Nichts, danke. Wir trinken Kaffee in der Lobby. Um elf?«

Ich beendete das Gespräch gerade rechtzeitig, um das Tablett mit der Lasagne vor einer Katastrophe zu retten. Es war gut, dass Rashid mich treffen wollte – dann konnte ich ihn auch fragen, was er davon hielt, dass ich vielleicht für Narimanov arbeiten wollte. Seine Meinung war mir wichtig. Ein Wagen des Limousinen-Service mit meinem Namen im Beifahrerfenster fuhr vorbei, doch der Fahrer guckte in die andere Richtung. Ich rief und wedelte mit den Ellbogen wie ein Hühnchen, konnte ihm jedoch nur hinterherschauen, während er zu einer weiteren Runde um den Block ansetzte. Der Anfall von Optimismus nach meinem Treffen mit Narimanov ebbte langsam wieder ab. Es wurde Zeit, sich mit Claire zu treffen.

Das Sloan-Kettering-Center nimmt einen kompletten Häuserblock in der Upper East Side unweit des East River ein. Das Originalgebäude war nur ein großer Backsteinkasten, aber vor ein paar Jahren hat man ihn um ein Hochhaus mit moderner Ausstattung erweitert. Schmuckstück des Neubaus ist der Pediatic Pavillon – ein zweistöckiges Atrium mit einer sieben Meter hohen beweglichen Wandskulptur. Ich stellte die Lasagne auf einem Tisch mit anderen dampfenden Schalen ab und machte mich auf die Suche nach meiner Frau. Ich fand sie in einem Konferenzzimmer zusammen mit Kate, Phil und einer Handvoll anderer junger Leute, die ich nicht kannte. Die Tür war geschlossen, also wartete ich im Flur und beobachtete sie. Ein strubbeliger Junge stellte eine Frage, und Claires Antwort brachte alle zum Lachen. Im Umgang mit Schülern und Studenten war sie immer ein Naturtalent gewesen. Sie sah mich hinter der Glaswand und winkte mich herein. Ihr Lächeln erstarb.

»Okay«, sagte sie, als ich den Raum betrat. »Um sechs Uhr im Atrium und um Viertel vor sieben wieder hier. Und vergesst nicht, euch während des Essens unter die Leute zu mischen und mit ihnen zu reden.«

Unter vereinzelten Beifallskundgebungen standen die Freiwilligen auf und gingen. Ich lächelte Kate an, aber sie warf mir nur einen wütenden Blick zu und stürmte wortlos davon. Ich hatte keine Ahnung, wie ich sie erzürnt haben könnte.

»Hey«, sagte ich und drückte Claire einen verlegenen Kuss auf die Wange. »Ist irgendwas mit Kate?«

»Nicht, dass ich wüsste.«

Sie sprach seltsam förmlich und hatte mich bisher noch nicht direkt angesehen. Eine Stunde erschien mir unmöglich kurz, um all das zu besprechen, was es zwischen uns gab. Ich zog meinen Mantel aus und hängte ihn über einen Stuhl.

»Sollen wir uns setzen?«

»Ich habe dich heute Morgen im Büro angerufen«, sagte sie, ohne meinen Vorschlag zu beachten. Sie drehte den Ehering am Finger. »Mir war der Gedanke gekommen, dass du das Konzert vielleicht auslassen und den Abend lieber mit Alex' Freunden oder Eltern verbringen wolltest. Amy sagte, du wärst mit Reggie und einem anderen Mann frühstücken.«

Ich konnte die unausgesprochene Frage hören. Mit meiner Zustimmung setzte Amy Claire regelmäßig über meine Termine in Kenntnis, aber ich wünschte inständig, sie hätte Reggie nicht erwähnt. Genau dort hatte ich nicht beginnen wollen.

»Deswegen bin ich nicht hier.«

Sie sah mich fragend an, vielleicht, weil sie etwas in meiner Stimme gehört hatte. »Mariano Gallegos. Amy kannte ihn nicht. Ist er ein Polizist?«

Ich wusste nicht, wie ich die Frage abwiegeln konnte, ohne sie anzulügen.

»Setz dich«, sagte ich sanft. »Bitte.«

Sie nahm Platz, und ich erzählte ihr alles. Über die E-Mail, den gestohlenen Wagen, Carlos' Ermordung und meine Unterhaltung mit Gallegos. Eine einzelne Träne kullerte über ihre

Wange, als ich ihr den Inhalt der E-Mail wiedergab. Ich wollte ihre Hand ergreifen, aber sie hatte die Schultern hochgezogen, und ich befürchtete, sie würde zurückschrecken.

»Das ist alles, außer, dass Reggie erwähnt hat, dass er vielleicht eine Spur zu dem Wagen hat. Er will mich später anrufen.«

Schweigen senkte sich über den Raum. Claire hatte keine Fragen gestellt. Sie hatte den Kopf gesenkt, und ihr Haar hing schlaff herunter. Sie sah geschlagen und besiegt aus. Es war Folter, sie leiden zu sehen.

»Es tut mir leid«, fuhr ich fort. »Und nicht nur, dass ich Geheimnisse vor dir hatte. Ich liebe dich, und es ist mir das Wichtigste auf der Welt, mit dir zusammen zu sein. Was ich gestern Abend gesagt habe, meinte ich ernst – ich glaube, es ist Zeit, dass wir irgendwo anders hingehen und neu anfangen.« Ich zögerte, San Francisco zu erwähnen, weil es wie ein Vorwurf klingen könnte. »Ich habe das Gefühl, dir geht es ähnlich, aber du weißt nicht, wie du es mir sagen sollst, weil du dir nicht sicher bist, ob du mit mir von vorne anfangen kannst. Aber das kannst du. Wir können es. Ich schwöre. Ich tue, was immer ich tun muss.«

Sie atmete tief ein und strich sich das Haar aus dem Gesicht. »Und was ist mit Reggie und den Venezolanern?«

»Reggie braucht meine Hilfe eigentlich nicht. Er hält mich nur auf dem Laufenden ...« Ich ließ den Satz unvollendet, weil ich merkte, dass ich in die falsche Richtung losmarschiert war.

»Weil du weiterhin beteiligt werden willst«, beendete Claire ihn für mich.

»Wenn Kate nicht noch zur Schule gehen würde«, sagte ich langsam und sah ihr direkt in die Augen, »würde ich sofort zum Flughafen fahren, mit dir in ein Flugzeug steigen, nie nach New York zurückkehren und nie wieder mit Reggie reden. Kyle kommt nicht zurück. Das weiß ich jetzt. Mit dir zusammen zu sein und mit dir in die Zukunft zu gehen ist mir wichtiger als die Vergangenheit.«

Sie berührte flüchtig meine Wange, als hätte sie Angst, sich zu verbrennen.

»Ich liebe dich auch«, sagte sie. »Ich habe dich immer geliebt. Genug, um zu wissen, dass du nie aufhören wirst, dich zu quälen, so wie ich mich gequält habe …«

»So muss es nicht sein«, flehte ich sie an, mir zu glauben.

»Schsch«, flüsterte sie und legte einen Finger auf meine Lippen. »Hör zu. Nachdem Kyle verschwunden ist, war ich … in Panik. Permanent. Als ob ich in dem Moment festgefroren war, in dem ich zu der Videothek gelaufen bin, und der Mann hinter der Theke sagte, dass er Kyle nicht gesehen habe, und die Frau neben mir vorschlug, die Polizei anzurufen. In all den Monaten, in denen du mit Kate unterwegs warst und Flugblätter verteilt hast, war ich in diesem Moment und mit diesem Gefühl eingesperrt und konnte nicht raus.«

»Ich wollte dir helfen«, sagte ich und spürte die Tränen auf meinen Wangen. »Ich wusste nicht, wie.«

»Ich weiß. Ich mache dir keine Vorwürfe. Schon damals war ich froh, dass du es getan und Kate mitgenommen hast. Es war wichtig für unsere Familie, und ich habe mich elend gefühlt, weil ich nicht stark genug war, um zu helfen.«

»Ich habe dich deswegen nie verurteilt oder weniger geachtet.«

»Nein. Du und Yolanda und Kate, ihr habt euch alle um mich gekümmert. Und dann hast du wieder angefangen zu arbeiten, und Yolanda ist in die Dominikanische Republik zurückgekehrt, und eines Morgens wurde mir nach dem Aufwachen klar, dass ich Kate zur Schule schicken, fürs Abendessen einkaufen und die Sachen aus der Reinigung holen musste. Und es ging mir besser, weil ich Pflichten hatte und nicht mehr dauernd an Kyle denken musste. Zu der Zeit habe ich entschieden, freiwillig hier im Krankenhaus zu arbeiten. Menschen zu helfen, die meine Hilfe brauchen – das hält das Gefühl von Panik fern.«

»Und wenn du mit mir zusammen bist, kommt die Panik zurück«, sagte ich und glaubte, mein Herz müsse brechen.

Sie nickte.

»Manchmal. Mehr, als ich ertragen kann. Es tut mir leid.«

Mein Handy klingelte in der Manteltasche. Ich ignorierte es, aber Claire zog es heraus und blickte auf das Display.

»Es ist Reggie«, sagte sie. »Geh ran.«

»Ich will nicht«, brachte ich mit einem Kloß im Hals heraus.

»Du musst. Ich habe viel über uns nachgedacht. Wir können nur zusammen sein, wenn du Frieden findest, und du kannst nur Frieden finden, wenn du die Wahrheit herausbekommst.«

Sie hielt mir das Handy hin. Ich wischte mir das Gesicht ab und nahm es entgegen.

»Reggie«, sagte ich.

»Hey. Ich bin vor der Tür. Können Sie einen Moment rauskommen und reden?«

Ich sah Claire flehend an.

»Geh«, sagte sie. »Für uns beide.«

23

Reggies Wagen parkte vor einem Hydranten direkt vor dem Haupteingang. Ich öffnete die Beifahrertür, stieg ein und ließ meinen Kopf an die Stütze sinken.

»Stimmt irgendwas nicht?«

Nichts stimmte, aber ich wollte jetzt nicht mit Reggie darüber reden.

»Hier drinnen stinkt's nach Kotze.«

»Ich hab heute Nachmittag einen Ausreißer nach Hause gebracht. Ich hab ihm ein großes Orangen-Slurpee und ein Riesen-Snickers gekauft, damit er still ist. Leben heißt lernen. Aber Sie sahen schon unglücklich aus, bevor Sie eingestiegen sind.«

»Familienärger«, sagte ich und tastete hektisch nach dem Fensterheber.

»Mit Kate?«

»Vielleicht«, antwortete ich, als ich an den wütenden Blick dachte, den sie mir zugeworfen hatte. Ich ließ das Fenster halb herunter, wandte den Kopf und saugte gierig die frische Luft ein. In dem Auto stank es wirklich.

»Ich hab sie eine Ecke weiter mit einem asiatischen Jungen auf einer Bank rumknutschen sehen. Ist das ihr fester Freund?«, fragte er.

»Glaub schon.« So genau hatte ich die Beziehung bisher noch nicht betrachtet. Das war ein weiteres Thema, das zu vertiefen ich zurzeit noch nicht bereit war. »Und was gibt's?«

Er zündete sich eine Zigarette an. Es war meiner Erinnerung nach das erste Mal, dass ich für den Geruch dankbar war.

»Ich glaub, ich hab den Typen gefunden, der den Wagen geklaut hat.«

Wie von einem Stromschlag getroffen, richtete ich mich abrupt kerzengerade auf.

»Haben Sie mit ihm gesprochen?«

»Noch nicht«, sagte er und stopfte seine zerknüllte Zigarettenpackung und das Streichholz in einen Becherhalter. »Heute Abend.«

»Und worauf warten wir noch?«

»Wer ist ›wir‹, Bleichgesicht?«

Es war die Pointe eines alten Witzes, Tontos Antwort an den Lone Ranger, der feststellt, dass sie beide gleich von feindlichen Indianern getötet würden.

»Gibt es ein Problem wegen meiner Hautfarbe?«, fragte ich verwirrt.

Reggie lachte.

»Nö. Es gibt ein Problem, weil Sie aussehen, als würden Sie in einem Büro in der Park Avenue arbeiten. Der Typ, den ich aufgespürt habe, ist bestimmt redseliger, wenn er Angst hat.«

»Glauben Sie mir«, sagte ich entschlossen, »wenn ich die Person treffe, die vielleicht meinen Sohn ermordet hat, werde ich aussehen wie der, der ich bin – jemand, der den Kerl verdammt noch mal umbringen will.«

Er nickte, möglicherweise überzeugt. »Das bringt uns zum zweiten Problem. Sie sind persönlich beteiligt.«

»Sie etwa nicht?«

Die Entgegnung war über meine Lippen, bevor ich darüber nachdenken konnte. Reggie kaute eine Weile darauf herum, trommelte mit einem Daumen auf das Lenkrad, und ich wusste, dass ich genau das Richtige gesagt hatte. Er hatte sein ganzes Leben der Suche von Vermissten und Entführten gewidmet und war ehrlich genug, nicht so zu tun, als wäre es bloß ein Job für ihn. Er hatte Kyle nie aufgegeben, weil es auch um sein Herzblut ging.

Er zog an seiner Zigarette, atmete seufzend aus und legte einen Gang ein. Dann wendete er gegen alle Regeln über vier Spuren und fuhr in südlicher Richtung die York Avenue hinunter. Ich schwieg, während wir an der Rockefeller University vorbeifuhren, weil ich nicht versehentlich etwas sagen wollte, was ihn doch noch umstimmen würde, nachdem er offensichtlich entschieden hatte, mich mitzunehmen. Die Sonne war bereits untergegangen, der Rockefeller Campus eine Oase im Flutlicht, sechs Hektar Harvard oder Princeton, verpflanzt in die Upper East Side. Ich fragte mich flüchtig, wo Kate nächstes Jahr studieren würde – wo Claire und ich leben und ob wir noch zusammen sein würden.

»Sie machen, was Ihnen gesagt wird, klar?«

»Natürlich«, antwortete ich sofort. »Wo ist dieser Typ?«

»Auf Staten Island.«

»Wie haben Sie ihn gefunden?«

»Erinnern Sie sich, dass ich Ihnen erklärt habe, dass die meisten gestohlenen Autos in diesem Teil der Welt entweder mit falscher Fahrzeug-Identifizierungsnummer neu angemeldet oder ausgeschlachtet werden?«

»Ja.«

»Wenn man den Wagen neu anmelden will, tut man am besten so, als stamme er von außerhalb des Staates New York. Auf diese Weise kann die Zulassungsstelle keine Daten abgleichen.« Er schnalzte ärgerlich, als wir auf die Auffahrt des Franklin Delano Roosevelt Drive kamen. Auf dem Highway staute sich der Verkehr in beide Richtungen. »Ich hab die Anmeldungen im Großraum New York ab einem halben Jahr nach dem Diebstahl von Gallegos' Wagen durchgesehen. Ein paar vage Spuren, aber nichts wirklich Konkretes. Wir können uns wieder mal über unser verdammtes Schwein freuen, dass der M5 nur in begrenzter Stückzahl produziert wurde.«

Wir hatten das Ende der Ausfahrt erreicht. Die Wagen vor uns hatten sich in die Spur eingefädelt, aber ein glänzender schwarzer Hummer mit Trittbrettern aus Chrom weigerte sich, uns reinzulassen, und fuhr dicht auf den Wagen vor ihm auf. Reggie beschleunigte, bis er nur noch eine Armlänge von dem Hummer entfernt war, das Dach seines ramponierten Chevy auf Höhe der Fenster des Hummers. Er nahm die Zigarette in die rechte Hand, öffnete die Fahrertür und schlug sie hart gegen die Seite des Hummer. Der Fahrer bremste quietschend, und Reggie schlüpfte elegant in die entstandene Lücke.

»Irgendwann schießt mal einer auf Sie«, sagte ich und blickte mich um. Der Besitzer des Hummer war ausgestiegen und um den Wagen gegangen, um den Schaden zu inspizieren. Er wirkte fassungslos. Ich hörte die Autos hinter ihm hupen.

»Wär nicht das erste Mal. Jedenfalls hab ich in den Akten nach Werkstätten gestöbert, die hochgenommen wurden, weil sie gestohlene Kfz-Teile verkauft haben. Davon haben wir jedes Jahr ein paar. Dann bin ich jeweils die Liste der sichergestellten Autoteile durchgegangen, um zu sehen, ob irgendwo Teile eines M5 aufgetaucht sind. Aber wieder ist mir nichts direkt ins Auge gesprungen.«

»Das ist so überraschend nicht, oder? Die Detectives, die in dem Mord an Carlos ermittelt haben, haben doch garantiert ebenfalls nach seinem Wagen gesucht. Irgendeine Suchanfrage müssen sie doch im System hinterlassen haben.«

»Stimmt«, erwiderte er gekränkt. »Aber der Polizei-Computer ist wie drei Affen in einer Orangenkiste. Man muss auf verschiedenen Wegen versuchen, an die Daten heranzukommen, wenn man Antworten sucht, und man muss kreativ sein.«

»Und was haben Sie gefunden?«

»Ich komme sofort dazu«, sagte er und blickte in den Seitenspiegel. Ich hoffte, dass er nicht ein weiteres Opfer ins Visier nahm. »Drängen Sie mich nicht. Als Nächstes hab ich mir die Nummernschilder der Abschleppwagen angesehen, die auf die hochgenommenen Werkstätten angemeldet waren.«

»Warum?«

»BMW und andere Nobelkarossen haben extrem gute Sicherungssysteme. Intelligente Diebe fangen gar nicht erst an, daran herumzufummeln. Sie nehmen den Wagen einfach auf den Haken und schleppen ihn ab.«

»Und das heißt?«

Er griff nach oben und tippte auf die weiße Schachtel, die unterhalb des Rückspiegels mit Klettband an der Windschutzscheibe befestigt war.

»Sie haben die LKW mit den Daten des elektronischen Mautsystems abgeglichen«, begriff ich. »Sehr schlau.«

»Nicht viele der in Frage kommenden Werkstätten leisten sich eine Miete in Manhattan, und die meisten Fahrzeuge, die die City verlassen, zahlen Maut oder werden irgendwo elektronisch registriert«, sagte er selbstzufrieden. »Ich dachte mir, es wäre einen Versuch wert.«

»Und Sie haben einen Treffer gelandet?«

»Ein Tieflader, zugelassen auf einen Betrieb namens Frank's Foreign Cars, einziges Firmengrundstück ist eine vergammelte Werkstatt in Staten Island. Der LKW wurde an dem Abend, an dem Gallegos' Wagen gestohlen wurde, gegen sieben Uhr stadteinwärts auf der Verrazano-Bridge registriert, stadtauswärts gegen zehn. Ein halbes Jahr später wurde Frank hochgenommen, weil er Teile von gestohlenen Wagen verkauft hatte. Die Kollegen haben in seiner Garage einen halb zerlegten Porsche gefunden, der zuletzt vor dem Nobu-Restaurant gesehen wurde. Gehörte einem der Yankee-Spieler.« Er öffnete die Schachtel und zog einen Umschlag heraus. »Schauen Sie sich das mal an.«

Der Umschlag enthielt ein körniges Schwarzweißfoto. Ich nahm an, es würde einen Porsche zeigen, aber man sah eine Mautstation in der Dunkelheit aus gut fünf Metern Entfernung.

»Was ist das?«

»Vierte Spur von links«, sagte Reggie.

Ich zählte die Fahrbahnen mit dem Finger ab. Das Fahrzeug in der vierten Spur war ein Tieflader, der einen dunklen Wagen auf den Haken genommen hatte, der aussah wie ein BMW.

»Das ist nicht Ihr Ernst«, sagte ich atemlos. »Wo um alles in der Welt haben Sie das gefunden?«

»Alle Brücken und Tunnel in die City werden von mehreren Sicherheitskameras überwacht. Früher wurden die Bänder nur ein Jahr lang aufbewahrt, aber nach dem 11. September hat man angefangen, alles zu digitalisieren und in alle Ewigkeit aufzubewahren. Durch die elektronische Mauterfassung kannte ich die genauen Uhrzeiten. Nachdem der Techniker von der Metropolitan Transport Authority mir den richtigen Tag rausgesucht hatte, hab ich nur ein paar Minuten gebraucht, um die Aufnahme zu finden.«

»Und der Wagen, den der LKW abschleppt, ist ein M5?«

»Sieht so aus«, sagte Reggie. »Aber um das mit Sicherheit zu sagen, ist das Bild nicht scharf genug. Könnte auch ein normaler BMW aus der 5er-Reihe sein. Der Techniker, der mir geholfen hat, meinte, das Grau auf dem Foto würde einer tiefroten Lackierung entsprechen. Wenn nötig, können wir später einen fundierteren Abgleich vornehmen.«

Meine Hände begannen zu zittern. Wenn es der richtige Wagen war und unsere Vermutungen zutrafen, lag mein Sohn Kyle im Kofferraum dieses Wagens, tot oder leidend.

»Hey«, sagte Reggie leise und nahm mir das Foto aus der Hand. »Regen Sie sich nicht auf, bevor wir mehr wissen.«

Ich atmete ein paar Mal tief durch.

»Und dieser Frank betreibt immer noch seinen Laden auf Staten Island?«

Reggie schüttelte den Kopf. »Nein. Er ist im Gefängnis in Revierkämpfe zwischen ein paar Skinheads und ein paar mexikanischen Mafiosi geraten und beim Hofgang erstochen worden. War sofort tot. Aber er hatte einen Komplizen namens Vinny DeSantore, einen achtzehnjährigen Jungen. Nach Angaben der Detectives, die in dem Fall ermittelt haben, hat Vinny die Wagen geklaut, und Frank hat sie ausgeschlachtet. Vinny hat zwei Jahre in der Haftanstalt Mid-Orange abgesessen, zwei weitere wurden zur Bewährung ausgesetzt.«

»Das heißt, wir sind unterwegs zu Vinny.«

»Genau.«

»Und Sie glauben, er wird mit uns reden?«

»Ich hab ein paar Ideen, wie man ihn vielleicht überzeugen kann«, sagte Reggie ruhig. »Und jetzt erzählen Sie mir von dem Frühstück mit Gallegos.«

Wir landeten in einer Mischung aus Wohnviertel und Industriegebiet irgendwo auf Staten Island. Ich hatte schon kurz hinter der Brücke die Orientierung verloren, doch Reggie schien zu wissen, wohin er fuhr. Nach einer Weile hielt er hinter einem grünen Jeep Cherokee am Straßenrand, blendete einmal kurz auf und machte die Scheinwerfer aus. Die Tür des Jeeps ging auf, und ein Mann stieg aus. Überrascht erkannte ich Joe Belko, Reggies kürzlich pensionierten Partner. Joe war ein schlanker Weißer mit einer mönchartigen grauen Tonsur, der aussah wie das, was er war – jemand, der viel Zeit beim Angeln und mit seinen Enkeln verbrachte. Reggie ließ das Fenster herunter.

»Hey«, sagte Joe. Wenn er von meiner Anwesenheit überrascht war, ließ er sich nichts anmerken. Er beugte sich in den Wagen und bot mir seine Hand an. »Schön, Sie zu sehen, Mark.«

»Ganz meinerseits. Bekommt die Pensionierung Ihnen gut?«

»Bis jetzt.« Er sah Reggie an und verzog das Gesicht. »Das Auto stinkt nach Kotze.«

»Ist mir noch gar nicht aufgefallen. Und was denkst du?«

»Vinny arbeitet allein. Und es herrscht kaum Betrieb. Ich denke, es ist okay.«

»Moment mal«, unterbrach ich ihn. »Was genau ist unser Plan?«

»Wie schon gesagt«, erwiderte Reggie. »Wir reden mit Vinny.«

»Offiziell?«

»Offiziell ist wahrscheinlich nicht besonders produktiv«, erklärte Reggie mir wie einem begriffsstutzigen Kind. »Vinny hat Erfahrung mit dem Rechtssystem. Wenn ich ihm meine Marke zeige, sagt er mir, ich soll mich verpissen. Wenn ich ihm erkläre, dass er mit mir aufs Revier kommen soll, sagt er mir, ich soll mich verpissen. Wenn ich ihn frage, was er über das Auto weiß, sagt er mir, ich soll mich verpissen, weil ich nichts in der Hand habe, um ihn unter Druck zu setzen, und auch nicht weiß, wie ich daran kommen soll. Das ist offiziell.«

»Und inoffiziell?«

»Joe übernimmt meine Marke und meinen Wagen und überwacht die Front, damit uns niemand stört. Wir beide nehmen den Hintereingang.«

»Front und Hintereingang von was?«

Reggie lächelte.

»Schau'n wir mal.«

Reggie setzte sich nach hinten, und Joe fuhr. Vor einer heruntergekommenen Tankstelle verlangsamte er das Tempo. Es gab ein Wärterhäuschen mit großen Scheiben und eine einzelne

Reihe von Zapfsäulen. Links grenzte ein Getränkehandel an das Grundstück, rechts der Hof eines Gebrauchtwagenhändlers, beide geschlossen.

»Das ist er«, sagte Joe und wies mit dem Kopf auf das Häuschen.

Hinter dem großen Fenster saß ein Typ mit struppigen Haaren, in seinem Rücken Regale mit Zigaretten. Offenbar telefonierte er.

»Was ist auf der Rückseite?«, fragte Reggie.

»Jede Menge Unkraut und ein Maschendrahtzaun. Der Zaun grenzt an eine Blechwerkstatt, ebenfalls geschlossen. Eigentlich alles ideal. Hinter dem Getränke-Center gibt es einen schmalen Durchgang.«

Ich wurde zunehmend nervöser, unsicher, ob es tatsächlich klug gewesen war, darauf zu bestehen, mitzukommen. In all den Jahren, in denen ich Reggie dabei beobachtet hatte, kleinere Regeln zu brechen, hatte ich mich nie gefragt, wie weit er im Ernstfall gehen würde.

»Entspannen Sie sich«, meinte Reggie, als er mein Gesicht sah. »Ich bin nicht in der Knochenbrecher-Branche.«

Keine Knochen zu brechen schien mir eine nur geringfügige Einschränkung der weiter gefassten Kategorie, Leute wenn nötig windelweich zu prügeln.

»Wenn wir mit Knochenbrechen die Wahrheit erfahren, ist das von mir aus auch okay«, sagte ich und hoffte, dass meine aufgesetzte Tapferkeit nicht allzu offensichtlich war. »Aber was, wenn Vinny uns den Namen des Kerls nennt, der Kyle entführt hat? Was, wenn er selbst der Kerl ist, der Kyle entführt hat? Was wollen wir vor Gericht sagen, wenn ein Verteidiger uns fragt, was wir heute Abend gemacht haben?«

Reggie zuckte die Achseln. »Das, was wir sagen müssen. So läuft das Spiel.«

Joe knuffte mich in den Arm. »Reggie und ich haben oft gemeinsam ermittelt. Wenn ich denken würde, dass irgendwas wirklich Übles passieren könnte, wäre ich nicht hier. Also bleiben Sie cool und geben ihm Rückendeckung.«

Ich atmete tief ein und begriff, dass mir die Sache längst über den Kopf gewachsen war.

»Alles klar«, sagte ich. »Auf geht's.«

Der Durchgang hinter dem Getränkelager war mit Müll übersät und von mysteriösem Rascheln belebt. Ich hielt mich dicht hinter Reggie, der eine kleine Stabtaschenlampe in der einen Hand und einen Baseball-Schläger in der anderen trug. Mir hatte er einen ausziehbaren Hochentaster gegeben, wie man ihn zum Zurückschneiden von Bäumen benutzte. Beide hatten wir eine schwarze Netzkappe, wie LKW-Fahrer sie tragen, tief ins Gesicht gezogen. Als wir das Ende des Durchgangs erreichten, schaltete Reggie seine Taschenlampe aus.

»Okay«, sagte er und spähte vorsichtig um die Ecke des Gebäudes. »Von hier an schlendern wir ganz entspannt weiter. Nicht rennen. Und denken Sie dran, nichts mit bloßen Händen anzufassen, wenn wir dort sind.«

Wir überquerten den gepflasterten Hof der Tankstelle, hinter der Scheibe des Häuschens war Vinnys Gesicht deutlich zu erkennen. Wenn er sich umgedreht hätte, hätte er uns gesehen, aber er telefonierte immer noch angeregt. Eine halbe Minute später waren wir auf der Rückseite der Kabine außer Sicht. Über unseren Köpfen leuchtete eine eingefasste Glühbirne, in deren Licht ich mich entblößt fühlte. Reggie zog eine schwarze Kiste von der Größe eines Taschenbuchs aus der Tasche und drückte auf einen Knopf. Ein LED-Lämpchen leuchtete grün auf.

»Was ist das?«, flüsterte ich.

»Ein Handystörsender«, sagte er und ließ das Ding wieder in seiner Tasche verschwinden. »Mit einem effektiven Radius von circa zweihundert Metern. Hab ich mir von einem Kollegen von den Spezialeinheiten ausgeliehen.« Er zeigte nach oben. »Da ist die Festnetzleitung. Ich zähle bis drei, und dann schneiden Sie die Leitung durch.«

»Verstanden.«

Ich fuhr die Säge bis zur Telefonleitung aus. Reggie packte den Schläger mit beiden Händen und baute sich vor einem Stromzähler auf.

»Eins, zwei, drei.«

Ich riss die Säge nach unten, während Reggie ausholte und zuschlug. Die Telefonleitung riss, der Stromzähler krachte zu Boden. Alle Lichter auf dem Grundstück gingen gleichzeitig aus. In der plötzlichen Dunkelheit war ich wie blind und hörte nur mein Herz wild pochen.

»Und was jetzt?«, zischte ich.

»Psst. Jetzt warten wir.«

Meine Augen gewöhnten sich an die Dunkelheit, so dass ich zumindest Umrisse ausmachen konnte. Reggie hielt mir den Schläger hin.

»Nehmen Sie den und geben Sie mir die Säge«, murmelte er. »Und machen Sie keinen Mucks.«

Wir tauschten stumm unsere Werkzeuge aus. Reggie lehnte die Säge an die Betonwand der Kabine. Eine weitere Minute verstrich. Meine Handflächen an dem Schläger wurden feucht.

»Und wenn er nicht kommt?«

»Er kommt schon.«

Ich hörte, wie die Tür des Wärterhäuschens geöffnet wurde. Reggie zog seine Waffe und richtete sie gen Himmel. Eine graue Gestalt stolperte um das Häuschen, das aufgeklappte Handy als Taschenlampe vor sich haltend. Reggie packte sie am Kragen und schleuderte sie in weitem Bogen gegen die Betonmauer.

»Scheiße, was …?«, jaulte Vinny.

Reggie rammte ihm die Pistole unters Kinn, und Vinny verstummte. Von Nahem war er eine pummelige Gestalt mit ungesunder Haut. Er trug Sneakers, schmuddelige Jeans, eine schwarze Lederjacke und sah total verängstigt aus.

»Vinny Santore«, sagte Reggie. »Vor sieben Jahren hast du einen schweren Fehler gemacht. Du hast dich mit den falschen Leuten angelegt. Es hat eine Weile gedauert, bis wir dich gefunden haben, aber jetzt musst du bezahlen.«

»Ich weiß nicht, wovon Sie reden.«

Reggie knallte ihn gegen die Mauer. »Du hast gesessen, Vinny. Du kapierst, wie so was läuft. Was du weißt, spielt keine Rolle. Entscheidend ist, was du getan hast.«

Vinnys Blick zuckte zu mir und blieb an dem Schläger in meinen Händen hängen.

»Was immer es war«, stotterte er, »ich kann es wiedergutmachen.«

Reggie knallte ihn noch einmal gegen die Mauer.

»Dafür ist es zu spät. Aber vielleicht kannst du es besser machen. Und wenn du es besser machst, hast du vielleicht eine Chance, heute Abend heil nach Hause zu kommen.«

Vinny nickte, soweit ihm das mit dem Lauf der Pistole am Hals möglich war. »Was wollen Sie von mir?«

»Vor sieben Jahren hast du einen roten BMW M5 geklaut.«

»Ich hab eine Menge Scheißkarren geklaut. Wie soll ich mich da erinnern?«

Reggie schleuderte ihn wieder gegen die Mauer, heftiger als zuvor, so dass sein Kopf gegen die Wand schlug und zurückprallte, bis die Waffe an seinem Kehlkopf ihn bremste. Vinny rang würgend nach Luft.

»Mit dem Wagen war etwas Besonderes. Du erinnerst dich bestimmt.«

Mit aufgerissenen Augen sah Vinny wieder mich an, vielleicht auf der Suche nach einem Verbündeten. Ich hob den Schläger in Hüfthöhe.

»Diplomatenkennzeichen«, sagte er.

»Gut«, sagte Reggie. »Wo hast du ihn geknackt?«

»Ein Parkplatz an der 125th Street und Hudson River in der West Side. Dort habe ich früher manchmal gekifft, bevor ich losgezogen bin, um mich zu beruhigen. Das scheiß Auto stand einfach da, Mann, absolut jungfräulich. Ich hab den Parkplatz eine Weile beobachtet, um sicherzugehen, dass es keine Falle war, und dann dachte ich mir, scheiß drauf, ja? Der bekackte Zündschlüssel steckte sogar noch. Es war echt seltsam.«

»Du hast den Wagen auf den LKW verladen. Und dann?«

»Hab ich ihn direkt zu Frank gebracht.«

»War Frank da?«

»Nein. Frank hat nur tagsüber gearbeitet. Ich hab den LKW in die Garage gefahren und ihn dort mit dem Wagen auf dem Haken stehen lassen. Dann bin ich los und hab mich betrunken.«

»Und du bist sicher, dass der Schlüssel steckte?«

»Hundertprozentig.«

Reggie ließ Vinny los, um seine Waffe zu spannen. Er legte die Spitze des Laufs an seine Stirn. Vinny verdrehte die Augen.

»Erst erinnerst du dich an gar nichts, und jetzt sprudelst du plötzlich los«, sagte er. »Du hältst mich wohl für blöd, was?«

»Ich schwöre«, krächzte Vinny. »Ich erinnere mich genau. Als Frank am nächsten Morgen anrief, hatte ich von dem Tequila einen Mordskater, und Frank brüllte mich durchs Telefon an, dass er mit einem Arschloch wie mir nicht mehr arbeiten wollte. Ich wusste überhaupt nicht, was los war. Frank war fuchsteufelswild. Ich hatte echt Schiss. Ich dachte, er würde mich endgültig fertigmachen.«

»Und hat er?«

»Nein, Mann. Noch am selben Tag kam er vorbei und war ganz seltsam und unheimlich. Er sagte, dass ich die Klappe halten und kein Wort über den Wagen verlieren sollte, niemals. Und das hab ich auch nicht getan, bis heute. Ich hab nie wieder darüber geredet.«

Reggie ließ die Waffe sinken und nickte nachdenklich. »Ich schätze, du hast mir in etwa die halbe Wahrheit erzählt, Vinny, und das weiß ich zu schätzen. Also werde ich dir nicht in den

Kopf schießen.« Er hob die Waffe und drückte sie an Vinnys Brust. »Ich werde dir ins Herz schießen, damit deine Mutter dich in einem offenen Sarg aufbahren kann.«

»Ich hab Ihnen alles erzählt«, jammerte Vinny.

»Hast du nicht. Du hast gesehen, was im Kofferraum dieses Wagens war, oder Frank hat es dir erzählt. Du weißt, warum wir hier sind.«

Vinny sah aus, als würde er in Ohnmacht fallen.

»Hab ich nicht, ich schwöre. Ich weiß nichts über irgendwas in dem Kofferraum.«

»Du lügst«, beharrte Reggie. Er machte einen halben Schritt zurück und streckte den Arm aus. »Ich hasse es, dich so zu erschießen, Vinny, weil ich meinen Lieblingsmantel anhabe und mir den ganzen Ärmel versauen werde, wenn dein Herz explodiert.«

Vinny stöhnte. Tränen liefen über sein Gesicht.

»Letzte Chance«, sagte Reggie.

Mich packte eine verzweifelte Wut, als mir klar wurde, was als Nächstes passieren würde. Vinny würde nicht zugeben, dass er wusste, was in dem Kofferraum war, und Reggie würde ihn nicht erschießen. Vinny würde merken, dass Reggie geblufft hatte, und wir würden nie erfahren, was er vielleicht noch wusste. Ich erinnerte mich daran, was Claire über unser Zusammensein gesagt hatte.

Ich holte aus und schlug mit aller Kraft zu. Ich erwischte Vinny in der rechten Kniebeuge. Er brach schreiend zusammen. Ich holte ein zweites Mal aus, doch Reggie riss mich zurück und stellte sich zwischen mich und Vinny.

»Wo ist mein Sohn?«, brüllte ich und versuchte, mich an Reggie vorbeizudrängen. »Was hast du mit ihm gemacht? Sag es mir, du mieser kleiner Scheißer, oder ich bring dich um.«

Joe kam um die Ecke gerannt, eine Taschenlampe in der einen, eine Pistole in der anderen Hand.

»Mein Gott«, sagte er.

Reggie entwand mir den Schläger und schubste mich in Joes Arme. »Schaff ihn hier weg«, bellte er. »Sofort. Ich werde versuchen, die Sauerei so gut es geht aufzuräumen.«

24

Auf der Rückfahrt nach Manhattan sprachen Reggie und ich nicht viel. Er hörte den Polizeifunk auf der Frequenz für Staten Island. Ich bekam mit, wie erst ein Streifenwagen und dann ein Krankenwagen zu der Tankstelle gerufen wurden, wo wir Vinny zurückgelassen hatten. Ich hatte den Kopf an das Seitenfenster gelehnt und war zu ausgelaugt, um irgendetwas zu fühlen. Als wir aus dem Brooklyn-Battery-Tunnel kamen, fuhr Reggie links in die Battery Park City und am Ende der Liberty Street über einen Bordstein auf einen Fußweg zum North Cove Yachthafen. Wir parkten neben einer Treppe mit Blick auf den Fluss. Er schaltete das Licht aus und zündete sich eine Zigarette an.

»Wir beide haben ein Problem.«

Ich betrachtete die Lichter des Financial Center, die sich im Wasser spiegelten, und hörte zu.

»Ich gebe zu, dass ich es heute Abend vermasselt habe. Ich hätte Sie nicht mitnehmen dürfen. Ich habe Sie in etwas verwickelt, in das Sie nicht hätten verwickelt werden dürfen. Aber Sie haben da eben eine Grenze überschritten. Ich bin kein Schläger, und ich arbeite auch nicht mit Schlägern zusammen. Ich mache Leuten Angst, ich verpasse ihnen manchmal ein paar Ohrfeigen, aber ich verletze nie jemanden, es sei denn, in Notwehr, und ich greife nie einen wehrlosen Menschen an.«

Ich richtete mich auf meinem Sitz auf, nahm eine Zigarette aus seiner Packung und zündete sie an. Ich hatte seit der Uni nicht mehr geraucht, so dass mir nach dem ersten Zug heiß und schwindelig wurde. Ich atmete aus, zog erneut und spürte, wie meine Nerven sich beruhigten.

»Ich höre Sie, und ich respektiere Ihre Meinung. Aber ich müsste lügen, wenn ich sagen würde, was ich getan habe, täte mir leid.«

Diese Feststellung war für mich ebenso eine Offenbarung wie für Reggie. Er seufzte. »Ich sage auch nicht, dass ich den Impuls nicht verstehe. Ich habe es ständig mit Abschaum zu tun, und es würde mich bei den meisten von ihnen nicht um den Schlaf bringen, wenn ich sie windelweich prügle.«

»Und warum tun Sie es nicht?« Ich hatte nie gedacht, dass Reggie feste Grenzen kannte, sondern immer angenommen, dass er seine Methoden den Umständen anpasste, ganz gleich, um was für Umstände es sich handelte. »Weil es illegal ist?«

»Scheiß auf legal und illegal. Darüber sollen sich die Juristen den Kopf zerbrechen. Am Ende des Tages ist man entweder einer von den Guten oder einer von den Bösen. Und wenn man anfängt, Menschen wehzutun, um Menschen zu helfen, hat man eine Grenze überschritten. So kompliziert ist das gar nicht.«

»Ich bin Vater, Reggie. Ich weiß, dass Ihnen die Sache auch am Herzen liegt. Aber Kyle ist mein Sohn.«

»Deswegen hätte ich Sie ja auch nicht mitnehmen dürfen«, murmelte er und klang wütend auf sich selbst. »Aber wer hätte auch ahnen können, dass Sie auf einmal den Joe DiMaggio machen, Scheiße noch mal.«

Ich zog erneut an meiner Zigarette und erinnerte mich an die Wut, die ich verspürt hatte, als ich mit dem Schläger ausgeholt hatte.

»Darf ich Sie was fragen? Was passiert, wenn wir den Wagen finden und ihn zu der Person zurückverfolgen, die Kyle entführt hat, das vor Gericht aber nicht beweisen können?«

»Wir finden den Kerl, und ich überführe ihn. So oder so. Das ist mein Job.«

»Und das funktioniert immer? Jedes Mal?«

»Nein«, gab er zu. »Vor Gericht geschieht eine Menge Willkür. Aber das Nette an Abschaum ist, dass diese Typen nie aufhören, Scheiße zu bauen, so dass man fast immer eine zweite Chance kriegt, sie zu erwischen. Ich habe eine Liste. Manche Namen setze ich selber drauf, andere bekomme ich von Joe, manche Namen kriegt er von seinem ehemaligen Partner. Ich weiß, wo die Typen wohnen, und sorge dafür, dass die Kollegen vom zuständigen Revier ein Auge auf sie haben. Ich halte mich per Computer über Verbrechen auf dem Laufenden, die ihrem Muster entsprechen. Irgendwann landen die meisten von ihnen im Gefängnis. Und diejenigen, die ich nicht hinter Gitter bringe, geb ich an meinen letzten Partner weiter, wenn ich in den Ruhestand gehe. So funktioniert das.«

»Das ist nicht gut genug«, sagte ich und musste wieder an Claire denken. »Diese Sache muss aufgeklärt werden. Für mich und für meine Familie. Wenn wir den Typen finden und es so aussieht, als ob er ungeschoren davonkommt, muss ich mich selbst darum kümmern.«

»Und was ist mit Claire und Kate?«

»Was ist mit ihnen?«

»Aus dem Gefängnis können Sie sich schlecht um sie kümmern.«

Es war Beleg unserer Freundschaft, dass er zielsicher meine verwundbarste Stelle getroffen hatte.

»Stimmt. Aber wer wird es je erfahren?«

»Ich.«

»Richtig. Aber ich fordere Sie ja nicht auf, mitzumachen. Falls und wenn es so weit ist, müssen Sie bloß in die andere Richtung gucken.«

Reggie schaltete den Motor ab und öffnete die Tür. »Kommen Sie. Machen wir einen Spaziergang.«

Wir gingen zum Fluss und folgten der Esplanade. Der Wind war aufgefrischt, die Temperatur gefallen. Ich schnippte meine

Zigarette weg, knöpfte meinen Mantel bis zum Kragen zu und steckte die Hände in die Taschen.

»Hat Vinny Ihnen noch irgendwas erzählt?«

»Wo Frank meistens seine Wagen entsorgt hat, nachdem er sie ausgeschlachtet hatte. In dem Sumpfgebiet am Arthur Kill bei Prall's Island im Westen von Staten Island. Er hat mir eine ziemlich gute Beschreibung geliefert. Ich schicke morgen eine Suchmannschaft los.«

»Glauben Sie, Sie werden den BMW finden?«

Er zuckte die Achseln. »Im Wasser halten sich Autos lange.«

Ich wollte nach Leichen fragen, brachte die Worte jedoch nicht über die Lippen.

»Ich sag Ihnen, was mir Kopfzerbrechen bereitet«, fuhr er fort. »Mal abgesehen davon, dass Sie ausgerastet sind. Vinny hat gesagt, der Schlüssel hätte gesteckt.«

»Und?«

»Als die Detectives der Mordkommission das Zimmer durchsucht haben, in dem Muñoz ermordet wurde, haben sie den Schlüssel zum Wagen seines Bruders in seiner Hosentasche gefunden. Woher kam der zweite Schlüssel?«

Ich dachte einen Moment darüber nach. »Keine Ahnung«, sagte ich schließlich. »Ich kann Gallegos fragen, ob Muñoz mehr als einen Schlüssel hatte.«

»Sie glauben, Gallegos hat Ihnen die Wahrheit gesagt, richtig?«

»Unbedingt«, sagte ich, als ich mich an den Gesichtsausdruck erinnerte, mit dem er mich angesehen hatte, als ich ihm von Kyle erzählte.

»Das bringt mich ins Grübeln über die Freundin auf Long Island, die Muñoz angeblich regelmäßig verprügelt hat. Die Detectives haben die Nachbarn des Mädchens befragt, die ausgesagt haben, sie hätten häufig Streit in der Wohnung der Frau gehört. Außerdem habe sie meistens eine Sonnenbrille und breitkrempige Hüte getragen, trotzdem seien die Blutergüsse im Gesicht und an den Armen deutlich erkennbar gewesen. Das passt nicht zu Gallegos' Bild seines Schwagers als gütigem und sanftem Menschen.«

»Und die Freundin hätte auch an den Schlüssel kommen können«, sagte ich, als ich ahnte, worauf Reggie hinauswollte. »Es ist ein großer Zufall, dass sie genau an dem Abend verschwunden ist, als Muñoz ermordet wurde.«

»Genau. In den Akten finden sich auch ihre Fingerabdrücke, die man in der Wohnung genommen hat. Ich gebe sie morgen mal in den Computer und schaue, ob sie sonst irgendwo im System auftaucht.«

Wir hatten das Ende der South Cove erreicht und blieben an einem Geländer mit Blick auf die Freiheitsstatue stehen.

»Das Gesamtbild ergibt für mich nach wie vor keinen Sinn. Was hat all das mit Kyle zu tun?«

Reggie schnippte seine Zigarettenkippe ins Wasser.

»Das weiß ich noch nicht. Aber so ist die Polizeiarbeit manchmal – man kriegt erst das Wie heraus und später das Warum. Es bleibt einem gar nichts anderes übrig, als an losen Fäden zu ziehen, um zu sehen, was passiert. Meinen Sie, Sie könnten irgendetwas über diese versuchte Bestechung in Erfahrung bringen, die Gallegos erwähnt hat?«

»Ich habe zumindest eine ganz gute Chance. Ich fange gleich morgen früh an zu graben.«

»Gut.« Er sah mich direkt an. »Noch eine Sache.«

»Was denn?«

»Wenn Sie auf den Gedanken verfallen, irgendwas Verrücktes zu tun, reden Sie vorher mit mir darüber. Denn Sie haben Recht, ich würde Sie ungern ins Gefängnis schicken, aber vielleicht täuschen Sie sich darüber, was ich alles tun würde, wenn es sein muss. In meinem Job hatte ich schon eine Menge harter Entscheidungen zu treffen. Das würde ich in Ihrem Fall gern vermeiden.«

»Einverstanden«, log ich. Wenn es zum Äußersten kam,

würde ich tun, was ich tun musste, mit oder ohne seine Zustimmung.

»Dann lassen Sie uns einen trinken gehen. Es war ein langer Abend.«

25

Ich saß mit Alex im Regen an der Bar des Pagliacci. Wasser tropfte von seinem Ärmel, als er sein leeres Glas hob und mit den Eiswürfeln klimperte. Ich wandte mich ihm zu und wollte vorschlagen zu gehen, als mein Blick auf den Mann fiel, der auf dem Barhocker hinter ihm saß, das Gesicht von Alex' Profil verdeckt. Er kam mir irgendwie bekannt vor. Ich lehnte mich vor und zurück, um ihn besser sehen zu können, aber Alex war immer zwischen uns. Als ich dem Fremden gerade auf die Schulter tippen wollte, spürte ich, wie jemand mich am Arm zupfte.

»Was?«, fragte ich, als ich hochschreckte.

Ich lag auf der Couch in meinem Arbeitszimmer, auf der ich nach einem mittleren Trinkgelage mit Reggie erneut mein Lager aufgeschlagen hatte. Neben mir stand Kate in Jeans und einem braunen Pulli mit V-Ausschnitt, unter dem Arm meinen Bademantel.

»Acht.«

»Solltest du nicht auf dem Weg zur Schule sein?«

»Ich habe heute Morgen keinen Unterricht.«

Ich machte den Mund auf, um zu fragen, warum, aber sie legte einen Finger auf meine Lippen und schüttelte den Kopf. Ich fragte mich, was los war und ob es etwas mit ihrem seltsamen Verhalten vom Vorabend zu tun hatte. Ich schlug die Decke beiseite und griff nach meiner Hose. Kate hielt mich zurück und bot mir stattdessen meinen Bademantel an. Ich war zu verkatert für Spielchen und wollte sie gerade anfauchen, als ich ihren Gesichtsausdruck bemerkte. Sie sah verängstigt aus. Ich stand auf, zog den Bademantel über mein T-Shirt und die Boxershorts und band ihn fest zu.

Kate führte mich in die Küche. Die Wohnung war dunkel und still. Ich sah Claires Kaffeetasse im Spülbecken stehen. Sie hatte mir erzählt, dass sie ein Frühstück mit Spendern und Sponsoren hatte, als ich sie am Abend zuvor angerufen hatte, um ihr von meiner Fahrt nach Staten Island zu berichten. Dass ich Vinny geschlagen hatte, hatte ich nicht erwähnt. Claires Abwesenheit warf die Frage auf, von wem Kate fürchtete belauscht zu werden. Meine Anspannung wuchs. Es sah Kate gar nicht ähnlich, so melodramatisch zu reagieren.

Sie öffnete die Stahltür zur Feuertreppe und machte mir ein Zeichen, hinauszutreten. Auf dem kleinen Absatz drängten sich zwei graue Plastikmülltonnen sowie eine blaue Recycling-Tonne, und unter meinen nackten Füßen spürte ich Sandkörner auf dem Zementboden. Kate schloss die Tür hinter uns, drückte sich an mir vorbei und setzte sich auf die Treppe. Ich setzte mich neben sie und wickelte den Bademantel um meine Beine. Die Stufe war gerade breit genug, dass wir Knie an Knie im rechten Winkel nebeneinander Platz fanden.

»Das alles kommt dir bestimmt sehr sonderbar vor«, flüsterte sie vorgebeugt, »und es tut mir auch leid, aber ich glaube, dass irgendwas äußerst Seltsames im Gange ist. Es ist ein bisschen kompliziert, also lass es mich erst erklären, bevor du Fragen stellen kannst, okay?«

»Okay«, sagte ich, bemüht, mein Unbehagen zu überspielen.

»Gestern Nachmittag bin ich früher von der Schule nach Hause gekommen und habe angefangen, ein paar Musikvideos runterzuladen. Unsere Internetverbindung war irgendwie gestört, in einem Moment lief alles normal, im nächsten war sie extrem langsam. Ich habe Modem und Router zurückgesetzt, aber das hat nichts genützt, also habe ich beschlossen, alle Komponenten einzeln von Hand neu zu starten.«

Ich nickte, obwohl ich bestenfalls das große Ganze begriff.

»Die Geräte stehen auf dem obersten Regal in der Wäschekammer. Als ich auf der Rückseite des Modems nach dem Stromkabel getastet habe, bin ich auf etwas Unvertrautes gestoßen. An dem Port, in dem normalerweise das Ethernetkabel aus dem Rooter steckt, hing eine kleine Metallkiste, die irgendjemand zwischen Modem und Kabel geklemmt hat. Es sah aus wie eine überdimensionierte Kupplung oder einer dieser Signalverstärker, wie die Techniker vom Kabel-TV sie benutzen. In einem Netzwerk hatte ich so was noch nie gesehen. Ich habe das Kästchen abgekoppelt, das Kabel wieder direkt mit dem Modem verbunden, und alles hat wieder bestens funktioniert.«

»Und was für ein Kästchen war das?«

»Das wollte ich auch wissen. Die Komponenten eines Netzwerks haben immer eine Artikelnummer oder irgendeine Beschriftung auf dem Gehäuse, aber diese Kiste hatte keine Prägung und keinen Aufdruck, was mir ebenfalls seltsam vorkam. In meinem Zimmer habe ich mit einem Schraubenzieher vorsichtig die Deckplatte gelöst. In dem Kasten befanden sich ein Mikroprozessor und ein Flash-Speicher, und der Prozessor hatte auch eine Seriennummer. Die habe ich im Netz gegoogelt und bin in einer Reihe von Profi-Hacker-Foren gelandet. Der Prozessor ist ein Repeater, ein Chip, der den kompletten Internetverkehr empfängt und weiterleitet.«

»Wohin?«

»Das ist völlig beliebig. In unserem Fall handelt es sich um einen Server auf den Cayman Islands.«

»Moment mal«, sagte ich ungläubig, als mir die Bedeutung ihrer Worte dämmerte. »Willst du mir sagen, dass wir verwanzt worden sind?«

»Genau. Alles, was wir drei in den letzten paar Tagen über unser Netzwerk zu Hause erledigt haben – unsere gesamte E-Mail-Korrespondenz, jeder Beitrag in einem Chat und alle

Websites, die wir besucht haben –, ist auf diesen anderen Server kopiert worden.«

Sosehr ich wissen wollte, wer unser Netzwerk angezapft hatte und warum, hatte ich eine noch dringendere Frage.

»Damit ich das richtig verstehe: Dieses Kästchen, das du entdeckt hast, befand sich in unserer Wohnung, richtig? Das heißt, derjenige, der es angeschlossen hat, muss hier gewesen sein.«

Sie nickte und wirkte wieder so verängstigt wie vorher.

Auch ich war erschrocken und verwirrt, vor allem jedoch wütend. Jemand war in mein Zuhause eingebrochen. Was wäre geschehen, wenn er zufällig auf Claire oder Kate gestoßen wäre?

»Ich rufe Reggie an«, sagte ich und wollte aufstehen.

»Warte«, sagte Kate und fasste meinen Arm. »Da ist noch mehr.«

»Wie kann es noch mehr geben?«

»Setz dich«, drängte sie. »Komm. Ich hab dich doch gebeten, mir zuzuhören, bis ich fertig bin.«

Alarmiert nahm ich wieder neben ihr Platz. »Ich höre.«

Seufzend ließ sie mein Handgelenk los.

»Nachdem ich herausgefunden hatte, worum es sich bei diesem Repeater handelt, war ich echt sauer auf dich.«

»Auf mich? Wieso?«

»Weil ich in den Hacker-Foren gelesen habe, dass die Dinger hauptsächlich an Arbeitgeber verkauft werden, die ihre Angestellten ausschnüffeln, und an Eltern, die ihre Kinder kontrollieren wollen.«

Es dauerte einen Moment, bis ich begriff, worauf sie hinauswollte.

»Du dachtest, ich würde dir nachspionieren? Warum sollte ich so etwas tun?«

»Ich habe gemerkt, dass du irgendwas über Phil und mich mitgekriegt hast, als du ihn neulich kennen gelernt hast«, sagte sie und wurde rot, »und dass du ein bisschen paranoid warst.

Ich dachte, du wolltest vielleicht wissen, was zwischen uns läuft, und es wäre dir unangenehm zu fragen.«

»Es stimmt, dass mir etwas aufgefallen ist«, gab ich zu und staunte, wie gut sie mich kannte. »Und es stimmt auch, dass ich dich danach fragen wollte. Aber ich würde dir nie hinterherspionieren. Ich vertraue dir.«

»Ich weiß«, sagte sie und drückte ihr Knie gegen meins. »Und es tut mir leid, dass ich voreilig falsche Schlüsse gezogen habe. Aber es war eine ziemlich raffinierte Konstruktion. Mom hätte das nicht hingekriegt – sie hat nicht die technischen Fertigkeiten. Aber bei dir auf der Arbeit gibt es doch ein paar clevere Netzwerk-Techniker. Ich dachte, einer von denen hätte dir vielleicht geholfen.«

Ich strengte mich an, meine Wut zu vergessen und darüber nachzudenken, was objektiv vorgefallen war. Frick und Frack hatten auf jeden Fall die technischen Kenntnisse, aber sie arbeiteten nur auf Walters Geheiß. War es möglich, dass Walter mich ausspionierte? Und wenn ja, warum?

»Hast du eine Ahnung, wann die Wanze installiert wurde?«, fragte ich in der Hoffnung, dass die Chronologie möglicherweise ein wenig Licht ins Dunkel bringen könnte.

»Eine vage«, sagte sie. »Aber lass mich erst zu Ende erklären. Ich wollte den Repeater an meinen Computer hängen, aber so, dass er weiter glaubte, mit dem Modem verbunden zu sein. Der Repeater hat nur einen begrenzten Speicher. Wenn der Speicherplatz knapp wird, müssen die Informationen irgendwohin gesendet werden, um sie dort zu speichern. Deswegen hat unser Netzwerk auch so merkwürdig reagiert, als ich versucht habe, große Videodateien herunterzuladen – der Repeater hat den Vorgang immer wieder unterbrochen, um Daten bei seinem Server abzuladen. Nachdem ich den Repeater direkt an meinen Computer angeschlossen hatte, konnte ich ihn mit irgendwelchem Müll zustopfen und ihn so zwingen, den Server anzuwählen. Und da der Repeater jetzt über meinen Computer kommunizierte, konnte ich auch sehen, wo er sich eingewählt hat.«

Wieder konnte ich ihr nur zum Teil folgen, begriff jedoch die Quintessenz.

»Deshalb weißt du auch, dass der Server auf den Cayman Islands ist.«

»Genau.«

»Und ein Programm, mit dem man so etwas machen kann, findet man einfach so im Internet?«

»Mehr oder weniger. Um es unter meiner Konfiguration ans Laufen zu kriegen, brauchte ich ein bisschen Hilfe. In einem der Hacker-Foren bin ich mit einem Ungarn namens Gabor ins Gespräch gekommen und konnte ihn überreden, es mir Schritt für Schritt zu erklären.«

»Wie konntest du ihn überreden?«

»Ich hab ihm ein Bild von Vanessa Hudgens geschickt, dass ich von einer Fan-Seite kopiert hatte, und ihm erklärt, das sei ich«, antwortete sie ein wenig verlegen. »Wir sind Sonntagnachmittag in Budapest verabredet. Zum Mittagessen bei seiner Mutter.«

Ich wusste nicht, was ich sagen sollte. Sie räusperte sich und redete weiter.

»Nachdem der Repeater die Verbindung hergestellt hatte, konnte ich ihn abkoppeln und direkt mit dem Server kommunizieren. Die Tatsache, dass der Server auf den Cayman Islands war, hat mich geschockt – ich dachte, er stünde in deinem Büro. Ich hatte vor, die Daten, die du kopiert hattest, zu löschen und dir eine Nachricht zu hinterlassen, aber stattdessen habe ich ein bisschen herumgestöbert und einen Ordner voll mit Media-Dateien gefunden. Ich habe ein paar von ihnen angeklickt und angehört.« Sie ließ die Stimme sinken. »Es waren alles Mitschnitte von dir, wie du mit verschiedenen Leuten redest.«

Ich war aufs Neue verwirrt.

»Dieser Repeater war auch an unser Telefon angeschlossen?«

»Nein. Die Aufnahmen stammen von verschiedenen Orten, nicht nur aus unserer Wohnung. Ein paar klingen, als würdest du mit jemandem in einem Restaurant oder auf der Straße reden.«

»Wie ist das möglich?«

»Ich habe Gabor gefragt. Er glaubt, dass jemand dein Handy umprogrammiert hat.«

»Das kann man?«, fragte ich verblüfft.

»Ein Mobiltelefon ist bloß ein einfacher Computer mit ein wenig Speicher und einer Funkverbindung. Der Computer hat ein Betriebssystem wie jeder andere Computer auch. Man muss dein Handy bloß in die Hände bekommen und die notwendigen Veränderungen am Betriebssystem vornehmen. Dann wird dein Telefon wie der Repeater zu einem Abhörgerät, das alles aufzeichnet, was du sagst, und an den Server weitersendet. Du hast gesagt, du hättest dein Telefon letzten Freitag verloren, richtig? Und am Montag wurde es zurückgegeben? Das ist mehr als genug Zeit, um es umzuprogrammieren.«

Verdammter Mist. Ich hätte es besser wissen müssen, als an einen Guten Samariter zu glauben, der einem in New York ein Handy zurückbrachte.

»Ist dir aufgefallen, dass der Akku deines Handys in letzter Zeit schneller leer ist?«, fragte Kate.

»Ich hab ihn am Mittwoch ausgetauscht, weil das Handy über Nacht den Geist aufgegeben hat.«

»Die Aufnahme-Funktion kann man auf Stimmaktivierung schalten, damit alles mitgeschnitten wird, was du sagst, nicht bloß deine Telefonate. Gabor sagt, wenn man ein Handy so hackt, frisst es tonnenweise Akku-Power.« Sie schüttelte den Kopf. »Ich muss ihm ein paar Kekse oder irgendwas schicken. Er war wirklich sehr hilfsbereit und wird tief betroffen sein, wenn ich am Wochenende nicht komme.«

»Kurzum: Unser Netzwerk ist angezapft und mein Telefon ist verwanzt.«

Sie nickte.

»Und ich nehme an, wir sitzen auf der Feuertreppe, weil du glaubst, unsere Wohnung könnte ebenfalls verwanzt sein.«

»Es wäre möglich. Und ich wollte nicht, dass du deine Hose oder irgendwas anziehst, weil wir nicht sicher sein können, dass es nur dein Handy ist. Mikrofone können sich in vielen kleinen Dingen verbergen – in einem Knopf, deiner Gürtelschnalle oder deinen Schuhen. Aber das Telefon eignet sich am besten, weil du es jeden Abend aufladst und es über größere Entfernungen senden kann und ...«

»Weil ich es überall mit mir herumtrage«, beendete ich ihren Satz.

»Also, was geht hier vor?«

»Ich wünschte, ich wüsste es. Du hast gesagt, du hättest eine vage Ahnung, wann das Ganze angefangen hat?«

»Die ältesten Dateien auf dem Server waren von Sonntagabend, also mindestens seit dann. Es könnte auch länger sein, wenn jemand ältere Dateien gelöscht hat, aber nicht viel länger, weil es mir sonst schon aufgefallen wäre.«

Sonntagabend. Vor dem Coup mit Nord Stream, vor meinem Treffen mit Theresa Roxas und meinem Zerwürfnis mit Walter. Es ergab keinen Sinn. Es gab keinen Grund, warum irgendjemand in der vergangenen Woche derart interessiert an mir gewesen sein sollte.

»Nur zum Verständnis: Wie versiert muss man sein, um so etwas durchzuziehen?«

Sie zuckte die Achseln. »Es ist wie vieles in der Technik – im Prinzip einfach, in der Praxis trotzdem schwierig im Detail. Mit genug Zeit würde ich es wahrscheinlich hinkriegen, aber wenn man auf der BIOS-Ebene an der Hardware herumfummelt oder versucht, verschiedene Systeme dazu zu bringen, miteinander zu kommunizieren, können immer eine Million kleiner Probleme auftauchen, die man irgendwie lösen muss. Wer immer es installiert hat, musste alles gleich richtig hinkriegen, also nehme ich an, er hatte Erfahrung.«

Das ließ mich erneut an Frick und Frack denken. Aber wenn Walter meine Gespräche und meine E-Mails überwacht hatte, wäre er nicht so überrascht darüber gewesen, dass Alex mich mit Theresa Roxas zusammengebracht hatte. Mein Kopf brummte. Ich übersah ganz offensichtlich irgendetwas Wichtiges – auf eine bloße Ahnung hin hätte sich niemand so viel Mühe gegeben. Den Ereignissen musste ein tieferes Muster zugrunde liegen, das ich übersah.

»Ist das alles?«, fragte ich.

»Hast du noch mehr erwartet?«

Wir lächelten matt.

»Wie viel von alldem hast du deiner Mutter erzählt?«

»Noch gar nichts. Sie ist früh schlafen gegangen. Sie machte einen aufgewühlten Eindruck.«

»Ich habe versucht, sie dazu zu bringen, mir von San Francisco zu erzählen.«

»Und?«

»Es ist kompliziert.« Ich klopfte mit beiden Händen auf meine Knie und versuchte, mehr Zuversicht zu verströmen, als ich empfand. »Darüber können wir später reden. Los. Zeit zum Aufbruch.«

»Wohin?«

»Wir holen deine Mutter ab und ziehen in ein Hotel, bis wir herausbekommen haben, was hier los ist. Irgendjemand ist bereits einmal in unsere Wohnung eingebrochen, und ich will kein Risiko eingehen.«

Sie nickte beklommen.

»Da ist noch etwas. Es ist wahrscheinlich nicht der richtige Zeitpunkt, aber ich würde dich trotzdem gern danach fragen.«

»Schieß los.«

»In den letzten paar Tagen hatte ich das Gefühl, dass du mir etwas verheimlichst. Auch deswegen dachte ich, dass du mir vielleicht nachspionierst – ich hatte das Gefühl, du hast Geheimnisse vor mir. Gibt es irgendetwas, das ich wissen sollte?«

Sie sah mich fragend an.

»Kate …«, sagte ich, unsicher, wo ich anfangen sollte.

Ihr Atem stockte, und sie schlug die Hand vor den Mund. »Es geht um Kyle, stimmt's?«

Ich legte einen Arm um sie und half ihr behutsam auf die Beine. »Es ist nichts Konkretes. Lass uns deine Mutter finden. Ich erzähl dir alles auf dem Weg.«

26

Kate brachte in Erfahrung, wo Claires Wohltätigkeitsfrühstück stattfand, während ich eingedenk ihrer Warnung vor Abhörgeräten eine alte Jeans und ein Paar schmuddelige Tennisschuhe anzog. Das Frühstück fand im Parker Meridien Hotel in der West 57th Street statt. Ich erzählte Kate eine Kurzfassung meiner Aktivitäten mit Reggie, wobei ich den Schlag, den ich Vinny verpasst hatte, wieder ausließ. Wie Claire weinte auch Kate, als ich ihr berichtete, was in der E-Mail stand, die Reggie mir gezeigt hatte.

Die Fahrt zu dem Hotel dauerte etwa eine Viertelstunde. Kate machte sich auf die Suche nach Claire, während ich von einem Münztelefon in der Lobby versuchte, Reggie zu erreichen. Sowohl in seinem Büro als auch auf seinem Handy meldete sich die Mailbox. Als ich schließlich der Maschine die Ereignisse des Vormittags schilderte, spürte ich, wie meine Wut wieder hochkochte. Dabei war der Lauschangriff nicht einmal das Schlimmste – jemand war in mein Zuhause eingebrochen. Ich fragte Reggie, ob er ein paar Leute von der Spurensicherung vorbeischicken könnte, um mögliche Fingerabdrücke zu sichern, oder was immer die Leute sonst machten. Ich wollte den Schuldigen fassen und sichergehen, dass er den Preis bezahlte.

Das Meridien war ein gutes und bequemes Hotel, also buchte

ich für eine Woche eine Suite. Ich nahm an, dass uns das genug Zeit geben würde, unsere Wohnung zu säubern und herauszubekommen, was vor sich ging. Als ich gerade die Schlüsselkarten einsteckte, tauchte Kate mit ihrer Mutter auf. Für den Anlass hatte Claire sich eher à la Park Avenue als im Upper-West-Side-Stil gekleidet. Sie trug ein dunkelblaues Kleid, schwarze Pumps, einen breiten schwarzen Ledergürtel und ließ die Haare offen auf die Schultern fallen. Sie sah jung aus, verletzlich und verängstigt. Ich streckte meine Hand aus. Sie nahm sie und drückte sie fest.

Unsere Zimmer waren für meinen Geschmack zu modern eingerichtet, mit seltsam negativ kolorierten Fotos von Blumen an der Wand, aber die Räume waren luftig und hell mit einem Blick über die südliche Skyline. Wir setzten uns an einen asymmetrischen Frühstückstisch vor einer überdimensionierten Nahaufnahme einer blassgrünen Rose, während Kate noch einmal erklärte, wie unsere Wohnung verwanzt worden war.

»Also hat es etwas mit deiner Arbeit zu tun?«, fragte Claire mich, als Kate fertig war. Sie sah blass, aber gefasst aus.

»Muss wohl, obwohl ich mir nicht vorstellen kann, was es sein sollte. Ich habe Reggie schon angerufen. Wir beide werden die Sache schon aufklären.«

Kate sah ihre Mutter an, dann mich. »Du und Reggie werdet euch darum kümmern. Also sollen Mom und ich einfach hier im Hotel rumhängen und warten. Vielleicht eine Massage buchen oder eine Pediküre.«

»Das habe ich nicht gemeint«, erwiderte ich, getroffen von ihrem Sarkasmus.

»Nicht?«, fragte Claire leise.

Ich zögerte, weil ich sie nicht in Gefahr bringen wollte, erkannte jedoch auch, dass ich die Dinge zwischen Claire und mir in der Vergangenheit durch meine überbehütende Art nur schlimmer gemacht hatte.

»Es tut mir leid. Das ist eine schwierige Situation für mich.

Ich sorge mich um euch beide und möchte euch beschützen, und ich fühle mich schuldig, weil ich das alles in euer Leben gebracht habe.«

»Es ist für uns alle schwierig«, sagte Claire. »Ich finde, wir sollten versuchen, es als Familie gemeinsam zu verstehen.«

Ich war ein wenig überrascht über ihre Entschiedenheit und mehr als ein wenig glücklich, sie so nachdrücklich von unserer Familie sprechen zu hören. Das machte mir Hoffnung. Bevor ich eine Antwort formulieren konnte, ergriff Kate das Wort.

»Womit wir wieder bei Moms Frage wären«, sagte sie und sah mich an. »Sind wir sicher, dass es mit deinem Job zu tun hat?«

»Womit sonst?«

»Mit Kyle.«

»Ich fürchte, ich kann dir nicht folgen.«

»Ich habe darüber nachgedacht, was du mir im Taxi erzählt hast. Die E-Mail, die Reggie erhalten hat, stammte von einem Remailer im Ausland. Dein Telefon und der Repeater in unserer Wohnung haben Informationen an einen Server im Ausland weitergeleitet. Hinter beidem steckt ein ähnliches Level an technischer Raffinesse. Vielleicht haben die E-Mail und die Wanzen etwas miteinander zu tun?«

Mir schwindelte, als hätte mir jemand einen Schlag in die Magengrube verpasst.

»Es wäre möglich«, gab ich zu.

»War bei dir auf der Arbeit viel los in letzter Zeit?«, fragte Claire.

»Jede Menge. Viel mehr, als ich Zeit hatte, dir zu erzählen.«

»Das heißt, Kates Vermutung, dass die Wanzen etwas mit der E-Mail über Kyle zu tun haben, könnte zutreffen, aber wir dürfen deine Arbeit nicht ausschließen.«

»Richtig.« Ich rieb mir die Stirn und dachte angestrengt nach. »Ich habe ehrlich gesagt keine Ahnung, was los ist.«

Claire strich sich nachdenklich eine Strähne hinters Ohr. Kate streifte ein Gummiband vom Handgelenk und gab es ihr.

»Die ersten Dateien auf dem Server auf den Cayman Islands stammen von Sonntagabend, richtig?«, fragte Claire und blickte von Kate zu mir, während sie ihr Haar zu einem Pferdeschwanz band. »Und du hast dein Telefon Montagmorgen zurückbekommen.«

Wir nickten beide.

»Offenbar sind die Leute, die uns abhören, also an etwas interessiert, das entweder in dieser Woche geschehen ist oder bald geschehen soll.«

»Wahrscheinlich«, sagte ich. »Aber ich sehe nicht, wie uns das weiterhilft. Die E-Mail und die Vorgänge bei der Arbeit fallen alle in dasselbe Zeitfenster.«

»Ich habe eine Idee«, sagte Kate. »Vielleicht sollten wir deine ganze Woche Minute für Minute durchgehen und es so machen wie du immer bei großen Projekten – wir schreiben alles auf Karteikarten, hängen sie an die Wand und schauen, ob uns irgendein Zusammenhang ins Auge springt.«

Einen besseren Vorschlag hatte ich auch nicht.

»Klingt gut«, sagte ich. »Also los.«

Ich nahm die scheußlichen Fotos von der Wand, während Claire und Kate Vorräte besorgten. Sie kamen mit Kaffee, Schinken-Käse-Ei-Sandwiches und genug Karteikarten, Plakatpapier, bunten Filzstiften und Klebeband zurück, um den kompletten Bürgerkrieg zu dokumentieren. Wir nahmen uns vor, alles nach Ereignis, Zeitpunkt und beteiligten Personen zu erfassen. Zwei Stunden später hatten wir ein wahnwitziges Flow-Chart erstellt, in der Dutzende von Kästchen durch Linien und Pfeile verbunden waren, die sich ständig kreuzten. Wenn es in diesem Datenwust ein Muster gab, war es gut verborgen. Ich schob meinen Stuhl zurück und stützte meine Ellbogen auf die Knie. Bei aller Frustration und Erschöpfung stimmte mich die Zusammenarbeit mit Kate und Claire zuversichtlich – vor allem mit Claire. Ihre Verwandlung war schier unglaublich, Beweis für die verjüngende Kraft einer Aufgabe im Gegensatz zu untätigem Grübeln. Ich fragte mich, ob es ein Fehler gewesen war, dass ich damals nicht entschiedener darauf gedrängt hatte, dass sie Kate und mich beim Flugblattverteilen begleitete. Vielleicht hätte die Aktivität sie aus dem Moment befreit, in dem sie sich gefangen fühlte.

»Ich muss gleich los«, sagte ich und rieb mir die Augen. »Ich habe Rashid versprochen, ihn um elf zu treffen.«

»Kannte Rashid den ermordeten Venezolaner?«, fragte Kate.

»Vielleicht. Ich hab ihn nicht gefragt.«

Sie malte eine gepunktete Linie von Rashids zu Carlos Muñoz' Namen und versah sie mit einem Fragezeichen. Ich betrachtete die Linie und schüttelte den Kopf. »Jede mögliche Verbindung zwischen den beiden liegt weit in der Vergangenheit. Wir müssen aufpassen, dass wir das Bild nicht mit unwesentlichen Details überfrachten.«

Kate sah Claire an.

»Schwer zu sagen, was wichtig sein könnte«, meinte sie achselzuckend.

»Das Problem ist, die einzige naheliegende Verbindung zwischen allem und jedem bin ich«, sagte ich und ließ meinen Kopf kreisen, um meine Schultern zu entspannen. »Ich habe die Nord-Stream-Geschichte publik gemacht, ich habe die Daten der Saudis bekommen, ich wurde abgehört, und Kyle ist mein Sohn.«

»Mein Gott«, keuchte Claire. »Was, wenn das die Verbindung ist?«

»Wenn was die Verbindung ist?«, fragte ich.

»Du. Du hast es gerade selbst gesagt. Kyle ist dein Sohn.«

Mein Herz setzte für einen Schlag aus.

»Und das heißt?«

»Wir sind immer davon ausgegangen, dass Kyle wahllos entführt wurde«, sagte sie zitternd. »Das hat es für Reggie und die anderen Polizisten von Anfang an so schwierig gemacht, denn sie hatten kein Motiv, von dem sie ausgehen konnten.« Sie stand unsicher auf und nahm Kate den Filzstift aus der Hand. »Aber schau dir die Fakten mal an. Kyle wurde angeblich zuletzt in einem Wagen gesehen, der einem diplomatischen Vertreter der OPEC gehörte, und derselbe Diplomat hatte Probleme, weil er eine Bestechung in Form von Aktien einer Ölgesellschaft abgelehnt hatte.« Sie berührte die Worte, die Kate geschrieben hatte, mit der Spitze des Stiftes. »Siehst du es nicht? Es ist alles deine Welt. Vielleicht bist du die Verbindung, die wir suchen.«

Es verschlug mir den Atem.

»Wir wissen noch nicht genug, um irgendwelche Schlüsse zu ziehen«, protestierte Kate vehement. »Es ist nicht fair, Dad die Schuld zu geben.«

»Es geht nicht um Schuld«, sagte Claire, sichtlich bemüht, die Fassung zu wahren. »Schuld ist schon genug im Umlauf. Es geht darum herauszufinden, was mit deinem Bruder passiert ist, und darum, unsere Familie zu schützen.« Ich spürte, dass ihr Blick auf mir ruhte, aber ich konnte ihr nicht in die Augen sehen. »Was denkst du, Mark?«

Ich vermochte keinen klaren Gedanken zu fassen. Claire streckte ihre Hand über den Tisch aus und ergriff meine.

»Lass uns nicht allein bei dieser Sache«, flehte sie. »Wir brauchen wirklich deine Hilfe.«

»Du könntest Recht haben«, brachte ich, bestärkt durch ihre Berührung, hervor. »Kyle könnte gezielt als Opfer …« Meine Stimme brach, und ich setzte neu an. »Kyle könnte gezielt als Opfer ausgewählt worden sein wegen irgendetwas, womit ich zu tun hatte …«

»Warum?«, fragte Kate.

»Ich weiß es nicht. Aber wenn wir Recht haben, könnten diese Leute nach wie vor irgendwo da draußen und aus irgendeinem Grund immer noch an mir interessiert sein. Es könnten sogar dieselben Leute sein, die bei uns eingebrochen sind und unsere Wohnung verwanzt haben.«

Es herrschte erschrockenes Schweigen, als wir alle drei diese Möglichkeit bedachten.

»Ich muss mit Reggie sprechen«, sagte ich.

Claire drückte meine Hand, bevor sie sie losließ.

»Nein, ich spreche mit Reggie. Du musst Rashid treffen.« Sie lehnte sich zurück und zeigte mit dem Finger auf seinen Namen in unserem Diagramm. »Er weiß alles und kennt jeden in der Welt des Öls. Das hast du mir immer erzählt. Du musst ihn fragen, ob er weiß, wer unseren Sohn verschleppt hat.«

27

Claires Worte dröhnten in meinem Kopf, als ich den kurzen Weg bis zum Four Seasons Hotel entlangstolperte. Ich wusste nicht, warum jemand Kyle verschleppt haben könnte, um mir zuzusetzen, geschweige denn, wer. Aus Rache? Mit der Absicht, mir eine Botschaft zu senden? Allerdings hätte ich auch nicht gewusst, warum man mich ausspionieren sollte. Claire hatte Recht – auch wenn ich ihn nicht persönlich kannte, gehörte Carlos Muñoz zu meiner Welt. Ich hatte den Zusammenhang nur deshalb übersehen, weil der Gedanke, dass Kyles Verschwinden etwas mit meiner Arbeit zu tun haben könnte, einfach zu schrecklich war. An der Ecke Madison Avenue machte ich von Panik ergriffen auf dem Absatz kehrt und wollte zum Meridien Hotel zurückeilen, um mich zu vergewissern, dass es Claire und Kate nach wie vor gut ging. Niemand wusste, wo die beiden sich aufhielten, erinnerte ich mich. Außerdem hatte Claire mir versprochen, nur Reggie und mir die Tür zu öffnen. Ich machte erneut kehrt und marschierte weiter. Ich musste Rashid sprechen. War es denkbar, dass er wusste, was mit meinem Sohn geschehen war, und mir die Wahrheit aus eigenen Motiven verschwiegen hatte? Die Unsicherheit hatte meiner Familie im Laufe der Jahre einen beinahe ebenso hohen Tribut abverlangt wie der Verlust. Normalerweise wäre es mir im Traum nicht eingefallen, Rashid etwas derart Ungeheuerliches zu unterstellen, aber es waren schon so viele andere Dinge geschehen, die ich auch nie geglaubt hätte.

Die Sitzplätze in der Lobby des Four Seasons Hotels sind auf zwei niedrige Galerien zu beiden Seiten des düsteren Raumes verteilt. Ich stieg eine Treppe hinauf und sah zunächst auf der einen Seite nach. Als ich umkehrte, fiel mein Blick auf einen Mann, der das Hotel durch eine Drehtür verließ und sich zu mir umdrehte. Ich bemerkte seine Narbe vom Mund bis zum Ohr und dachte, dass ich ihn erst kürzlich irgendwo gesehen hatte, ohne dass mir einfallen wollte, wo.

»Mr Wallace.«

Ich hob den Blick und sah den Leibwächter, der mich neulich in Rashids Suite eingelassen hatte. Er beugte sich in der Mitte der gegenüberliegenden Galerie über das Geländer und winkte mir zu.

»Hier herüber, bitte.«

Ich stieg die gegenüberliegende Treppe hinauf und sah Rashid in der Ecke an einem für zwei Personen gedeckten Tisch sitzen. Der Leibwächter nahm mir den Mantel ab und flüsterte mir auf dem Weg zum Tisch zu: »Er war die ganze Nacht wach und hat telefoniert. Seine Ärzte sind sehr unglücklich. Bitte versuchen Sie, es so kurz wie möglich zu halten.«

Ich hatte nicht gedacht, dass Rashid noch schlechter aussehen könnte, aber so war es. Seine vorherige Blässe hatte einen gelblichen Schimmer angenommen, und seine Gesichtszüge wirkten eingesunken wie bei einem Ballon, der langsam Luft verlor. Ich ergriff vorsichtig seine Hand, ängstlich, ihm wehzutun. In seiner Gegenwart wirkte mein vorheriger Verdacht absurd. Rashid war ein Freund.

»*As-Salama 'Alaikaum*«, sagte er heiser.

»*Wa 'Alaikum As-Salam.*«

»Möchtest du etwas essen oder trinken?« Er wies auf Kaffee und Gebäck.

»Nein, nichts, danke.«

Er kratzte sich seufzend den Nacken. »Die Höflichkeit gebietet es, dass ich darauf bestehe, aber dann müsste ich selbst einen Happen nehmen, um dich zu beschämen. Und der Gedanke, etwas zu essen, ist mir im Augenblick unerträglich. Ich schmecke gar nichts mehr – eine Nebenwirkung der Medikamente. Für mich ist jede Mahlzeit, als müsse ich mich durch einen Teller voller Pappe arbeiten.«

»Das tut mir leid.«

»Es muss dir nicht leidtun. Es ist meine eigene Schuld, weil ich mich von der westlichen Medizin habe verführen lassen. In meinem Volk gibt es ein Sprichwort: Für jeden alten Mann kommt die Zeit, mit einem Esel in die Wüste zu reiten.« Er ließ seine Hand über den Tisch wandern und über die Kante stürzen. »Es ist eine andere Mentalität.«

Trotz meiner aufgewühlten Stimmung schmerzte es mich, ihn so niedergeschlagen zu sehen.

»Hier fahren alte Leute mit dem Zug nach Florida. Das ist in gewisser Weise das Gleiche.«

Er lachte, wie ich es gehofft hatte.

»Kannst du dir mich in Miami Beach vorstellen?« Er hob sein Wasserglas, als wollte er einen Trinkspruch ausbringen. »Nächstes Jahr in Jerusalem.«

Ich lächelte gezwungen.

»Das ist ein beliebter Spruch bei OPEC-Treffen«, vertraute er mir an. »Ironisch vorgetragen oder auch nicht.«

»Hör zu, Rashid«, sagte ich und beugte mich näher. »Ich muss etwas sehr Wichtiges mit dir besprechen.«

»Ausgezeichnet«, sagte er, stellte sein Glas ab und schlug die Beine übereinander. »Geben und Nehmen wie immer zwischen uns beiden. Aber ich glaube, der Ball ist auf meinem Platz.«

»Verzeihung?«

»Habe ich es falsch gesagt?«, fragte er verlegen. »Ich habe in letzter Zeit abends viel Sport geguckt, wenn ich nicht schlafen konnte.«

»In deinem Feld, meinst du«, korrigierte ich ihn. »Die Wahrheit ist auf dem Platz.«

Er strich verwirrt über seinen Bart. »Wenn du es sagst. Ich habe ein paar erste Reaktionen auf deine saudi-arabischen Daten, aber bevor wir dazu kommen, würde ich gern über das Mittagessen mit Senator Simpson sprechen, an dem du teilgenommen hast.«

Mich fröstelte. Ich hatte die Begegnung mit dem Senator ihm gegenüber nicht erwähnt.

»Wer hat dir erzählt, dass ich mit Simpson zu Mittag gegessen habe?«

Er zuckte die Schultern. »Wir tauschen Informationen aus, Mark, keine Quellen.«

»Heute nicht«, sagte ich bemüht, einen leichten Ton zu wahren. Ich war mir auf irrationale Art sicher, dass die Information von den Leuten stammte, die mich abgehört hatten. »Heute muss ich deine Quelle wissen.«

»Geschäft ist Geschäft …«, begann er.

»Zum Teufel mit dem Geschäft«, fauchte ich wütend und ungeduldig, bevor ich sofort die Hand hob und ein paar Mal tief durchatmete, um mich zu beruhigen. »Verzeih mir. Es ist sehr viel mehr passiert, als ich dir erzählen konnte. Ich muss wirklich wissen, woher du erfahren hast, dass ich mit Senator Simpson zu Mittag gegessen habe.«

Ich hörte den Leibwächter nahen, alarmiert durch meinen Ausbruch. Rashid machte ihm ein Zeichen und lächelte matt. »Ich bin derjenige, der sich entschuldigen sollte. Man wird leicht selbstbezogen, wenn man krank ist. Ich habe von deinem Zerwürfnis mit Walter Coleman gehört. Das muss für dich beruflich eine schwierige Zeit sein.«

»Mit Walter hat das nichts zu tun.«

Er stellte wieder beide Füße auf den Boden und richtete sich mit scheinbar neuer Kraft auf. »Was dann?«

»Bitte«, sagte ich und sah ihm direkt in die Augen. »Wenn wir je Freunde waren. Antworte bitte einfach auf die Frage.«

Er hielt meinem Blick lange stand und seufzte dann.

»Dieses eine Mal«, sagte er leise. »Als ein Zeichen des Respekts für unsere lange Freundschaft. Alles, was ich dir erzähle, ist selbstverständlich streng vertraulich.«

Ich nickte ungeduldig.

»Gestern Morgen ist der französische Außenminister zu einem Treffen mit seinem Amtskollegen nach Riad geflogen. In seinem Gepäck hatte er eine Mitschrift gewisser Bemerkungen, die Senator Simpson bei einem Mittagessen im Palace Hotel gemacht hat. Ich wurde gebeten, alles über dieses Mittagessen in Erfahrung zu bringen, was ich konnte. Ich habe eine Beziehung zu dem Beamten eures Geheimdienstes, der den Personenschutz für arabische Würdenträger zu Besuch in den USA organisiert. Ich habe ihn angerufen und gefragt, ob er mir für gewisse Gegenleistungen, die dich nicht interessieren müssen, eine Teilnehmerliste von dem Mittagessen mit dem Senator besorgen könne. Und auf dieser Liste stand dein Name.«

»Der französische Außenminister?«, fragte ich verwirrt. »Wie um alles in der Welt ist er an eine Mitschrift dieses Mittagessens gekommen?«

»Ich habe keinen direkten Zugriff auf französische Staatsgeheimnisse. Möchtest du, dass ich in Paris anrufe und für dich frage?«

Sein Spott war wohl verdient, auch wenn er mein Interesse an der Mitschrift kein bisschen minderte. Die Quelle könnte durchaus mein Handy gewesen sein.

»Verzeih mir«, sagte ich. »Ich wollte dich nicht so heftig bedrängen. Und ich danke dir für deine Offenheit.«

»Nichts zu danken«, sagte er müde und sank in seinen Stuhl

zurück. »Freunde hegen keinen Groll. Erzähl mir einfach von deinem Essen mit dem Senator.«

Auch wenn mich die Herkunft der Mitschrift weiter beschäftigte, versuchte ich, mich zu konzentrieren, weil ich das Gefühl hatte, Rashid eine richtige Antwort zu schulden.

»Kurz gefasst? Amerika zuerst, wenn es um arabisches Öl geht, unabhängig davon, was die Araber gern hätten. Mögliche Meinungsverschiedenheiten werden durch die US-Marines geklärt.«

»Genau das Gleiche habe ich auch aus Riad gehört«, sagte Rashid und schüttelte traurig den Kopf. »Das ist sehr schlecht für die arabisch-amerikanischen Beziehungen.«

»Wieso? Du hast selbst gesagt, dass die arabischen Potentaten alle wissen, dass sie einen Pakt mit dem Teufel geschlossen haben, weil Amerika irgendwann annektieren wird, was es annektieren muss. Welchen Unterschied macht es da, wenn Simpson es laut sagt.«

»Einen Riesenunterschied. Du vergisst immer wieder die Bedeutung der Kultur. In dieser Hinsicht sind die Araber wie die Asiaten – das Gesicht zu wahren ist wichtiger als alles andere. Stillschweigendes Eingeständnis einer unterlegenen Position ist eine Sache, aber sie von einem Rüpel öffentlich unter die Nase gerieben zu bekommen, das ist etwas ganz anderes.«

Ich nickte und überlegte, wie ich das Gespräch wieder auf die Mitschrift lenken konnte.

»Was für ein Interesse haben die Franzosen denn an der Sache?«, fragte ich. »Oder wollen sie bloß Ärger machen?«

»Das habe ich dir doch neulich erklärt. Die Saudis und andere moderate arabische Führer haben sich nur deshalb mit den Amerikanern verbündet, weil sie Schutz brauchen – vor den radikalen Elementen in ihrer eigenen Bevölkerung und vor den Schurkenstaaten in der Region. Wenn die USA nicht mehr in der Lage sind, diesen Schutz optimal zu gewährleisten, oder die US-

Politik diese Beziehung inakzeptabel macht, werden sie neue Allianzen schmieden.«

»Nord Stream«, sagte ich, als ich erkannte, wie die Teile sich zusammenfügten. »Die Franzosen prahlen mit ihrem Erfolg in der Ukraine und bieten sich als neue Schutzmacht im Nahen Osten an.«

Rashid zuckte die Achseln. »Der 11. September liegt fast zehn Jahre zurück, und die Amerikaner haben Bin Laden noch immer nicht aufgespürt. Das lässt sich als Argument leicht ins Feld führen.«

»Niemand, der sich auch nur ein bisschen in der Geschichte auskennt, würde den Franzosen vertrauen.«

»Ich bin ganz deiner Meinung. Aber es sind nicht nur die Franzosen. Sie haben eine Koalition vorgeschlagen: Frankreich, Russland und eine Handvoll später zu benennender weiterer Länder. Eine Koalition wäre für die Araber ein durchaus annehmbares Konzept, weil es viel leichter ist, mit einer überlegenen Macht umzugehen, wenn man die Mitglieder dieser Macht theoretisch gegeneinander ausspielen kann.«

»Und die Gegenleistung?«

»Ganz ehrlich? Was man erwarten würde. Die Ablösung des Dollars als globale Leit- und Reservewährung zugunsten des Euro, Verträge über Waffenlieferungen, bevorzugte Zuteilung von Infrastrukturaufträgen und so weiter. Und geheim…«

»Die Kontrolle über das Öl, wenn es knapp wird. Genau dasselbe, was Simpson will.«

»Exakt. Aber die Franzosen werden hoflich genug sein, es nicht zu erwähnen.«

»Und die glauben, dass Amerika einfach zugucken wird?«

»Euer Volk ist nach wie vor im Irak und in Afghanistan gebunden, und ihr wart im Nahen Osten nie unbeliebter. Was wird euer freundlicher, sanfter demokratischer Präsident machen, wenn Saudis und Kuwaiter ihn höflich bitten zu gehen – auch noch dem Rest der Arabischen Halbinsel den Krieg erklären? Bis Energie in Amerika knapp wird, werden die Franzosen und ihre Verbündeten sich am Boden gründlich verschanzt und die Ölfelder fest unter ihrer Kontrolle haben.«

Für die USA bahnte sich eine außenpolitische Katastrophe an. Aber im Augenblick hatte ich andere Sorgen.

»Ich hasse es, immer wieder auf dieselbe Frage zurückzukommen, Rashid, aber hat der französische Außenminister durchblicken lassen, wie er in den Besitz der Mitschrift gelangt ist?«

»Ich kann in Riad nachfragen. Warum interessiert dich das so?«

»Das ist eine lange und seltsame Geschichte, und bevor ich dir die erzähle, möchte ich dich noch etwas fragen. Kanntest du einen Mann namens Carlos Muñoz?«

»Den Venezolaner, der vor einigen Jahren ermordet wurde?«, fragte er und strich wieder über seinen Bart. »Wir sind uns ein paar Mal begegnet.«

Ich hörte eine gedämpfte Unterhaltung in meinem Rücken. Als ich mich umdrehte, sah ich den Leibwächter mit einem uniformierten Hotelangestellten sprechen. Der Leibwächter nahm ein schnurloses Telefon entgegen und kam an unseren Tisch.

»Verzeihen Sie die Störung«, sagte er und hielt Rashid das Telefon hin. »Ein Anruf Ihres Büros in Wien. Sie sagen, es sei dringend.«

»Entschuldige mich einen Moment«, sagte Rashid, nahm das Telefon und hielt es sich ans Ohr. »Hallo? Hallo?«

Ich lehnte mich zurück, um mir eine Tasse Kaffee einzugießen, als mich ein Schlag von enormer Wucht aus dem Stuhl zu Boden riss, wo irgendetwas Schweres auf mir landete. Es roch nach Rauch. Ich versuchte, mich aufzurichten, aber vor meinen Augen drehte sich alles und ich sank trudelnd in die Dunkelheit.

28

Ein lautes, penetrantes Geräusch ließ mich wieder zu Bewusstsein kommen. Ich schlug die Augen auf und sah eine schwarze Hand Zentimeter vor meinem Gesicht.

»Wachen Sie auf«, sagte eine Stimme, und die Finger schnippten noch einmal.

»Ich bin wach«, murmelte ich. »Wo bin ich?«

»Sagen Sie's mir.«

Ich lag flach auf dem Rücken und war anscheinend unfähig, meinen Kopf zu bewegen. Über mir erstreckte sich eine gekachelte Decke, zu beiden Seiten war die Sicht durch hellgrüne Vorhänge verdeckt. Ich konnte mich vage daran erinnern, dass man mich hochgehoben und mir Fragen gestellt hatte, außerdem an das Heulen einer Sirene.

»Im Krankenhaus?«

»Richtig. Im St. Luke's Hospital.« Der Sprecher trat in meinen Gesichtskreis. Es war ein junger Schwarzer mit einem weißen Arztkittel. Er knipste eine Stablampe an und leuchtete mir in die Augen. »Erinnern Sie sich, wo Sie vorher waren?«

»Im Four Seasons Hotel.«

»Gut. Folgen Sie dem Licht mit Ihren Augen. Wie viel ist drei mal vier?«

»Zwölf. Warum kann ich meinen Kopf nicht bewegen?«

»Er ist fixiert. Ich werde jetzt Ihre Arme und Beine abklopfen. Sie sagen mir, ob es wehtut.«

Er arbeitete sich professionell von Gelenk zu Gelenk vor, prüfte mit einem kleinen Hammer meine Reflexe und bog meine Gliedmaßen. Alles tat weh, aber nicht genug, um ihn abzuschrecken.

»Sie haben großes Glück gehabt«, sagte er, als er fertig war. »Bis auf eine leichte Gehirnerschütterung und einen hässlichen Splitter in der Stirn sind Sie im Prinzip unversehrt. Haben Sie sich in letzter Zeit gegen Tetanus impfen lassen?«

»Ich weiß nicht. Was meinen Sie mit ›Splitter‹?«

»Von der Explosion, durch die Sie das Bewusstsein verloren haben.«

»Welche Explosion?«

»In dem Hotel. Mehr weiß ich auch nicht darüber.«

Er löste den Gurt, der meinen Kopf fixiert hatte, und half mir, mich aufzurichten. Das Letzte, woran ich mich erinnerte, war der Leibwächter, der Rashid ein Telefon überreichte.

»Wo ist mein Freund?«

»Der kleine oder der große Mann?«

»Der kleine.«

»Wurde ein paar Minuten vor Ihnen eingeliefert. Halten Sie still. Ich muss Ihnen den Splitter aus dem Kopf ziehen.«

»Ist er unverletzt?«

»Keine Ahnung«, sagte er ausdruckslos und bohrte dicht an meinem Haarsatz mit einer Pinzette in meiner Kopfhaut.

»Sie lügen mich an, oder?«, fragte ich und betrachtete sein Gesicht.

Er zögerte kurz und nickte dann. »Ja.«

»Ist mein Freund tot?«

Er packte irgendetwas mit der Pinzette und zog. Ich spürte, wie Blut über meine Stirn rann, das der Arzt mit einem Wattebausch abtupfte.

»Auf der Stelle. Keine Schmerzen. Der große Typ hatte nicht so viel Glück wie Sie, aber er wird durchkommen. Ich verbinde die Wunde mit einem Klammerpflaster. Genäht werden muss sie nicht.«

»Ich muss mich übergeben.«

Er hielt mir eine Pappschale hin, als ich mich übergab. Anschließend half er mir behutsam wieder in eine liegende Position und deckte mich zu. Mein Kopf pochte heftig, aber ich wusste, dass ich sofort mit Claire und Kate Kontakt aufnehmen musste.

»Können Sie mir noch einen Gefallen tun?«, fragte ich ihn.

»Was denn?«

»Bringen Sie mir ein Telefon.«

»Das geht nicht. Keine Telefone in der Notaufnahme. Und Sie müssen sich ausruhen.«

»Dann rufen Sie bitte einen Polizisten namens Reggie Kinnard an und sagen ihm, wo ich bin«, bat ich ihn, weil ich nicht wollte, dass sonst irgendjemand erfuhr, wo Claire und Kate sich aufhielten.

»Es sind schon mindestens ein Dutzend Polizisten hier.«

»Bitte.«

Er zog einen Block aus der Tasche und notierte sich Reggies Nummer.

»Danke«, sagte ich. »Für alles.«

»Kein Problem. Und jetzt ruhen Sie sich aus. Sie stehen immer noch unter Schock. Ich bin gleich zurück.«

Ich musste eingedöst sein, denn als ich die Augen öffnete, stand Reggie an meinem Bett.

»Wie geht's?«, fragte er.

»Nicht so gut.« Ich richtete mich auf, und vor meinen Augen drehte sich alles. »Wo sind Claire und Kate?«

»Hier. In der Lobby am Ende des Flurs. Ich war bei ihnen im Hotel, als der Arzt mich angerufen hat.«

»Ich möchte sie sehen.«

»Da müssen Sie noch ein bisschen warten. Sie liegen immer noch in der Notaufnahme. Keine Besucher.«

»Haben Sie jemanden beauftragt, auf sie aufzupassen?«

»Ein paar uniformierte Beamte leisten ihnen Gesellschaft. Wieso?«

Ich rückte ein paar Zentimeter nach hinten, um mich an dem Kopfbrett anzulehnen. Jeder betroffene Muskel protestierte. Ich fühlte mich, als wäre ich von einem Auto überfahren worden.

»Diese Leute haben Rashid vor meinen Augen ermordet.« Ich unterdrückte ein unwillkürliches Schluchzen. »Ich gehe kein Risiko mehr ein.«

»Welche Leute?«

»Ich weiß es nicht. Ich weiß gar nichts mehr. Die Leute, die meine Wohnung verwanzt haben, vielleicht.«

»Wir sprechen hier über einen arabischen Diplomaten«, meinte Reggie skeptisch. »Es gibt eine ganze Reihe möglicher Gründe für einen Anschlag auf ihn.«

»Nein. Nicht noch mehr Zufälle. Alles, was in letzter Zeit passiert ist, hängt irgendwie zusammen, und auch mit Kyles Verschwinden. Ich spüre es. Ich kann bloß ...«

Eine Krankenschwester trat hinter dem Vorhang hervor und warf Reggie einen feindseligen Blick zu. Er schlug das Revers seiner Jacke beiseite, um die Polizeimarke an seinem Gürtel zu präsentieren.

»Möchten Sie etwas trinken?«, fragte sie und bot mir einen Plastikbecher mit Strohhalm an.

»Bitte«, sagte ich und merkte plötzlich, wie durstig ich war.

Ich leerte den Becher mit Wasser, während sie meinen Blutdruck maß und meine Decke aufschüttelte.

»Er muss gehen«, sagte die Schwester und wies mit dem Kopf auf Reggie.

»Gleich«, versprach ich. »Wir müssen nur noch ein paar Dinge besprechen.«

Missmutig murmelnd verließ sie den Raum.

»Wissen Sie irgendwelche Details über den Anschlag im Hotel?«

»Sind Sie sicher, dass Sie sie hören wollen?«

»Ja. Ich muss es wissen.«

Er seufzte. »Ich hab kurz mit einem der Jungs am Tatort gesprochen. Soweit unsere Leute das jetzt schon sagen können, hat irgendjemand das Telefon mit einer Hohlladung präpariert, die ferngezündet wurde, als Rashid den Hörer ans Ohr hielt.«

Überwältigt von einem Gefühl großer Unwirklichkeit, schloss ich die Augen.

»Soll ich Sie ein paar Minuten allein lassen?«, fragte Reggie.

»Nein. Alles in Ordnung. Was ist eine Hohlladung?«

»Eine Hohlladung ist eine spezielle Anordnung von brisantem Sprengstoff um eine kegel- oder halbkugelförmige Metalleinlage. So wie Rashid das Telefon gehalten hat, saßen Sie im rechten Winkel zur Achse und haben deswegen nicht viel abbekommen. Der Leibwächter stand in einem etwas schrägeren Winkel und wurde stärker getroffen.«

»Das heißt, Rashid war das einzige Ziel?«

»Sieht so aus. Andernfalls hätten die Täter etwas mit größerer Reichweite benutzt.«

»Hat irgendjemand den Mann, der das Telefon überreicht hat, genau gesehen?«

»Die Sicherheitskameras haben ein paar ganz brauchbare Aufnahmen von ihm gemacht. Er war gekleidet wie ein Hotelangestellter, arbeitet jedoch nicht dort. Das FBI wird die Aufnahme mit den digitalen Fotoarchiven abgleichen. Die Technik ist mittlerweile ziemlich fortgeschritten. Vielleicht haben sie ja Glück.«

Ich wischte mir den Schweiß von der Stirn und verzog das Gesicht, als ich versehentlich das Pflaster berührte.

»Rashid war ein guter Freund von Ihnen, oder?«, fragte Reggie sanft.

Ich zuckte die Achseln. Nicht jetzt, dachte ich. Rashid war ein Freund, ein Kollege und ein Mentor gewesen, einer der wenigen Menschen, mit denen ich über fast alles reden konnte und der immer für mich da gewesen war. Am Ende hatte ich ihn verdächtigt, mich verraten zu haben, und er war gestorben, bevor ich ihn in der einen Sache um Hilfe bitten konnte, die mir am meisten am Herzen lag.

»Ich würde jetzt gern hier raus.«

»Die Ärzte wollen Sie über Nacht hierbehalten.«

»Nein. Regeln Sie das für mich, bitte.«

Er tippte mit dem Daumen gegen sein Bein und runzelte die Stirn.

»Ärzte sind in der Regel weniger beeinflussbar als andere Leute. Außerdem haben wir noch ein Problem.«

»Noch mehr Probleme kann ich jetzt wirklich nicht bewältigen.«

»Das glaube ich gern. Aber Sie müssen eine Aussage machen. Die ermittelnden Beamten werden in Kürze hier eintreffen, um Sie zu befragen. Sie sollten entscheiden, wie viel Sie ihnen erzählen wollen.«

»Warum nicht alles?«

»Vielleicht wäre das das Richtige. Aber die Polizei hat es gern simpel und überschaubar. Wenn Sie anfangen, von all den Dingen zu reden, die auf den Karteikarten an der Wand Ihres Hotelzimmers stehen, wird denen der Kopf schwirren. Diese Geschichten von alten Opfern und Fällen, die nie vergessen sind, gibt es nur im Fernsehen. Im wirklichen Leben sorgen sich die Oberen nur darum, was heute in der Zeitung steht und was morgen. Für sie hat es Priorität, den oder die Täter des Anschlags auf Rashid zu überführen. Darüber hinaus kann es auch nach hinten losgehen.«

»Was soll das heißen?«

»Für das NYPD ist Deputy Chief Ellison für die Ermittlungen zuständig, der Typ, den Sie in Walters Büro getroffen haben.«

»Na super.«

»Der Chief ist nicht dumm, egal, wie viel Limo er intus hat, aber vor allem ist er ein politischer Taktierer. Vielleicht setzt er eine Sonderkommission ein, um der Sache auf den Grund zu gehen, vielleicht entscheidet er auch, sie auf sich beruhen zu lassen. Je nachdem, was ihm seiner Ansicht nach beim Bürgermeister und bei der Presse mehr nützt.«

»Kann uns das nicht egal sein? Wenn er entscheidet, die Sache auf sich beruhen zu lassen, können wir immer noch inoffiziell und auf eigene Faust weiter ermitteln. Oder?«

»So leicht ist das nicht«, antwortete Reggie kopfschüttelnd.

»Es ist eine Sache, jenseits meiner Zuständigkeit irgendwo herumzuschnüffeln, wenn niemand darauf achtet; gegen ausdrückliche Anweisung in einem Fall weiter zu ermitteln, ist eine ganz andere. Der Chief lässt einem nicht viel durchgehen, und ich möchte noch ein paar Namen von meiner Liste streichen, bevor ich meine Marke abgebe.«

»Das heißt, Sie schlagen vor, dass ich mich auf die grundlegenden Fakten beschränke und ansonsten die Klappe halte.«

»Das ist eine Gewissensfrage, aber ja, so würde ich es machen. Wir können das FBI später immer noch inoffiziell um Unterstützung bitten, wenn es nötig werden sollte. Ich hab da ganz gute Beziehungen.«

Mir war plötzlich kalt; ich verschränkte die Arme und vergrub meine Hände unter den Achselhöhlen. Zu viele mächtige Leute waren in die Sache verwickelt, um zu riskieren, schon jetzt alle Karten auf den Tisch zu legen – Senator Simpson, Walter und die Saudis. Jeder von ihnen konnte bei Bedarf eine Menge politischen Druck ausüben, um die Angelegenheit zu vertuschen.

»Also gut«, sagte ich und fühlte mich von Minute zu Minute schwächer. »Aber eins sage ich Ihnen – ich halt es nicht aus, noch mehr Menschen sterben zu sehen. Ich hab das Gefühl, als ob für mich schon seit einer Weile einiges schiefläuft, und jetzt nimmt das Ganze so richtig Fahrt auf.«

»Kenn ich«, sagte Reggie. »Nur zu gut. Sie müssen einfach durchhalten.«

Wieder wurde der grüne Vorhang beiseitegeschoben. Ich erwartete, die Schwester zu sehen, doch stattdessen trat Deputy Chief Ellison ans Fußende meines Bettes, Lieutenant Wayland direkt hinter ihm.

»Reggie Kinnard, der Ire«, sagte der Chief. »Wie er leibt und lebt, so wahr ich hier stehe.«

»Chief«, sagte Reggie gemessen.

»Den Spitznamen hat er im 41. Revier gekriegt«, vertraute der

Chief seinem Lieutenant an. »Im ersten Jahr nach der Polizeischule. Wissen Sie, warum?«

»Ein Trinker?«

»Nicht mehr als alle anderen auch«, murmelte der Chief ärgerlich. »Nein, man nannte ihn den Iren, weil er von der alten Schule war, der Typ, der dazu neigt, Probleme ohne viel Papierkram zu lösen.«

»Inzwischen hat die Polizei sich verändert«, bemerkte der Lieutenant streberhaft. »Es gelten andere Spielregeln.«

Reggie lachte, und der Lieutenant sah ihn wütend an, während der Chief still lächelte.

»Ich wollte Sie sowieso sprechen«, sagte er zu Reggie.

»Wieso das?«, fragte Reggie.

Der Chief wies mit dem Kopf auf mich. »Weil ich mit ihm gesprochen und erfahren habe, dass sein Kind vermisst wird, und dass Sie sich seit einem knappen Jahrzehnt an dem Fall abarbeiten. Wirklich bewundernswert. Die Polizei ist stolz auf Sie. Deshalb vermute ich allerdings auch, dass Sie derjenige waren, der vertrauliche Informationen über einen unserer wichtigsten Fälle hat durchsickern lassen. Und das ist weniger bewundernswert.«

»*Fidelis ad Mortem*«, sagte Reggie. »Meine Schwäche.«

Der Chief lächelte immer noch. »Wenn das noch mal passiert, werden Sie sehr viel mehr Zeit haben, mit Ihrem alten Kumpel Joe Belko Streifenbarsche zu angeln, egal, wie viele alte Freunde Sie im Rathaus haben. Haben Sie mich verstanden?«

»Laut und deutlich, Chief.«

»Gut.«

Der Chief wandte sich wieder mir zu, und der Kopf des Lieutenants folgte wie angeleint.

»Und was ist mit Ihnen?«, fragte er.

»Was ist mit mir?«

»Entweder sind Sie der größte Pechvogel in New York, oder Sie stecken bis zu den Ellbogen im Dreck.«

Ich war versucht, ihm zu erklären, er könne mich mal, entschied jedoch, mich an Reggies Rat zu halten. Einem Wortgefecht fühlte ich mich ohnehin nicht gewachsen.

»Pech, nehme ich an.«

»Verstehe. Und was können Sie mir berichten, was ein Licht auf das vorzeitige Ableben des geschätzten arabischen Gastes der Stadt New York Mr al-Shaabi werfen könnte?«

»Gar nichts. Rashid und ich haben uns regelmäßig getroffen, um uns über die Energiemärkte auszutauschen. Gestern rief er mich aus heiterem Himmel an und bat mich vorbeizukommen. Wir haben eine Weile miteinander gesprochen, und dann bin ich hier aufgewacht.«

»Worüber haben Sie gesprochen?«

»Über aktuelle Produktionsprobleme im Irak und die mögliche Reaktion der übrigen OPEC-Staaten.«

»Es ist also reiner Zufall, dass ich binnen einer Woche in gleich zwei Mordermittlungen auf Sie stoße.«

»Ich dachte, Alex' Tod wäre ein Unfall gewesen«, sagte ich mit plötzlich wieder trockenem Mund.

»Wir haben bei der Polizei eine Redensart: Wer weiß das schon, Scheiße noch mal? Wir sagen Selbstmord, sein reicher Vater mit den guten Beziehungen sagt Unfall. Wir sagen Unfall, plötzlich sagt sein Vater, vielleicht hat ihn jemand in die Wanne gesteckt. Ich gestehe freimütig, dass wir ein wenig verwirrt sind. Zu Mr Colemans Tod ist Ihnen nicht noch irgendetwas eingefallen, oder?«

»Nein. Ich wünschte, ich könnte Ihnen helfen.«

»Und Ihnen ist auch keine Verbindung zwischen Mr al-Shaabi und Mr Coleman bekannt, von der wir wissen sollten? Kein Projekt, an dem Sie mit einem der beiden gearbeitet haben, das irgendjemand möglicherweise verstimmt haben könnte?«

»Nein.«

»Kannten Mr al-Shaabi und Mr Coleman sich?«

»Nein. Ich habe meine Beziehung mit Rashid niemandem gegenüber erwähnt, nicht einmal Alex, weil Rashid nicht wollte, dass seine Angestellten von unseren Gesprächen erfuhren.«

Der Chief nickte und wandte sich an seinen Lieutenant. »Was meinen Sie?«

»Ich glaube, er ist ein verlogener Drecksack.«

»Mr Wallace ist ein Bürger dieses Landes«, sagte Reggie und bedachte den Lieutenant mit einem Blick, der mich ein paar Schritte hätte zurückweichen lassen. »Höflichkeit, Professionalität und Respekt. Das ist doch die Devise der neuen Polizei, oder nicht?«

Der Lieutenant starrte wütend zurück.

»Detective Kinnard hat Recht«, sagte der Chief sanft. »Ich entschuldige mich für die Grobheit von Lieutenant Wayland, neige jedoch dazu, ihm zuzustimmen.« Der Chief kam einen Schritt näher und fasste sich an die Stirn. »Der Splitter, den Sie abbekommen haben. Hat der Arzt Ihnen gesagt, was es war?«

»Nein«, sagte ich, verwirrt über den abrupten Themenwechsel.

»Ein Splitter von Mr al-Shaabis Schädel. Die Ärzte glauben, dass es sich um ein winziges Stück seines Tränenbeins handeln könnte.« Der Chief ließ seinen Finger zu einem Punkt auf seinem Nasenrücken direkt neben dem Auge wandern. »Das ist ein kleiner Knochen gleich hier. Obwohl es mir absolut schleierhaft ist, woher sie das bei der Sauerei verdammt noch mal wissen wollen.«

Ich kämpfte gegen den Drang an, mich erneut zu übergeben.

»Ich erwähne das nur, um deutlich zu machen, dass Sie in den Fall verwickelt sind, Mr Wallace. So verwickelt, wie man es nur sein kann. Da gibt es kein leises Davonschleichen. Das NYPD, das FBI und wer weiß wie viele andere Behörden werden jedes Detail dieses Falls und Ihres Lebens zwei Mal umdrehen. Wenn wir entdecken, dass Sie uns belogen haben, werde ich alles in meiner Kraft Stehende tun, Ihnen Behinderung der Justiz nachzuweisen und Ihnen eine nette kleine Zelle auf Staatskosten zu verschaffen. Außerdem ist das FBI ziemlich kreativ in der Anwendung des Conspiracy Law gegen Verschwörungen und kriminelle Vereinigungen. Vielleicht kriegen die Sie auch so dran. Haben Sie mich verstanden?«

»Vollkommen«, brachte ich hervor.

»Gut. Bringen Sie mich zum Fahrstuhl, Ire«, sagte er an Reggie gewandt. »Wir beide haben noch ein paar Dinge zu besprechen.«

Ich döste zehn Minuten unruhig, bis Reggie zurückkam.

»Ich habe Belko erreicht«, sagte er. »Er ist auf dem Weg aus Queens hierher. Er wird ein Auge auf Claire und Kate haben, bis wir eine andere Lösung finden.«

»Danke«, sagte ich. »Und? Ist der Chief Ihnen mit Zuckerbrot oder mit der Peitsche gekommen?«

»Der Chief ist eher der Peitschen-Typ. Er hat Ihre Akte gelesen und wollte wissen, wie weit ich mit der E-Mail-Spur gekommen bin. Ich habe ihm eine Kurzversion gegeben und erzählt, dass wir in Staten Island mit Tauchern nach dem Wagen gesucht haben. Er ist vollkommen auf Ihrer Seite – ihm gefallen die ganzen Zufälle auch nicht. Er hat vorgeschlagen, dass ich meine Beziehung zu Ihnen nutze, um Ihr Vertrauen zu gewinnen und herauszufinden, was wirklich los ist.«

»Machen Sie sich Sorgen?«

»Noch nicht. Solange ich behaupten kann, an Kyles Fall zu arbeiten, kann mir nichts passieren.«

»Sollte ich mir Sorgen machen?«

»Wegen einer Anklage wegen Behinderung der Justiz oder dieser Verschwörungskiste? Nein. Das ist ein Haufen Mist. Aber Sie müssen sich mit Ihrer Taktik wohlfühlen. Sie werden eine Menge persönlichen Druck kriegen. Vielleicht sollten Sie auf Zeit spielen. Ich habe einen Freund beim FBI, mit dem Sie reden könnten.«

»Taktiert das FBI weniger politisch als das NYPD?«

Er lachte. »Jenseits des Rangs eines Sergeant gibt es keinen Polizisten, der keine politischen Rücksichten nehmen muss – sei es auf kommunaler, Staats- oder Bundesebene. Aber das FBI ist zumindest noch nicht sauer auf Sie.«

»Bis auf weiteres geh ich das Risiko ein, mich an Sie zu halten.« Meine Augen fielen zu, und es kostete mich Kraft, sie wieder zu öffnen. »Sie haben eben gesagt, Sie wüssten, was ich meine, als ich Ihnen erzählt habe, wie überwältigt ich mich fühle.«

»Ich habe im Laufe der Jahre ein paar üble Dinge gesehen«, sagte Reggie achselzuckend. »Das kommt mit dem Job.«

»Und warum kehren Sie dem allen nicht einfach den Rücken? Lassen sich zurück ins Dezernat für Kfz-Diebstahl versetzen oder machen irgendwas anderes weniger Belastendes?«

Es war eine Frage, die ich ihm schon seit langer Zeit hatte stellen wollen.

»Ich wünschte, ich wüsste es«, sagte er. »Ernsthaft. Ich frage mich das selber auch dauernd.«

»Ich habe überlegt, allem den Rücken zu kehren. Ich habe neulich abends mit Claire darüber gesprochen. Dafür sorgen, dass Kate auf eine gute Uni kommt, und sich dann in Europa oder an der Westküste niederlassen und versuchen, alles zu vergessen.«

»Und daran denken Sie jetzt nicht mehr?«

»Nein«, sagte ich entschlossen. »Daran denke ich nicht mehr.«

»Warum nicht?«

»Weil ich zum ersten Mal überhaupt glaube, dass wir eine echte Chance haben, zu erfahren, was mit Kyle geschehen ist, und die Leute zu finden, die ihn entführt haben«, sprudelte es aus mir heraus. »Und weil ich glaube, dass es dieselben Leute sind, die verantwortlich dafür sind, was Carlos Muñoz und auch Rashid geschehen ist. Irgendwie hängt das alles zusammen. Aber vor allem, weil ich glaube, dass diese Leute es ganz gezielt auf mich abgesehen hatten und es vielleicht wieder versuchen. Ich werde nicht eher Ruhe finden, bis ich sie gefunden und erledigt habe.«

Reggie nickte. »Das ist die Kehrseite meiner Philosophie. Man tut niemandem weh, der nicht versucht, einem wehzutun, aber wenn es einer versucht, schlägt man zurück. Manche Dinge erfordern eine Antwort.«

»Genau«, sagte ich und schloss wieder die Augen. »Das ist genau richtig.«

»Ruhen Sie sich aus«, sagte er. »Ich will sehen, was ich tun kann, um Sie hier rauszuholen.«

29

Ich schlief eine weitere Stunde und wachte auf, als derselbe Arzt an mein Bett trat und mir tief in die Augen blickte, während er mir neue Rechenaufgaben stellte.

»Ihr Freund von der Polizei sagt, Sie hätten es eilig, entlassen zu werden. Stimmt das?«

»Haben Sie viele Patienten, bei denen das anders ist?«

Er lachte. »Entscheidend ist, wohin Sie wollen. Manche haben gar keinen Anlaufpunkt, andere haben Angst vor einem Ort, wo es noch schlimmer ist als hier. Aber ich glaube, Sie werden klarkommen. Ich sag Ihnen was: Jetzt ist es kurz nach zwei. Sie verbringen noch ein paar Stunden in der Beobachtungsstation, und wenn Ihr Zustand stabil bleibt, können Sie um fünf nach Hause gehen. Die Krankenschwester wird Ihnen erklären, was zu tun ist. Irgendjemand muss heute Nacht bei Ihnen bleiben und Sie alle paar Stunden wecken, um sicherzugehen, dass Sie bei Bewusstsein sind. Gehirnerschütterungen können heikel sein.«

»Das machen meine Frau und meine Tochter bestimmt gern.«

»Außerdem sollten Sie darüber nachdenken, mit irgendjemandem über das Erlebte zu sprechen«, fügte er ernst hinzu. »Mit einem Priester, einem Therapeuten, wem auch immer. Sie haben heute eine traumatische Erfahrung gemacht. Möchten Sie, dass ich Ihnen jemand empfehle?«

»Nein danke. Wir haben einen Familientherapeuten, zu dem wir manchmal gehen. Wenn es ein Problem gibt, rufe ich ihn an.«

»Okay. Dann viel Glück, Mr Wallace.«

Zehn Minuten später kam ein Pfleger und rollte mich in meinem Bett in ein Zimmer mit einer Glaswand zur Schwesternstation. Dort warteten Claire und Kate auf mich. Nach Tränen und Küssen wollten sie wissen, was mit Rashid geschehen war. Ich bat Kate, Reggie und Joe aus dem Wartezimmer zu holen, damit sie die Geschichte ebenfalls hören konnten. Es gelang mir recht gut, die Ereignisse leidenschaftslos zu beschreiben, bis ich zu dem Moment kam, in dem der Leibwächter Rashid das Telefon überreichte, und dann brach ich zusammen. Die Schwester, die sich schon vorher an Reggies Gegenwart gestört hatte, beobachtete mich durch das Fenster. Jetzt schritt sie ein, erklärte, dass ich emotional erschöpft sei, und drohte, mich über Nacht dazubehalten, wenn nicht unverzüglich alle Besucher das Zimmer verließen. Ich nahm Claire und Kate das Versprechen ab, mit Joe direkt zum Meridien Hotel zurückzufahren und ohne Schutz nirgendwohin zu gehen. Keine von beiden protestierte.

Wie der Arzt es versprochen hatte, begann das Krankenhaus um fünf Uhr meine Entlassung vorzubereiten, doch es war fast sechs, bis ich alle Formulare ausgefüllt hatte. Ein munterer Pfleger schob mich in dem vorgeschriebenen Rollstuhl zum Eingang und half mir auf den Beifahrersitz von Reggies Wagen.

»Schon besser«, meinte Reggie mit einem anerkennenden Nicken, nachdem er mich gemustert hatte. »Sie haben wieder ein bisschen Farbe im Gesicht. Als ich Sie heute Morgen gesehen hab, dachte ich, es hätte Sie erwischt. Sie sahen aus wie Casper, der freundliche Geist.«

»Na vielen Dank. Gibt es Neuigkeiten zu Rashid?«

»Nein«, sagte er und fuhr los. Das Meridien Hotel war nur ein paar Blocks entfernt. »Der Typ mit dem Telefon kam aus dem Nichts und ist auch wieder dorthin verschwunden. Auf der Straße hat das Hotel keine Sicherheitskamera, und der Portier erinnert sich nicht an den Mann. Das FBI hat mit seinem Foto keinen Treffer erzielt. Jetzt will man auch Interpol und andere internationale Polizeibehörden einschalten und ansonsten warten, was die Kriminaltechniker über die Bombe sagen. Im Moment ist das Ganze ein Rätsel.«

»Und was ist mit Staten Island?«

»Ich bin heute Morgen mit einer Suchmannschaft zu dem Gebiet gefahren, das Vinny beschrieben hat. Das war, als Sie versucht haben, mich zu erreichen. Jede Menge Sumpf und kein Handyempfang. Ich habe noch nichts Neues gehört, aber ich vermute, es wird seine Zeit dauern.«

»Also nichts und wieder nichts.«

Bevor er antworten konnte, klingelte sein Telefon. Er nahm ab und bestritt seinen Teil des Gesprächs vorwiegend grunzend. Ich ließ mich für den Rest der Fahrt in den Sitz zurücksinken und starrte aus dem Fenster auf die Weihnachtsbeleuchtung. Ich war es leid, im Dunkeln zu tappen. Ein Durchbruch war lange überfällig. Jeder machte Fehler. Wir mussten nur herausfinden, welche Fehler die andere Seite machte.

Im Hotel umsorgten Claire und Kate mich und bestanden darauf, dass ich mich auf die Couch legte, während sie die Anweisungen für die häusliche Pflege durchlasen. Beide wirkten enttäuscht, dass Wackelpudding offenbar keine Erwähnung fand, da sie in der Hotelküche eine Riesenschüssel bestellt hatten. Mit dem Hinweis darauf, im Liegen schlecht essen zu können, schaffte ich es, mich wieder aufrichten zu dürfen, und musste dafür mit dem Verzehr einer Schale Himbeergrütze bezahlen, die ich an dem asymmetrischen Frühstückstisch einnahm. Der Geschmack erinnerte mich an meine Mandeloperation als

Zwölfjähriger. Aber ich genoss es, von ihnen verhätschelt zu werden.

»Und«, sagte ich und legte entschlossen den Löffel beiseite, »haben wir weitere Fortschritte gemacht?«

»Ein paar«, antwortete Reggie. Joe war gegangen, um ein paar Erledigungen zu machen, aber Reggie hatte es sich auf der von mir geräumten Couch bequem gemacht. »Ich bin auf ein paar interessante Informationen gestoßen, aber wie bei allem anderen, was wir herausfinden, lässt sich nur schwer sagen, was sie bedeuten.«

»Erzählen Sie«, sagte Claire und nahm meine Hand.

»Ich habe Mark gestern Abend erklärt, dass ich versuchen wollte, Muñoz' Freundin aufzuspüren. Die Detectives, die in dem Mordfall ermittelt haben, wollten sie damals auch gern befragen, konnten sie jedoch nicht auftreiben. Sie hat all ihre Rechnungen bar bezahlt, kaum mit den Nachbarn gesprochen und weder bei der Zulassungsstelle noch bei der Einwanderungsbehörde eine Spur hinterlassen. Auch für die Fingerabdrücke, die in ihrer Wohnung genommen wurden, gab es keine Entsprechung. Die Ermittler vermuteten damals, dass es sich um eine illegale Einwanderin handeln müsse, die unter dem Radar der Behörden gesegelt ist. Ich dachte mir, vielleicht sind ihre Fingerabdrücke in den letzten sieben Jahren in irgendeinem anderen Zusammenhang aufgetaucht, und habe einen Techniker gebeten, die Abdrücke noch mal in den Computer zu geben. Wieder vergeblich. Und dann habe ich angefangen, über die Nutte nachzudenken.«

Er zögerte und sah Kate verlegen an.

»Nutte«, sagte sie. »Prostituierte. Hure. Call Girl. Freudenmädchen. Kommen Sie, Reggie. Ich bin siebzehn.«

»Schon gut, schon gut«, sagte er und hob die Hand. »Tut mir leid. Laut Akte hat Muñoz' Mörder sämtliche Abdrücke in dem Hotelzimmer abgewischt, aber die Männer von der Spurensicherung konnten einen halben Abdruck von Muñoz' Gürtelschnalle nehmen. Nicht genug, um einen Abgleich zu ermöglichen, aber man hoffte, ihn als zusätzliches Belastungsmaterial benutzen zu können, wenn man einen Verdächtigen ermittelt hatte. Ich dachte mir, vielleicht ist die Technik inzwischen weiter, deshalb habe ich den halben Abdruck aus der Akte an denselben Techniker geschickt und ihn gefragt, ob er damit irgendwas anfangen kann. Und siehe da: Er hat einen Blick auf den Teilabdruck geworfen und mich angerufen. Er meinte, für einen Abgleich im Computer würde es nicht reichen, aber er hätte den Fingerabdruck sofort erkannt. Es gab eine Schleife oder einen Kringel oder was weiß ich, die exakt mit den Fingerabdrücken der Freundin übereinstimmt.«

»Das ist nicht Ihr Ernst«, sagte ich.

»Doch. Todernst. Der Typ hat ein fotografisches Gedächtnis. Er schätzt die Wahrscheinlichkeit, dass die Freundin und die Nutte ein und dieselbe Person sind, auf tausend zu eins.«

»Warten Sie. Wollen Sie mir erzählen, dass die Polizisten, die im Mordfall Muñoz ermittelt haben, nicht auf den Gedanken gekommen sind, die Nutte und die Freundin könnten ein und dieselbe Person sein?«

»Das sind die beiden wichtigsten Unterschiede zwischen guter und schlechter Polizeiarbeit«, sagte Reggie kopfschüttelnd. »Laufarbeit erledigen und eigene Vermutungen überprüfen. Der Typ am Empfang des Motels hat gesagt, sie sei eine Nutte, und die Kollegen der Mordkommission haben sein Wort für bare Münze genommen. Wahrscheinlich haben sie gedacht, der Mann ist ein Experte für Nutten.«

»Das verstehe ich nicht«, wandte Kate ein. »Dieser Muñoz klingt, als wäre er ein eleganter Typ gewesen. Warum sollte er mit seiner Freundin in diese Absteige gehen?«

Wieder wirkte Reggie verlegen. Ehe Kate sich erneut echauffieren konnte, ging Claire dazwischen. »Es ist okay, Reggie. Wirklich.«

»Männer macht alles Mögliche an«, murmelte er. »Obwohl,

wenn wir Recht haben und sie ihn in die Falle gelockt hat, war das mit dem Motel wahrscheinlich ihre Idee. Sie erzählt ihm von ihrer heißen Straßendirnen-Fantasie, und er beißt an. Das kann man sich ganz gut vorstellen.«

Kate war nun doch zartrosa angelaufen, und ich war nicht unglücklich zu sehen, dass sie in mancher Hinsicht doch noch naiv war.

»Haben Sie ein Foto dieser Freundin, das man mit den Aufnahmen von der Sicherheitskamera der Hotels vergleichen könnte?«, brach ich das verlegene Schweigen.

»Von der Freundin, ja«, sagte Reggie und griff in seine Jacke. »Muñoz hatte eins in seinem Schreibtisch im Büro. Aber keine Aufnahme, mit dem wir es vergleichen können. Während Muñoz für das Zimmer eingecheckt hat, hat das Mädchen die ganze Zeit das Gesicht von der Kamera abgewandt.«

Er gab mir den Schnappschuss einer jungen Frau in einem Bikini-Oberteil und einer abgeschnittenen Jeans. Sie trug eine Sonnenbrille und sah deutlich jünger aus als an dem Tag, an dem ich sie getroffen hatte. Trotzdem erkannte ich sie sofort. Theresa Roxas.

30

»Noch mal ganz langsam«, sagte Reggie.

Claire und Kate hörten zu, während ich an der Wand mit dem Diagramm stand und ihm die Zusammenhänge erklärte. Meine Müdigkeit war wie weggeblasen.

»Theresa war diejenige, die mir die Daten der Saudis gegeben hat«, sagte ich und zeigte auf eins der Kästchen, die Kate gezeichnet hatte. »Mir vorgestellt wurde sie durch Alex. Walter und ich vermuten, dass die Daten der Saudis in Wahrheit von der US-Regierung stammen und von Senator Simpson weitergeleitet wurden. Narimanov hat die Verbindung zur Regierung bestätigt und erzählt, dass Alex versucht hat, die Informationen via Washington gegenzuchecken.«

Reggie wiegte sich, die Finger hinter dem Kopf verschränkt, in seinem Stuhl vor und zurück. »Es gefällt mir, dass die Roxas eine direkte Verbindung zwischen Muñoz und den aktuellen Geschehnissen darstellt.« Er zeigte auf unser Diagramm. »Es beweist, dass Sie auf der richtigen Spur sind. Trotzdem habe ich immer noch große Probleme zu begreifen, wie Kyles Entführung logistisch mit der Tat in dem Motel zusammenpassen soll.«

»Haben Sie Probleme mit der Logistik oder mit dem Motiv?«, fragte Claire.

»Beides, aber halten wir uns zunächst an die Logistik. Ich gehe mal davon aus, dass Muñoz einer von den Guten war. Irgendwelche Einwände?«

Ich sah Claire und Kate an und zuckte die Achseln.

»Gut. Dann vermute ich weiter, dass Muñoz den Wagen nicht selbst bewegt hat. Wenn man jemanden in ein Hotelzimmer lockt, um ihn zu erledigen, lässt man ihn nicht zwischendurch Zigaretten holen. Die Kamera auf dem Parkplatz hat bloß einen großen Mann in einem Kamelhaarmantel erfasst. Das hätte jeder sein können.«

»Okay«, sagte ich.

»Diese Leute haben also eine sorgfältig inszenierte Operation laufen, um Muñoz zu diskreditieren und zu ermorden, und mittendrin nehmen sie sich eine Auszeit, um einen von ihren Leuten verkleidet wie Muñoz mit seinem Wagen in Ihr Viertel zu schicken. Und all das, um ein Kind zu entführen, das sie um diese Tageszeit unmöglich auf der Straße erwartet haben können.«

»Vielleicht hatten sie es auf meinen Dad abgesehen«, sagte Kate mit dünner Stimme.

»Das glaube ich nicht«, meinte Reggie. »Ihr Tagesablauf war doch nie vorhersehbar, oder, Mark?«

»Eigentlich nicht.«

»Und wenn die es auf Sie abgesehen hatten, wie sind sie auf Kyle verfallen? Man kann schließlich nicht davon ausgehen, dass sie wussten, wie die anderen Mitglieder Ihrer Familie aussehen. Und warum wollte man Sie überhaupt mit Muñoz in Verbindung bringen? Wenn man Sie treffen wollte, hätte man das auch an einem anderen Tag erledigen können. Warum das Ganze unnötig verkomplizieren?«

Die Antwort traf mich wie ein Schlag, ausgelöst von Reggies Erwähnung meiner Familie.

»Was?«, wollte Kate wissen und fixierte mich mit einem ängstlichen Blick.

»Sie hatten es weder auf Kyle noch auf mich abgesehen. Sie haben auf Claire gewartet.« Meine Knie wurden weich, so dass ich mich an die Wand lehnen musste. »Sie haben meine Familie ausgekundschaftet. Sie wussten, dass Claire die Wohnung jeden Abend zur selben Zeit verließ, um zur Arbeit zu gehen. Aber an dem Abend ist sie nicht gegangen, weil ich kurzfristig nach London geflogen war.«

Der Schock, den ich empfand, spiegelte sich in Claires und Kates Gesicht wider.

»Reggie?«, hauchte Claire.

»Klingt plausibel«, sagte er leise. »Die Täter hatten Muñoz als gewalttätig gegenüber Frauen dargestellt und ihn auf dem Video der Sicherheitskamera mit seinem Wagen im richtigen Zeitfenster platziert.«

Ich schüttelte kaum merklich den Kopf, weil ich nicht wollte, dass er über weitere Details spekulierte, aber Claire bemerkte die Geste aus den Augenwinkeln.

»Das reicht«, sagte sie wütend. »Hör auf, uns vor der Wahrheit zu beschützen. Ich will ganz genau wissen, was nach Reggies Ansicht an jenem Abend geschehen sollte.«

»Sind Sie sicher?«, fragte er.

»Ja.«

Er griff nach einer Zigarette, hielt sich dann aber doch zurück.

»Ich vermute, dass Roxas – die Freundin – Muñoz in das Hotel gelockt und ihn im Bett beschäftigt hat, während ein Typ mit einem ähnlichen Mantel den Wagen genommen hat. Er und ein oder zwei Komplizen sind uptown gefahren, um sich Claire zu schnappen. Von dort an hätte es auf verschiedene Weise weitergehen können, aber letztendlich sollten Claire und Muñoz am nächsten Morgen gemeinsam tot aufgefunden werden – in dem Motel, in dem Auto oder sonst wo. Die ermittelnden Polizisten hätten angenommen, dass mit der Nutte irgendwas schiefgelaufen war, so dass Carlos sich nach anderweitiger Unterhaltung umgesehen hatte. Er schnappte sich Claire von der Straße und verlor die Beherrschung. Mord und Selbstmord. Vielleicht war sogar geplant, dass Roxas als Nutte die Polizei anruft und erzählt, dass irgendein Freier, den sie aufgelesen hatte, durchgedreht ist und versucht hat, sie zu verprügeln, so dass sie über die Feuertreppe flüchten musste. Mit dem Video der Sicherheitskamera und Muñoz' angeblicher Vorgeschichte wäre es nicht schwer gewesen, der Polizei die Geschichte zu verkaufen.«

Mir war speiübel.

»Gallegos hat mir erzählt, dass Carlos von seinen Feinden diskreditiert und seine politischen Verbündeten in Verlegenheit gebracht werden sollten. Die venezolanische Presse hat ihn tatsächlich dafür verurteilt, dass er bei seinem Tod mit einer Nutte zusammen war. Man mag sich gar nicht vorstellen, was sie aus dieser Geschichte gemacht hätte.«

»Angenommen, ihr habt Recht«, sagte Claire. Sie war aschfahl und atmete schwer, sah jedoch stärker aus, als ich mich fühlte. »Warum Kyle?«

»Vielleicht haben sie improvisiert – was bestätigen würde, dass sie ein Motiv hatten, das über die bloße Diskreditierung von Muñoz hinausging.« Reggie sah mich voller Mitleid an. »Wenn man entweder die Frau oder das Kind eines Mannes angreift, kommt das nur in einem Fall auf dasselbe hinaus. Wenn man den Mann selber treffen will.«

»Es muss etwas gewesen sein, an dem ich zu der Zeit gearbeitet habe«, flüsterte ich. »Irgendetwas, von dem irgendjemand nicht wollte, dass ich mich damit beschäftige.«

»Und man wollte Sie nicht direkt umbringen«, fügte Reggie hinzu, »weil die Polizei sonst nach möglichen Motiven geforscht hätte. So hat man Muñoz diskreditiert, Sie gründlich geschockt und vielleicht sogar einer dritten Partei eine Botschaft vermittelt, was mit Leuten passiert, die nicht mitspielen wollen. Es passt alles zusammen.«

»Und wenn ich nicht unerwartet nach London geflogen wäre, hätte auch alles funktioniert.«

In unser fassungsloses Schweigen hinein läutete Reggies Handy. Er las die Nummer auf dem Display und ging zum Telefonieren in eins der Schlafzimmer.

»Gallegos«, sagte Claire drängend. »Du musst irgendwie zu ihm vordringen, Mark. Du musst herausfinden, wer ihn unter Druck gesetzt hat, damit er den Mund hält.«

»Das wird er mir nicht sagen.«

»Dann musst du ihn zwingen.«

Ich brauchte nicht zu fragen, was sie meinte. Kate biss sich mit besorgter Miene auf die Lippe.

»Nein. Gallegos ist unschuldig. Selbst wenn ich ihn zum Reden bringen könnte, würde er uns wahrscheinlich nur den Namen eines weiteren Venezolaners nennen. Und den wollen wir nicht. Wir wollen den Hintermann, der die Fäden gezogen hat.«

»Wir fangen mit demjenigen an, den Gallegos uns nennt, und arbeiten uns nach oben vor«, beharrte Claire.

»Und wie soll das gehen? Diese Leute sind Diplomaten, Claire. Wer immer Gallegos unter Druck gesetzt hat, ist vermutlich längst außer Landes.« Ich schüttelte den Kopf. »Es gibt einen besseren Weg.«

»Die Bestechung«, sagte Kate, »die Carlos abgelehnt hat.«

»Genau. Die Bestechung sollte in Aktien einer unterbewerteten Ölfirma bestehen. Ich würde wetten, dass ich damals irgendwie über den Betrug gestolpert bin und angefangen habe, Fragen zu stellen. Wir müssen meine alten Unterlagen durchgehen und sehen, ob uns etwas ins Auge fällt. Wenn wir herausbekommen, um welche Ölfirma es sich handelt, kann ich das Geld vielleicht bis zur Quelle zurückverfolgen.«

Claire nickte zögernd und blickte zu unserem Diagramm an der Wand. »Du nimmst an, dass Simpson Theresa Roxas benutzt hat, um dir die Daten der Saudis zuzuspielen. Ist er damit die Quelle?«

Ich rieb mir den Nacken und versuchte mir einen Grund auszumalen, warum Simpson venezolanische Diplomaten bestochen haben sollte.

»Keine Ahnung.«

»Und was ist mit Alex?«

»Was ist mit ihm?«

»Er hat dich angelogen, als er behauptete, Theresa Roxas zu kennen«, sagte sie mit hartem Gesicht. »Sagt uns das irgendwas?«

»Nur, dass auch er unter Druck gesetzt wurde«, antwortete ich gequält. »Aber ich muss einfach glauben, dass er mir alles gestanden hätte, wenn ich nachgewiesen hätte, dass die Daten der Saudis gefälscht sind. Er war ein Freund.«

»Wurde Rashid deswegen getötet?«, fragte Kate. »Damit er dir die Wahrheit nicht mehr mitteilen konnte?«

»Kann sein«, sagte ich und hatte erneut das Gefühl, von all den verwirrenden Fakten erdrückt zu werden. »Oder man wollte verhindern, dass er mir etwas über Carlos Muñoz' Mörder oder Kyles Entführung oder sonst etwas erzählt, das wir noch nicht entdeckt haben.«

»Wir müssen mehr über die saudi-arabische Connection herausbekommen«, beharrte Kate. »Wir müssen …«

Im selben Moment kam Reggie mit grimmiger Miene zurück

ins Zimmer und räusperte sich. »Ich habe Neuigkeiten. Und keine guten.«

Claire und Kate standen gleichzeitig auf und kamen zu mir. Ich legte meine Arme um ihre Schultern und drückte sie fest an mich.

»Das war der Leiter der Suchmannschaft in Staten Island. Er hatte Glück. Er hat ein paar Rentner getroffen, die oft in der Gegend angeln. Sie wussten genau, wo Vinnys Boss seine Autos entsorgt hat. Vor eineinhalb Stunden hat man den BMW aus dem Wasser gezogen.«

»Und?«, fragte Claire atemlos.

»Im Kofferraum wurden Überreste eines menschlichen Körpers gefunden.«

Kate vergrub ihr Gesicht an meiner Schulter, und ich spürte, wie Claire zitterte.

»Konnte man ihn schon identifizieren?«

»Die forensische zahnmedizinische Untersuchung wird ein bis zwei Tage dauern«, antwortete er. »Aber die Überreste waren in einen Goretex-Mantel gewickelt, der sich recht gut gehalten hat. Die Leute von der Spurensicherung haben ihn abgespült und im Futter einen Namen entdeckt. Ihren Namen, Mark. Es tut mir leid.«

DREI TAGE SPÄTER

31

Wir begruben Kyle an einem Montagmorgen auf einem Friedhof eine halbe Stunde nördlich der Stadt. Die Grabstelle, die wir ausgesucht hatten, lag auf der flachen Kuppe eines sanft ansteigenden Hügels mit Blick über die kahlen Äste eines Ahornhains auf den Long Island Sound. Ein Pastor aus der Gegend hielt die Andacht unter wolkenlosem, freiem Himmel, die Brise vom Ozean trug einen Hauch von Salz mit sich. Es schien uns ein guter Ort, unser Kind zur letzten Ruhe zu betten.

Hinterher wollte uns jeder die Hand schütteln und sein Beileid aussprechen. Ich war überrascht, wie viele Menschen gekommen waren. Die *New York Times* hatte am Sonntag einen kurzen Artikel mit Einzelheiten gebracht, und wir hatten ein paar Verwandte und Freunde eingeladen, doch eine so große Trauergemeinde hatte ich nicht erwartet. Am Ende hatten sich mehr als hundert Leute versammelt – Nachbarn, Kollegen und sogar einer der Studenten von der Columbia University, der mir vor Jahren geholfen hatte, Flugblätter zu verteilen. Außerdem waren mindestens ein Dutzend Kränze geliefert worden, einer von ihnen von Mariano Gallegos, wie ich erleichtert las. Nach allem, was geschehen war, hatte ich mir Sorgen um ihn gemacht.

»Wer ist das?«, flüsterte Kate, als nur noch eine Handvoll Menschen übrig war.

Claire und ich blickten in die Richtung, in die sie schaute. Etwa zehn Meter entfernt stand ein breitschultriger Typ mit Wampe, neben ihm ein Junge, ein paar Jahre älter als Kate, der mit den Füßen scharrte.

»Kyles alter Baseball-Trainer«, sagte ich, als ich das Gesicht des Mannes eingeordnet hatte. »Jon Soundso. Er hatte einen

Schuhladen auf dem Broadway.« Ich suchte Blickkontakt und winkte ihm zu. »Der Junge muss sein Sohn sein.«

Sie kamen näher und blieben dann ein paar Schritte entfernt verlegen stehen.

»Jon Rosenthal«, stotterte der ältere Mann. »Das ist mein Sohn Steve. Vielleicht erinnern Sie sich an uns. Steve und Kyle haben zusammen Baseball gespielt.«

»In der West Side League«, erwiderte Claire leise. »Sie waren der Trainer. Natürlich erinnern wir uns.«

»Ich war mir nicht sicher, ob es richtig war zu kommen. Es ist lange her.«

»Wir sind Ihnen sehr dankbar«, versicherte Claire ihm. »Es bedeutet uns sehr viel.«

»Ich wollte Ihnen bloß sagen, wie oft wir in all den Jahren an Sie gedacht haben. Es muss schrecklich gewesen sein. Was geschehen ist, tut mir furchtbar leid, aber ich bin froh, dass Sie ihn endlich gefunden haben. Kyle war ein wirklich guter Junger. Alle in der Mannschaft haben ihn gemocht …«

Seine Stimme brach, und er begann zu schluchzen. Sein Sohn legte den Arm um ihn und drückte ihn fest an sich. Ich hatte das schon öfter erlebt, wenn ich Kyles alte Freunde mit ihren Eltern in der Nachbarschaft getroffen hatte, Begegnungen, die für mich immer auch bitter gewesen waren. Denn egal, wie aufrichtig ihr Mitgefühl war, wusste ich doch, dass Eltern in meiner Gegenwart insgeheim vor allem froh und erleichtert waren, dass sie die eigenen Kinder wohlbehalten bei sich wussten. Heute war es irgendwie anders. Ich sah Steve an. Er war groß geworden und hatte eine athletische Statur und die breiten Schultern seines Vaters.

»Spielst du immer noch?«, fragte ich ihn leise.

»In Maryland«, murmelte er, den Blick starr zu Boden gerichtet.

»Division One, oder?«

»Ja.«

Ich machte einen Schritt auf ihn zu und drückte seinen Arm. »Danke, dass ihr gekommen seid. Und viel Glück – Ihnen beiden. Und du kümmerst dich jetzt um deinen Vater, okay?«

Er blickte auf und nickte. Froh, dass sie gekommen waren, sah ich den beiden nach, bis sie hinter einer Gruppe von Kiefern, die den Parkplatz abschirmte, verschwunden waren. Ein Geräusch ließ mich den Kopf wenden. An der Baumgrenze graste ein Schwarm wilder Truthähne, und in der Ferne glitzerte die Sonne auf dem Wasser. Blieb nur noch eine Sache, die ich für meinen Sohn tun musste – eine Sache, die Claire, Kate und ich entschlossen waren, gemeinsam zu tun.

»Seid ihr so weit?«, fragte ich.

Sie nickten. Gemeinsam wandten wir uns ab und gingen zum Parkplatz.

32

»Am 11. Oktober«, las Claire aus einem meiner alten Terminkalender vor, »hast du mit einem Mann namens Jens Solheim gefrühstückt.«

Ich kramte auf der Suche nach Solheims Akte in den Umzugskartons auf einem der Zeichentische, die die Wände des großen Arbeitsraums säumten. Nach der Beerdigung hatten wir kurz im Hotel Halt gemacht, um uns umzuziehen, und waren dann weiter zu dem Lagerhaus in Queens gefahren, in dem Amy meine alten Unterlagen eingelagert hatte. Die oberste Etage war in Lofts unterteilt, die normalerweise an Anwaltskanzleien vermietet wurden, die umfangreiches Prozessmaterial durcharbeiteten. Kabelloses schnelles Internet, eine Nespresso-Maschine, ein Bloomberg-Terminal und eine Xbox 360, die an einen 50-Zoll-Plasmabildschirm angeschlossen waren, gehörten zur Grundausstattung. Es erinnerte mich an die langen Stunden, in denen ich als junger Mitarbeiter einer Investmentbank in der Druckerei Broschüren und Prospekte Korrektur gelesen hatte. Wie das Lagerhaus leisteten sich auch die Druckereien eine hotelartige Einrichtung als Anreiz für Mitarbeiter. Die Videospiele in den frühen Morgenstunden waren mir bald öde geworden, und aus Langeweile hatte ich schließlich angefangen, mich für Research zu interessieren. Ich fand die gesuchte Akte und klappte sie auf.

»Solheim war CEO einer norwegischen Firma namens Axion, der meine europäischen Kontakte zur Initiierung von Coverage bewegen wollte. Er erzählte mir von Axions Plänen, finanziert durch ein Konsortium skandinavischer Banken, eine Reihe von Raffineriewerten zu erwerben. Ich habe eine Zusammenfassung an unseren Mann für den Downstream-Sektor in London geschickt. Weitere Aktivitäten sind nicht verzeichnet.«

»Axion«, sagte Kate und tippte etwas in ihren Laptop, während Claire ihr über die Schulter sah. Sie saßen an einem runden Besprechungstisch in der Mitte des Raumes. »Wurde zum Zeitpunkt deines Treffens mit Solheim an der Börse in Oslo mit fünfundzwanzig gehandelt. Stieg im folgenden Jahr bis auf sechsunddreißig und ist dann wieder in die niedrigen Zwanziger abgesackt.«

»Börsenwert?«

»Circa vierhundert Millionen Kronen.«

Nach dem damaligen Wechselkurs ungefähr fünfzig Millionen Dollar und damit in der Industrie eine kleine Nummer.

»Fusionen oder Firmenübernahmen?«

»Die Firma hat 2002 in Rotterdam einen Kondensatsplitter gekauft und wurde 2006 für dreiunddreißig Kronen pro Aktie übernommen.« Sie blickte neugierig auf. »Was ist ein Kondensatsplitter?«

»Ein einfacher Destillationsturm, in dem das superleichte Öl aus Erdgasfeldern erhitzt wird, um Naphtha und Kerosin herauszufiltern. Das Naphtha wird als Ausgangsmaterial für Plastik verwendet, das Kerosin als Treibstoff für Flugzeuge benutzt. Was ist mit Solheim?«

Sie suchte eine Weile im Internet.

»Ist im Beirat der Norwegian School of Economics und ein Direktor des Kon-Tiki-Museums in Oslo. Seine Tochter hat vor ein paar Jahren geheiratet. Sonst nichts Auffälliges.«

Ich blickte zu Claire, die bestätigend nickte. Ich konnte mich vage an Solheim erinnern. Es gab zwei Sorten von skandinavischen Geschäftsleuten: der intellektuelle europäische Pedant und der raue Wikinger-Eroberer. Ersterer lässt sich auf den internationalen Kapitalmärkten besser verkaufen, dabei ist Letzterer eher der Typ, der einen Ball zu einem Homerun auf die Tribüne drischt – oder den Hering im Fass aufspießt oder wie immer die entsprechende skandinavische Redensart lautet. Solheim war ein Pedant gewesen.

»Haken wir Solheim und Axion als unwahrscheinlich ab«, sagte ich. »Was war als Nächstes?«

»Umaru Kutigi«, las Claire, mit der Aussprache kämpfend. »Ein Anruf um Viertel nach neun.«

»Mit einem stimmlosen g«, sagte ich und machte mich auf den Weg zum Tisch mit dem Buchstaben K. »Kutigi ist ein Nigerianer, der früher für ein Wirtschaftsmagazin gearbeitet hat.«

Als ich seine Akte aus dem Karton zog, klingelte das Prepaidhandy, das ich mir gekauft hatte. Auf dem Display leuchtete meine Büronummer auf. Ich hatte Amy gebeten, mir Nachrichten weiterzuleiten, bevor sie nach Hause ging.

»Einen Moment.« Ich klemmte die Akte unter den Arm und hielt das Telefon ans Ohr. »Amy?«

»Hallo. Alles in Ordnung?«

Amy klang verloren. Sie hatte unbedingt in dem Lagerhaus helfen wollen, aber ich hatte darauf bestanden, dass sie nicht in eine Sache verwickelt wurde, die sie zum Ziel möglicher Angriffe machen könnte.

»Ja, alles okay, danke. Und bei Ihnen?«

»Ich hatte viel zu tun. Sie hatten heute eine Menge Anrufe. Alle wollen wissen, wo Sie sind, warum Walter wütend auf Sie ist und was wirklich mit Rashid geschehen ist. Es sind eine Menge wilder Gerüchte im Umlauf.«

Gerüchte waren mir im Moment herzlich egal.

»Was noch?«

»Narimanov hat angerufen. Er möchte, dass Sie ihn zurückrufen, wann immer Ihnen danach zumute ist. Und Susan war bei mir.«

»Lassen Sie mich raten«, deutete ich Amys Tonfall. »Walter ist mir gegenüber immer noch nicht freundlicher gesinnt.«

»Nein. Er lässt Ihnen mitteilen, dass Sie bei Alex' Beerdigung am Mittwoch oder bei der Trauerandacht in der Kapelle vorher nicht willkommen sind. Es tut mir leid.«

Ich seufzte. Nicht nur, weil ich mich von Alex verabschieden wollte – ich hatte auch gehofft, dass die Nachricht von Kyle Walter milder stimmen würde. Ich wollte unbedingt wissen, ob er etwas über die Verbindung von Senator Simpson zu den Daten der Saudis und damit auch zu Theresa Roxas herausgefunden hatte.

»Hat Susan Ihnen noch irgendetwas erzählt?«, hakte ich nach.

»Zum Beispiel?«

»Zum Beispiel, was Walter in den vergangenen Tagen gemacht hat.«

Amy antwortete nicht. Vor- und Nachteil daran, sie als Assistentin zu beschäftigen, war ihre Angewohnheit, praktisch nie zu tratschen. Ein Vorteil, weil ich mich hundertprozentig auf ihre Diskretion verlassen konnte, ein Nachteil, weil sie kaum je etwas weitergab, was unter den Sekretärinnen getuschelt wurde.

»Ich würde Sie nicht fragen, wenn es nicht wichtig wäre.«

»Er war am Wochenende in Washington«, vertraute sie mir zögernd an.

»Hat Susan Ihnen erzählt, wen er getroffen hat?«

»Sie weiß es auch nicht. Er hat alle Arrangements selber getroffen, was ungewöhnlich ist. Sie hat nur davon erfahren, weil der Fahrer, der ihn abgeholt hat, sich ihr gegenüber beklagt hat, dass er gestern Abend in Teterboro auf ihn warten musste.«

Ich überlegte fieberhaft, wer noch über Walters Aktivitäten im Bilde sein könnte. Möglicherweise hatte er versucht, über ein paar seiner älteren DASS-Kollegen Kontakt zur Regierung zu bekommen, aber wenn, war es mehr als zweifelhaft, dass sie mir davon erzählen würden. Und ich wollte Amy auch nicht anhalten, weiter für mich zu schnüffeln – ich wusste, wie sehr ich sie bereits in Verlegenheit gebracht hatte.

»Okay. Was ist mit der Trauerfeier für Rashid?«

»Ich habe mit seiner Assistentin in Wien gesprochen. Es hängt noch alles in der Luft, weil die saudi-arabische Botschaft von der Stadt New York noch keinen Termin genannt bekommen hat, zu dem sein Leichnam freigegeben wird.«

»Warum nicht?«

»Das wusste sie auch nicht genau. Offenbar gibt es irgendein Problem.«

Ich wusste, dass das Büro des Gerichtsmediziners einen großen Rückstand aufzuarbeiten hatte, weil Reggie jemanden bestechen musste, damit Kyles Überreste pünktlich zur Beerdigung am Montag freigegeben wurden. Fünfhundert Dollar und eine Kiste Jack Daniel's. Es war ein schäbiger kleiner Handel, den ich Claire und Kate verschwiegen hatte und für dessen Abwicklung ich Reggie sehr dankbar war. Aber der Mord an Rashid musste für die Behörden doch absolute Priorität haben. Ich konnte mir nicht vorstellen, dass der Gerichtsmediziner oder irgendein anderer Beteiligter den Fall vorsätzlich verschleppte. Vielleicht würde Reggie irgendwas herausfinden.

»Ist das alles?«

»Ja. Ich bin zu Hause erreichbar, falls Sie mich brauchen.«

»Das ist sehr nett von Ihnen, Amy. Vielen Dank.«

Ich legte auf, sah auf die Uhr und überlegte, Narimanov zurückzurufen. Ich wollte mich nicht ablenken lassen, musste jedoch auch ein paar Gedanken an meine Zukunft verschwenden. Er war bestimmt neugierig wegen Rashid und wollte unbedingt die Daten der Saudis sehen. Es war kurz vor sieben. Wenn ich ihn jetzt anrief, würde ich vermutlich seine Mailbox erwischen, womit ich auf seine Bitte um Rückruf reagiert hätte, ohne in eine lange Unterhaltung verwickelt zu werden. Ich blickte zu Claire und Kate, die gerade die Speisekarten einer Reihe Restaurants mit Lieferservice sortierten, die in einem Korb neben der Kaffeemaschine gelegen hatten.

»Ich muss noch einen kurzen Anruf erledigen«, sagte ich.

»Wonach ist dir zum Abendessen?«, fragte Kate. »Japanisch, Chinesisch oder Indisch?«

»In Queens? Immer Indisch. Und vergesst nicht, etwas für die Jungs unten zu bestellen.«

Wie sich herausgestellt hatte, war Joes Neffe ebenfalls Polizist und verdiente sich gern als Leibwächter ein paar Dollar dazu. Er und sein Partner hatten uns vom Hotel zum Friedhof und zurück gefahren und waren zurzeit direkt am Eingang des Lagerhauses postiert. Was unsere Sicherheit betraf, wollte ich keine weiteren Risiken eingehen. Kate hielt drei Speisekarten hoch.

»Panjabi, Bengalisch oder Tamilisch?«

»Wer immer Chicken Saag und Peshwari Naan auf der Karte hat.«

Sie klappte eine der Speisekarten auf. Ich wandte mich ab und wählte.

»Narimanov«, meldete er sich mit dem ersten Klingeln.

»Mark Wallace«, sagte ich, nicht glücklich darüber, dass er persönlich dran war. Wahrscheinlich ließ er die Anrufe von seinem Büro auf sein Handy weiterleiten.

»Mark. Einen Moment bitte.« Für ein paar Sekunden wurde das Telefon stumm geschaltet. »Sind Sie noch dran?«

»Ja.«

»Ich war sehr betroffen, als ich die Nachricht von Ihrem Sohn gehört habe und dass Sie bei dem Bombenanschlag im Four Seasons Hotel verletzt worden sind. Kann ich irgendetwas für Sie tun?«

»Sehr nett, dass Sie fragen, aber danke, nein.«

»Sind Sie sicher?«

»Ja. Aber ich werde für ein paar Wochen nicht zu erreichen sein. Ich muss mich um eine Familienangelegenheit kümmern.«

»Selbstverständlich. Lassen Sie sich so viel Zeit, wie Sie brauchen.«

Ich zögerte und fühlte mich schuldig, weil er so verständnisvoll reagierte. Ich an seiner Stelle hätte der Versuchung nicht widerstanden, mir weitere Fragen zu stellen. Obwohl ich eigentlich auflegen wollte, erstattete ich freiwillig kurz Bericht.

»Nur zu Ihrer Information: Mein Unbehagen, was die Herkunft der saudi-arabischen Daten betrifft, ist gewachsen, aber ich habe sie gestern Nachmittag stichprobenartig mit Ihren Informationen abgeglichen, und die technischen Daten stimmen exakt überein.«

»Und was schließen Sie daraus?«

»Schwer zu sagen.«

»Verstehe. Und mit wem haben Sie noch darüber gesprochen?«

»Mit niemandem«, sagte ich, ein wenig irritiert über die Frage. »Warum?«

»Langlaufende Öl-Futures sind heute um fast fünf Dollar gestiegen. Wie ich höre, kaufen Hedgefonds in großem Umfang.«

»Scheiße.«

Narimanovs Schweigen klang wie eine Beschuldigung.

»Ich habe vor ein paar Tagen mit Walter über die möglichen Implikationen der saudi-arabischen Daten gesprochen«, gab ich zu. »Ich wollte seine Hilfe bemühen, um die Daten durch seine politischen Kontakte gegenchecken zu lassen. Ich habe ihm keine Einzelheiten erzählt – nur, dass wir allem Anschein nach auf Engpässe zusteuern. Ich habe ihn gewarnt, sich nicht auf meine Analyse zu verlassen, und deutlich gemacht, dass die Informationen noch nicht geprüft waren.«

»Vielleicht hat er jemanden gefunden, der Ihre Analyse bestätigt hat.«

Wieder wünschte ich, ich wüsste, was Walter in Washington getrieben hatte.

»Vielleicht.«

»Ich werde sehen, was ich in Erfahrung bringen kann. Rufen Sie mich wieder an, wenn Sie können.«

Damit wurde die Verbindung beendet. Unbehaglich steckte ich mein Telefon wieder in die Tasche. Einen Kurssprung von fünf Dollar zu verpassen war kein Pappenstiel, und Narimanov kannte mich noch nicht lange genug, um volles Vertrauen in meine Integrität zu haben. Claire und Kate waren nach wie vor mit der Bestellung des Essens beschäftigt, also setzte ich mich an die Bloomberg-Maschine und rief eine Marktübersicht auf. Länger laufende Öl-Futures waren bei hohem Handelsvolumen gestiegen, wie Narimanov mir erzählt hatte, aber mir fiel auf, dass die Aktienmärkte weitgehend unverändert geschlossen hatten. Das ergab keinen Sinn. Wenn die Hedgefonds tatsächlich einen Spike beim Öl erwarteten, hätten sie die Aktienkurse gedrückt.

»Das Essen kommt in zwanzig Minuten«, verkündete Claire. »Sollen wir uns wieder Mr Kutigi widmen?«

Ich klappte die Mappe auf, die ich immer noch mit mir herumtrug, und gab mir Mühe, alle Gedanken an Walter zu verdrängen.

33

»Halb zwei«, las Claire. »Mac Bunce.«

Es war schon nach Mitternacht. Wir hatten uns durch zweieinhalb Monate absolut alltäglicher Anrufe, Termine und Geschäftsessen gearbeitet, ohne auf eine viel versprechende Spur zu stoßen, der wir nachgehen könnten. Mittlerweile waren wir Ende November angekommen, nur drei Wochen vor Kyles Entführung. Wir waren alle müde und niedergeschlagen, aber keiner von uns wollte aufhören.

»Mac«, sagte ich. »Netter Kerl. Alte Schule. Er war für Ewigkeiten Chef der Exploration und Produktion bei Chevron.« Ich zog seine Akte hervor, sah unter dem betreffenden Datum nach und fand eine dreizeilige Zusammenfassung unserer Unterhaltung. »Wir haben darüber gesprochen, dass Pemex Offshore-Lizenzen im Golf von Mexiko an eine Firma namens Petronuevo verkauft hat. Ich habe mir eine Notiz gemacht, Erkundigungen über Petronuevo einzuholen, und die Details des Gesprächs sowohl unter Petronuevo als auch unter Pemex abgelegt.«

Der Tisch mit den Akten zum Buchstaben B stand direkt hinter Claires und Kates Arbeitsplatz. Ich warf Macs Akte auf den Tisch zwischen ihnen und legte die Hände auf Claires Schultern. Sie beugte sich vor und bettete den Kopf auf ihre Arme, als ich begann, ihre Muskeln zu kneten.

»Petronuevo«, schnaubte Kate verächtlich. »Diese Öltypen haben keine Fantasie. Jede zweite Firma, die ich nachgesehen habe, heißt Petro-irgendwas.«

»Viele ausländische Firmen haben als Staatsmonopol angefangen. Und Regierungen neigen dazu, die Dinge als das zu benennen, was sie sind. U.S. Postal Service. British Airways. Deutsche Telekom. Pemex ist übrigens die Abkürzung von Petróleos Mexicanos.«

»Öde«, sagte sie. »Wenn ich eine Ölfirma hätte, würde ich sie Fred nennen. Besuchen Sie Fred, um das Gefühl von Leere loszuwerden. Mit Fred ist es nachts schön warm. Lassen Sie sich von Fred schmieren.«

»Das reicht«, sagte Claire schläfrig. »Sonst wird dein Vater noch rot.«

»Fred flutscht«, schlug ich vor, weil ich spürte, dass Kate Dampf ablassen musste. »Fred bringt's voll. Fred ist heiß.«

»Genau.« Kate lachte. »Alle würden Fred wollen.« Sie klickte auf eine Taste ihres Computers, und ihre Miene veränderte sich. »Das ist eigenartig.«

»Was?«, fragte ich. Claire hob den Kopf.

Kate drehte den Laptop in unsere Richtung.

»Guckt mal«, sagte sie und tippte mit der Bleistiftspitze auf den Monitor. »Petronuevo. Neuemission an der Madrider Börse am 17. November mit einem Eröffnungskurs von 1,3 Euro. Dümpelte ein halbes Jahr zwischen 1 und 1,3 und ging dann plötzlich ab wie eine Rakete. Letzter Handelskurs am 25. Juni 8,7 Euro. Und dann verschwindet das Unternehmen von der Bildfläche.«

»Wahrscheinlich eine Übernahme«, sagte ich angespannt. »Guck dir mal die Nachrichtenmeldungen an.«

Sie öffnete ein LexisNexis-Fenster und gab »Petronuevo« ein. Die meisten Treffer waren auf Spanisch. Ich griff nach dem Trackpad, aber sie schob meine Hand beiseite.

»Lass mich. Ich weiß, wie das geht.«

Sie filterte die Artikel nach Sprachen und scrollte sich durch die englischen Titelzeilen. Die Eckdaten der Geschichte waren einfach. Petronuevo war ein privat finanziertes Start-up-Unternehmen gewesen, das von Pemex Offshore-Lizenzen gekauft hatte und dann an die Börse gegangen war, um das Kapital für Probebohrungen aufzubringen. Der Börsengang brachte etwa zehn Millionen Dollar. Ein halbes Jahr später sprudelte aus drei der Quellen Öl. Einen weiteren Monat später hatte Repsol, das größte spanische Ölunternehmen, ein Übernahmeangebot von fast dreihundert Millionen Dollar unterbreitet, womit die Erstinvestoren von Petronuevo in weniger als einem Jahr eine Kapitalrendite von 3000 Prozent erwirtschaftet hatten. Die Geschichte, die Gallegos mir beim Frühstück erzählt hatte, hallte in meinem Kopf wider: Carlos und seinen Partnern waren Aktien einer Ölfirma angeboten worden, deren Felder wertvoller waren, als der Markt es ahnte. Carlos hatte abgelehnt, aber seine Kollegen hatten angenommen. Eilig kramte ich die Petronuevo-Akte hervor, Kate und Claire drängten sich um mich. Die Mappe enthielt acht bis zehn Seiten von Notizen in meiner Handschrift.

»Was steht da?«, wollte Claire wissen.

»Mac, mein Freund bei Chevron, hatte eine Gelegenheit, auf die von Petronuevo erworbenen Lizenzen zu bieten«, fasste ich beim Lesen zusammen. »Er lehnte ab, weil die geologischen Bedingungen nicht sehr ermutigend aussahen, gab die Angebotsunterlagen jedoch an einen ihrer Analysten weiter. Chevron hat eine gesetzlich geschützte Software, in der alle Daten, die das Unternehmen bekommt, zusammengetragen werden. Der Analyst hat die Daten eingegeben, und die Software hat einen Ausnahmebericht ausgespuckt.«

»Was für Ausnahmen denn?«

»Jede der Lizenzen bezog sich auf ein Gebiet von circa zwanzig Quadratkilometern. Die geologischen Gegebenheiten am Rand eines Blocks sollten denen der umliegenden Blöcke entsprechen, aber einer der Pemex-Blöcke passte nicht. Der Analyst überprüfte die Sache und stellte fest, dass die Koordinaten für den entsprechenden Block um neunzig Grad gedreht waren. Mac hatte das Gefühl, dass irgendwas an der Sache nicht koscher war, wollte jedoch keine Fragen stellen, weil Chevron eine Menge Geschäfte mit Pemex macht und er nicht riskieren wollte, seine Partner zu verärgern.«

Kate wirkte skeptisch. »Das heißt, irgendjemand hat die Zahlen verdreht. Klingt wie ein Fehler, der vorkommen kann.«

Ich erinnerte mich, schon damals über diese Frage nachgedacht zu haben.

»Nein. Auf gar keinen Fall. Anhand der geologischen Daten soll ja gerade eine möglichst detaillierte seismische Karte des Meeresbodens erstellt werden. Dafür nimmt man Dutzende einzelner Beobachtungen und fügt sie mit Hilfe eines sehr präzisen GPS-Fix von unten nach oben zusammen. Wenn man die Kartenzusammenstellung rotiert, müsste man bei jeder Einzelbeobachtung denselben Fehler machen.«

»Aber wenn man Daten fälschen wollte …«, begann Kate.

»Würde man wahrscheinlich umgekehrt vorgehen«, sagte ich. »Man würde sich zuerst überlegen, welches Gesamtbild herauskommen soll, und dann die einzelnen Daten entsprechend frisieren. Und wenn man von oben nach unten statt von unten nach oben vorgeht, wäre es auch leicht, einen der Blocks zu rotieren, weil es nur ein einziger Fehler gewesen wäre.«

»Aber warum sollte Pemex Daten fälschen?«, fragte Claire.

»Genau das wollte ich damals auch verstehen. Pemex ist eine Staatsfirma. Nach allem, was wir mittlerweile über Petronuevo wissen, vermute ich, dass zu den Investoren mexikanische Beamte gehören. Vielleicht war die ganze Transaktion ursprünglich dazu gedacht, ein paar korrupten mexikanischen Beamten Geld in die Taschen zu stopfen, und irgendjemand hat die Venezolaner mit eingeladen.«

»Und was hast du getan?«, flüsterte Kate.

»Zwei Dinge. Ich habe Pemex angerufen und mit einem Mann aus der Abteilung für Lizenzen gesprochen, einem gewissen Ernesto Guttero. Er sagte, er wäre gerade mit einem anderen Projekt beschäftigt, und bat mich um ein paar Wochen Zeit, damit er sich die Sache ansehen konnte. Und ich habe direkt bei Petronuevo angerufen, bin jedoch nie weiter als bis zu irgendeinem PR-Agenten gekommen.« Ich erinnerte mich an das Gespräch mit Guttero. Er war freundlich und entgegenkommend gewesen. Wir hatten über irgendetwas gescherzt. Ich sah Kate an, während sich eine vage Angst in mir breitmachte.

»Überprüf bitte Guttero. Sieh nach, ob es aus der Zeit irgendwelche Meldungen über ihn gibt.«

Sie stürzte zurück an den Computer.

»Ernesto Guttero von Pemex«, verkündete sie kurz darauf. »Zwei Wochen später erschien ein Artikel in *La Prensa.* Ich lasse ihn gerade von Google übersetzen …« Als sie aufblickte, war alle Farbe aus ihrem Gesicht gewichen. »Er wurde beim Überqueren einer Straße angefahren und war auf der Stelle tot. Der Fahrer beging Fahrerflucht.«

Ich musste mich auf einem der Tische abstützen.

»Und was jetzt?«, fragte Claire entschlossen. »Versuchen wir herauszufinden, mit wem Guttero gesprochen hat?«

Ich schüttelte den Kopf. »Nein. Pemex ist ein Riesenunternehmen. Dort könnten wir ewig herumgraben, ohne herauszubekommen, wer was getan hat. Der Schlüssel ist Petronuevo. Petronuevo war die Verbindung zu der Bestechung. Der Gründer der Firma war derjenige, der das Ganze inszeniert hat.«

»Und wie finden wir heraus, wer das war?«

»Petronuevo ist an die Börse gegangen. Das heißt, man musste einen Prospekt erstellen, in dem alle ursprünglichen Investoren aufgelistet sind.«

»Kann ich das online aufrufen?«, fragte Kate.

»Den Prospekt für eine spanische Emission? Ich bin mir nicht sicher. Aber es gibt einen leichteren Weg.« Ich zog mein Handy aus der Tasche und wählte die Nummer der New Yorker Zentrale von Morgan Stanley. »Die großen Investmentbanken bewahren in ihren Hausbibliotheken Kopien von allen inländischen und ausländischen Prospekten auf.«

»Morgen Stanley«, meldete sich eine Telefonistin.

»Peter McKenzie in Hongkong bitte.«

Es klickte zweimal, bevor das Telefon klingelte.

»Research-Abteilung.«

»Peter«, begrüßte ich ihn, als ich seine Stimme erkannte. »Mark Wallace hier.«

»Mark. Lange nichts von dir gehört. Wie geht es dir?«

»Ich kann nicht klagen. Hör mal. Tut mir leid, dich so aus heiterem Himmel zu überfallen, aber du musst mir einen kleinen Gefallen tun …«

34

»Vielen Dank für Ihre Zeit«, sagte Claire. Über den Lautsprecher des Mobiltelefons klang ihre Stimme blechern und gedämpft. »Sie haben mir wirklich sehr geholfen. Ich sage Ihnen Bescheid, ob wir die Räume nehmen.«

»Tun Sie das«, erwiderte eine Frau. »Es wäre nett, neue Nachbarn zu bekommen.«

Ich hörte, wie eine Tür geöffnet wurde, gefolgt von Reggies heiserem Flüstern auf dem anderen Handy.

»Sie kommt raus.«

Ich sah Kate an, die neben mir auf dem Beifahrersitz unseres Wagens saß. Wir parkten neben einer Tankstelle in White Plains, New York, zwanzig Meilen nördlich der Stadt. Die beiden Handys lagen zwischen uns auf der Mittelkonsole. In dem Prospekt, den Peter McKenzie mir aus Hongkong gemailt hatte, war als Unternehmen, das Petronuevo ursprünglich gegründet hatte, eine Firma namens Ganesa Capital angegeben. Laut Unternehmensunterlagen hatte Ganesa nur ein einziges kleines Büro im vierten Stock eines hässlichen Betonklotzes, drei Blocks entfernt von der Stelle, wo wir parkten.

»Hast du alles?«, fragte ich Kate.

Sie blickte von dem Computer in ihrem Schoß auf und nickte.

»Wo sind Sie, Reggie?«, fragte ich.

»Wir betreten gerade das Treppenhaus.« Seine Stimme drang jetzt aus beiden Handys, klar und deutlich aus dem einen, gedämpft aus dem anderen. »Ich gebe Sie an Claire weiter.«

»Konntet ihr alles hören?«, fragte sie.

»Ja. Problemlos.« Claire hatte sich ihr Handy im Kreuz an den Gürtel geklemmt und mit einer Jacke verborgen. »Sollen wir die Namen noch mal durchgehen?«

»Ich glaube, ich hab sie drauf. Die Frau, mit der ich gesprochen habe, heißt Sue Dye. Ihr Chef ist Mike Paulson, Manager von SureView Insurance. Die Hausmeister, die für Reparaturen im Gebäude zuständig sind, heißen Rashim und Joe.«

SureView hatte seine Büros im dritten Stock des Gebäudes, direkt unter Ganesa.

»Genau«, bestätigte Kate mit einem Blick auf den Monitor. »Und die Zeitarbeitsfirma, mit der sie zusammenarbeiten, heißt People Now und sitzt in der Mamaroneck Avenue.«

»Was meinst du?«, fragte ich nervös. »Bist du bereit für Ganesa oder möchtest du dich erst ein bisschen erholen?«

»Am besten, ich bringe es jetzt hinter mich«, sagte Claire.

»Ich will, dass du beim geringsten Anzeichen von Ärger oder wenn sich irgendetwas verkehrt anfühlt sofort da verschwindest. Wenn das in irgendeiner Weise schwierig ist, rufst du nach Reggie. Er steht im Flur bereit. Okay?«

»Okay.«

»Bitte gib mir noch mal Reggie.«

»Mark?«, fragte er.

»Sie werden auf sie aufpassen, falls es irgendein Problem gibt, richtig?«

»Unbedingt. Machen Sie sich keine Sorgen. Sie macht das super.«

Ich hörte Schritte auf der Treppe und eine weitere Tür, die geöffnet und wieder geschlossen wurde. Meine Handflächen waren feucht. Trotz Reggies Versicherungen konnte ich nicht glauben, dass ich mich von Claire zu dieser Aktion hatte überreden lassen.

»Sie ist auf dem Weg ins Büro«, murmelte Reggie.

»Hallo«, sagte Claire. »Rachel Whitson. Ich arbeite vorübergehend bei SureView eine Etage tiefer.«

»Ellen Cho«, antwortete eine Frau. »Nett, Sie kennen zu lernen.«

»Sue hat mich gebeten, kurz hochzugehen, weil wir in unserem Telefonschrank Feuchtigkeit festgestellt haben. Sie hat schon mit dem Hausmeister gesprochen – Rashid oder so?«

»Rashim.«

»Und er meinte, er und Joe wären in etwa zehn Minuten hier. Sue wollte, dass ich Ihnen trotzdem Bescheid sage, für den Fall, dass es bei Ihnen auch leckt.«

»Mir ist nichts aufgefallen.«

»Mein Mann ist Klempner. Haben Sie was dagegen, wenn ich einen Blick auf das Waschbecken in Ihrer Teeküche werfe?«

»Bitte.«

»Ihre Rohre sind trocken«, sagte Claire eine Minute später, »und unter dem Geschirrspüler hat sich auch kein Wasser gesammelt. Aber ich bin ein bisschen durcheinander. Wenn da Ihre Teeküche ist, wo ist denn dann die Telefonanlage?«

»Dort.«

»Sollen wir da vielleicht auch kurz nachsehen? Schicke Frisur übrigens. Lassen Sie Ihr Haar hier in der Gegend machen?«

Ich war verblüfft, wie ruhig sie klang.

»Vielen Dank. In einem Salon namens Isobel's in der Main Street in Dobbs Ferry.«

»Wohnen Sie da?«

»Seit sechs Jahren.«

»Mein Mann und ich wohnen in der Bronx. Wir reden ständig davon, ein bisschen weiter nach draußen zu ziehen, aber es ist schwierig, weil wir so viele Verwandte in der Nähe haben.«

»Über den Saw Mill River Parkway ist Dobbs Ferry nur eine Viertelstunde von der Bronx entfernt. Es ist nett da. Sie sollten es sich mal anschauen.«

»Sie haben Recht, das sollten wir wirklich. Der Geräteschrank scheint auch trocken zu sein. Muss wohl irgendwas in unserer Decke sein – vielleicht ein Abwasserrohr. Und wie pendeln Sie von hier nach Dobbs Ferry?«

Eine Viertelstunde später setzten sich Reggie und Claire auf die Rückbank unseres Wagens. Ich beugte mich nach hinten, umarmte Claire unbeholfen und gab ihr einen Kuss.

»Du warst großartig.«

»Danke.« Sie zog einen Block aus der Sitztasche und begann eine Skizze anzufertigen. »Es ist sogar noch kleiner, als wir dachten. Empfangsbereich, Konferenzzimmer, Teeküche, Geräteschrank. Die Tür zum Büro war geschlossen, aber ich habe einen Mann sprechen hören. Und ich habe keinerlei Sicherheitsausstattung gesehen – Kameras oder dergleichen.«

Der Mann, den sie gehört hatte, war vermutlich Karl Mohler, Präsident von Ganesa Capital. Mehr als seinen Namen und die Büroadresse hatten wir weder über ihn noch über die Firma herausbekommen. Laut Handelsregister und Petronuevo-Prospekt führte Ganesa Offshore-Investmentfonds, was bedeutete, dass das Unternehmen praktisch unreguliert operierte.

»Klein könnte gut oder schlecht sein«, sagte Reggie. »Weniger Leute, um die man sich Sorgen machen muss, aber jeder, den man trifft, fragt einen wahrscheinlich, was man dort will. In einem großen Büro geht jeder davon aus, dass irgendjemand anders weiß, warum man dort ist.«

»Sie waren derjenige, dem die Alternative nicht gefallen hat«, erinnerte ich ihn.

»Die Alternative«, wiederholte er. »Einbruch und unbefugtes Betreten, meinen Sie?«

»Das reicht«, sagte Kate und verdrehte die Augen. »Das haben wir schon eine Million Mal durchgekaut. Was ist mit dem Geräteschrank?«

Claire schlug eine neue Seite des Blocks auf und begann eine zweite Zeichnung.

»Genau so, wie du gesagt hast. Ein weißes Antennenkabel,

das an einen Kasten an der Wand angeschlossen ist, der mit einem roten Computerkabel mit einem anderen Kästchen verbunden ist. Dieses Kästchen ist ebenfalls mit einem roten Computerkabel an eine Konsole angeschlossen, von der eine Reihe blauer Kabel abgehen.«

»Modem, Router und Switch«, sagte Kate, beugte sich über den Sitz und zeigte auf die drei von Claire gezeichneten Objekte. »Stand auf dem Router ein Firmenname oder eine Modellnummer?«

»Cisco zwei-fünf-null-zwei.«

»Gut«, sagte Kate und gab die Angaben in ihren Laptop. »Die Verbindung über mein Handy ist ziemlich langsam, aber in ein paar Minuten sollte ich die Bedienungsanleitung haben.«

Reggies Telefon klingelte. Er las die Nummer auf dem Display und nahm das Gespräch an.

»Hm-hm.« Er machte Claire ein Zeichen, dass sie ihm Block und Stift geben sollte. »Okay. Okay. Hab ich, danke.«

Er beendete das Gespräch und riss die Seite von dem Block. »Ellen Cho, wohnhaft in der Northmeadow Avenue 108 in Dobbs Ferry, New York. Unter dieser Adresse sind zwei Fahrzeuge angemeldet: eine schwarze 2006er Audi A4-Limousine und ein roter 2003er Volvo-Kombi. Ich habe die amtlichen Kennzeichen von beiden. Ich wette, sie ist der Kombi.«

Claire hatte in Erfahrung gebracht, dass Ellen ihren Wagen auf einem Parkplatz zwei Blocks entfernt abstellte. Ich ließ den Motor an und legte einen Gang ein.

»Finden wir es heraus.«

Eine Dreiviertelstunde später traten Reggie, Kate und ich im vierten Stock des Ganesa-Gebäudes aus dem Fahrstuhl. Reggie zeigte nach rechts auf eine dunkle Holztür, auf der in goldenen Buchstaben GANESA CAPITAL eingeprägt war, und führte uns dann nach links zur Feuertreppe. Dort hockte Kate sich auf eine Stufe, während ich meinen Wintermantel auszog. Reggie musterte mich kritisch. Ich trug ein rotes Polohemd mit einem Verizon-Logo, eine Khaki-Hose und braune Arbeitsschuhe. Das Hemd stammte von Reggie, der es von einem Freund bei der Special Investigation Unit hatte, der Einheit, die für die New Yorker Polizei bei Überwachungen die Technik installierte.

»Sie sehen immer noch aus wie ein Bürotyp«, sagte er. »Sie brauchen eine Tätowierung oder irgendwas. Vielleicht einen Bierbauch.«

»Das wird auf die Schnelle schwierig. Haben Sie den Gürtel?«

Er nahm einen kleinen Beutel von der Schulter und gab ihn mir. Ich zog einen Gürtel mit Taschen, in denen ein Leitungsprüfer und diverse andere Werkzeuge steckten, heraus und band ihn mir um.

»Zu eng«, sagte er. »Lockern Sie ihn ein wenig, damit er ein bisschen herunterhängt.«

Ich folgte seiner Anweisung.

»So ist es besser. Sind Sie startklar?«

Ich atmete tief ein und nickte.

»Kate?«

Ohne den Blick von ihrem Computer zu wenden, reckte sie einen Daumen.

»Okay, dann los.«

Er zog sein Handy aus der Tasche und wählte.

»Ellen Cho, bitte … Hier ist Sergeant Landon von der Polizei New Rochelle. Meines Wissens sind Sie die Besitzerin eines roten Volvo-Kombi mit dem Kennzeichen CSN eins-eins-drei-sechs … Wahrscheinlich nicht. Einer unserer Streifenwagen hat heute Morgen auf dem Parkplatz eines 7-Eleven in einer Seitenstraße der Post Road Ihr Nummernschild gefunden, und wir wollten Ihnen nur mitteilen, dass es jetzt bei uns liegt. Außerdem wollten wir uns vergewissern, dass Sie in der Gegend unterwegs waren … Wirklich nicht? Hat sonst jemand den Wagen gefahren? … Nun, ich sage das nicht gern, aber das ist in der Tat ein wenig beunruhigend, weil in diesem Fall zwei Vermutungen naheliegen: Entweder hat jemand Ihr Nummernschild gestohlen oder vielleicht sogar Ihren Wagen … Ich bin absolut sicher. Das Nummernschild liegt direkt vor mir. Wann haben Sie den Wagen zuletzt gesehen? … Hm-hm … Richtig. Genau das sollten Sie meiner Meinung nach tun. Wenn der Wagen noch da ist, machen Sie sich keine Sorgen. Einer meiner Leute wohnt in Ihrer Richtung. Ich sage ihm, dass er das Nummernschild heute Nachmittag auf dem Nachhauseweg bei Ihnen vorbeibringt. Wenn Ihr Wagen nicht mehr da ist, sollten Sie wahrscheinlich so schnell wie möglich Anzeige bei der Polizei in White Plains erstatten … Genau. Die wären in dem Fall zuständig … Gern geschehen. Immer für Sie da. Einen schönen Tag noch.«

Er legte auf und sah mich an. »Sie ist unterwegs.«

Mit dem Beutel in der Hand trat ich aus dem Treppenhaus und ging langsam auf das Büro von Ganesa Capital zu. Als ich noch gut drei Meter entfernt war, riss eine aufgeregt aussehende Asiatin Mitte dreißig die Tür auf.

»Hallo«, sagte ich. »Arbeiten Sie bei Ganesa?«

»Ja.«

»Verizon«, sagte ich und zeigte auf das Logo auf meinem Hemd. »Die Leute eine Etage tiefer hatten einen Wasserschaden, und die Telefonanlage hatte einen Kurzschluss. Das Isolierrohr, durch das Ihre Leitung läuft, ist ebenfalls feucht geworden. Wir müssen die Leitungen kurz durchprüfen, ehe wir unten wieder Strom draufgeben.«

»Mein Chef telefoniert gerade, und ich muss etwas Wichtiges erledigen. Können Sie in ein paar Minuten wiederkommen?«

»Ohne Telefon können die Leute unten nicht weiterarbeiten. Und es wäre doch wirklich blöd, wenn ich deren Anlage wieder ans Laufen bringe und Ihre dafür abstürzt.«

Sie zögerte kurz und nickte dann. »Die ganze Technik ist in dem Schrank links neben der Teeküche. Soll ich es Ihnen zeigen?«

»Nein. Alle Leitungen auf dieser Seite des Gebäudes laufen

durch denselben Schacht. Und ich glaube, ich war auch schon mal hier – Ihr Chef heißt Karl Irgendwas, stimmt's?«

»Mohler«, bestätigte sie. »Achten Sie bitte darauf, die Tür hinter sich zuzuziehen, wenn Sie gehen.«

»Mach ich.«

Sie hastete zum Fahrstuhl und ich betrat den Empfangsbereich der Firma. Die Einrichtung war nichtssagend – beigefarbene Wände und Teppiche, Büromöbel in Mahagonifurnier, ein paar gerahmte Drucke von Monets Wasserlilien-Serie, von denen eines aussah, als hinge es verkehrt herum. Die Tür zu Mohlers Büro war immer noch geschlossen. Ich betrat so leise wie möglich die Gerätekammer, beide Hände auf meinen Gürtel gepresst, damit die Werkzeuge nicht klimperten. Der Router befand sich an der von Claire skizzierten Stelle und sah genauso aus wie auf dem Bild aus der Bedienungsanleitung, das Claire mir gezeigt hatte. Ich hob ihn an, drehte ihn um und drückte vorsichtig in das aufgebogene Ende eine Büroklammer in ein kleines Loch auf der Rückseite, um so einen »Hard Reset« vorzunehmen, wie Kate das genannt hatte. Damit wurde der Router auf die Werkseinstellung zurückgesetzt, inklusive der voreingestellten PIN-Nummer, die Kate ebenfalls in der Bedienungsanleitung entdeckt hatte. Das Bereit-LED auf der Vorderseite des Routers, das bisher grün geleuchtet hatte, fing an, gelb zu blinken, Anzeichen des laufenden Reboots. Ich zog ein kompaktes Wireless-Access-Point samt Netzwerk- und Netzkabel aus dem Beutel und stellte es neben den Router auf das Regal. Das Netzwerkkabel steckte ich in den Switch, das Netzkabel in eine freie Steckdose. Mit einem raschen Blick vergewisserte ich mich, dass alles korrekt aussah, bevor ich mein Handy aus der Tasche zog und Kate eine SMS schickte: *Erledigt*. Alles Weitere lag jetzt bei ihr. Unser Plan sah vor, dass sie aus dem Treppenhaus kabellos eine Verbindung zu dem Access Point herstellte, sich mit der Werkseinstellungs-PIN in den Router einloggte und dessen Einstellung so änderte, dass sie via Internet in Mohlers Daten stöbern konnte, um so vielleicht zu erfahren, für wen er arbeitete. Das grüne Sendelämpchen des Access Point begann zu blinken – Kate hatte sich eingeklinkt.

»Kann ich Ihnen helfen?«

Ich zuckte unwillkürlich zusammen. Im Flur vor der Tür zum Büro stand ein Mann und versperrte mir den Ausgang. Das musste Mohler sein. Er war dünn und ein Stück kleiner als ich, mit einer spitzen Nase, die an ein Nagetier erinnerte. Mein erster Gedanke war, dass ich ihn in einem Handgemenge wahrscheinlich überwinden könnte. Dann dachte ich, dass wir allein in seinem Büro waren und es vielleicht verdammt viel einfacher wäre, seinen Kopf gegen eine Wand zu schlagen, bis er mir sagte, was ich wissen wollte. Genau das war der allererste Plan gewesen – noch vor Einbruch und unbefugtem Betreten. Aber Reggie war strikt dagegen, und Claire hatte mir das Versprechen abgenommen, cool zu bleiben.

»Eine Etage tiefer gab es einen Wasserschaden, und die Telefonanlage hatte einen Kurzschluss. Jetzt überprüfen wir Ihre Anlage, um sicherzugehen, dass es bei Ihnen keine Probleme gibt, wenn wir die unten wieder ans Netz anschließen.«

Er sah sich über die Schulter in dem leeren Empfangsbereich um. »Wer hat Sie reingelassen?«

»Ich habe Ihre Assistentin im Flur getroffen. Ellen? Sie meinte, es wäre in Ordnung.«

Er nickte ausdruckslos. Ich konnte nicht erkennen, ob er neugierig, argwöhnisch oder bloß gelangweilt war. Im schlimmsten Fall würde er mich erkennen. Mein Foto war zwar schon seit Ewigkeiten nicht mehr in den Medien aufgetaucht, aber manche Menschen hatten ein gutes Gedächtnis für Gesichter. Falls doch, musste ich auf Plan A zurückgreifen. Eines der Werkzeuge in meinem Gürtel war ein Engländer. Wie hieß noch das schottische Wort, das Narimanov mir beigebracht hatte? *Laldie.* Eine Tracht Prügel mit einer Rohrzange. Ich schätzte, ein Engländer würde es auch tun.

»In meinem Büro ist das Internet zusammengebrochen. Wissen Sie irgendwas darüber?«

»Ich habe beim Prüfen kurz ein Kabel rausgezogen. Nur für den Fall, dass der Kabelschacht feucht geworden ist. Aber jetzt sollte alles wieder funktionieren. Tut mir leid, dass ich Sie nicht vorher gewarnt habe. Ihre Assistentin sagte, Sie seien am Telefon.«

Er kam ein paar Schritte näher und blickte in die Gerätekammer. Der drahtlose Access Point, den ich installiert hatte, war deutlich zu sehen. Ich fragte mich, ob er wusste, was er betrachtete.

»Scheint alles trocken.«

»Der Wasserschaden war ja auch eine Etage tiefer«, sagte ich und erlaubte mir, ein bisschen übellaunig zu klingen. Zu höflich war wahrscheinlich auch verkehrt. Ich nahm den Leitungsprüfer von meinem Gürtel. »Ich bin sofort fertig hier.«

Ich klemmte die Leitungen an eine der Telefondosen, blickte angestrengt auf die Anzeige und flehte, dass Mohler verschwinden würde. Fünfzehn Sekunden verstrichen quälend langsam. Wenn er mich fragte, was ich da machte, blieb mir keine andere Wahl, als ihm eine zu verpassen, denn ich hatte nicht die leiseste Ahnung. Im selben Moment, in dem die Tür zu seinem Büro zufiel, vibrierte das Handy in meinem Gürtel. Kate hatte die gleiche Botschaft zurückgesandt: *Erledigt.*

Ich brauchte nicht lange, um meine Ausrüstung einzupacken. Kate und Reggie warteten am Fahrstuhl auf mich.

»Irgendwelche Probleme?«, fragte Reggie.

»Ich habe Mohler getroffen.«

»Und was war Ihr Eindruck?«

»Ein kleiner Mann in einem kleinen Büro. Dahinter muss irgendjemand Größeres stehen.«

Kate klopfte auf die Tasche mit ihrem Computer. »Bald wissen wir es.«

35

Wir hielten kurz bei Ellen Chos Haus, um ihr das Nummernschild in den Briefkasten zu werfen, bevor wir zurück in die Stadt fuhren. Wir arbeiteten weiter in dem Lagerhaus, das geräumiger war als unsere Hotelsuite und über die schnellere Internet-Verbindung verfügte. Claire hantierte an der Nespresso-Maschine herum und machte uns allen einen Kaffee, während Kate ihren Computer hochfuhr und feststellte, dass sie noch immer Zugang zu Mohlers Netzwerk hatte.

»Hm«, sagte sie, nachdem sie eine Weile auf ihrer Tastatur getippt hatte. »Das ist merkwürdig.«

»Was?«, fragte ich und wechselte einen besorgten Blick mit Reggie. »Kommst du nicht rein?«

»Reinzukommen war kein Problem. Ich sehe mir gerade den Activity Blog an. Ich habe ihn so eingestellt, dass er alle gesendeten und empfangenen Internet-Verbindungen aufzeichnet, damit wir wissen, ob Ganesa Informationen mit einem externen Server austauscht. Ich dachte mir, wenn Mohler, wie ihr sagt, nur ein Strohmann ist, wären die Netzwerke vielleicht miteinander verbunden.«

»Und?«

»Keine Verbindung zu externen Servern, aber irgendjemand surft über eine Menge sonderbarer Websites.«

»Inwiefern sonderbar?«

»Schwer zu sagen«, murmelte sie und wurde rot. »Aber die beiden Seiten, die er offenbar am häufigsten aufruft, heißen PinkThushypunktcom und SchoolgirlPunishmentpunktcom.«

»Schoolgirl Punishment klingt jedenfalls nicht wie eine Ratgeber-Seite für besorgte Eltern.«

»Pornos?«

»Das lässt sich leicht herausfinden.« Sie tippte rasch etwas ein und drückte auf Enter. »Igitt.« Sie drehte den Computer in meine Richtung.

Am oberen Rand des Bildschirms prangte in drei Zentimeter großen knallpinken Buchstaben die Überschrift SCHOOLGIRL PUNISHMENT, darunter ein Foto von einem vollständig bekleideten Mann mit einer nackten Frau über dem Schoß. Seine Hand schwebte über ihrem Po, sein Mund war zu der übertriebenen Grimasse eines Stummfilmschurkens verzogen. Die Frau trug weiße Kniestrümpfe und hatte ihr Haar zu kindlichen Zöpfen geflochten, aber ihr der Kamera zugewandtes Gesicht wies sie als Mitte dreißig aus. Sie wirkte extrem gelangweilt.

»Soweit wir wissen, hat die Firma Ganesa nur zwei Mitarbeiter«, murmelte ich, selbst ein wenig verlegen. Ich hatte schon Pornos gesehen, aber noch nie in Gegenwart meiner Tochter. »Ich kann mir nicht vorstellen, dass Ellen Cho sich diese Sachen anguckt. Mohler hat also nicht nur vermutlich Aktienkurse manipuliert und Beihilfe zu einem Mord geleistet, sondern ist auch noch pervers.«

Claire brachte den Kaffee und setzte sich zu uns. »Kann man ihn wegen so was verhaften?«, fragte sie angeekelt und neigte den Kopf Richtung Bildschirm, während sie mir und Reggie die Tassen reichte.

»Nein«, antwortete Reggie. »Nicht, wenn keine Minderjährigen im Spiel sind. Und ich will auch niemanden schockieren, aber das allein macht Mohler noch nicht zu einem übermäßig sonderbaren Typen. In meinem Job lernt man, dass viele ansonsten sanfte Zeitgenossen auf alle möglichen abgedrehten Sachen stehen. Die Streifenpolizisten kriegen es täglich zu sehen, weil sie gerufen werden, wenn die Leute vergessen, ihre Vorhänge zuzuziehen, oder irgendwelche Sexspielchen schiefgehen. Aber die wirklich schrägen Geschichten können einem die Jungs vom Morddezernat erzählen. Da sind Züchtigungspornos noch am unteren Ende der Skala.«

»Deshalb haben Sie sich auch gefragt, ob Alex Selbstmord begangen hat«, erinnerte ich mich voller Unbehagen an unser Gespräch auf der Parkbank. »Sie dachten, er hätte vielleicht irgendwelche abartigen Vorlieben und deshalb vorher seine Festplatte entsorgt.«

»Möglich wäre es.«

»Aber ich finde es unmöglich, dass Sie dieses Zeug als irgendwie ›soft‹ bezeichnen«, brach es aus Kate heraus. »Ich kann nicht erkennen, inwiefern Gewalt gegen Frauen weniger schlimm ist als Pornos mit Kindern.«

Reggie blickte zur Decke und sah aus, als wäre er am liebsten woanders. »Die Welt ist kompliziert. So wie ich das sehe, gibt es beim Sex nur die Grenze zwischen einvernehmlich oder nicht. Und Kinder können nicht einwilligen.«

»Im Gegensatz zu geschlagenen oder abhängigen Frauen?«

»Das reicht«, ging Claire dazwischen. »Diese Debatte können wir ein anderes Mal führen. Mich interessiert im Augenblick nur, ob uns das irgendwas Nützliches über Mohler verrät.«

»Schon möglich«, sagte Reggie erleichtert. »Pornosucht deutet in aller Regel auf einen Einzelgänger hin, der aus irgendeinem Grund Selbstwertprobleme hat. Vielleicht ist Mohler auch der Mittelpunkt jeder Party und schläft jede Nacht friedlich durch, aber ich würde wetten, dass irgendwas an ihm nagt. Außerdem ist es wahrscheinlich nicht seine einzige Sucht. Hat er den Eindruck gemacht, als würde er öfter mal zu tief ins Glas schauen, Mark?«

»Könnte sein«, sagte ich, mit den Gedanken immer noch bei Alex. Reggies Beschreibung passte haargenau auf ihn. Vielleicht war die Vermutung, dass Alex seine Festplatte selbst entsorgt hatte, ebenfalls zutreffend. »Besonders gesund sah er nicht aus.«

Bevor Reggie noch etwas sagen konnte, klingelte sein Handy.

»Sorry«, sagte er. »Da muss ich rangehen.« Er entfernte sich ein paar Schritte.

»Wenn wir Mohlers E-Mails lesen könnten, wüssten wir mehr.« Ich sah wieder Kate an. »Ist das irgendwie möglich?«

»Noch nicht«, erwiderte sie kopfschüttelnd. »Sich an den

Rooter anzuschließen, ist, als würde man sich in eine Telefonzentrale einklinken. Ich kann die Gespräche belauschen, die die Ganesa-Computer miteinander und mit externen Computern führen, aber sie zu überreden, direkt mit mir zu sprechen, ist eine sehr viel komplexere Angelegenheit. Vielleicht ist es ganz leicht, vielleicht aber auch echt kompliziert. Das weiß ich noch nicht. Gabor hat mir eine Schritt-für-Schritt-Anleitung geschickt, mit der ich es probieren kann.«

»Du bist wieder in seiner Gunst?«

»Absolut. Ihm das T-Shirt zu schicken war genau die richtige Idee. Er hat mir ein Foto gemailt, auf dem er es trägt.«

Ich war froh, das zu hören. Auf Kates Bitte hatte ich einhundertfünfzig Dollar für ein altes Pretenders-Konzert-T-Shirt herausgerückt, das sie in einem Online-Shop in London entdeckt hatte. Der Verkäufer hatte das T-Shirt nach Budapest versandt, zusammen mit einem gefaxten Brief von Kate, in dem sie sich dafür entschuldigt hatte, nicht zum Mittagessen mit Gabors Mutter gekommen zu sein. Die Wunder des digitalen Zeitalters.

»Lass mich raten. Gabor ist in meinem Alter, pummelig mit schütterem Haar und sieht aus, als könnte er ein Bad vertragen.«

»Nicht ganz. Fünfundzwanzig, schlank und mit Rasta-Locken. Aber das mit dem Bad stimmt. Ich habe Phil das Foto gezeigt, und er ist voll eifersüchtig geworden.«

Sie klang nicht besonders unglücklich darüber, ihn eifersüchtig gemacht zu haben. Claire ging zurück in die Teeküche, und ich wollte ihr folgen, als mein Blick auf die Uhr über der Tür fiel. Ein nicht zu Ende gedachter Gedanke blitzte in meinem Kopf auf.

»Wie lange surft Mohler schon auf diesen Porno-Seiten?«

Kate gab einen Tastenbefehl ein.

»Ziemlich ununterbrochen seit einer Stunde. Zurzeit ist er auf einer Seite namens Hot Crossed Buns.«

Es war kurz nach vier, und um vier schloss die Börse. Ich kannte nicht viele Fonds-Manager, die den Börsenschluss ignorierten, wenn sie sich in der Nähe eines Bildschirms aufhielten, egal, wie pervers sie waren.

»Hat er noch irgendwelche anderen Seiten offen? Irgendwas mit Finanzen?«

Ich beugte mich über sie, während sie die Finger über das Trackpad zog und so flink durch die Log-Datei scrollte, dass ich sie nur überfliegen konnte. Ich entdeckte die von ihr erwähnten Web-Adressen sowie einige andere wie LeatheredMaidens.com und WildHorses.com, die sie nicht erwähnt hatte.

»Pornos und noch mehr Pornos, soweit ich das erkennen kann. Nichts, was irgendetwas mit der Finanzwelt zu tun hat. Warum?«

»Es ist nur eine weitere Merkwürdigkeit«, sagte ich und fragte mich, was für ein Unternehmen Mohler genau führte. »Sag mir Bescheid, wenn du irgendwie weiterkommst.«

»Mach ich.«

Reggie telefonierte immer noch, so dass ich zu Claire in die Teeküche ging.

»Willst du noch einen Kaffee?«, fragte sie.

»Noch nicht, danke. Kate ist unglaublich, was?«

Claire lächelte. »Ich weiß noch, als sie zehn war und wir den neuen Videorekorder bekommen haben ...« Ihre Stimme verlor sich verlegen.

»Und Kate war die Einzige, die kapiert hat, wie man ihn programmiert, und Kyle hatte einen Wutanfall. Daran kann ich mich auch erinnern. Es ist okay, sich zu erinnern.«

»Ich weiß.« Sie verschränkte die Arme und lehnte sich an den Tresen. »Ich mache mir Sorgen.«

»Worüber?«

»Darüber, was passiert, wenn wir die ganze Geschichte lösen, es aber nicht beweisen können, weil wir zu viele Abkürzungen genommen haben.«

Das Gleiche hatte ich Reggie gefragt, als wir nach unserem Ausflug nach Staten Island am Fluss geparkt hatten.

»Ich kümmere mich darum. Versprochen.«

»Indem du mit einem Baseball-Schläger um dich schlägst?«

Ich verzog das Gesicht. Davon hatte sie nichts erfahren sollen.

»Hat Reggie dir das erzählt?«

»Er macht sich auch Sorgen. Wir machen uns alle Sorgen. Aus den gleichen und aus unterschiedlichen Gründen. Aber was immer auch passiert, ich will, dass du nicht vergisst, dass Kate dich braucht.«

»Kate?«, fragte ich mit einem Stechen in der Brust.

»Und ich«, sagte sie und biss sich auf die Lippe. »Wir sind eine Familie.«

Ich beugte mich vor und gab ihr einen Kuss. Sie schlang ihre Arme um mich, und ich fühlte mich so gut wie seit Tagen nicht mehr.

»Wer hat angerufen?«, fragte Claire und blickte über meine Schulter.

»Ein befreundeter Kollege, der an dem Fall dran ist, hat die neuesten Entwicklungen durchgegeben«, sagte Reggie und kam auf uns zu. »Der Techniker, der den Teilabdruck auf Carlos' Gürtelschnalle als Theresas erkannt hat, hat die Nachricht ans Morddezernat weitergegeben, das eine Meldung an alle Polizeidienststellen rausgehauen und ihr Foto und ihre Fingerabdrücke an die Einwanderungsbehörde und Interpol geschickt hat. Mit ein wenig Glück kriegen wir irgendeinen Treffer.«

»Aber sie ist Ihren Kollegen nur als Carlos' Freundin bekannt, richtig?«, fragte ich. »Nicht als Theresa Roxas?«

»Genau. Das ist im Augenblick auch ganz gut so. Wahrscheinlich ist sie ohnehin unter einem anderen Namen unterwegs. Wenn die Kollegen Theresa als Verbindungsglied zwischen Carlos Muñoz und Alex Coleman identifizieren, werden zwei Dinge geschehen. Erstens werden wir unsere Bewegungsfreiheit einbüßen, weil Chief Ellison jemand politisch Verlässlicheren als mich damit betrauen wird, die Fakten zusammenzufügen. Zweitens wird er mit einer großen hellen Lampe in meinen und Ihren Hintern leuchten und alles in seiner Macht Stehende tun, um uns das Leben zur Hölle zu machen.« Er neigte den Kopf in Claires Richtung. »Pardon. Aber wenn wir Ellison nicht alles in den Schoß werfen und uns Aktionen wie heute ganz verkneifen wollen, sollten wir meiner Ansicht nach weiter die Klappe halten.«

Claire nickte.

»Okay«, sagte ich. »Was noch?«

»Ich hab ein paar merkwürdige Informationen in Sachen Rashid bekommen. Seine Sekretärin hatte Recht. Es gibt irgendein Gezerre hinter den Kulissen um seine sterblichen Überreste. Mein Kontaktmann konnte nicht herausbekommen, worum es dabei genau geht, hat aber gehört, dass auch das Außenministerium verwickelt ist.«

»Haben Sie irgendwelche Vermutungen?«

Reggie zuckte die Achseln. »Ich bin völlig ahnungslos.«

»Tadaa«, verkündete Kate laut und reckte die Arme in die Höhe. »Eure Tochter ist ein Genie.«

»Das wussten wir schon«, sagte ich und ging zurück in den Büroraum. »Was hast du diesmal Geniales geschafft?«

»Ich habe herausgefunden, dass Mohler eine private Firewall auf seinem PC hat, die wirklich schwer zu knacken ist, aber er lässt ein Back-up laufen. Sein kompletter Dokumente-Ordner wird alle fünfzehn Minuten auf eine externe Festplatte kopiert. Und dieses Back-up ist völlig ungeschützt.«

»Wow. Aber wieso schützt er seinen PC und nicht die externe Festplatte?«

»Gabor hat mir erklärt, dass ich bei den Komponenten eines Netzwerks vermutlich dic unterschiedlichsten Sicherheitsprotokolle finden würde, wenn es sich um eine kleine Firma handelt. Die meisten kleinen Unternehmen haben keinen eigenen IT-Spezialisten, was heißt, dass zu verschiedenen Zeiten unterschiedliche Techniker an dem Netzwerk arbeiten, und manchmal installieren die Leute auch selbst irgendwas, ohne sich groß Gedanken um die Sicherheit zu machen. Ich wette, Mohler oder Ellen Cho haben die externe Festplatte gekauft und ohne nachzudenken einfach eingestöpselt.«

»Unglaublich. Können wir seine Mails sehen?«

»Eins nach dem anderen«, ermahnte sie mich. »Erst die Dokumente, später vielleicht die Mails. Ich kopiere seine Backup-Dateien gerade auf meinen Google-Account, aber wenn du deinen Laptop auspackst, kann ich dich gleichzeitig einloggen, und du kannst sofort anfangen, seine Unterlagen durchzusehen.«

»Du bist die Beste«, sagte ich und küsste sie auf die Stirn.

»Vergiss das nie.«

Ich sah zu Claire. Sie lächelte mich an, und ich lächelte zurück.

36

»Scheiße«, sagte ich und warf meinen Bleistift gegen den Monitor. »Ich bin ein Idiot.«

»Das wusste ich schon«, gab Kate staubtrocken zurück. »Was hast du denn diesmal Idiotisches angestellt?«

Es war kurz nach acht. Claire und Reggie waren vor zehn Minuten aufgebrochen, um bei einem Italiener ein paar Blocks entfernt unser Abendessen abzuholen.

»Ich versuche jetzt seit vier Stunden Mohlers merkwürdige Handelsstrategien zu begreifen und habe das Offensichtliche die ganze Zeit übersehen. Guck dir das mal an.«

Sie trug ihren Stuhl um unseren Arbeitstisch und nahm neben mir Platz. Ich nahm meinen Bleistift und tippte mit dem Radiergummi auf den Monitor.

»Dank deiner Genialität konnte ich Mohlers Positionen und Transaktionen der letzten sechs Monate in eine Excel-Tabelle kopieren. Er unterhält vierunddreißig verschiedene Konten, also habe ich für jedes Konto ein eigenes Tabellenblatt angelegt und die dazugehörigen Daten hineinkopiert. Als Erstes ist mir aufgefallen, dass er immer nur am ersten Handelstag eines jeden Monats Abschlüsse tätigt.«

»Ist das ungewöhnlich?«

»Es geht so. Es gibt viele Profi-Anleger, die auf der Basis so genannter technischer Analysen handeln. Das bedeutet, sie treffen ihre Kauf- und Verkaufsentscheidungen auf der Grundlage statistischer Kennzahlen wie dem gleitenden Durchschnittskurs einer Aktie und dem täglichen Handelsvolumen, während sie so genannte Fundamentaldaten wie etwa die Antwort auf die Frage, wie viel Geld ein Unternehmen zu einem bestimmten Zeitpunkt verdient, mehr oder weniger ignorieren.«

»Moment mal«, wandte Kate ein. »Das ist doch verrückt, oder? Wie kann man in ein Unternehmen investieren, ohne sich darum zu kümmern, wie viel Geld es verdient?«

»Aus zwei Gründen. Erstens, weil man davon ausgeht, dass alle Nachrichten, die ein Unternehmen veröffentlichen könnte, sich bereits im Kurs seiner Aktie widerspiegeln –«

»An dieser Logik ist irgendwas verkehrt«, unterbrach sie mich stirnrunzelnd.

»Du bist nicht die Erste, die das denkt. Es gibt einen alten Wall-Street-Witz über zwei Wirtschaftswissenschaftler auf dem Weg zum Mittagessen. Der Erste entdeckt einen Zehndollarschein auf dem Bürgersteig und weist den Zweiten darauf hin. Der weigert sich jedoch, auch nur hinzusehen, mit der Begründung, wenn auf dem Bürgersteig ein Zehndollarschein liegen würde, hätte ihn längst jemand aufgehoben.«

»Ich dachte, Witze sollen komisch sein.«

»Sehr nett. Der zweite Grund, warum technisch orientierte Händler sich nicht für Fundamentaldaten interessieren, ist jedenfalls ihre Überzeugung, Aktien würden wie Frauenkleider in und aus der Mode kommen, weshalb es wichtiger sei, herauszufinden, welche Aktien andere Investoren kaufen wollen, als eine eigene Meinung darüber zu haben, welche Aktien sie selbst besser kaufen sollten.«

Sie bewegte stumm die Lippen, während sie meine Erklärung durchdachte. »Das heißt, sie folgen der Masse, egal, wie dumm die Masse auch sein mag.«

»Mehr oder weniger. Erinnerst du dich an die Dotcom-Blase?«

»Nicht persönlich, aber ich habe davon gehört.«

»Die Dotcom-Blase war diese irre Phase, in der Menschen absurde Preise für Internet-Unternehmen bezahlt haben, die keine realistischen Aussichten hatten, jemals Geld zu verdienen. Fundamental orientierte Händler erkannten, dass die Aktien keinen Wert hatten, verkauften sie short und kamen unter die Räder. Technisch orientierten Händlern war es egal, dass die Aktien Ramsch waren. Sie haben sie gekauft, weil andere Leute sie auch gekauft haben, und haben massenhaft Geld verdient, solange die Kurse nach oben gingen.«

»Aber irgendwann ist die Dotcom-Blase doch geplatzt, oder?«

»Richtig. Langfristig tendiert der Kurs einer Aktie zum Barwert der künftigen Erträge des Unternehmens, der im Falle vieler Dotcom-Unternehmen gleich null war. Aber eine alte Börsen-Weisheit sagt, dass die Märkte länger irrational bleiben können, als die meisten Leute liquide. Die Fundis waren schon Jahre vor dem Platzen der Blase weg vom Fenster. Die Techniker, die long waren, solange die Kurse stiegen, stießen die Papiere ab und gingen short, als die Kurse zu rutschen begannen, bloß weil alle anderen ebenfalls verkauft haben. Und sie haben in beiden Richtungen daran verdient.«

»Das heißt, du bist einer von diesen Technikern?«, fragte sie skeptisch.

»Nein. Ich achte zwar auf technische Indikatoren, weil sie riesige Geldströme bewegen, aber im Herzen bin ich ein Fundi.

Das eigentliche Problem beim technisch orientierten Handel ist, dass man in einer so genannten Schaukelbörse sehr leicht Verluste machen kann. Denn wenn man bei jeder kleinen Aufwärtsbewegung kauft und bei jeder kleinen Abwärtsbewegung verkauft, macht man jedes Mal ein kleines Minus. Und das bringt uns zurück zu Mohler. Eine Möglichkeit, diese Gefahr zu vermeiden, besteht für Techniker darin, nicht auf jede kleine Auf- und Abwärtsbewegung zu reagieren, sondern nur in festgelegten Zeitabständen zu handeln. Ein Mal am Tag ist ziemlich üblich, ein Mal pro Woche ist auch nicht ungewöhnlich. Mohler handelt ein Mal im Monat, was weniger verbreitet ist, aber immer noch so regelmäßig, dass ich vermutet habe, er würde mit irgendeiner Software für technische Aktienanalyse arbeiten.«

»Und tut er das?«

»Nein. Und deswegen bin ich auch ein Idiot – ich habe die ganze Zeit nach einem Muster gesucht, das ich entdecken wollte, und dabei das Offensichtliche übersehen. Guck mal hier«, sagte ich und klickte auf ein zweites Excel-Workbook. »Das ist ein Überblick über alle Börsengeschäfte, die Mohler getätigt hat. Und in diesem Kästchen siehst du die Geschäfte, die er vor etwa einem Monat mit Intel-Aktien gemacht hat. Fällt dir irgendwas Ungewöhnliches auf?«

»Nein.«

»Manche Konten verwendet Mohler nur zum Kaufen und andere nur zum Verkaufen. Wenn er ein Techniker wäre, würde er entweder ein Kauf- oder ein Verkaufssignal erhalten, aber nicht beides gleichzeitig. Also habe ich ein bisschen tiefer gegraben und festgestellt, dass er sämtliche Käufe über einen Broker abwickelt und sämtliche Verkäufe über einen anderen.«

»Und was sagt dir das?«

»Die wohlwollende Erklärung wäre, dass er schlicht dumm ist. Er bezahlt zweimal Spanne und zweimal Provision, um dasselbe Wertpapier zu kaufen und zu verkaufen, obwohl er es einfach von einem seiner Konten auf ein anderes schieben und sich die Transaktionskosten sparen könnte.«

»Aber er ist nicht dumm?«

»Ich glaube nicht.« Ich markierte eine Zelle am unteren Rand des Bildschirms. »Guck mal. Das hier ist der Nettogewinn aus allen seinen Käufen und Verkäufen von Intel-Aktien über alle seine verschiedenen Konten an diesem speziellen Tag.«

»Null?«

»Null. Exakt. Und genauso ist es bei jeder Aktie, mit der er handelt, und an jedem Tag, an dem er handelt. Über die einen Konten kauft er, über andere Konten verkauft er, immer über verschiedene Broker, und der Nettogewinn ist jedes Mal gleich Null.«

»Das verstehe ich nicht.«

»Warte ab.« Ich klickte in einen anderen Bereich des Workbooks. »Das hier sind die Gewinne und Verluste von jedem der vierunddreißig Konten, monatlich aufgelistet über die letzten drei Jahre.«

»Vier Konten machen immer Minus«, sagte Kate zögernd, »und die anderen dreißig immer Plus.«

»Und was ist das Ergebnis, wenn man alle Verluste und Gewinne saldiert?«

Ihr Blick wanderte zur rechten Spalte der Tabellenkalkulation.

»Null?«

»Richtig. Und das ergibt nur einen Sinn, wenn Mohler in Wahrheit gar nicht handelt. Er kauft lediglich Aktien über einen Broker und verkauft sie über einen anderen ...«

»Und dann setzt er die Geschäfte, bei denen er Verlust gemacht hat, in die ersten vier Konten, und die, bei denen er Gewinn gemacht hat, in die anderen dreißig«, beendete Kate den Satz atemlos. »Es ist wie bei dem Börsengang von Petronuevo. Es ist alles nur eine Methode, um Geld von einer Tasche in die andere zu stecken.«

»Bingo! Und es geht nicht nur darum, Geld zu bewegen. Mohler lässt Leuten Zahlungen zukommen und wäscht gleichzeitig das Geld, so dass die Gewinne rechtmäßig erscheinen. All das erklärt auch, warum er sich den ganzen Tag Pornos im Internet angucken kann. Es ist ihm egal, ob der Markt sich nach oben oder nach unten bewegt. Er muss nur die Gewinner und die Verlierer am Ende des Monats den richtigen Konten zuordnen.«

In diesem Moment kamen Reggie und Claire beladen mit unserem bestellten Essen herein. Kate lief ihnen entgegen.

»Darum kann ich mich kümmern«, sagte sie. »Ihr müsst euch anhören, was Dad mir gerade erklärt hat. Er hat das Rätsel gelöst.«

»Wohl kaum«, protestierte ich.

»So gut wie«, beharrte sie. »Nur in einem Punkt hast du dich geirrt. Du bist ganz bestimmt kein Idiot.«

»Okay«, sagte Reggie eine Viertelstunde später und schob seinen leeren Teller beiseite. »Das heißt, wir wissen, was Mohler treibt.«

»Richtig«, sagte ich. »Das Problem ist nur, dass wir nicht wissen, für wen er es macht. In den Handelsunterlagen stehen keine Namen.«

»Konntest du seine Festplatte knacken?«, fragte Claire und sah Kate an.

»Nein«, antwortete sie niedergeschlagen. »Ich will das Ganze noch mal mit Gabor durchgehen, wenn er aufwacht, aber welche Firewall Mohler auch laufen lässt, sie erfüllt ihren Zweck. Egal, was ich versuche, seine Maschine reagiert nicht.«

»Und welche anderen Optionen haben wir?«, beharrte Claire.

»Abgesehen davon, einfach bei ihm einzubrechen und seinen Computer zu klauen? Verschiedene, schätze ich. Wir können ihm einen Virus schicken und hoffen, dass er dumm genug ist, ihn zu öffnen, und außerdem keine Anti-Viren-Software laufen lässt. Damit käme ich in seinen Computer. Außerdem können wir die ein- und ausgehenden Mails im Blick halten. Vielleicht erfahren wir so irgendwelche Namen.«

Rastlos und frustriert stand ich von unserem Esstisch auf. »Nein. Ich will den Schwung nicht verlieren. Kate sollte in der Schule sein. Und je länger wir in Mohlers Unterlagen und seinem Netzwerk herumfummeln, desto wahrscheinlicher ist es, dass irgendjemand es merkt und direkt gegen uns zurückschlägt. Wir müssen die Initiative behalten.«

»Die Idee gefällt mir«, sagte Reggie.

»Welche Idee?«

»Die Idee, diese Typen dazu zu bringen, zurückzuschlagen. Wenn wir eins über die Bande wissen, dann, dass sie nicht schüchtern sind. Vielleicht können wir das gegen sie verwenden und ihnen eine Falle stellen.«

37

Das LaGuardia Motor Court Motel in Queens ist eine architektonische Reminiszenz an die Fünfziger – ein weitläufiges, zweistöckiges pinkfarbenes Holzgebäude, das drei Seiten eines asphaltierten Parkplatzes säumt. Die Zimmer im Erdgeschoss führen direkt auf den Platz, die im ersten Stock auf eine lange, unüberdachte Galerie. Mein Zimmer lag im ersten Stock. Vier Schritte vom mit Zigarettenlöchern übersäten Nachttisch zur Wand gegenüber. Und auch vier Schritte wieder zurück. Ich schob zum zehnten Mal die vergilbte Gardine beiseite, um zu sehen, ob sich draußen irgendetwas regte. Der Blick ging auf den halb leeren Parkplatz, einen schmalen braunen Streifen des East River und einen nackten Betonklotz dahinter, die Strafanstalt Rikers Island. In den letzten zwei Minuten hatte sich nichts verändert, nur die Lichter des Gefängnisses waren angegangen und strahlten mit falscher Fröhlichkeit in das Halbdunkel des späten Winternachmittags. Ein tief fliegendes Flugzeug vom angrenzenden Flughafen ließ die Bodendielen zittern. Ich bezweifelte, dass irgendjemand im LaGuardia Motor Court viel Schlaf bekam. Der Teppich schien schiere Verzweiflung auszudünsten und in den Gardinen klebte irgendwas Verkrustetes. Ich ließ sie wieder sinken und wischte meine Hand an meiner Jeans ab, weil ich das Betreten des Badezimmers unter allen Umständen vermeiden wollte. Reggie hatte sich bemüht zu erklären, dass er das LaGuardia Motor Court nur deshalb kannte, weil es dem Neffen eines Stadtrats gehörte, und daher als eine der Absteigen fungierte, in denen das lokale Gericht Geschworene unterbrachte, die das Pech hatten, isoliert werden zu müssen. Reggie hatte die Örtlichkeit wegen der guten Sicht und einer Geschäftsführung empfohlen, die ebenso bereitwillig mit den Strafverfolgungsbehörden zusammenarbeitete, wie sie fast alles ignorierte, was in ihren Wänden geschah. Ich war zu nervös, um mich groß um das Ambiente zu kümmern, gleichzeitig jedoch irgendwie erleichtert, nie als Geschworener isoliert worden zu sein.

Das Telefon klingelte. Es war Amy.

»Alles in Ordnung?«, fragte sie.

»Alles bestens«, sagte ich und entdeckte an der Decke eine Kakerlake von der Größe meines Daumennagels. »Was gibt's?«

»Susan hat angerufen. Walter möchte Sie sehen.«

»Das ist eine Überraschung.« Am Vormittag war Alex beerdigt worden.

»Ich weiß. Ich habe sie gefragt, worum es geht. Susan wusste nur, dass Walter in seinem Haus in der Stadt ist und möchte, dass Sie ihn so bald wie möglich dort aufsuchen.«

Walters Hybris anzunehmen, ich würde nach meinem Rausschmiss alles stehen und liegen lassen, um zu seinem Stadthaus zu eilen, war geradezu beleidigend, und ich hatte nicht übel Lust, darauf zu bestehen, dass er stattdessen zu mir kam. Leider konnte ich es mir nicht leisten, so nachtragend zu sein. Ich wollte noch immer wissen, wen er in Washington getroffen und was er herausgefunden hatte.

»Ich fürchte, das geht nicht. Sagen Sie ihr, dass ich mich später telefonisch melde, um etwas für morgen zu vereinbaren.«

»Sind Sie sicher?«

»Ein bisschen Warten wird ihn nicht umbringen.« Ein Schatten fiel auf die Gardine vor dem Fenster. Irgendjemand stand direkt vor meinem Zimmer auf der Galerie. »Schicken Sie mir eine Mail oder SMS, wenn es sonst noch was gibt«, flüsterte ich. »Ich muss jetzt Schluss machen.«

Ohne ihre Antwort abzuwarten, legte ich auf und schlich zur Tür. Mir war, als könnte ich die Person auf der anderen Seite förmlich spüren. Um mich zu beruhigen, tastete ich nach der Pistole in meiner Tasche. Zu meiner großen Überraschung hatten sowohl Reggie wie auch Claire darauf bestanden, dass ich sie bei mir trug. Ich atmete tief ein und riss die Tür auf.

Mohler stand geduckt auf der anderen Seite, den Kopf geneigt, als hätte er versucht, zu lauschen. Er trug einen schwarzen Trenchcoat mit hochgeschlagenem Kragen und einen Hut mit Fischgrätmuster wie Inspector Clouseau. Erschreckt von meinem plötzlichen Auftauchen, machte er einen Satz zur Seite, wobei sein alberner Hut auf den Boden fiel. Meine Nerven waren zum Zerreißen gespannt, aber es war schlechterdings unmöglich, sich von Mohler eingeschüchtert zu fühlen. Ich dachte an meinen ersten Eindruck von ihm – ein kleiner Mann, der in etwas geraten war, das ein paar Nummern zu groß für ihn war. Ich hob den Hut auf und hielt ihn ihm hin.

»Ich kenne Sie«, sagte er, riss mir den Hut aus der Hand und nestelte nervös an der Krempe. »Sie sind der Typ, der neulich in meinem Büro war. Der Mann von der Telefongesellschaft.«

»Und ich kenne Sie«, gab ich zurück. »Sie sind der Typ, der den ganzen Tag Pornos im Internet guckt und ein Mal im Monat Geld zwischen nummerierten Accounts hin und her schiebt.«

Er bleckte seine schiefen Schneidezähne. »Sie legen sich mit den falschen Leuten an. Sie haben ja keine Ahnung, in was für einen Schlamassel Sie da geraten sind.«

»Mag sein. Aber ich weiß, in was für einem Schlamassel Sie stecken. Wieso kommen Sie nicht rein und wir reden darüber?«

»Da gibt es nichts zu reden.«

»Und warum sind Sie dann hier?«

Wieder zuckten seine Lippen, doch seine aufgesetzte Großspurigkeit schien verpufft. Hektisch in alle Richtungen blickend, betrat er langsam das Zimmer. Dort gab es außer dem Bett, dem Nachttisch, einer niedrigen Kommode und einem grün karierten Polsterstuhl nichts zu sehen. Ich schaltete die Deckenlampe an, schloss die Tür und setzte mich auf eine Ecke des Betts, weil ich vermutete, dass es geringfügig sauberer war als der Stuhl.

»Sie sind jedenfalls kein Bulle oder so was«, sagte Mohler und wandte sich mir zu. »Sonst wären Sie nicht allein. Also was sind Sie dann – ein Erpresser?«

»Eine interessierte Partei.«

»Eine interessierte Partei, die in mein Computersystem eingedrungen ist«, sagte er und zog einen Ausdruck der Mail aus der Tasche, die ich ihm geschickt hatte. »Die mir droht, mich bei der Börsenaufsicht zu melden.« Er riss die E-Mail in Schnipsel und ließ sie zu Boden rieseln. »Und was will die Börsenaufsicht deswegen unternehmen? Alle meine Kunden und Accounts sind offshore.«

»Und warum sind Sie dann hier?«, wiederholte ich.

Er kam mit wirrem Blick auf mich zu, und ich sah, dass er kurz vor einem hysterischen Anfall stand.

»Weil Sie nicht begreifen, was Sie hier machen. Haben Sie sich nicht gefragt, was für Leute eine Operation dieser Art auf die Beine stellen? Und was sie mit einem kleinen Nobody machen, der droht, sie auffliegen zu lassen?«

»Ich habe mich gefragt, wer sie sind. Warum sagen Sie es mir nicht?«

Er machte einen Schritt rückwärts Richtung Tür. »Um als Leiche zu enden? Wohl kaum.«

Es war die Reaktion, die wir erwartet hatten.

»Sie wären überzeugender, wenn Sie ein paar von diesen bösen Männern mitgebracht hätten«, spottete ich. »Ich sehe nur einen heruntergekommenen Aktienzocker.«

Er zuckte zusammen, als hätte ich ihn geohrfeigt, und griff nach irgendwas in seiner Manteltasche. Mein Herz raste. Das unkalkulierbare Restrisiko unseres Plans bestand in der Möglichkeit, dass Mohler sich als gewalttätig herausstellte. Deswegen hatten Reggie und Claire auf der Pistole bestanden. Ich stand vom Bett auf und tastete danach, aber Mohler zog schneller.

»Nehmen Sie das«, sagte er und hielt mir einen fetten weißen Umschlag hin. »Das sind zehntausend Dollar. Mehr Bargeld konnte ich auf die Schnelle nicht kriegen. Aber ich kann mehr besorgen, sehr viel mehr, aber Sie müssen Geduld haben. Sie müssen mit mir zusammenarbeiten.«

Ich stieß seine Hand weg und setzte mich wieder aufs Bett, bemüht, mir nicht anmerken zu lassen, wie viel Angst ich gehabt hatte.

»Wieso?«, wollte ich wissen. »Damit diese Typen, für die Sie angeblich arbeiten, mich nicht umbringen? Kommen Sie mir doch nicht mit so einem Scheiß. Wenn Sie so viele schwere Jungs in der Hinterhand hätten, würden Sie nicht versuchen, mich mit einem Schweigegeld abzuspeisen.«

Schweiß glänzte auf seiner Stirn. Er hielt mir mit zitternden Händen erneut den Umschlag hin. »Arbeiten Sie mit mir zusammen. Wir stecken da jetzt gemeinsam drin. Wenn die wüssten, dass ich unachtsam war, würden die mich auch umbringen.«

Ich nahm ihm das Geld ab und warf es aufs Bett. »Setzen Sie sich«, befahl ich und wies auf den Stuhl. »Bevor wir irgendeinen Deal machen, müssen Sie mir erst ein paar Fragen beantworten.«

Er ließ sich auf den Stuhl fallen.

»Fangen Sie einfach damit an, wie Sie in die ganze Geschichte hineingeraten sind.«

Er beugte sich vor und begann wieder nervös an der Krempe seines Hutes zu nesteln. »Was kümmert es Sie?«

»Ich möchte gern wissen, mit wem ich es als Partner zu tun habe.«

Er nickte eifrig, als wollte er mich von seiner Kooperationsbereitschaft überzeugen. »Mitte der Neunziger hab ich als Fonds-Manager für Dean Witter gearbeitet. Ich hab ein paar scheintote Rentner als Kunden geworben und versucht, an der Börse ein bisschen Geld für sie zu verdienen.«

»Aber es hat nicht funktioniert«, lieferte ich ihm das Stichwort, weil ich ähnliche Geschichten schon ungezählte Male gehört hatte. »Sie haben weitere Geschäfte gemacht und noch mehr Geld verloren. Irgendjemand hat sich beschwert.«

»Genau«, sagte er bitter. »Die Typen vom Compliance-Management redeten mit einem Mal von Verletzung der Treuepflicht und haben mich bei der Börsenaufsicht verpfiffen. Die Börsenaufsicht ermittelte, und plötzlich ging es um Anlagebetrug, weil es Unstimmigkeiten in den Bilanzen gab. Ich erhielt einen Anruf von einem Staatsanwalt, der mir zwei bis vier Jahre Haft anbot, wenn ich mich auf einen Deal einlassen würde, fünf bis sieben, wenn nicht.«

»Was haben Sie gemacht?«

»Ich habe noch überlegt, als mich plötzlich aus heiterem Himmel ein Anwalt anrief, von dem ich noch nie gehört hatte. Er sagte, dass er mich aus der Sache rauspauken könne und dass ich hochgestellte Freunde hätte. Ich wusste nicht viel, aber ich wusste ganz bestimmt, dass ich keine hochgestellten Freunde hatte.«

»Lassen Sie mich raten. Ihre Probleme haben sich erledigt.«

»Genau. Die Börsenaufsicht machte einen Rückzieher, daraufhin stellte die Staatsanwaltschaft die Ermittlungen ein. Ich hab sogar eine Abfindung von Dean Witter gekriegt. Es war richtig nett.« Er lächelte versonnen, immer noch schadenfroh, den Mächten, die ihn beinahe zermalmt hätten, eins ausgewischt zu haben.

»Aber dafür hat Ihr neuer Freund eine Gefälligkeit verlangt.«

Das Lächeln wich einem Ausdruck der Resignation. »Anfangs fand ich es irgendwie klasse. Nettes Büro, gute Bezahlung, kein Stress. Ein Mal im Monat musste ich zusehen, dass ich verschiedenen Accounts bestimmte Trades zuteilte, und dabei darauf achten, die korrekten Summen hin und her zu bewegen. Es war leicht. Aber ich mache jetzt seit zehn Jahren das Gleiche, und mit der Zeit wird es irgendwie öde.«

»Keine speziellen Projekte?«, fragte ich und dachte an die Petronuevo-Transaktion.

»Hin und wieder ein bisschen Private Equity. Meistens kriege ich die Unterlagen nicht mal zu lesen. Ich unterschreibe einfach, wo man es mir sagt.«

»Wer sagt Ihnen das?«, kam ich auf die einzige Frage zurück, die mich wirklich interessierte.

Er schüttelte den Kopf und wirkte wieder völlig verängstigt.

»Na gut«, probierte ich einen anderen Ansatz. »Erzählen Sie mir einfach, wie es funktioniert.«

Wieder nickte er eifrig. »Die meisten Anweisungen erhalte ich per Telefon. Und dann kommt ein Typ vorbei, um die unterschriebenen Unterlagen abzuholen. Er nennt sich Mr Smith. Das findet er wohl sehr witzig.«

»Netter Kerl?«

Mohler schüttelte heftig den Kopf.

»Also kein netter Kerl?«

»Deswegen müssen wir ja auch vorsichtig sein. Sie kennen diese Leute nicht.«

»Erzählen Sie.«

Er senkte nervös den Blick. »Vor ein paar Jahren wollte Smith, dass ich irgendwelche juristischen Dokumente unterzeichne. Sie waren auf Französisch. Ich fragte, wie ich etwas unterschreiben sollte, das ich nicht mal lesen konnte. Mit einem Stift, sagte er. Ich weigerte mich. Ich hatte schon alles Mögliche unterschrieben, ohne irgendwas davon zu lesen. Aber die Art, wie er mich jedes Mal behandelte, als ob ich ein absoluter Nobody wäre, das hat mich wütend gemacht.«

»Was hat er gemacht?«

Mohler blickte auf und sah mich mit einem erbärmlichen Lächeln an. »Er hat mir ein Messer an die Kehle gedrückt und mich gezwungen, meine linke Hand in eine Schublade zu legen. Dann hat er die Schublade zugeknallt.« Mohler hielt die Hand hoch. Zwei Fingerknöchel waren übel verunstaltet. »Seitdem stelle ich keine Fragen mehr.«

Er tat mir beinahe leid.

»Und wie nehmen Sie Kontakt zu diesem Smith auf, wenn Sie ihn aus irgendeinem Grund sprechen müssen?«

Er öffnete den Mund, um zu antworten, doch ein Geräusch von der Tür ließ ihn stutzen. Ein Schlüssel drehte sich im Schloss. Die Tür ging auf, und ein Mann kam herein. Mohler stöhnte vor Angst auf. Der Mann trug eine tief ins Gesicht gezogene Baseball-Kappe und hatte eine breite Narbe vom Mund bis zum linken Ohr.

38

Der Mann mit der Narbe machte stumm einen Schritt nach vorn. Direkt hinter ihm standen Reggie und Joe Belko, mit gezogenen Waffen.

»Haben Sie alles mitgekriegt?«, fragte ich und griff mir ins Kreuz, um Claires Handy von meinem Hosenbund zu lösen.

»Alles«, bestätigte Reggie und nahm den Bluetooth-Ohrstöpsel heraus, mit dem er unser Gespräch aus dem Nebenzimmer verfolgt hatte. Er sah Mohler an. »Und? Ist das der Mann, der Ihre Hand in der Schublade gebrochen hat? Ist das Mr Smith?«

Mohler starrte den Mann mit der Narbe an wie ein Kaninchen die Schlange, anscheinend unfähig, ein Wort herauszubringen.

»Die gehören zu mir«, versicherte ich ihm. »Ihr Freund liest gern anderer Leute E-Mails mit. Wir haben erwartet, dass man Ihnen folgt. Sie müssen sich keine Sorgen machen, solange Sie nur die Wahrheit sagen.«

Mohler nickte ruckartig, und alle Farbe wich aus seinem Gesicht.

»Was ist mit Ihnen, Mark?«, fragte Reggie. »Haben Sie den Typen schon mal gesehen?«

»Zweimal, soweit ich mich erinnere«, bestätigte ich, als es mir wieder einfiel, und zog meine Pistole. Die Euphorie darüber, dass unser Plan aufgegangen war, schlug in Wut um. »Einmal am Tresen des Diners, in dem ich mich mit Gallegos getroffen habe, und einmal in der Lobby des Four Seasons Hotels, unmittelbar bevor Rashid ermordet wurde.« Ich richtete meine Waffe auf den Mann, der sich Smith nannte, und legte meinen Finger auf den Abzug. »Also? Für wen arbeiten Sie?«

»Moment«, sagte Reggie und hielt eine Hand hoch. »Immer schön langsam. Eins nach dem anderen. Das Zimmer ist viel zu klein, um Querschläger zu riskieren. Kommen Sie hier rüber, Mark, und stellen Sie sich zwischen Joe und mich.«

Ohne den Blick von ihm zu wenden, machte ich einen großen Bogen um den Mann mit der Narbe. Er wirkte gelangweilt wie jemand, der auf den Bus wartet. Ich fragte mich, wie viel interessierter er sich geben würde, wenn ich ihm mit der Pistole ins Gesicht schlug.

»So ist es besser«, sagte Reggie, als ich die von ihm angewiesene Position eingenommen hatte. »Grundregel bei jeder Schießerei: die eigenen Waffen immer in eine Richtung.«

Mohler taumelte zur Seite, als wäre er überzeugt, dass die Ballerei jede Sekunde losgehen würde.

»Und jetzt«, fuhr Reggie an Mohler und Smith gewandt fort, »möchte ich, dass Sie sich hinknien, mit dem Rücken zu mir und die Hände über dem Kopf.«

Beide gehorchten. Mohler fing an zu weinen. Smith setzte nach wie vor eine gleichgültige Miene auf.

»Gut«, sagte Reggie. Er steckte die Waffe in sein Schulterhalfter und griff nach meiner Pistole. Ich wollte protestieren, doch er schüttelte entschieden den Kopf. Er überprüfte, dass die Waffe gesichert war, und ließ sie in seine Manteltasche gleiten. Dann beugte er sich vor und begann Mohler zu filzen. »Wenn einer von euch irgendwelchen Ärger macht, wird mein Partner euch eine Kugel ins Knie verpassen. In einem Laden wie diesem wird ein einzelner Schuss keinem auffallen.«

Die Tränen strömten jetzt ungehemmt über Mohlers Gesicht.

»Sauber«, verkündete Reggie und ging von Mohler zu Smith. »Aber was haben wir denn hier? Eine Ruger .40 S & W.« Er nahm das Magazin heraus und warf ein Projektil aus der Kammer. »Hohlspitzmunition. Nett.« Er schob das einzelne Geschoss zurück in das Magazin, gab beide Teile der Waffe seinem Partner und suchte weiter. Einen Augenblick später zog er ein Walkie-Talkie aus Smiths Mantel.

»Joe«, sagte er stirnrunzelnd. »Tu mir einen Gefallen, geh ans Fenster und sag mir, ob du irgendwas siehst.«

Joe machte einen Schritt nach hinten und hob mit dem Lauf seiner Waffe die Gardine an.

»Ein roter Explorer«, antwortete er gepresst. »Der war vor ein paar Minuten noch nicht hier. Er hat rückwärts in eine Lücke auf der anderen Seite des Parkplatzes gesetzt. Kein Nummernschild zu erkennen. Vorne sitzen zwei Typen, die ich nicht genau erkennen kann.«

»Meine Kollegen«, meldete Smith sich erstmals zu Wort. Sein Englisch war akzentfrei, aber seine abgehackte Aussprache ließ mich vermuten, dass er Ausländer war. »Beide bewaffnet mit einer HK53. Eine vollautomatische Maschinenpistole mit einer außergewöhnlichen Feuerkraft. Und in ihren Rucksäcken haben sie Ersatzmagazine.«

Mein Herz fing wieder an zu rasen. Wir hatten zwar Notfallpläne ausgearbeitet, falls irgendwas schieflaufen würde, aber keiner war davon ausgegangen, dass unsere Widersacher mit Maschinenpistolen bewaffnet sein würden. Die einzige Tür führte auf die Außengalerie, die nur von einem einfachen Geländer gesäumt war. Es war unmöglich, das Zimmer zu verlassen, ohne dass die Typen auf dem Parkplatz uns sahen, und sobald sie uns entdeckt hatten, waren wir völlig ungeschützt. Reggie und Joe hatten das Motel auch wegen seiner perfekten Übersichtlichkeit vorgeschlagen, aber gute Sicht funktionierte eben in alle Richtungen.

»Soll ich den Notruf alarmieren?«, fragte ich heiser. Geheimhaltung war jetzt weniger wichtig, als nicht erschossen zu werden.

»Nicht genug Zeit, um die richtige Feuerkraft zu mobilisieren«, sagte Reggie angespannt. »Und ich will nicht, dass ein paar verschlafene Streifenpolizisten zusammengeschossen werden. Keine Sorge. Wir haben immer noch Alternativen.« Er machte einen halben Schritt nach vorn, drehte sich elegant auf dem Ballen seines linken Fußes und trat Smith mit Wucht in die Rippen. Smith taumelte zur Seite und schlug mit dem Kopf an die Ecke des Bettrahmens. Blut strömte aus einer klaffenden Wunde an seiner Stirn, während er verdutzt aufs Bett sank. Reggie warf das Walkie-Talkie auf seine Brust, zog die Pistole aus seinem Schulterhalfter und richtete sie auf Smiths Gesicht.

»Sagen Sie Ihren Kumpels, sie sollen sich verpissen, oder Sie sind tot.«

Smith stützte sich keuchend auf einen Ellbogen. Blut rann schräg über seine Wange und wurde von seiner Narbe zu seinem Mund geleitet. Er leckte sich die Lippen und grinste, einen glänzenden Blutfilm auf seinen Zähnen.

»Ich dachte, Sie wären der gute Bulle«, höhnte er, »der den Menschen nicht wehtut.«

Smith musste mein Gespräch mit Reggie nach unserem Ausflug nach Queens mitgehört haben. Er war derjenige, der mich belauscht hatte und in meine Wohnung eingedrungen war. Unter anderen Umständen hätte ich ihm ebenfalls einen Tritt verpasst, aber ich wollte nicht stören. Stattdessen betete ich, dass Reggie uns ohne Schießerei aus diesem Schlamassel herausbrachte.

»Es sei denn, man bedroht mich«, bellte Reggie. »Und im Augenblick fühle ich mich sehr bedroht. Brauchen Sie eine weitere Demonstration meiner Bereitschaft, Ihnen wehzutun?«

»Es wird keinen Unterschied machen. Entweder ich verlasse dieses Zimmer mit Mohler, oder wir sind alle tot. Wenn ich nicht in fünf Minuten rauskomme, werden meine Kollegen alles und jeden in diesem Raum direkt in die Hölle ballern, mich inklusive. Nichts, was ich jetzt noch sagen könnte, würde daran etwas ändern.«

»Bullshit«, sagte Reggie und spannte mit dem Daumen seinen Revolver. Der Zylinder drehte sich, bis eine geladene Kammer unter dem Hammer lag. »Ich zähle bis drei.«

»Sie können zählen, so viel Sie wollen. Aber vielleicht möchten Sie vorher kurz Ihre Gebete sagen. Denn Sie sprechen Ihr eigenes Todesurteil.« Er blickte von Reggie zu mir. »Wäre vielleicht ein guter Zeitpunkt für ein letztes Telefonat mit Ihrer Frau und Ihrer Tochter. Sie sind im Meridien Hotel, stimmt's? Ich hatte mich darauf gefreut, sie wiederzusehen. Ihre Tochter ist zu einer sehr attraktiven jungen Frau herangewachsen. Schade für mich. Meine Kollegen werden meine Grüße ausrichten müssen.«

Ich wollte auf ihn losgehen, aber Joe fasste meinen Kragen und zerrte mich zurück. Reggie packte die Waffe mit beiden Händen und spreizte die Beine.

»Eins«, sagte er.

Ich riss mich los und spähte vorsichtig aus dem Fenster. Die beiden Männer saßen immer noch auf den Vordersitzen des roten Explorer.

»Haben wir irgendeine Chance gegen diese Typen?«, fragte ich Joe murmelnd.

Er klopfte an die Außenwand, die hohl widerhallte.

»Kommt drauf an. Wenn Smith die Wahrheit sagt, sitzen wir hier wie die Tauben auf der Stange. Durch diese Wand gehen die Kugeln wie durch Pappe. Der eine Typ bleibt auf dem Parkplatz und hält mit der MP auf die obere Hälfte des Zimmers. Der andere läuft die Treppe hoch, während wir uns noch auf die Teppiche drücken, und feuert seinen Kugelhagel auf die untere Hälfte. Game over. Eine andere Geschichte wäre es, wenn sie Smith wiederhaben wollen. Wenn sie versuchen, durch die Tür zu kommen, haben wir vielleicht ein paar Überraschungen in petto.«

»Und was ist, wenn wir das Feuer auf sie eröffnen, ehe sie es erwarten?«

»Wenn man mit einer Handfeuerwaffe aus dreißig Meter Entfernung auf ein Autofenster schießt, kriegt man Probleme mit der Abweichung und der Durchschlagskraft. Selbst ein Scharfschütze hat bestenfalls eine Chance von eins zu zehn, sein Ziel auch zu treffen. Wahrscheinlicher ist es, dass man sie einfach nur wütend macht.«

»Zwei«, zählte Reggie weiter und sah Smith fest in die Augen.

»Hören Sie«, flüsterte Joe und lehnte sich in meine Richtung. »Im Bad gibt es ein Fenster. Dadurch sollten Sie hier rauskommen. Sie haben Claire und Kate, um die Sie sich kümmern müssen. Es gibt keinen Grund, warum Sie hierbleiben und ein Risiko eingehen sollten.«

»Und was ist mit Ihnen und Reggie?«

»Ich bin zu alt, um aus Fenstern zu klettern, und Reggie ist zu groß. Wir machen unser Spiel hier.«

Ein leises Stöhnen ließ mich zu Mohler blicken. Urin sickerte aus dem Schritt seiner Hose. In einer miesen Absteige zu sterben war schlimm, aber nicht so schlimm, wie seine Freunde im Stich zu lassen.

»Ich bleibe«, sagte ich. »Geben Sie mir eine Waffe.«

Mit der freien Hand fischte Joe Smiths Ruger und das Magazin aus seiner Manteltasche. Ich schob das Magazin in die Waffe und entsicherte sie mit dem Daumen, wie Reggie es mir gezeigt hatte.

»Sie müssen den Schlitten zurückziehen, um die erste Kugel zu laden«, wies Joe mich an. »Wenn die Schießerei losgeht, werfen Sie sich auf den Boden und warten auf ein Ziel. Zielen Sie niedrig und zählen Sie Ihre Schüsse. Sie haben ein Zehn-Schuss-Magazin. Versuchen Sie, die letzte Kugel erst abzufeuern, wenn es unbedingt sein muss.«

Ich nickte und blickte zu Reggie. Die Sehnen in seinem Arm spannten sich, als er begann, sanft auf den Abzug zu drücken. Ich glaubte, dass er jeden Moment schießen würde, und ich glaubte auch, dass wir kurz danach alle tot sein würden, wie Smith es gesagt hatte. Ich war gleichzeitig von Todesangst und tiefer Ruhe erfüllt, eine Hälfte meines Gehirns wollte schreiend die Flucht ergreifen, während die andere die Lage analysierte. Ich musste Claire erreichen, um sie zu warnen, dass sie das Meridien verlassen sollte, und um ihr zu sagen, wie sehr ich sie liebte. Ich tastete nach meinem Handy.

»Jetzt steigen die Typen aus dem Wagen«, berichtete Joe hinter mir. »Beide sehen aus, als trügen sie schusssichere Westen. Das mit den HKs kann ich nicht bestätigen, aber irgendeine Art von Maschinenpistolen haben sie auf jeden Fall.«

»Das ist Ihre letzte Chance«, säuselte Reggie.

Smith lachte. Reggie atmete tief ein, sein Brustkorb dehnte sich.

Als von draußen das Stakkato einer Maschinengewehrsalve ertönte, warf ich mich, beide Arme instinktiv schützend über dem Kopf, auf den Boden. Mohler schrie auf, so dass ich annahm, er wäre getroffen worden, während mir beinahe gleichzeitig bewusst wurde, dass man keine Einschläge hörte. Irgendjemand schoss auf irgendwas, aber nicht auf uns. Als die Schüsse aufhörten, ließ ich die Arme sinken und sah, wie Mohler Richtung Bad krabbelte. Reggie, Smith und Joe waren alle in ihrer Pose von vor ein paar Sekunden erstarrt.

»Was ist da draußen passiert, Scheiße noch mal?«, wollte Reggie, den Blick weiter fest auf Smith gerichtet, wissen.

»Auf der Ostseite des Parkplatzes steht ein weißer Lieferwagen«, antwortete Joe hastig. »Die Heckrolltür ist oben, und auf der Rampe ist ein Typ mit einer Waffe auf einem Stativ. Sieht aus wie ein Maschinengewehr, könnte eine Browning sein. Die beiden Bösen sind tot. Die Schüsse haben die Panzerwesten glatt durchschlagen. Muss ein großes Kaliber sein. Jetzt fährt der Lieferwagen los.«

»Nummernschild?«

»Verdeckt. Auf der Seite des Wagens steht WEST END STORAGE. Dazu ein Slogan und eine Telefonnummer, die ich nicht lesen kann. «

Ich erhob mich unsicher und trat zu Joe ans Fenster. Der sinkende Adrenalinpegel ließ mich zittrig und mit einem Gefühl der Übelkeit zurück. Joes Beschreibung war der Szenerie auf dem Parkplatz nicht gerecht geworden. Smiths Männer waren buchstäblich in Stücke gerissen worden. Ein blutüberströmtes Bein war samt noch immer sauber geschnürtem Arbeitsschuh beinahe direkt vor unserem Fenster gelandet. Ich wandte mich würgend ab, als in einem der Zimmer unten eine Frau zu schreien begann.

»Unser Glückstag«, sagte Reggie knapp. Er wirkte unglaublich gefasst, und ich fragte mich, wie er das schaffte. Er richtete seine Waffe wieder auf Smith. »Wer hat deine Kumpel erschossen?«

»Leck mich doch«, gab Smith zurück, klang jedoch längst nicht mehr so selbstgewiss wie zuvor.

»Behalt ihn im Auge«, sagte Reggie zu Joe, stieg über Smiths Beine, stieß die Tür zum Bad auf und fluchte. »Mohler ist weg.« Er ging ins Bad und kam kurz darauf wieder heraus. »Der Spargel muss sich durch das Fenster gezwängt haben und dann gesprungen sein. Unter dem Fenster steht ein Müllcontainer. Wahrscheinlich ist er inzwischen schon eine Meile von hier.«

»Und was willst du jetzt machen?«, fragte Joe.

»Das Terrain absichern und die Kavallerie rufen«, erwiderte Reggie, bückte sich und kettete Smiths Handgelenk mit Handschellen an den Bettrahmen. »Was anderes können wir nicht machen. Wir haben Mist gebaut, und jetzt müssen wir uns den Konsequenzen stellen. Was unsere Geschichte betrifft, ist doch alles klar?«

Joe nickte, und ich tat es ihm nach, bemüht, nicht zu zeigen, wie unsicher ich mich fühlte. Wir hatten eine Version der Ereignisse zurechtgelegt, die die Gesetzesverstöße unsererseits auf ein Minimum beschränkte, weil wir die Möglichkeit einkalkuliert hatten, dass eine Gefangennahme von Mohler und der Person, die ihm womöglich folgte, die Wild-West-Phase unserer Ermittlungen beenden würde. Ich war traurig, dass wir Mohler verloren hatten, aber froh, noch am Leben zu sein, und besonders froh, dass Smith immer noch in unserer Gewalt war. Es gab ein paar Dinge, über die ich mit ihm reden wollte.

»Okay«, sagte Reggie, als er sich wieder aufrichtete. »Joe, du gibst mir Deckung. Ich gehe nach unten und übernehme die Kontrolle.« Er blickte auf die Ruger in meiner Hand. »Danke, dass Sie bei uns geblieben sind, Mark. Bevor die Verstärkung eintrifft, müssen Sie diese Waffe irgendwie loswerden, aber für den Augenblick könnten Sie vielleicht Smith im Auge behalten.«

»Kein Problem.«

»Seien Sie vorsichtig«, raunte er mir auf dem Weg zur Tür im Vorbeigehen zu. »Halten Sie Abstand. Und ich will, dass Sie den Finger vom Abzug lassen und die Waffe sichern. Wir können keine weiteren Unfälle gebrauchen. Wir haben auch so schon genug zu erklären.«

Er klopfte mir auf die Schulter und verschwand durch die Tür. Joe hielt mit dem Rücken in den offenen Türrahmen gelehnt Wache und blickte von Smith zu dem Parkplatz und wieder zurück. Die Frau unten schrie immer noch.

»Ich komme hier klar«, sagte ich zu Joe. »Geben Sie Reggie Deckung.«

Er nickte zögernd und trat ans Geländer der Galerie. Ich hockte mich vor Smith, den Revolver in meiner Hand durch meinen Körper vor Joe verdeckt. Mein Finger war am Abzug und die Waffe entsichert.

»Meine Frau und meine Tochter wiedersehen, haben Sie gesagt«, zischte ich Smith an. »Wann haben Sie sie denn schon mal gesehen?«

Smith wischte sich mit dem Handrücken das Blut aus dem Gesicht und fixierte mich mit seinen kalten grauen Augen.

»Ein ganz harter Bursche, was?«, knurrte er höhnisch. »Wer hätte das gedacht?«

»Weil ich meine Freunde nicht im Stich gelassen habe?«

»Weil Sie schon ein Kind verloren haben. Und jetzt riskieren Sie auch noch das Leben des anderen.«

Ich richtete die Waffe auf sein Gesicht. »Wissen Sie etwas darüber, was meinem Sohn passiert ist?«

»Ich weiß, was Ihnen und dem Rest Ihrer Familie passieren wird.«

Der Drang abzudrücken war überwältigend. Aber ein toter Smith würde mir nicht mehr sagen können, wer für den Mord an Kyle verantwortlich war, oder mir die Informationen liefern, die ich brauchte, um meine Familie zu schützen. Ich zwang mich, meine Hand zu lockern und die Waffe zu sichern, bevor ich Smith den Knauf in den Mund stieß.

»Sie können von Glück reden, dass ich Sie lebendig brauche.«

Er schüttelte den Kopf wie ein angeschlagener Boxer und spuckte Blut und einen abgebrochenen Zahn auf den Boden. »Das ist der Unterschied zwischen uns beiden«, sagte er mit dem gleichen blutigen Lächeln wie vorhin bei Reggie, »ich brauche Sie für gar nichts.«

In der Ferne heulte eine Sirene. Ich blickte zur Tür, und Smith stürzte vor und entriss mir die Waffe. Ehe ich reagieren konnte, drehte er sie blitzschnell in seiner Hand und drückte den Lauf an meinen Hals. Ich packte sein Handgelenk und spürte, wie er versuchte, den Revolver mit dem Daumen zu entsichern. Während ich mich zur Seite wand, fiel ein Schuss, der mich um Zentimeter verfehlte. Dann warf ich mich auf ihn und drückte seine Hand mit der Waffe auf den Boden. Er schoss noch zwei Mal, bevor ich den Revolver fest gepackt hatte, und beide Male spürte ich einen brennenden Schmerz in der Seite. Wir rangen scheinbar endlos, Smith mit einem eisenharten Griff an der Waffe, obwohl er mit einer Hand an das Bett gefesselt war. Ich fragte mich, wo Joe war, bevor ich einen vierten Schuss hörte, der sich löste, als ich Smith die Waffe endlich entwinden konnte.

»Keine Bewegung«, schrie Reggie. Er stand mit gezückter Waffe über uns. Ich rollte mich auf den Rücken und ließ die Ruger fallen. Smith lag leblos neben mir, die Wunde in seiner Brust begann gerade erst zu bluten.

39

»Sind Sie verletzt?«, fragte Reggie.

»Meine Ohren dröhnen«, sagte ich mit belegter Stimme.

»Kaum überraschend. Und der Rest?«

»Ich glaube, alles okay.« Ich tastete über meine Brust. Mein Hemd war zerrissen und angesengt, aber ansonsten schien alles intakt. »Vielleicht eine leichte Verbrennung …«

Die Worte blieben mir im Hals stecken, als mein Blick zu der offenen Zimmertür wanderte. Joe lag auf der Galerie, den Rücken an das Geländer gelehnt, die Beine ausgestreckt. Seine Waffe lag neben ihm auf dem Boden, und er presste beide Hände auf seinen linken Oberschenkel. Sein Gesicht war schmerzverzerrt. Ich wollte aufstehen, aber Reggie drückte auf meine Schulter.

»Bleiben Sie unten. Ich will nicht, dass Sie mir umkippen. Wir haben auch so schon genug Opfer.«

Er wandte den Kopf zur Tür. »Alles in Ordnung da draußen, Partner?«

»Alles bestens. Beim ersten Schuss hab ich einen kleinen Kratzer am Bein abgekriegt. Ist Smith tot?«

»Entweder das oder er ist ein verdammt guter Schauspieler«, antwortete Reggie. »Ich brauche hier noch eine Minute. Glaubst du, du kannst den Notruf wählen und Bescheid sagen, dass wir am Tatort sind? Es wäre die Krönung eines Scheißtags, wenn einer von uns von einem schießwütigen Frischling abgeknallt würde.«

»Wird erledigt.«

Reggie wandte seine Aufmerksamkeit wieder mir zu und bohrte einen Finger durch das Loch in meinem Hemd.

»Ich hab schon nachgesehen.«

»Dann lassen Sie mich noch mal nachsehen.«

Die nächste der zahlreichen Sirenen klang nur noch ein oder zwei Blocks entfernt. Zusätzlich zu all den Fragen und Ängsten, die mir durch den Kopf schossen, fragte ich mich plötzlich, wie tief ich jetzt wohl in der Patsche saß.

»Hören Sie«, sagte ich und verzog das Gesicht, als Reggie ein bisschen tiefer bohrte. »Ich weiß, dass ich es vermasselt habe. Aber das war doch Notwehr, oder?«

»Es ist eine Sache, wenn ein Polizist einen Bösen erschießt«, sagte Reggie mit harter Stimme. »Und eine ganz andere, wenn ein Zivilist es tut, vor allem, wenn der Böse mit Handschellen an ein Bett gefesselt ist und der Zivilist ein Motiv hat. Chief Ellison wird die Lampe nehmen, von der er neulich gesprochen hat, und sie Ihnen in den Arsch schieben, ganz egal, was Joe und ich aussagen.«

»Und was sollen wir machen?«

»Auf Plan B zurückkommen«, sagte er, nahm mir die Ruger ab und zog mich unsanft auf die Füße. Ich blickte nach unten und sah die Blutlache, die sich unter Smiths Leiche ausbreitete, weil der Teppich zu abgetreten war, um sie aufzusaugen. Mein Kopf schwirrte, und ich fühlte mich schwach. Ich hatte einen Menschen getötet. Das war etwas anderes, als jemanden verletzt zu haben. Ganz gleichgültig, ob Smith es verdient hatte – mein Körper rebellierte dagegen. Meine wilden Drohungen in Reggies Wagen erschienen mir plötzlich lächerlich.

»Ist Ihnen ein bisschen mulmig?«, fragte er.

»Nein«, log ich, weil ich mich schämte, meine Schwäche einzugestehen. Ich machte einen wackligen Schritt zur Seite, weg von Smiths Leiche.

»Gut. Denn der zweite Teil von Plan B sieht vor, dass Sie durchs Badezimmerfenster verschwinden wie unser Freund Mohler. Es ist viel besser, wenn wir allen erzählen, dass Sie verschwunden sind, bevor die Schießerei losging.«

»Und wer soll dann Smith erschossen haben?«

»Ich. Das ist der erste Teil des Plans.«

Bevor ich widersprechen konnte, drückte er die Ruger gegen die Matratze und gab einen fünften Schuss ab. Der Knall wurde von dem Bettzeug gedämpft, aber die Überdecke fing Feuer, und eine graue beißende Rauchschwade stieg auf.

»Warum zum Teufel haben Sie das gemacht?«

»Schmauchspuren.« Er wischte die Waffe an seinem Ärmel ab. »Das wird routinemäßig untersucht.«

»Das ist doch Wahnsinn«, sagte ich ungläubig. »Das klappt doch nie. Sie waren auf dem Parkplatz, als Smith mir die Waffe entrissen hat. Die Leute werden Sie dort zur selben Zeit gesehen haben, als sie die Schüsse gehört haben.«

»Wir haben keine andere Wahl, oder? Wie Sie schon sagten – Sie haben es vermasselt.«

Er warf mir einen vernichtenden Blick zu.

»Es tut mir leid …«

»Ich hab Ihnen gesagt, Sie sollen vorsichtig sein. Was haben Sie so dicht bei ihm gemacht?«

»Nach Kyle gefragt …« Meine Stimme verlor sich verlegen.

»Das lässt sich jetzt auch nicht mehr ändern«, sagte er ein bisschen weniger harsch. »Und machen Sie sich keine Sorgen wegen der Zeugen. Alte Polizeiregel: Je schlimmer der Tatort, desto unzuverlässiger die Zeugen. Bei dem Gemetzel da unten werden die Zeugen keinen Pfifferling wert sein. Wahrscheinlich schwört die Hälfte von ihnen, dass ich die Männer erschossen habe. Wenn sie sich zu Tode ängstigen, sehen die meisten Menschen große schwarze Männer. Hängen bleiben wird, was Joe und ich sagen.«

»Dann kriegt man Sie statt meiner für die Erschießung von Smith dran. Das kann ich nicht zulassen.«

Er lachte grimmig. »Sie sind ein schlauer Bursche, aber Sie verstehen nichts von Polizeipolitik. Wir haben mich, drei tote Schurken und einen hochdekorierten Polizisten mit einer Kugel im Bein.«

»Einen Expolizisten.«

»Noch besser. Ein geschätzter ehemaliger Polizist, der bei dem Versuch verwundet wurde, seinem Partner zu helfen, den ungelösten Fall aufzuklären, der ihn in seinem Ruhestand heimsucht. Die Presse wird den Scheiß gierig fressen. Und jeder Polizist von der Spitze bis in die untersten Ränge – einschließlich Chief Ellison – wird sich hinter uns stellen und uns helfen, mögliche Risse in der Geschichte zuzukleistern. Wer weiß, vielleicht kriege ich sogar einen Orden.«

Ich wusste nicht, was ich sagen sollte.

»Wollen Sie den Brand nicht löschen?«, fragte ich und wies mit dem Kinn auf die kokelnde Decke.

»Nein. Je mehr Chaos, desto besser.«

Die lauteste Sirene verstummte abrupt, und ich hörte, wie Wagentüren zugeschlagen wurden.

»Die Funkstreife ist da«, verkündete Joe. »Zwei uniformierte Beamte inspizieren den Tatort. Uns läuft die Zeit davon.«

»Gehen Sie«, sagte Reggie. »Sie sind zusammen mit Mohler verschwunden. Schrubben Sie sich irgendwo die Hände ab und sehen Sie zu, dass Sie das Hemd loswerden.«

Ich blickte noch einmal auf Smith. Seine offenen Augen starrten glasig zur Decke. Bei dem Gedanken, ihn getötet zu haben, wurde mir übel, umso mehr, weil er mir jetzt nicht mehr erzählen konnte, was ich unbedingt wissen musste.

»Gehen Sie«, wiederholte Reggie und schubste mich Richtung Badezimmertür. »Machen Sie sich keine Sorgen. Joe und ich werden uns um alles kümmern.«

Reggie hatte sich ein möglichst großes Chaos gewünscht, und er bekam, was er wollte. Als ich im Zickzack durch die Straßen hinter dem Hotel irrte und überlegte, wo ich ein Taxi anhalten könnte, kam mir so ziemlich jede Sorte von Notfallfahrzeug in New York entgegen. Streifenwagen, Feuerwehrwagen, Krankenwagen, Einsatzwagen – sogar ein verloren wirkender Entstörungswagen der Stadtwerke mit gelb blinkendem Licht. Vielleicht hatte Reggie für alle Fälle auch noch eine Sicherung rausgedreht. Ich verbarg mein Gesicht in meinem hochgeschlagenen Mantelkragen, aber keins der Fahrzeuge bremste auch nur ab, als es an mir vorbei Richtung Hotel raste.

Etwa zehn Blocks entfernt erwischte ich unter der Unterführung des Grand Central Parkway schließlich ein Taxi. Der Fahrer nahm eine verwirrende Folge von Auffahrten, und drei Minuten später waren wir auf der Triborough Bridge Richtung Manhattan. Ich rief Claire im Meridien an, um ihr in groben Umrissen zu berichten, was passiert war. Ich sprach so leise, dass der Fahrer mich durch die Trennwand nicht hören konnte.

»Alles okay mit dir?«, fragte sie.

»Ja und nein. Ich bin nicht verletzt, aber ich fühle mich verdammt wacklig auf den Beinen.«

»Was ist mit Joe?«

»Er schien in Ordnung. Ich bin abgehauen, bevor ich ihn mir genauer ansehen konnte.«

Sie schwieg länger, und ich hatte eine ziemlich genaue Ahnung, was sie denken musste.

»Ich hab es vermasselt, Claire. Das weiß ich. Aber Mohler kann nicht weit kommen. Und wir haben Smiths Leiche und die seiner beiden Kollegen. Die Polizei wird sie identifizieren. Es sollte nicht allzu schwierig sein herauszubekommen, für wen sie gearbeitet haben.«

»Wir müssen dem ein Ende bereiten«, sagte sie mühsam beherrscht. »Du hättest getötet werden können. Joe oder Reggie hätten getötet werden können.«

»Ich weiß«, sagte ich und strengte mich an, meine Ängste zu unterdrücken. »Aber wir sind nicht getötet worden, und jetzt liegt die Sache in den Händen der Polizei.«

»Es muss aufhören.«

Ich blickte in meinen Schoß. Meine Anzughose war an den Knien aufgerissen, als ich in dem Hotel aus dem Badezimmerfenster geklettert war. Ich hatte eine Menge Dinge getan, von denen ich nicht erwartet hatte, sie an diesem Tag zu tun. Ich hatte einen Menschen getötet. Unabhängig von meinen Gefühlen, konnte ich jetzt nicht mehr aufhören, bis ich die Sache erledigt hatte.

»Das wird es«, sagte ich. »Ich verspreche es. Alles wird gut. Ist Joes Neffe noch bei euch?«

»Und sein Partner. Sie spielen Karten mit Kate.«

»Gut. Ihr beide solltet eure Sachen packen, okay? Es gefällt mir nicht, dass Smith wusste, wo ihr seid. Ich möchte das Hotel wechseln, vielleicht ins Waldorf umziehen. Die müssen gute Sicherheitsvorkehrungen haben – dort übernachten ständig Diplomaten.«

»Gut«, willigte sie ein, obwohl sie noch immer erregt klang. »Wann kommst du?«

»In ungefähr einer halben Stunde. Dann solltest du startklar sein. Ich will keine weiteren Risiken eingehen.«

Eine Dreiviertelstunde später klingelte mein Handy, als ich vor dem Meridien aus dem Taxi stieg. In der City herrschte fürchterlicher Verkehr. Ich blickte auf das Display, erkannte die Nummer jedoch nicht.

»Mark Wallace«, meldete ich mich.

»Hier ist Reggie.«

»Wie geht's –«

»Ich rufe auf einer offiziellen Leitung an«, unterbrach er mich sofort. »Joe und mir geht es gut, aber nachdem Sie aus dem Fenster geklettert sind, ist in dem Motel alles aus dem Ruder gelaufen. Die Detectives, die den Fall übernommen haben, wollen mit Ihnen sprechen.«

Ich zog die Tür auf und betrat die Hotellobby. »Selbstverständlich. Haben Sie schon irgendeine Ahnung, wer die Typen auf dem Parkplatz waren?«

»Darüber kann ich nicht sprechen. Die Ermittlung wird vom One Police Plaza aus geführt, unter Leitung von Deputy Chief Ellison. Er möchte einen Wagen schicken, um Sie abzuholen.«

»Scheiße. Ist Ellison der einzige höhere Beamte bei Ihnen?«

»Nein. Aber er hat ein Interesse an dem Fall entwickelt.«

»Na toll.« Ich überlegte kurz, was ich vorher noch alles zu erledigen hatte. Waschen, das Hemd loswerden und mit meiner Familie umziehen. »Sagen Sie dem Chief, dass ich oft genug im One Police Plaza gewesen bin, um selbst dorthin zu finden. Ich schätze, ich bin in einer Stunde da, vielleicht anderthalb.«

Ich hörte eine vertraute Stimme im Hintergrund. Es klang wie Lieutenant Wayland.

»Es wäre besser, wenn wir Sie von einem Wagen abholen ließen«, sagte Reggie ausdruckslos. »Die hohen Herren wollen Sie wirklich unbedingt sprechen.«

»Das geht leider nicht. Ich muss vorher noch ein paar Dinge erledigen.«

Die Stimme im Hintergrund meldete sich erneut wütend zu

Wort. Reggie räusperte sich. »Sind Sie zu Hause?«, bot er mir die Lüge an.

»In Kürze«, griff ich sein Stichwort auf. Es war mir egal, ob Wayland ein paar Polizisten losschickte, die in der Lobby unseres Hauses warteten. »Bis in einer Stunde.«

»Gut.«

Ich drückte das Gespräch weg und trat in den nächsten Aufzug. Ich hoffte inständig, dass Reggie mit seiner Vermutung über die Reaktion der Polizei auf die ganze Geschichte Recht gehabt hatte. Gerade eben hatte es nicht so geklungen, als ob irgendjemand ihm einen Orden verleihen wollte. Ich drückte auf den Knopf für meine Etage, als zwei Männer zu mir in die Kabine stiegen. Einer drückte auf den Knopf für den dritten Stock. Der andere wendete sich mir zu, in der Hand eine Pistole.

40

»Sie sollten jetzt ganz ruhig sein, Mr Wallace«, sagte der Mann mit der Pistole in der Hand. Es war eine kleine Waffe, aber die Mündung sah aus wie ein Kanonenrohr. Mein Herz pochte, meine Gedanken galten allein Claire und Kate.

»Wenn Sie mich erschießen wollen, dann erschießen Sie mich jetzt«, sagte ich mit erstaunlich fester Stimme. »Ich führe Sie nicht zu meiner Familie.«

»Wir würden es vorziehen, Sie nicht zu erschießen«, sagte der zweite Mann. »Und wir sind nicht an Ihrer Familie interessiert. Wir möchten nur ein paar Minuten Ihrer Zeit. Unser Vorgesetzter würde Sie gern sprechen.«

Sie waren beide groß und dunkelhäutig – Italiener vielleicht oder Griechen. Der Typ mit der Pistole sprach wie ein Amerikaner, aber der zweite Mann hatte einen vertrauten nasalen Akzent, den ich trotzdem nicht einordnen konnte.

»Hat Ihr Vorgesetzter vielleicht eine Narbe im Gesicht?«, fragte ich, weil ich dachte, dass sie möglicherweise noch nichts von der Schießerei gehört hatten. »Wenn ja, sind Sie auf einem Metzgergang. Er wird mit niemandem mehr sprechen.«

»Das können Sie selbst herausfinden«, sagte der Mann mit dem Akzent. Die Tür des Fahrstuhls öffnete sich im dritten Stock. »Wollen wir?«

Soweit ich das sah, hatte ich keine andere Wahl. Der Mann führte mich aus dem Fahrstuhl nach rechts, sein Kollege mit der Waffe folgte uns. Auf dieser Etage befanden sich nur diverse Tagungsräume und Säle, die in der Zeit vor dem Abendessen menschenleer waren. Ich sah einen südamerikanischen Kellner, der einen Banketttisch mit Gläsern eindeckte, und überlegte kurz, um Hilfe zu rufen. Der Typ hinter mir musste meinen Blick gesehen haben.

»Es besteht keine Notwendigkeit, irgendwelche Zivilisten in die Sache zu verwickeln«, flüsterte er und schubste mich mit seiner Pistole vorwärts.

Wir gingen bis zum Ende des Korridors durch eine Feuerschutztür aus Metall und kamen auf einen Absatz der Feuertreppe. Der Mann mit der Waffe drehte mich um, drängte mich gegen die Wand und hielt mich am Kragen fest, während sein Kompagnon mich durchsuchte. Offenbar interessierte er sich ausschließlich für mein Mobiltelefon.

»Ein Prepaidhandy«, bemerkte er, als er es aus meiner Tasche zog. »Bei jemandem Ihrer Einkommensklasse hätte ich etwas Edleres erwartet. Gibt es dafür einen speziellen Grund?«

Mir fiel auf, dass ungeachtet der Waffe in meinem Rücken bisher keiner der beiden Männer besonders bedrohlich gewirkt hatte. Sie sprachen beinahe im Plauderton, jedenfalls vollkommen anders als Smith. Deshalb fragte ich mich, ob ich es womöglich mit einem komplett anderen Verein zu tun hatte.

»Ich hatte auch etwas Edleres. Irgendjemand hat es zu einem Abhörgerät umprogrammiert. Wissen Sie irgendwas darüber?«

Er zuckte nachdenklich die Schultern. »Der Mann, den Sie treffen, vielleicht. Gehen wir.«

Wir stiegen die Treppen hinunter und verließen das Gebäude auf der 56th Street. Ein paar Meter entfernt parkte ein weißer Lieferwagen in der zweiten Reihe, der goldene Schriftzug auf der Seite warb für einen Elektrogeräte-Handel in der Bronx. Ich erinnerte mich an Joes Beschreibung des Fahrzeugs auf dem Hotelparkplatz und blieb abrupt auf dem Bürgersteig stehen.

»Sie sind die Typen, die die Männer auf dem Parkplatz erschossen haben. Sie haben bloß das Schild an Ihrem Wagen ausgetauscht.«

»In der Stadt gibt es jede Menge Lieferwagen wie diesen«, sagte der Mann hinter mir knapp. Er drückte mir die Pistole in die Seite. »Bitte gehen Sie weiter.«

Ich blickte nach rechts und links, so gut ich es konnte, ohne meinen Kopf zu bewegen. Die Sonne war untergegangen, aber auf den Straßen wimmelte es immer noch von Fußgängern, und an der Ecke 6th Avenue parkte ein Streifenwagen auf der anderen Seite der Kreuzung. Es war die beste Fluchtgelegenheit, die ich bekommen würde. Aber mir fiel eine Redensart ein, die ich einmal gehört hatte: Der Feind meines Feindes ist mein Freund.

Ich atmete tief ein und blieb dicht hinter dem Mann vor mir, als er sich zwischen zwei geparkten Autos hindurchzwängte und die Beifahrertür des Lieferwagens öffnete. Er kippte den Sitz nach vorn, zog sich hoch und duckte sich unter einem Vorhang, der die Ladefläche von der Fahrerkabine trennte. Ich kämpfte meine Angst nieder und folgte ihm.

Eine Hand fasste meinen Arm und führte mich. Hinter dem Vorhang brannte nur ein schwächliches rotes Licht, so dass es einen Moment dauerte, bis meine Augen sich an das Halbdunkel gewöhnt hatten. Der Laderaum war geteilt, der hintere Bereich nicht einsehbar. Der Raum, in dem ich stand, war etwa sechs Quadratmeter groß. Auf einer Seite waren drei Kapitänsstühle vor einem Tresen im Boden montiert, an der Wand darüber Regale mit elektronischen Geräten. Auf dem mittleren Stuhl saß ein Mann mit kahl rasiertem Kopf, den ich auf Anfang fünfzig schätzte. Er trug ein Hemd mit offenem Button-down-Kragen und hochgekrempelten Ärmeln und eine Khaki-Hose. In dem roten Licht sah er gespenstisch aus.

»Setzen Sie sich«, sagte er und wies auf den Stuhl zu seiner Rechten.

Er sprach mit dem gleichen Akzent wie der Mann, der immer noch meinen Arm hielt. Die Beifahrertür hinter dem Vorhang wurde zugeschlagen und der Motor angelassen. Mit einem Mal erschien mir die Vorstellung, in dem Lieferwagen zu sitzen, viel schlimmer als eben auf dem Bürgersteig.

»Ich wüsste gern erst, mit wem ich spreche.«

»Shimon«, sagte der Kahlkopf und zeigte auf sich. Er wies auf den Mann, der neben mir stand. »Und Ari.«

»Sie sind Israelis«, sagte ich, als ich dank der Namen den Akzent endlich erkannte. »Das verstehe ich nicht. Was machen Sie hier?«

Ohne Vorwarnung setzte sich das Fahrzeug in Bewegung, und wenn Ari mich nicht aufgefangen hätte, wäre ich hingefallen.

»Setzen Sie sich«, wiederholte Shimon. »Wir werden reden. Es täte mir sehr leid, wenn Sie sich wehtun würden. Ein gemeinsamer Freund von uns beiden hat immer voller Hochachtung von Ihnen gesprochen.«

»Welcher gemeinsame Freund?«

»Ein Freund, der traurigerweise nicht mehr unter uns ist. Sie kennen ihn unter dem Namen Rashid al-Shaabi.«

Ari musste mir helfen, mich auf einen der Kapitänsstühle zu setzen und einen Gurt anzulegen, weil die plötzliche Bewegung und meine Überraschung mich unbeholfen gemacht hatten. Shimon berührte einen Knopf auf einer Konsole über dem Tresen, das rote Licht erlosch, und eine blasse Neonröhre flammte auf. Es war besser als vorher, aber die gesamte Situation wirkte immer noch surreal.

»Rashid war Agent der israelischen Regierung?«

»Über diese Dinge reden wir nicht«, antwortete Shimon ernst. »Aber ich kann Ihnen sagen, dass er ein israelischer Staatsbürger war. Der Gerichtsmediziner hat seinen Leichnam eben an meine Regierung freigegeben. In seinem Testament war festgelegt, dass er in Jerusalem begraben werden möchte.«

»Auf dem Har HaZeitim«, fügte Ari leise hinzu, »dem Berg der Oliven.«

»Ich habe gehört, dass das Außenministerium eingeschaltet war«, sagte ich, perplex über das Ausmaß von Rashids Täuschung. Er war ein Vertrauter beinahe jedes einflussreichen arabischen Führers in den letzten dreißig Jahren gewesen. »Die Leute von der OPEC müssen total ausrasten.«

»Sie haben sein Büro in Wien demontiert«, schnaubte Ari verächtlich. »Und ein Team saudischer Sicherheitsbeamter hat versucht, seine Sekretärin zu entführen.«

»Helga?« Helga war eine alte Freundin. »Geht es ihr gut?«

»Kein Grund zur Sorge«, versicherte Shimon, beugte sich vor und tätschelte mein Knie. »Irgendjemand hat der österreichischen Polizei einen Tipp gegeben.«

»Kaum zu glauben. Rashid schien der OPEC immer mit ganzer Seele verpflichtet.«

»Rashid war der Idee moderater Preisgestaltung und Förderung verpflichtet«, meinte Shimon achselzuckend. »Politische Ziele, die Produzenten wie Konsumenten gleichermaßen nutzen. Das sollten gerade Sie verstehen.«

»Bis es zu Engpässen kommt«, sagte ich und dachte an die saudischen Produktionsdaten, die Rashid nicht mehr mit mir hatte erörtern können. »Dann kämpft jeder für sich, und jeder Tropfen wird versteigert oder nach politischen Erwägungen zugeteilt.«

»Stimmt.«

Ich wollte ihn fragen, was Rashid von den Daten der Saudis gehalten hatte, aber die Schießerei vor dem Motel beschäftigte mich noch mehr. Es konnte nur einen Grund geben, warum Shimon und seine Leute dort aufgetaucht waren.

»Sie waren bei dem Motel, weil Sie Smith gefolgt sind. Sie haben seine Männer getötet, um Rashids Tod zu rächen.«

Shimon blinzelte mich an. Ich spürte einen Hauch seiner vorherigen Bedrohlichkeit wieder aufflackern, und noch etwas anderes, das ich nicht benennen konnte.

»Mohler ist zu dem Hotel gefahren, um Sie zu treffen. Warum?«

»Ich kannte ihn kaum«, sagte ich und begriff, warum Ari mich mit vorgehaltener Waffe gepackt hatte. Rashid war in meiner Gegenwart gestorben, und man hatte mich bei einem geheimen Treffen mit dem Mann beobachtet, der mit seinen Mördern in Verbindung stand. Shimon wollte sich vergewissern, dass ich nicht heimlich mit Mohler und Smith unter einer Decke steckte. »Ich bin in Mohlers Computernetzwerk eingedrungen und habe entdeckt, dass er Finanzbetrügereien begeht. Ich habe vorgegeben, ihn zu erpressen, weil ich herausfinden wollte, für wen er arbeitet. Der einzige Name, den er mir genannt hat, war der von Smith. Ich erzähle Ihnen gern alles, aber zuerst muss ich wissen: Für wen hat Smith gearbeitet?«

Shimon sah Ari mit ausdrucksloser Miene an, aber das reichte, um das unbestimmte Gefühl von vorhin zu identifizieren. Verwirrung. Shimon hatte keine Ahnung, wovon ich redete.

»Der Mann mit der Narbe«, erklärte ich. »Er hat den Namen Smith benutzt.« Meine Worte schienen in ein Vakuum zu fallen. Ich blickte von einem zum anderen. »Sie wissen doch, von wem ich rede, oder?«

»Wir hatten ihn vor dem heutigen Tag nie gesehen.« Er wies auf die elektronischen Geräte über seinem Kopf. »Sie hatten Glück, dass wir den Funkverkehr in der Gegend abgehört und mitbekommen haben, wie er mit seinen Leuten redete. Und dass wir immer auf alles vorbereitet sind.«

Nun war ich ebenso durcheinander. Was hatten die Israelis bei dem Motel gemacht, wenn sie nicht auf der Jagd nach Rashids Mördern gewesen waren? Die Fakten in meinem Kopf wurden durcheinandergewirbelt und ordneten sich zu einer unerwarteten Antwort neu.

»Mohler. Sie waren bei dem Motel, weil Sie Mohler beschattet haben. Warum interessieren Sie sich für ihn?«

»Mir wäre es lieber, wenn Sie uns dieselbe Frage beantworten würden«, sagte Shimon knapp. »Warum sind Sie in Mohlers Computernetzwerk eingedrungen? Und wie kommen Sie darauf, dass Smith etwas mit dem Mord an Rashid zu tun hat?«

Wir wussten jeder etwas, was der andere nicht wusste. Ungeachtet seiner bisherigen Höflichkeit würde ich wetten, dass Shimon kein guter Teamplayer war und auch keine Skrupel haben würde, mir alle Informationen abzuquetschen und mich dann auszubooten.

»Legen wir erst die Bedingungen fest. Ich erzähle Ihnen, was ich weiß, und Sie erzählen mir, was Sie wissen.«

Ari zog eine Waffe. Shimon sah mich eine Weile schweigend an. Ich war mir fast sicher, dass er verhandeln würde, aber wenn man in die Mündung einer Waffe blickt, lässt sich die eigene Unsicherheit schlecht kaschieren. Ich hoffte, dass ich ruhiger wirkte, als ich mich fühlte.

»Nein«, sagte Shimon schließlich zu Ari und winkte ab. »Ich akzeptiere Marks Vorschlag. Die Lage ist kompliziert, und wir kommen der Sache am ehesten auf den Grund, wenn wir unsere Informationen zusammenführen.« Wieder tätschelte er mein Knie. »Ich glaube nicht, dass Mark uns verraten würde. Rashid hat ihm vertraut. Und er weiß schließlich, was für Menschen wir sind.«

Es kam mir vor, als würde ich das Ganze zum zigsten Mal erzählen, was immerhin den Vorteil hatte, dass ich die Fäden meiner Geschichte mittlerweile so gut im Griff hatte, dass ich mich kurz fassen konnte. Ich spann zwei miteinander verwobene Erzählstränge: Petronuevo, Muñoz und Kyle auf der einen Seite und die Daten der Saudis und Rashid auf der anderen. Weder Shimon noch Ari machten sich Notizen, weshalb ich annahm, dass unser Gespräch aufgezeichnet wurde.

»Es gibt zwei verbindende Elemente zwischen den Ereignissen von vor sieben Jahren und dem, was zurzeit geschieht: erstens Theresa Roxas. Sie war Muñoz' Freundin und hat mir die Informationen der Saudis übergeben. Und zweitens Smith. Er hat Mohler angewiesen, Petronuevo zu gründen, und er war in dem Hotel, als Rashid ermordet wurde. Wenn wir herausbekommen, für wen die beiden arbeiten, wissen wir, wer hinter der ganzen Sache steckt.«

Shimon schwankte gedankenverloren auf seinem Stuhl hin und her. Der Lieferwagen hatte zum Glück mittlerweile irgendwo geparkt, die Bewegung in dem fensterlosen Raum hatte mich regelrecht seekrank gemacht.

»Und das Motiv für den Mord an Rashid?«

»Vielleicht wusste er etwas über die Petronuevo-Transaktion, oder er wollte mir etwas über die Daten der Saudis sagen.«

Shimon kratzte sich seufzend am Kopf. »Oder beides. Mir sagt der Name Petronuevo nichts, aber Rashid könnte ihn durchaus gekannt haben. Ich kann Ihnen verraten, dass er der Ansicht war, die Daten der Saudis seien eine clevere Fälschung, zusammengebastelt aus Fragmenten echter Informationen. Laut unserer eigenen Schätzung wird die Förderquote der Felder je nach wirtschaftlichem Gesamtklima erst in fünfzehn bis fünfundzwanzig Jahren sinken.«

»Was uns trotzdem nicht mehr viel Zeit für den Übergang lässt«, sagte ich.

»Wir haben unsere Erkenntnisse mit unserer und anderen Regierungen geteilt«, sagte er leicht verbittert. »Bedauerlicherweise hat man uns nicht geglaubt, weil wir unsere Quelle nicht offenlegen konnten. Die Leute misstrauen unseren Motiven – jeder weiß, dass wir uns ein stärkeres amerikanisches Engagement in der Region wünschen.«

Ich begriff das Dilemma. Es war eine schwierige Situation mit möglicherweise dramatischen Konsequenzen für die Weltwirtschaft, aber ich hatte im Augenblick nicht die Zeit, länger darüber nachzudenken.

»Ich habe meinen Teil der Vereinbarung erfüllt. Jetzt erzählen Sie mir, warum Sie Mohler beschattet haben.«

Shimon kniff die Augen zusammen und schaltete wieder auf bedrohlich. »Ich muss Sie warnen –«

»Wenn ich das Maul über irgendwas aufmache, was Sie mir erzählen, werden Sie es mir stopfen. Kapiert.«

»Wenn das so weit klar ist«, sagte er und erlaubte sich ein grimmiges Lächeln. »Die Organisation, für die ich arbeite, pflegt enge Verbindungen zu einer ähnlichen Organisation in Deutschland. Vor ein paar Tagen bekam ein Kollege von mir Besuch von unseren deutschen Freunden, von einem Mann, den ich Hans nennen werde. Hans erzählte uns, dass seine Leute kürzlich einen Exstasi-Schurken gefasst haben, der wegen Mordes gesucht wurde. Dieser Exstasi-Agent schlug einen Deal vor – seine Freiheit gegen Informationen über die Leute, die tatsächlich verantwortlich für den Anschlag auf Nord Stream sind.«

»Es waren nicht die Ukrainer?«, fragte ich, zu erschöpft, um wirklich schockiert zu sein.

»Nein. Es war ein Trupp ehemaliger ostdeutscher Elitesoldaten, deren aktueller Aufenthaltsort unbekannt ist. Der verhaftete Stasi-Offizier hatte Ausrüstung von ihnen gekauft. Bodenluftraketen aus Pakistan. Unsere deutschen Freunde konnten den Kauf der Raketen bestätigen und das Geld zu seinem Ursprung zurückverfolgen.«

»Lassen Sie mich raten.« Ich spürte, dass ein weiteres Teil des Puzzles sich fügte. »Die Spur führte zu Ganesa und Mohler.«

»Genau. Wir hatten ihn gerade erst unter Observation gestellt.«

Ich schloss kurz die Augen, sah die Karteikarten vor mir, die Kate an die Wand unseres Hotels geklebt hatte, und spürte eine kalte Befriedigung. Ich hatte mit meiner Vermutung Recht behalten: Alles hing mit allem zusammen. Ganesa zu Nord Stream war die letzte Verbindung. Doch es gab nach wie vor eine Reihe von Details, die ich nicht begriff.

»Warum Sie?«, fragte ich. »Warum haben die Deutschen nicht mit dem FBI zusammengearbeitet oder die Sache selber weiterverfolgt?«

»Unsere deutschen Freunde sind noch nicht bereit, Ihre Regierung einzuschalten – oder was das betrifft, auch ihre eigene. Es gibt komplizierte politische Rücksichtnahmen. Es war zweckmäßiger, uns die Sache zuzuschustern. Wir sind diskret, wir haben die Kapazitäten vor Ort und genießen, was unsere Methoden betrifft, außergewöhnliche Handlungsfreiheit.«

Ihre Methoden hatte ich mit eigenen Augen gesehen, und die politische Rücksichtnahme konnte ich mir gut vorstellen. Deutschland brauchte Russland für seine Energieversorgung – das war der ganze Sinn und Zweck der Nord-Stream-Pipeline. Die Politiker, die ihren Kopf dafür hinhielten, würden nur widerwillig zugeben, dass die Russen der Ukraine Unrecht getan hatten, und noch viel widerwilliger, dass die wahren Schuldigen aus ihrem eigenen Land kamen. Ich knetete meinen Nacken und versuchte, mich zu konzentrieren.

»Es gibt also zwei Möglichkeiten. Entweder es war wirklich ein terroristischer Anschlag, durchgeführt aus bisher unbekannten Motiven, oder –«

»Es war eine Provokation«, unterbrach Shimon mich, »um den Franzosen und den Russen einen Vorwand zu liefern, einen Schlag gegen die Ukraine zu führen. Wir tendieren zu der Ansicht, dass es eine Provokation war.«

»Warum?«

»Wegen einer Handvoll Kleinigkeiten. Besonders auffällig finden wir, dass die Franzosen und Russen so viele Dokumente sicherstellen konnten, die die Ukrainer belasten. Bei allem, was wir von den Deutschen wissen, und der Tatsache, dass sich keins der gefundenen Dokumente unabhängig verifizieren lässt, scheint es naheliegend, dass die Beweise gefälscht wurden. Und da man überzeugende Fälschungen sorgfältig vorbereiten muss ...«

»Muss die ganze Operation von langer Hand geplant gewesen sein.«

»Zu demselben Schluss sind Hans und seine Leute auch gekommen. Das ist ein weiterer Grund, warum sie äußerst vorsichtig zu Werke gehen.«

Das klang auf verschiedenen Ebenen durchaus logisch, aber ich hatte einen gewichtigen Einwand.

»Wenn der Anschlag eine Provokation war, hat Russland eine seiner modernsten Pipelines beschädigt und eine Reihe eigener Führungspersönlichkeiten ermordet, nur um einen Vorwand für einen Schlag gegen die Ukraine zu haben. Das kann ich mir nicht vorstellen. Ein so großes Ärgernis sind die Ukrainer auch wieder nicht.«

»Es sei denn, die Russen wussten nicht, dass es eine Provokation war«, schlug Ari vor.

Es dauerte einen Moment, bis mir die Implikation seiner Andeutung dämmerte.

»Sie glauben, die Franzosen würden so etwas allein durchziehen?«, fragte ich ungläubig.

Shimon zuckte die Achseln. »Es wäre doch möglich. Sie neigen dazu, hin und wieder die Beherrschung zu verlieren. Erinnern Sie sich an die *Rainbow Warrior*?«

Und ob. Die *Rainbow Warrior* war ein Greenpeace-Schiff gewesen, das Mitte der achtziger Jahre gegen die französischen Atomtests im Pazifik protestiert hatte. Mitterrand persönlich hatte eine Geheimoperation genehmigt, das Schiff in Auckland,

Neuseeland, in die Luft zu sprengen, weil ihm die Kritik missfiel. Die Kiwis – und fast alle anderen auch – waren nicht amüsiert gewesen.

»Helfen Sie meinem Gedächtnis auf die Sprünge: Wer hat bei dem Einsatz damals noch mal die Drecksarbeit erledigt?«

»Die Aktionsdivision der DGSE, des französischen Auslandsnachrichtendienstes. Zwei seiner Mitarbeiter wurden von der neuseeländischen Polizei verhaftet. Vielleicht hat sie diese Erfahrung gelehrt, mit Mittelsmännern zu arbeiten.«

Der DGSE. Dieselben Leute, die versucht hatten, das Euronews-Video von dem Anschlag zu unterdrücken. Die Nazis vom französischen Auslandsgeheimdienst, wie Gavin sie bei unserem Telefonat genannt hatte. Ich wollte gerade fragen, welches Interesse die Franzosen daran hatten, die Ukraine anzugreifen, als mir meine letzte Unterhaltung mit Rashid plötzlich wieder einfiel.

»Rashid hat mir erzählt, dass der französische Außenminister bei einem Besuch in Riad für die Idee einer Koalition geworben hat, die Amerikas Sicherheitsrolle übernehmen könnte.«

»Aus ihrer Sicht ist es ein durchaus eleganter Plan«, sagte Shimon halb bewundernd. »Sie haben zwei Fliegen mit einer Klappe geschlagen. Die Russen stehen wegen der Unterstützung bei dem Militärschlag in Frankreichs Schuld, was sich in der Bevorzugung französischer Firmen bei der Vergabe von Aufträgen durch die russische Ölindustrie niederschlagen wird. Und gleichzeitig konnten sie ihre militärische Kompetenz demonstrieren und so ihr Gebot untermauern, die Vereinigten Staaten im Nahen Osten zu ersetzen.«

»Frankreich ist eines der Länder, dem Sie Ihre Analyse der saudischen Ölfelder mitgeteilt haben?«

»Richtig. Offenbar hat man ihr mehr Glauben geschenkt, als offiziell zugegeben, und jetzt macht man ein Angebot, um sich für den Fall unvermeidlicher Engpässe zu positionieren.«

In meinem Kopf drehte sich alles. Ich schloss die Augen und

versuchte, mir Kates Karteikarten zu vergegenwärtigen. Irgendetwas stimmte immer noch nicht.

»Noch mal einen Schritt zurück. Mohler hat den Nord-Stream-Anschlag finanziert. Wenn die Annahme, dass der Anschlag von den Franzosen gesponsert wurde, zutrifft, müsste Mohler also für sie arbeiten.«

Shimon nickte.

»Aber Theresa Roxas hat mir die falschen Daten der Saudis gegeben, und der am nächsten liegende Grund, diese Informationen zu verbreiten, ist das Ziel, Senator Simpson zu unserem nächsten Präsidenten zu machen. Simpson plädiert jedoch für eine stärkere US-amerikanische Präsenz im Nahen Osten, was den französischen Interessen diametral entgegensteht.«

»Vielleicht haben Mohler und Roxas für unterschiedliche Parteien gearbeitet«, schlug Ari verunsichert vor.

»Unwahrscheinlich, da beide in den Mord an diesem Muñoz verwickelt waren, Roxas als seine Freundin und Mohler als Agent von Petronuevo. Das wirft allerdings die Frage auf, warum sie unterschiedliche Interessen verfolgen.«

Ich öffnete die Augen. Shimon und Ari wirkten beide beunruhigt.

»Es gibt einen Knoten, den wir noch nicht gelöst haben«, dachte ich laut. »Wir müssen immer noch herausfinden, für wen Smith und Roxas wirklich gearbeitet haben. Für Senator Simpson, für die Franzosen oder für eine dritte Partei.«

»Meine Leute können nach Roxas suchen«, bot Shimon an, »aber unsere Ressourcen in diesem Land sind begrenzt. Sie haben wir nur gefunden, weil Sie Ihr Hotelzimmer mit einer Kreditkarte bezahlt haben. Wenn Roxas nicht einen ähnlichen Fehler macht, könnte es schwierig werden.«

Meine Kreditkarte. Mist. So musste auch Smith meinen Aufenthaltsort ermittelt haben. Ich kam mir vor wie ein Idiot. Ich betrachtete das Loch in meiner Hose. Die Polizei war mittlerweile vermutlich überdrüssig geworden, in der Lobby unseres

Hauses auf mich zu warten. Wenn Wayland ebenfalls meine Unterlagen überprüft hatte, würden seine Leute in dem Hotel auf mich warten, und ich musste immer noch mein Hemd loswerden und meine Hände abschrubben.

»Sparen Sie sich die Mühe«, sagte ich und versuchte, alle anderen Komplikationen für den Moment zu verdrängen. »Roxas ist nicht ihr echter Name, und die Polizei hat bereits Interpol eingeschaltet. Ich habe eine bessere Idee – oder genauer gesagt, zwei. Erstens Mohlers Offshore-Konten. Ich kenne die Banken und Kontonummern. Wenn Sie die Konten zu ihren Besitzern zurückverfolgen können, wissen wir sehr viel mehr über die Operation.«

»In welchem Land sind die Konten?«, fragte Ari.

»Cayman Islands.«

»Das sollte machbar sein.«

»Super. Und zweitens hat Mohler mir erzählt, dass er Ärger mit der Börsenaufsicht hatte, bis irgendjemand dafür gesorgt hat, dass seine Probleme sich in Luft aufgelöst haben. Ich wüsste gern, wer sein Anwalt war.«

Shimon rieb sich nachdenklich das Kinn. »Denn irgendwer muss den Anwalt bezahlt haben.«

»Richtig. Das Problem ist nur, dass Mohler damals davongekommen ist, was bedeutet, dass die Akten geschlossen wurden. Haben Sie irgendwelche Beziehungen zur Börsenaufsicht?«

»Nicht direkt«, sagte Shimon zögernd. »Wir haben Freunde in der Lokalpolitik, die uns vielleicht helfen könnten, aber ich greife nur ungern auf Amateure zurück. Sie werden leicht nervös, und nervöse Menschen quatschen. Wir ziehen es vor, jede Aufmerksamkeit zu vermeiden.«

Ich verkniff mir die Bemerkung, dass das Erschießen von Menschen mit Maschinenpistolen auf Parkplätzen keine gute Methode war, möglichst unauffällig zu bleiben.

»Ich kenne jemanden, der vielleicht helfen kann«, bot ich an, als mir wieder einfiel, dass Walter mich sprechen wollte. Walter hatte überall Einfluss. Es musste einen Weg geben, ihn zu überzeugen, diesen Einfluss für mich geltend zu machen. »Jemanden, der nicht so leicht nervös wird und nicht quatscht. Ich kann ihn sofort treffen, aber ich habe ein paar kleinere Probleme, um die ich mich zuerst kümmern muss.«

»Zum Beispiel?«

»Die Polizei sucht mich. Vielleicht wartet sie schon im Hotel auf mich. Ich muss mich umziehen und waschen, bevor sie mich finden. Und ich muss mit meiner Frau sprechen«, fügte ich hinzu, als mir klar wurde, wie besorgt Claire sein musste.

»Entspannen Sie sich«, sagte Shimon lächelnd und tätschelte erneut mein Knie. »Probleme zu lösen ist unsere Stärke.«

41

Wir fuhren von der Lower West Side, wo wir geparkt hatten, zum Times Square. Ari stieg aus, um ein paar Einkäufe zu erledigen, während Shimon mich auf einer nicht zu verfolgenden Leitung mit Claire verband.

»Hier ist Mark«, sagte ich, als sie antwortete. »Es ist alles in Ordnung. Tut mir leid, dass ich mich nicht gemeldet habe.«

»Gott sei Dank«, erwiderte sie hörbar mitgenommen. »Ich habe mir solche Sorgen gemacht. Wo bist du?«

»Nicht übers Telefon.« Shimon hatte deutlich gemacht, dass nicht zu verfolgen nicht gleichbedeutend war mit abhörsicher. An Claires Ende könnte jemand mithören. »Tut mir leid.«

»Die Polizei war eben hier«, sagte sie und senkte die Stimme. »Ein leitender Beamter namens Wayland hat sich Zutritt zu der Suite verschafft. Er hat die Karteikarten an der Wand gesehen und Fotos gemacht. Ich konnte ihn nicht aufhalten.«

Ich war schon zu weit gekommen, um mir noch Sorgen um die Polizei zu machen.

»Hat er dir irgendwelche Fragen gestellt?«

»Einen ganzen Haufen. Ich habe mich geweigert, sie zu beantworten, und ihm erklärt, er solle verdammt noch mal verschwinden.«

»Gut. Und?«

»Er wurde unhöflich, ist aber gegangen. Er hat ein paar Männer bei Ken und Dan in der Halle postiert.«

Ken und Dan waren Joes Neffe und sein Partner. Weitere Leute in der Halle waren gut, weil sie Claire und Kate zusätzlich Schutz boten.

»Verstanden. Tut mir ehrlich leid, dass ich meine Pläne so plötzlich ändern musste, aber ich glaube, es ist besser, wenn du mit Kate bis auf Weiteres bleibst, wo du bist. Ich schätze, bei mir könnte es heute Abend spät werden. Ich muss erst noch etwas erledigen und dann beim One Police Plaza vorbeischauen, um deren Fragen zu beantworten.«

»Etwas erledigen?«

Mir war klar, wie neugierig sie sein musste, aber ich durfte kein Risiko eingehen.

»Ich mache Fortschritte, Claire. Das ist alles, was ich dir sagen kann.«

»Und du bist sicher, dass es dir gut geht?«

»Absolut.«

»Das ist alles, was ich wissen muss«, sagte sie mit fester Stimme. »Ich liebe dich. Sei vorsichtig.«

»Das bin ich. Und ich liebe dich auch.«

42

Ich hörte den Lieferwagen hinter mir losfahren, als ich die Treppe zu Walters Haus hinaufstieg. Shimon wollte, dass ich ein verstecktes Mikro am Körper trug, vorgeblich zur Sicherheit für den Fall eines Unglücks, aber wahrscheinlicher, damit er in Echtzeit mithören konnte, was ich in Erfahrung brachte. Ich hatte mich geweigert, zum einen, weil ich mir keine Sorgen machte, und zum anderen, weil ich immer noch dachte, dass er mich vielleicht ausbooten würde. Es erschien mir eine bessere Idee, meine Karten zurückzuhalten. Als Kompromiss sollte Ari das Haus von der gegenüberliegenden Straßenseite aus im Blick behalten.

Walters Haus bestand aus zwei identischen, hundert Jahre alten Reihenhäusern aus Sandstein, die zu einem verbunden worden waren, während die historischen Fassaden unverändert geblieben waren. Ich war erst ein Mal dort gewesen, und das war fast zehn Jahre her. Die Inneneinrichtung war komplett Ralph Lauren und wirkte wie ein englischer Club, nur ohne die schlecht zueinander passenden Parkettböden und den Geruch von gekochtem Kohl. Für New Yorker Verhältnisse war die Straße ruhig, von Bäumen und niedrigen Häusern gesäumt, trotzdem konnte ich die Klingel nicht hören. Ich drückte noch einmal, ein kalter Wind ließ meine Ohren schmerzen. Die Temperatur war wieder gesunken.

Die Haushälterin erkannte meinen Namen, wirkte jedoch widerwillig, mich einzulassen, was ich ihr nicht verdenken konnte. In der Trainingshose und dem kragenlosen Strickhemd, die Ari für mich gekauft hatte, sah ich aus wie ein alternder Rapper. Erst als ich anbot, ihr meinen Führerschein zu zeigen, gab sie nach. Sie nahm mir den Mantel ab und führte mich in das Arbeitszimmer im Erdgeschoss. Während ich ihr folgte, fragte ich mich, warum Walter angerufen hatte und wie er mich empfangen würde. Seine Meinung war mir im Augenblick scheißegal, aber ich brauchte seine Hilfe.

Das Arbeitszimmer war leer, und die Haushälterin zündete ein vorbereitetes Kaminfeuer an, ehe sie mich allein warten ließ. Der Raum war mit Kastanienholz getäfelt und mit einem zu prall gepolsterten Ledersofa und passenden Sesseln möbliert.

Ich wärmte mich vor dem aufflackernden Feuer und betrachtete das Gemälde über dem Kaminsims. Es stellte einen Jagdhund mit einem toten Vogel im Maul dar und war wahrscheinlich eine ganze Stange mehr wert als die fünfzig Dollar, die ich auf einem Flohmarkt dafür gegeben hätte. Ich drehte mich um, als ich jemanden an der Tür hörte.

»Mark«, sagte Walter und betrat den Raum. Er trug einen grauen Anzug und eine dunkelblaue Krawatte und sah müde aus. »Danke, dass du gekommen bist.«

»Selbstverständlich.« Seine Höflichkeit war ein gutes Zeichen. Ich wies auf meine Kleidung. »Kleiner Garderoben-Defekt. Tut mir leid, wenn ich das Niveau senke.«

Er schürzte die Lippen, verkniff sich jedoch eine Bemerkung. »Drink?«

Ich wollte gerade ablehnen, als ich merkte, wie dringend ich irgendwas brauchte – meine Nerven waren völlig ausgefranst.

»Scotch, wenn du einen dahast.«

Ein Brett der Vertäfelung klappte lautlos nach unten und gab den Blick auf eine beleuchtete Bar dahinter frei.

»Johnnie Blue? On the rocks?«

»Gerne.«

Er goss uns beiden ein Glas ein. Ich setzte mich auf die Ledercouch, er wählte den Sessel neben mir.

»Prost.«

Wir stießen an und tranken. Das Ritual hatte etwas Gezwungenes, und ich spürte, dass er Zeit schinden wollte. Das sah ihm gar nicht ähnlich. Normalerweise glaubte Walter an Frontalangriffe.

»Zunächst möchte ich mich entschuldigen«, sagte er. »Es war falsch, dass ich in der vergangenen Woche dir gegenüber so ausgerastet bin. Es tut mir leid, wenn ich dir persönlich oder beruflich Kummer bereitet habe.«

»Du warst aufgewühlt«, erwiderte ich, bemüht, meine Überraschung zu überspielen. Ich hatte noch nie gehört, dass Walter sich bei irgendjemandem entschuldigte. »Das ist absolut verständlich.«

»Es ist nett, dass du das sagst, aber das war es nicht. Wenn ich irgendetwas tun kann, um es wiedergutzumachen, jetzt oder später, ein Wort genügt.«

Die Neugier über seinen Sinneswandel musste hinter dieser Gelegenheit zurückstehen, die mir der Himmel geschickt hatte.

»Das ist wirklich freundlich. Ich bin heute Abend unter anderem deshalb hergekommen, um dich um einen Gefallen zu bitten.«

»Was für einen Gefallen?«, fragte er, und ein Hauch seines üblichen Argwohns blitzte in seinen Augen auf.

»Es geht um einen Mann namens Karl Mohler, der irgendwann Mitte der Neunziger bei Dean Witter gearbeitet hat. Die Börsenaufsicht hat wegen Verletzung der Treuepflicht gegen ihn ermittelt, ihn dann aber laufen lassen. Ich möchte wissen, wer sein Anwalt war.«

Walter wirkte auf einmal hellwach. »Warum?«

»Das kann ich dir nicht sagen. Das ist ein weiterer Teil des Gefallens. Und der letzte ist, dass ich es sofort wissen muss. Bitte.«

Er starrte mich lange an. Als ich mir gerade sicher war, dass er ablehnen würde, nahm er das Telefon von dem Beistelltisch rechts neben ihm und wählte. Irgendetwas Seltsames war auf jeden Fall im Gange, aber solange es zu meinen Gunsten wirkte, war ich nicht geneigt, Fragen zu stellen.

»Susan«, sagte er ins Telefon. »Verbinden Sie mich mit Pete Ricken.« Er sah auf seine Uhr und ich auf meine. Es war halb sieben. »Keine Ahnung. Versuchen Sie es zuerst in seinem Büro. Wenn er nicht antwortet, bei ihm zu Hause und danach auf seinem Handy. Ich bleibe dran.«

Wir nippten eine Minute schweigend an unserem Scotch. Pete Ricken war der Leiter der Börsenaufsicht.

»Pete«, sagte Walter plötzlich knapp, »danke, dass Sie meinen Anruf entgegennehmen. Ich hoffe, Sie können mir helfen ... Genau. Ihre Leute haben vor Jahren gegen einen Mann namens Karl Mohler ermittelt. Er hat damals bei Dean Witter gearbeitet. Ich wüsste gern, wer ihn vertreten hat ... Nein. Ihre Leute haben ihm damals einen Persilschein ausgestellt ... Wenn die Information öffentlich zugänglich wäre, würde ich Sie nicht anrufen, oder?« Es entstand eine längere Pause, und als Walter schließlich antwortete, klang jede Silbe wie ein Felsbrocken, der von einer Metallstange abprallte. »Nur, damit es keine Missverständnisse zwischen uns gibt, Pete. Wenn Sie mir helfen, helfe ich Ihnen. Wenn nicht, wird die gesamte Finanzwelt Ihre Position über den Zusammenschluss Ihrer Behörde mit der Federal Reserve überdenken. Haben Sie mich verstanden?«

Es war Walters klassische harte Tour, in diesem speziellen Fall besonders wirksam, weil Ricken und seine Leute so verwundbar waren. Jeder in der Finanzwelt wusste schon seit Jahren, dass die Börsenaufsicht beklagenswert inkompetent war, eine Tatsache, die dem Kongress und der breiten Öffentlichkeit erst in der Folge des jüngsten Kollaps der Märkte bewusst geworden war. Ricken und die Karrierebürokraten, die für ihn arbeiteten, waren hinter den Kulissen in eine erbitterte Schlacht verwickelt, um zu verhindern, dass sie zu einem ungeliebten Mündel der Federal Reserve degradiert wurden. Bisher hatten die Hedgefonds-Manager Ricken unterstützt, weil sie sich unreguliert wohler fühlten. Ein Meinungsumschwung ihrerseits könnte den Ausschlag geben. Allerdings war ich mehr als nur ein bisschen überrascht, dass Walter bereit war, für mich solchen Druck auszuüben. Welcher Zauber da auch immer wirkte, er wirkte weiter kräftig zu meinen Gunsten.

»Mohler«, wiederholte Walter freundlicher. »M-O-H-L-E-R.« Er sah mich fragend an, und ich nickte. »Genau ... Natürlich ... Dabei bin ich Ihnen mit Vergnügen behilflich ... gern geschehen.« Seine Stimme wurde wieder härter. »Und, Pete, ich hätte die Information gern noch heute Abend. In einer Stunde. Sie haben meine Nummer.«

Er legte schnaubend auf. »Seine Frau will ins Kuratorium des Kennedy Center. Warte, bis er herausfindet, dass die Mindestspende für Kuratoriumsmitglieder bei einer halben Million im Jahr liegt.«

Ich lachte. »Danke.«

»Nicht der Rede wert.«

Er nahm sein Glas und lies die Eiswürfel kreisen. Wieder hatte ich stärker noch als eben das Gefühl, dass er etwas auf dem Herzen hatte und nicht wusste, wie er es ansprechen sollte. Dieses für ihn untypische Zögern gab mir Gelegenheit, selbst ein paar Fragen loszuwerden.

»Ich habe gehört, du warst übers Wochenende in Washington. Hast du irgendwas Interessantes erfahren?«

Er nahm einen Schluck von seinem Drink und nickte. »Die Daten der Saudis kommen von der CIA und wurden vor ein paar Monaten im Geheimdienstausschuss des Senats verteilt. Die Analyse der CIA kam zu ähnlichen Ergebnissen wie du, aber man hat die Daten als nicht verifizierbar heruntergespielt.«

»Und warum hat Simpson sie trotzdem benutzt?«

»Das habe ich ihn gefragt. Ihn und Clifford White, im Büro des Senators. Ihre Antwort lautete, dass es keine Rolle spiele, ob wir noch fünf, zwanzig oder fünfzig Jahre haben. Energiesicherheit sei eine Angelegenheit von nationaler Dringlichkeit, ein Problem, um das man sich kümmern müsse.«

»Haben sie zugegeben, dass sie die Daten haben durchsickern lassen?«

»Nein. Und sie haben auch geleugnet, diese Theresa Roxas zu kennen oder eine private Beziehung zu Alex gepflegt zu haben.«

»Glaubst du ihnen?«

»Ich glaube, Clifford White ware in der Lage, dir auf einer Cocktail-Party Cognac auf die Hose zu kippen und dich in Brand zu stecken, während er dir gleichzeitig tief in die Augen guckt und versucht, dir weiszumachen, dass du vom Blitz getroffen worden wärst. Der Senator ist schwerer zu durchschauen. Soll ich uns noch mal nachschenken?«

»Für mich nicht, danke.«

Er stand auf, um sich selbst einen weiteren Scotch einzugießen. Ich blickte wieder auf die Uhr und fragte mich, wann Ricken zurückrufen und wie lange Walter brauchen würde, um endlich damit herauszurücken, was ihn beschäftigte.

»Alex hat mir einen Brief geschickt.«

Ich riss den Kopf zur Seite, um ihn anzusehen, doch er hatte mir den Rücken zugewandt.

»Wann?«

»Der Poststempel war von Mittwoch. Der Brief ist am Freitag zugestellt worden, aber ich habe ihn erst Samstagmittag gelesen.«

Alex war am frühen Mittwochmorgen gestorben.

»Was stand drin?«

»Eine Reihe von Dingen.« Walter drehte sich wieder um, und ich sah den Schmerz in seinen Augen. »Unter anderem ging es um Torino.«

Torino war der Fonds, den Alex direkt nach der Uni gegründet hatte. Ich schwieg, um Walter Zeit zu lassen.

»Alex hat mir geschrieben, dass er ein paar Insider-Geschäfte gemacht hat. Zunächst unabsichtlich. Einer seiner Investoren gab ihm einen Tipp. Alex kaufte die Aktien und machte Geld. Es passierte wieder. Beim dritten Mal wusste er, dass irgendetwas Illegales dahinterstecken musste, aber er verlor in anderen Positionen und brauchte den Profit.«

»Das tut mir leid«, sagte ich und meinte es auch so. »Das muss eine schwere Last für ihn gewesen sein.«

Walter sah mich forschend an. »Er hat es dir nie erzählt?«

»Nein. Bei unserem letzten Treffen hat er erwähnt, dass er mit Torino Fehler gemacht hätte, aber ich wusste nicht, was genau er damit meinte.«

»Dann wusstest du also auch nicht, dass er erpresst wurde?«

Erpresst? Scheiße. Das erklärte auch, warum er so aufgewühlt war, als wir einen Drink zusammen genommen hatten, und vielleicht sogar, warum er geglaubt hatte, seinem Leben ein Ende setzen zu müssen. Mir kam ein weiterer Gedanke, und ich fühlte mich mit einem Mal ganz matt.

»Hat er deswegen gelogen und behauptet, Theresa Roxas zu kennen?«

Walter nickte. »Ich habe hier eine Liste der Investoren von Torino.« Er zog mehrere gefaltete Blätter aus der Jackentasche. »Die mir unbekannten Namen habe ich mit gelbem Textmarker unterstrichen. Du hast doch damals viel Zeit mit Alex verbracht. Ich dachte, vielleicht weißt du mehr.«

Plötzlich begriff ich, dass auch Walter auf der Jagd war, er suchte den Menschen, der seinen Sohn in den Selbstmord getrieben hatte. Mit frischer Wut stand ich auf und nahm die Bögen entgegen. Ich ahnte bereits, was ich finden würde. Es war der dritte Name auf der zweiten Seite. Mit zitternden Fingern zeigte ich ihn Walter.

»Ganesa Capital. Der Name des Geschäftsführers ist Karl Mohler.«

Walter war perplex.

»Wie …«, setzte er an. Im selben Moment klingelte das Telefon. Wir starrten beide darauf.

»Geh ran«, sagte ich leise. »Mohler ist ein Nobody. Der Anwalt ist das Bindeglied zu den Hintermännern.«

Er nahm den Hörer von der Gabel.

»Walter Coleman … Gut … Gut … Das mache ich. Vielen Dank.«

Er legte auf und sah mich mit blutrünstigem Blick an. »Struan, Ogilvy und Cohn. Eine Washingtoner Kanzlei.«

»Wir brauchen eine Liste sämtlicher Partner und Mandanten.«

»Brauchen wir nicht«, sagte Walter. »Ich weiß jetzt Bescheid. Es ist die Kanzlei, in der Clifford White früher gearbeitet hat.«

43

Das One Police Plaza im Süden Manhattans ist ein schmuckloser Backsteinkasten, der aussieht wie ein überdimensionierter Legostein, den irgendjemand zwischen die Brooklyn Bridge und Chinatown gesteckt hat. Nachdem ich mich ausgewiesen hatte, fischten zwei Beamte in Zivil mich aus der Schlange vor der Sicherheitsschleuse, steckten meine Hände in braune Papiertüten und führten mich in ein Untersuchungszimmer im Keller. Es war spät, die langen, ausgetretenen Flure waren fast menschenleer. Ein Kriminaltechniker in einem grünen OP-Kittel untersuchte mich auf Schmauchspuren, tupfte über meine Daumen und saugte mein Hemd ab. Ich kooperierte gleichgültig und unbesorgt: Ari hatte mir eine Spezialpaste gegeben, mit der ich meine Hände gewaschen hatte, und das Hemd, das ich am Nachmittag getragen hatte, war längst entsorgt. Ich dachte über mein Gespräch mit Walter und meine nächsten Schritte nach. Shimon und ich hatten auf der Fahrt nach Manhattan darüber diskutiert: White verfügte nicht über die Mittel, eine Operation wie Mohlers zu finanzieren, was bedeutete, dass er entweder bloß ein weiteres Glied in der Kette war oder Zugriff auf einen geheimen Fonds hatte. Wir mussten ihn zum Reden bringen, obwohl wir seine Verbindung zu Mohler nicht durch konkrete Beweise, sondern lediglich durch Indizien belegen konnten, was es schwierig machte, ihm mit öffentlicher Bloßstellung zu drohen. Und gegen meinen Vorschlag, uns den Mann einfach zu schnappen und so lange einzuschüchtern, bis er uns vor lauter Angst die Wahrheit sagte, hatte Shimon Einwände geäußert. White hatte mächtige politische Freunde, und die Israelis konnten nicht die Konsequenzen riskieren, die drohten, wenn er sich anschließend beschwerte.

Der Kriminaltechniker beendete seine Untersuchung, ohne mir einmal in die Augen gesehen zu haben. Einer der beiden Polizisten, die mich in der Lobby abgeholt hatten, telefonierte kurz, bevor er und sein Partner mich zum Aufzug führten und in den vierzehnten Stock begleiteten. Dort erwartete uns Lieutenant Wayland in einem frisch gebügelten weißen Hemd und einer blauen Paradeuniform, entließ die beiden Kollegen in Zivil und führte mich zum Büro von Detective Chief Ellison.

»Lassen Sie mich erklären, was hier los ist«, sagte er voller Befriedigung. »Ich habe Fotos von der Collage gemacht, die Sie an Ihre Hotelwand geklebt haben. Wir kriegen Sie und Detective Kinnard wegen Falschaussage gegenüber der Polizei sowie der kriminellen Verschwörung zur Unterdrückung von Beweismitteln dran. Und Belko kriegen wir jede Wette auch noch. Kinnard fliegt, er und Belko verlieren ihren Pensionsanspruch, und Sie können es vergessen, je wieder in der Wertpapierbranche zu arbeiten, denn wir reden hier von einer Straftat. Und das ist erst der Anfang.«

Ich hielt den Mund und sparte meine Kraft für Ellison. Schweigen war offenbar nicht die Antwort, die Wayland sich erhofft hatte. Er drehte sich abrupt um, so dass sein Gesicht nur noch Zentimeter von meinem entfernt war. Wir waren allein in dem von dunklen Büros gesäumten Flur.

»Sie und Ihre Kumpel erwartet das reine Grauen«, zischte er. »Ihre einzige Chance ist, alles zu gestehen und auf Milde zu hoffen. Habe ich mich klar ausgedrückt?«

Das hatte er, aber er irrte. Die letzten vier Stunden hatten mir Optionen verschafft, von denen er nichts ahnte.

»Diese Entscheidung wird Ihr Chef treffen«, sagte ich und drängte mich an ihm vorbei.

Ich dachte, er würde mich womöglich von hinten packen und gegen die Wand knallen, aber die neuen Bullen vom Schlage Waylands beschränkten sich offenbar auf verbale Einschüchterung. Mit hochrotem Kopf und aufeinandergebissenen Zähnen überholte er mich wieder.

Ellisons Büro lag am Ende des Flurs. Der Chief telefonierte, so dass Wayland und ich in dem Vorraum mit einem unbesetzten Sekretärinnenschreibtisch, einer langen Reihe von Aktenschränken und einem Blick auf den Hudson Platz nahmen. Die Stühle waren aus Plastik. Wayland zappelte nervös herum, ließ die Schultern rollen und die Fingerknöchel knacken, als könne er es kaum erwarten, auf mich loszugehen. Schließlich blinkte an dem Telefon der Sekretärin ein Licht, und Wayland sprang auf.

»Nach Ihnen«, knurrte er.

Das Hauptbüro war groß und dunkel, die einzige Lichtquelle eine Schreibtischlampe mit grünem Schirm. Der Chief saß mit hochgekrempelten Hemdsärmeln und gelockerter Krawatte an seinem Schreibtisch, vor sich eine Flasche Jack Daniel's, daneben ein halbvolles Glas. Er nahm eine Aktenmappe und schob sie mir zu. »Lesen Sie sich das durch und unterschreiben Sie.«

»Was soll ich lesen und unterschreiben?«, fragte ich und nahm die Mappe vom Tisch.

»Die offiziellen Aussagen von Detective Kinnard und dem Detective im Ruhestand Belko über gewisse Dinge, die sich heute im LaGuardia Motor Court ereignet haben. Mit Ihrer Unterschrift bestätigen Sie Ihr Einverständnis mit der Schilderung der beiden.«

Wayland schnappte sich die Mappe, bevor ich sie aufklappen konnte.

»Das ist verkehrt, Chief. Wallace muss erst eine eigene Aussage machen.«

»Und Sie halten verdammt noch mal die Klappe, Lieutenant«, brüllte Ellison und stützte sich auf seine Fingerknöchel, als er sich halb von seinem Stuhl erhob. »Tun Sie zur Abwechslung mal etwas Nützliches und holen Sie Kinnard.«

Wayland wirkte perplex. Ich war weniger überrascht, weil ich eine Ahnung davon hatte, mit wem Ellison telefoniert haben könnte. Wayland überließ mir die Mappe widerstandslos, und ich überflog die Aussagen, während der Lieutenant sich davonschlich. Reggie und Joe hatten ausgesagt, was sie vorher vereinbart hatten. Ohne zu fragen, nahm ich einen Stift vom Schreibtisch des Chiefs und unterzeichnete die kurze Erklärung unter beiden Aussagen, die bestätigte, dass beide nach meinem besten Wissen der Wahrheit entsprachen. Als ich wieder aufblickte, goss sich Ellison gerade einen frischen Drink ein. Mir bot er keinen an, und ich fragte auch nicht. Eine Minute später kam Reggie ins Zimmer, gefolgt von einem mürrischen Wayland.

»Geht es Joe gut?«, fragte ich leise.

»Er liegt im Krankenhaus und ruht sich aus«, antwortete Reggie, »aber er kommt wieder auf die Beine.«

»Das reicht«, polterte Ellison und sah Reggie an. Ich hatte das Gefühl, dass er sich gewaltig anstrengte, nicht wieder zu explodieren. »Als wir beide noch Anfänger im 41. Revier waren, hat Sergeant Wyszinski uns drei Regeln beigebracht, wie man im Department zurechtkommt. Wissen Sie sie noch, Ire?«

»Tu, was man dir sagt, quatsch nicht mit Zivilisten und bescheiß deine Vorgesetzten nicht.«

Ellison kippte einen Schluck Whiskey und wischte sich mit dem Handrücken den Mund ab.

»Im vorliegenden Fall haben Sie alle drei Regeln gebrochen. Und sosehr es mich ärgert, das zu sagen – weil ich es abgrundtief hasse, verscheißert zu werden –, werden Sie damit durchkommen. Ich werde die Bullshit-Geschichte glauben, die Sie und Ihr Expartner mir aufgetischt haben, und ich werde mir überlegen, wie man sie am besten so drehen kann, dass alle Beteiligten mit einem Heiligenschein aus der Sache rauskommen. Sie suchen weiter Ihre Vermissten, Belko geht wieder angeln und Mr Wallace macht, was immer er verdammt noch mal treibt, wenn seine Freunde nicht gerade ermordet werden. Aber nur, wenn Sie alle schwören, dass Sie jetzt und für immer die Klappe halten werden.« Er wies mit seinem wurstigen Zeigefinger auf Reggie. »Okay?«

Reggie nickte vorsichtig. Wayland hinter ihm sah aus, als könnte er jeden Moment in Flammen aufgehen. Der Chief wandte sich an mich.

»Zu Ihnen. Der Bürgermeister hat mir gesagt, dass er Ihretwegen heute Abend innerhalb einer Stunde vier Anrufe erhalten hat. Einen von einem prominenten New Yorker Geschäftsmann, einen von unserem geschätzten Gouverneur, einen von einem Senator unseres Staates und einen von einem ›einflussreichen ausländischen Botschafter‹. Die letzte Kategorie macht mich ein wenig neugierig. Ich hab in meinem Leben schon viele Typen gesehen, die von allen möglichen Leuten aus den unterschiedlichsten Klemmen rausgehauen wurden, aber noch nie von einem ›einflussreichen ausländischen Botschafter‹.«

Ich zuckte die Achseln. Walter und Shimon waren wie versprochen beide für mich aktiv gewesen. Ellison sah mich einen Moment wütend an, als wollte er eine weitergehende Erklärung verlangen, aber ich schwieg, und er beließ es dabei.

»Leben heißt lernen, nehme ich an. Sie haben nicht vor, irgendwann ein Buch über die ganze Sache zu schreiben, oder, Mr Wallace?«

»Nein.«

»Oder als Gast bei Larry King Live aufzutreten?«

»Nein.«

»Oder wenn sie hundert Jahre alt sind, in einen Brunnen im tiefsten Wald zu flüstern?«

»Nein.«

»Gut. Denn der Bürgermeister und ich haben diese Möglichkeit erörtert und waren uns im Hinblick auf gewisse Eventualitäten völlig einig. Wenn ich also auch nur ein Sterbenswörtchen höre, und sei es als Echo aus dem Brunnen im tiefsten Wald …« Er schüttelte den Kopf und bedeutete mir mit einem Lächeln, wie viel Vergnügen es ihm bereiten würde, mich für jeden möglichen Verstoß gegen diese Verschwiegenheitsvereinbarung zu bestrafen.

»Das werden Sie nicht.«

»Also gut.« Ellison hob sein Glas und schlug damit ein Kreuz in Reggies Richtung. »Gehen Sie mit Gott, Ire, und nehmen Sie diesen Unheilsbringer mit. Reden Sie mit Belko und sorgen Sie dafür, dass er mit an Bord ist. Und seien Sie gewiss: Wenn Sie mir irgendwann auch nur den geringsten Grund bieten – den kleinsten beschissenen Vorwand –, werde ich Sie zerquetschen wie ein Insekt. In diesem Department ist kein Platz für einen Detective, der aus der Reihe tanzt. Kapiert?«

»Kapiert.«

Der Chief kippte den Rest von seinem Whiskey hinunter und sah Wayland an.

»Lieutenant«, sagte er, »stehen Sie nicht einfach bloß rum. Öffnen Sie die Tür.«

Reggie und ich sagten nichts, bis wir das Gebäude verlassen hatten. Draußen zog er seine Zigaretten aus der Tasche und bot mir eine an.

»Danke, aber eine in zwanzig Jahren ist mein Limit.«

»Das war doch nett«, sagte er und wies mit dem Kopf auf den Kasten in unserem Rücken, während er seine Zigarette anzündete. »Ich hab lange nicht mehr gesehen, dass Ellison dermaßen lang gemacht worden ist.«

»Seine Beziehungen spielen zu lassen, kann auch auf einen zurückschlagen. Machen Sie sich Sorgen wegen einer möglichen Vergeltung?«

»Nein. Es ist ein offenes Geheimnis, dass der Chief bei der letzten Gesundheitsuntersuchung wegen seiner schwachen Pumpe durchgefallen ist. Bei der Abschlussfeier für den nächsten Jahrgang der Polizeiakademie bekommt er einen zeremoniellen Abschied. Sechs Monate schaffe ich es, sauber zu bleiben.« Er knöpfte seinen Mantel zu. »Kommen Sie. Mein Wagen steht in der Madison Avenue. Wir kaufen eine Flasche Jameson und besuchen Joe im Krankenhaus. Dann können Sie uns beiden erzählen, wie Sie das mit dem Bürgermeister gedeichselt haben. Das wird ihm garantiert Freude machen.«

Shimons Lieferwagen parkte auf der anderen Straßenseite. Ich warf einen kurzen Blick in die Richtung und sah wieder Reggie an.

»Tut mir leid«, sagte ich. »Ich kann nicht.«

Er sah mich fragend an. »Müssen Sie nach Hause? Ich kann Sie auch im Hotel absetzen, und wir reden auf der Fahrt.«

»Nein«, sagte ich. »Es ist vorbei.«

Er zog an seiner Zigarette und starrte mich an. »Endgültig vorbei? Oder vorbei für uns beide?«

»Vorbei für uns beide.«

»Sie haben mir versprochen, mich auf dem Laufenden zu halten«, sagte er leise. »Ich weiß nicht, wo Sie in den vergangenen paar Stunden waren und mit wem Sie gesprochen haben, aber wenn Sie jetzt irgendwas Verrücktes tun wollen, müssen Sie vorher mit mir reden.«

»Ich wünschte, ich könnte«, erwiderte ich mit einem schlechten Gewissen, weil ich ihn nicht ins Vertrauen ziehen durfte. »Ich bin Ihnen dankbarer, als ich es je mit Worten sagen könnte, aber wir haben es mit einer veränderten Situation zu tun.«

»Sie haben mir Ihr Wort gegeben.«

»Und ich werde es halten, wenn Sie darauf bestehen. Aber ich habe jetzt mit Angelegenheiten zu tun, mit denen Sie nichts zu tun haben dürfen. Sie müssen mir glauben, dass ich dabei nur Ihr Wohl im Auge habe, Reggie. Ich möchte Sie nicht kompromittieren.«

Ich musste erneut zu dem Lieferwagen gesehen haben, denn Reggie drehte sich um und folgte meinem Blick. Zehn Sekunden vertickten. Er steckte seine Zigarette in den Mund und schlug den Mantelkragen hoch.

»Ich hab in der Zeitung was über Rashid gelesen«, sagte er. »Eine Art israelischer Spion, was?«

»Glaub schon.«

»Das sagt mir einiges über die Typen, die heute Nachmittag unseren Arsch gerettet haben, und über die Identität des ›einflussreichen ausländischen Botschafters‹, der um Ihretwillen den Bürgermeister angerufen hat, richtig?«

Ich zuckte die Achseln und hoffte, dass er mich nicht weiter bedrängen würde. Ich konnte Reggie und Shimon unmöglich zusammenbringen, ohne dass es unvorhersehbare und möglicherweise katastrophale Konsequenzen haben würde. Die beiden arbeiteten nach komplett unterschiedlichen Kodizes.

»Und wie können Sie sicher sein, dass Sie nicht als Sündenbock vorgesehen sind, wenn die ganze Chose abkackt?«

»Ich weiß jetzt schon zu viel.«

»Na toll. Dann versenkt man Sie halt im Fluss.«

»Das denke ich nicht.«

»Na, vielleicht denken Sie ja nicht ganz klar.«

Ich fasste seinen Hemdsärmel und rüttelte ihn sanft.

»Es ist, wie es ist«, sagte ich. »Und so muss ich es machen. Ich erzähle Ihnen, so viel ich kann, wenn ich es kann. Aber jetzt müssen Sie gehen.«

Er schürzte die Lippen und seufzte schwer. »Haben Sie mit Claire gesprochen?«

»Noch nicht. Aber ich werde ihr heute Abend kurz alles erklären, bevor ich einen weiteren Schritt unternehme.«

»Hören Sie gut auf sie«, sagte er und blickte erneut zu dem Lieferwagen. »Sie ist eine kluge Frau.« Er streckte die Hand aus. »Und vergessen Sie nicht, dass ich da bin, falls Sie Verstärkung brauchen.«

»Danke«, sagte ich und ergriff seine Hand. »Ich weiß das wirklich zu schätzen.«

»Viel Glück.« Er löste seinen Händedruck und boxte mir locker gegen die Schulter. »Rufen Sie mich an, wenn Sie das erledigt haben. Dann gehen wir ein Bier trinken.«

44

Walter stand auf, um die Haustür zu öffnen, und ließ mich in seinem Arbeitszimmer allein. Ich saß auf einem der Clubsessel und starrte in die verglimmende Glut im Kamin. Walter hatte dem Personal für den Tag frei gegeben. Ich hörte Stimmen aus der Halle. Wenig später betrat Clifford White den Raum, gefolgt von Walter. White trug einen dunkelblauen Anzug und eine rote Krawatte; sein dünnes Haar war windzerzaust. Als er mich sah, zog er eine Braue hoch und presste die Lippen zusammen. Ich konnte die Verachtung, mit der mich sein Anblick erfüllte, geradezu körperlich spüren.

»Mir war nicht klar, dass Mr Wallace an unserem Gespräch teilnehmen würde. Möchten Sie ihn stärker auf der politischen Ebene einbinden?«

»Das war wohl ein Missverständnis«, sagte Walter, schloss die Tür seines Arbeitszimmers und lehnte sich dagegen. »Oder genauer gesagt, eine bewusste Fehlinformation. In Wahrheit habe ich Ihnen nämlich gar nichts Wichtiges zur Wahlkampagne von Senator Simpson mitzuteilen. Aber Mark möchte gern etwas mit Ihnen besprechen.«

»Ich bin Manager eines Mannes, der sich um die Nominierung als republikanischer Präsidentschaftskandidat bewirbt«, beschwerte White sich und wandte dem Kamin den Rücken zu, um uns beide gleichzeitig im Blick zu haben. »Ich habe keine Zeit für irgendwelche Lappalien.«

»Ich denke, hierfür werden Sie Zeit haben. Mark?«

Ich zog ein einzelnes gefaltetes Blatt Papier aus der Innentasche meines Jacketts. Ich trug den schwarzen Anzug und die schwarze Krawatte, die ich zur Beerdigung meines Sohnes angehabt hatte. Ich entfaltete das Blatt und schob es White über den Couchtisch entgegen.

»Was ist das?«, wollte er wissen und tastete nach seiner Lesebrille.

»Die Fotokopie einer Unterschriftenprobe für ein Konto auf den Cayman Islands. Ich glaube, es ist Ihre Unterschrift, Mr White.«

Er warf einen flüchtigen Blick auf die Kopie. Sie war echt – Shimon und seine Leute hatten schnell gearbeitet.

»Und?«

»Das Geld auf diesem Konto kam von einer Firma namens Ganesa Capital. Hauptgeschäftsführer ist ein Mann namens Karl Mohler. Kennen Sie ihn?«

»Wieso sollte ich. Ich lasse meine finanziellen Angelegenheiten von Anlageberatern regeln.« White war gerissen, er gab sich keine erkennbare Blöße.

»Mohler hatte vor einigen Jahren Probleme mit der Börsenaufsicht. Ihre ehemalige Kanzlei Struan, Ogilvy und Cohn hat ihn vertreten. Vielleicht kennen Sie ihn daher.«

»Bedauerlicherweise nicht. Wir haben eine Menge Leute vertreten.« Er warf die Kopie auf den Couchtisch, nahm seine Lesebrille ab und sah Walter an. »Ich habe keine Ahnung, worauf Mr Wallace hinauswill, aber ich bin hier fertig. Ich habe keine Zeit für solchen Unsinn.«

Walter starrte ihn schweigend an.

»Mohler ist ein interessanter Typ«, fuhr ich fort. »Sein Unternehmen hat den Terroranschlag auf die Nord-Stream-Pipeline finanziert, seine Partner waren verantwortlich für den Mord an Rashid al-Shaabi, und eine Frau, mit der er in der Vergangenheit zusammengearbeitet hat, hat mir dieselben gefälschten Daten über Fördermengen und Reserven der Saudis zugespielt, mit denen Senator Simpson sich zum Präsidenten wählen lassen will.«

»Mr Wallace redet wirr«, erklärte White kühl. »Ich gehe jetzt. Bitte machen Sie die Tür frei, Walter.«

Es war die Reaktion, die ich erwartet hatte. Es juckte mich, Walter das Zeichen zu geben zu tun, was White verlangte, aber die Abmachung, die ich mit mir selbst gemacht hatte, sah vor, dass ich zunächst alles versuchen würde, um White friedlich zur

Kooperation zu überreden, bevor ich den Dingen ihren Lauf ließ.

»Manches davon kann ich beweisen, manches nicht«, gab ich zu. »Aber ich weiß mit Sicherheit, dass Sie bis aufs Engste mit Mohler verstrickt waren. Und Sie sollten auch wissen, dass Mr al-Shaabis Freunde – seine wahren Freunde – das genauso sehen. Sie sind sehr aufgebracht und zu einer heftigen Reaktion aufgelegt. Ich bin der Einzige, der Ihnen jetzt noch helfen kann, und ich bin nur bereit, Ihnen zu helfen, wenn Sie Ihre Schuld bekennen und in allen Einzelheiten gestehen.«

White geruhte, den Kopf mit einem höhnischen Grinsen auf den Lippen in meine Richtung zu wenden. »Ich bin ehemaliger stellvertretender Kabinettssekretär. Ich habe keine Angst vor einer Bande jüdischer Schurken, die zwei und zwei zusammengezählt haben und mit Ihrer Hilfe auf siebzehn gekommen sind.« Er blickte wieder zu Walter. »Machen Sie den Weg frei, oder Sie werden von der Polizei hören.«

Walter sah mich an.

»Mr White«, sagte ich trotz meiner Abscheu und nur eingedenk meines festen Vorsatzes leise. »Ich fühle mich moralisch verpflichtet, Ihnen dringend zu raten, Ihre Meinung zu überdenken.«

»Tatsächlich«, parodierte er meinen Tonfall. »Und ich fühle mich verpflichtet, Ihnen dringend zu sagen, dass Sie mich am Arsch lecken können.«

Ich zuckte die Schultern, und Walter machte einen Schritt zur Seite. White riss die Tür auf. Direkt davor stand Ari und versperrte ihm den Weg. White machte überrascht einen Schritt zurück und sah Walter an.

»Was …«, setzte er an.

Ari gab ihm einen leichten Klaps gegen den Hals. White taumelte, fasste sich an die Stelle und sah dann das Blut auf seinem Zeigefinger.

»Wer zum Teufel ist das?«, krächzte er und klang dabei nach

wie vor eher wütend als ängstlich. »Und was hat er verdammt noch mal gerade gemacht?«

»Ich bin ein Freund und Kollege von Rashid al-Shaabi«, erklärte Ari und trat ins Zimmer, »einem Mann, bei dessen Tod ich geweint habe.« Er stieß die Tür mit dem Ellbogen zu, öffnete seine Hand und zeigte White eine Minispritze. »Sie wurden gerade vergiftet, Mr White. Und wenn Sie nicht in Kürze ein Gegenmittel erhalten, sind Sie in einer Viertelstunde genauso tot wie mein betrauerter Freund.«

White blickte verächtlich von Ari zu Walter zu mir. Er richtete sich gerade auf, strich seine Kleidung glatt und stürzte zur Tür. Ari erwischte ihn am Arm, wirbelte ihn herum, als wäre er ein kleines Kind, und schob ihn sanft zurück in den Raum. Mit aufgerissenen Augen wich White in Richtung Kamin zurück.

»Sie lügen. Das ist ein Trick. Sie würden es nicht wagen, mich zu vergiften.«

»Falsch«, sagte ich. »Ich habe Sie gewarnt. Ari, bitte sagen Sie Mr White, was ihn genau erwartet.«

»Das Gift ist ein Neurotoxin«, erläuterte Ari ruhig. »Es wirkt zunächst an den Extremitäten und strahlt dann nach innen aus. Zunächst kribbeln Ihre Hände und Füße, als wären sie eingeschlafen. Ihre Gliedmaßen zittern und werden schwächer. Irgendwann erreicht das Gift Ihre Brust.« Er malte mit dem Finger Kreise um seinen Körper, die spiralförmig enger wurden. »Ihr Zwerchfell setzt aus, so dass Sie das Gefühl haben, zu ersticken. Ihr Herz rast bei dem Versuch, mehr Sauerstoff ins Gehirn zu pumpen, aber die Lähmung breitet sich weiter aus, bis Ihr Herz stehen bleibt. Von dem Moment, in dem die Atmung aussetzt, haben Sie noch vier bis fünf Minuten zu leben. Vier oder fünf äußerst qualvolle Minuten.«

»Bullshit«, brüllte White, und Spuckefetzen flogen von seinem Mund. »Das würden Sie nicht wagen.«

»Wir verwenden dieses spezielle Gift, weil es ohne eine sehr breit angelegte und teure toxikologische Untersuchung nicht nachzuweisen ist«, fuhr Ari fort. »Die meisten Ärzte vermuten einfach einen Herzinfarkt, vor allem bei einem Mann Ihres Alters.«

»Sie haben einen Schmerz im linken Arm erwähnt«, ging Walter emotionslos dazwischen. »Sie haben sich an die Brust gefasst, sind zusammengebrochen und haben über einen starken Druck im Brustkorb geklagt. Ich habe sofort den Notruf angerufen, aber der Rettungsarzt kam zu spät, um Ihnen noch helfen zu können.«

»Das würden Sie nicht wagen«, wiederholte White matt wie ein Mantra.

»Falsche Verbform«, korrigierte ich ihn, weil ich unbedingt wollte, dass er endlich anfing zu reden. »Das haben wir bereits getan. Sie vergeuden Zeit, Mr White, dabei haben Sie davon nicht mehr viel. Sie brauchen das Gegengift, wenn Sie keine bleibenden Schäden riskieren wollen. Sagen Sie uns die Wahrheit über Ihre Verbindung zu Mohler.«

White starrte uns wütend an. Sechzig Sekunden verstrichen. Er ballte die Fäuste und löste sie wieder, und ich sah, dass sein linkes Bein angefangen hatte zu zittern.

»Das Ganze war nicht meine Idee«, platzte er zornig heraus. »Narimanov hat sich das alles ausgedacht. Und jetzt geben Sie mir das Gegengift.«

Narimanov. Meine Welt wurde ein letztes Mal herumgewirbelt und richtete sich dann aus. Ich hatte Angst gehabt, dass ich die Wahrheit nicht begreifen würde, wenn ich sie hörte, aber Narimanovs Name löste sofort einen Widerhall aus. Er war in der Energiebranche, hatte politischen Einfluss und mehr als genug Geld, um die Aktivitäten zu finanzieren, die wir aufgedeckt hatten. Er hatte auch mich umworben und war mir – großer Gott – sogar so sympathisch gewesen, dass ich ernsthaft erwogen hatte, für ihn zu arbeiten. Ich fragte mich, was für ein Monster mit einem Mann lächeln und plaudern konnte, dessen Sohn er hatte umbringen lassen.

»Warum?«, wollte ich wissen.

»Narimanov ist ein Ex-KGB-Mann, genau wie Putin. Er wurde als Schläfer ausgebildet mit der Mission, die westliche Wirtschaft zu infiltrieren. In Russland ist jetzt alles unter Kontrolle von Ex-KGBlern, und sie hassen Amerika, weil wir ihnen ihr Reich genommen haben. Sie wollen es zurückhaben, und sie glauben, dass dies der passende Moment ist, Amerika bezahlen zu lassen. Ich habe Ihnen gesagt, was ich weiß. Geben Sie mir das Gegenmittel.«

White stützte sich, sichtlich unsicher auf den Beinen, auf den Kaminsims.

»Setzen Sie sich«, sagte ich und wies auf einen Stuhl. »Sparen Sie Ihre Kräfte. Sie kriegen das Gegenmittel erst, wenn Sie uns mehr Details geliefert haben. Warum wurden mir die gefälschten Daten der Saudis zugespielt? Und warum unterstützt man Simpsons Kandidatur für die Präsidentschaft?«

White gehorchte widerstandslos und ließ sich auf einen Stuhl fallen. Seine Beine zuckten unkontrolliert, und er wirkte jetzt völlig panisch.

»Bei den Russen ist nie etwas geradeheraus. Es ist wie diese blöde Schachvariante, die Narimanov spielt, nichts als Finten, Täuschungen und Überraschungsangriffe. Der Kreml versucht ein Monopol auf die weltweite Energieversorgung aufzubauen. Narimanov und andere russische Agenten kontrollieren sehr viel mehr Rohstoffreserven in Südamerika und Afrika, als irgendjemand ahnt. Sie haben überall Leute gekauft: Politiker, Unternehmer und Journalisten. Der Hauptpreis ist der Nahe Osten. Simpson sollte den Part übernehmen, die Spannungen anzufachen, bis die Golfstaaten so verstimmt über die Vereinigten Staaten sind, dass sie sich anderweitig nach einem Beschützer umschauen. Die Saudis, die Kuwaiter und der Rest der Welt würden Simpson jedoch nur ernst nehmen, wenn er eine Chance hat, die Wahl zu gewinnen. Sie sollten die Daten der Saudis veröffentlichen und den Standpunkt propagieren, dass eine Öl-

Knappheit unmittelbar bevorsteht. Walter und sein Club sollten die Finanzierung von Simpsons Kampagne übernehmen. Wir dachten, es würde reichen, wenn er als republikanischer Präsidentschaftskandidat nominiert wird. Er ist ein begabter Redner mit einer lupenrein konservativen Abstimmungsbilanz, und er ist nicht vollkommen blöd. Schwierig war nur, dafür zu sorgen, dass er seinen Schwanz in der Hose behält. Wie jeder verdammte Politiker ist er scharf auf alles, was einen Rock trägt.«

»Aber im richtigen Moment wollten Sie ihm dann den Boden unter den Füßen wegziehen«, sagte ich.

»Simpson ist vor sechs Jahren auf einer so genannten Dienstreise als Kongressabgeordneter in Thailand gewesen. Es gibt Bilder von ihm mit minderjährigen Mädchen. Zwei der Mädchen sind in Hongkong untergebracht und bereit, gegen ihn auszusagen. Und die Informationen der Saudis haben ein gefälschtes Wasserzeichen, mit denen sie zu einer radikalen Umweltorganisation zurückverfolgt werden können. Wenn Simpson seine Schuldigkeit getan hatte, sollten sowohl er als auch die vermeintlichen Daten der Saudis diskreditiert werden.« Schweiß rann über Whites Stirn in seine Augen. Er tastete nach dem Taschentuch in seiner Brusttasche, konnte es jedoch nicht fassen. »Geben Sie mir das Gegenmittel«, flehte er. »Ich kann meine Finger nicht mehr spüren.«

»Und Rashid wurde ermordet, weil er die Daten der Saudis zur Unzeit als Fälschung entlarvt hätte?«

White blickte ängstlich zu Ari und nickte. »Wir wussten nichts von Ihrer Beziehung zu ihm. Wir dachten, Sie würden sich zur Verifizierung auf die Informationen verlassen, die Narimanov Ihnen angeboten hatte. Als Narimanov den Mitschnitt Ihres Gesprächs mit Rashid hörte, entschied er, dass Rashid ausgeschaltet werden müsse.«

Ich hatte mich schon damit abgefunden, dass ich wahrscheinlich für Rashids Tod verantwortlich war, aber es bestätigt zu bekommen, erschütterte mich trotzdem.

»Aber Sie haben den Befehl gegeben«, vermutete Ari, »oder nicht? Sie waren Narimanovs Strohmann. Sie haben sämtliche Anweisungen gegeben. Niemand sonst wusste, dass er beteiligt war.«

»Ich musste es tun«, murmelte White und schaffte es, ein wenig beschämt zu klingen. »Ich hatte keine Wahl. Er hat mich schon seit Jahren am Haken.«

»Und jetzt haben wir Sie am Haken«, gab Ari grimmig zurück. »Wussten die Franzosen, dass die Ukrainer unschuldig waren?«

»Nein. Die Russen haben alles geplant. Narimanov hat darüber gelacht. Um die Franzosen zu manipulieren, musste man sie bloß ein bisschen ernst nehmen. Und die Russen wussten, dass Frankreich auch in Zukunft keine Probleme bereiten würde, weil die Russen die Gasversorgung des Landes kontrollieren.«

»Und Theresa Roxas' echter Name?«, fragte ich.

Er wendete den Kopf unkontrolliert und ruckartig in meine Richtung. »Doris Carabello. Sie arbeitet als Ingenieurin bei Pemex. Narimanov hat sie schon als Studentin engagiert und für die unterschiedlichsten Jobs eingesetzt. Bitte, ich flehe Sie an. Geben Sie mir das Gegenmittel. Ich kann meine Beine nicht mehr bewegen.«

Ich blickte zu Ari, der mir kurz zunickte, bevor ich wieder White ansah.

»Sie haben mir alles über die Gegenwart erzählt, aber noch nichts über die Vergangenheit. Sie müssen sich noch für den Tod meines Sohnes verantworten.«

White klappte den Mund auf und zu, ohne etwas zu sagen, und ließ den Kopf gegen die Stuhllehne sinken. Ein Schluchzen erschütterte seine Brust.

»Narimanov wollte, dass ich aufhöre, Erkundigungen über Petronuevo einzuholen«, half ich ihm auf die Sprünge. »Er entschied, meine Frau zu ermorden. Den Befehl haben Sie gegeben.

Meine Frau kam nicht, also haben sich Ihre Männer stattdessen meinen Sohn geschnappt. Richtig oder falsch?«

White nickte einmal, die Augen fest zusammengekniffen.

»Wem haben Sie den Befehl gegeben?«, fragte ich. »Wer hat meinen Jungen ermordet?«

»Anton Rastin«, flüsterte White. »Ein Tscheche mit amerikanischem Pass. Narimanov hat ihn aufgetrieben. Rastin arbeitet mit zwei ehemaligen Soldaten zusammen.«

»Anton Rastin«, wiederholte ich und strich mir mit dem Finger über mein Gesicht. »Er hat hier eine Narbe, richtig?«

White nickte kaum merklich. Sein Atem wurde zusehends mühsamer. »Sie sind gestern alle bei der Schießerei in dem Hotel ums Leben gekommen. Sie haben für ihre Taten bezahlt. Und jetzt geben Sie mir bitte das Gegenmittel.«

Ich blickte zu Walter. Seine Miene war steinern.

»Hast du noch irgendwelche Fragen?«

Er schüttelte den Kopf, und ich wandte mich wieder White zu. »Sie hatten am Anfang Recht: Wir haben gelogen.«

»Haben Sie nicht«, stöhnte White. »Ich bin vergiftet worden. Ich sterbe. Helfen Sie mir bitte. Ich flehe Sie an.«

»Sie haben Recht, Sie wurden vergiftet. Die Lüge betraf das Gegenmittel. Es gibt keins. Sie sterben, und daran kann niemand etwas ändern.«

White verzog entsetzt das Gesicht. Shimon und ich hatten stundenlang über diesen Punkt diskutiert. Die Israelis wollten sich nur auf die Sache einlassen, wenn ausgeschlossen war, dass White irgendjemandem erzählen konnte, was wir ihm angetan hatten, und die einzige Möglichkeit, sich dessen zu vergewissern, war, ihn umzubringen. Irgendwann hatte ich zugestimmt. Ich mühte mich nach Kräften, Reue zu empfinden. Schließlich war White immer noch ein Mensch. Aber vielleicht war ich mit den Jahren innerlich hart geworden, denn es fiel mir schwer, Mitgefühl aufzubringen.

»Er hat aufgehört zu atmen«, sagte Ari leise und wies mit dem

Kopf auf Whites Brust. »Vielleicht möchten Sie beide das Zimmer für ein paar Minuten verlassen. Es wird bestimmt nicht angenehm.«

Walter und ich wechselten einen Blick.

»Nein«, antwortete ich für uns beide. »Wir haben jeder einen Sohn verloren. Wir bleiben bis zum Ende dabei.«

NEUN MONATE SPÄTER

45

Ich stieß mit dem Knie die Fliegengittertür des alten Farmhauses aus Lehmziegeln auf und trug Claires und Kates Taschen auf den ungepflasterten Hof. Es war ein prächtiger warmer Morgen, und die Sonne stand strahlend am wolkenlosen Himmel. Jenseits der Mauer erstreckten sich endlose Reihen von Weinreben mit schweren dunkelvioletten Trauben.

Das Haus und die umliegenden fünfzig Morgen Land waren der schmale Rest einer alten kalifornischen Ranch, eine halbe Stunde nördlich von Nappa, die ein sparsames Einwandererehepaar gekauft hatte, bevor das Land zum Weinbaugebiet geworden war. Der Mann hatte das heruntergekommene Haus und die Außengebäude renoviert, während seine Frau den Gemüsegarten neu angelegt und Flieder, Bärentraube, Azaleen und andere blühende Bäume und Sträucher gepflanzt hatte, wo immer sie Wurzeln schlugen. Anfangs hatten die beiden auch Weizen, Hafer, Gerste und andere Früchte zum Verkauf angebaut, aber als der Wein-Boom im Laufe der Jahre an Schwung zunahm, hatten sie den größten Teil des Landes an einheimische Winzer verpachtet.

Es war ihr Enkel, der mir diese Geschichte erzählte und erklärte, warum die Familie verkaufen wollte. Die Großeltern waren beide gestorben, lange nachdem die folgenden Generationen vom Land in die Stadt gezogen waren. Er selbst hatte an der UCLA studiert und arbeitete für eine bekannte Risikofondsgesellschaft in der Sand Hill Road. Seine bescheidene Herkunft schien ihn zu gleichen Teilen stolz und verlegen zu machen. Die Familie wollte kein Geld mehr für den Unterhalt des Anwesens ausgeben, jedoch auch nicht mit ansehen müssen, wie das Haus verfiel. Das Ganze fühlte sich nicht an wie ein Verkaufsgespräch, sondern wie eine Eignungsprüfung, um sicherzugehen, dass der Besitz in gute Hände kam. Trotz unseres großstädtischen Hintergrunds bestanden Claire, Kate und ich irgendwie. Nach Abschluss des Kaufes fanden wir ein Begrüßungsgeschenk auf dem Küchentisch – ein Pflanztagebuch, in dem das alte Paar über fünfzig Jahre detailliert aufgelistet hatte, was auf ihrem Boden gediehen war und was nicht, randvoll mit Tipps und Ratschlägen für Garten und Acker. Claire war mittlerweile ziemlich gut darin, es zu übersetzen, wobei sie bei mundartlichen Begriffen, die in keinem Spanischwörterbuch zu finden waren, auf die Hilfe des alten Farmgehilfen angewiesen war, den wir mit dem Grundstück geerbt hatten.

Ich lud die Taschen in den Wagen und hörte, wie die Fliegengittertür wieder geöffnet wurde. Als ich mich umdrehte, sah ich Claire und Kate auf mich zukommen, beide in Jeans, T-Shirt und staubigen Schuhen. Kate trug ein silbernes Amulett um den Hals, ein Abschiedsgeschenk von Phil. Er hatte uns in San Francisco besucht, bevor er zu einem Auslandssemester in Wien aufgebrochen war. Er und Kate waren als Freunde auseinandergegangen und chatteten immer noch häufig online miteinander. Sie hatte ihm einen Kontakt zu Gabor vermittelt, ihrem Hacker-Freund aus der Nähe von Budapest. Phil und Gabor hatten ihr gemeinsames Interesse an elektronischer Musik entdeckt, und Kate hatte amüsiert erfahren, dass die beiden sich auf einem Open-Air-Festival in Prag treffen wollten. Ich war froh, dass ihre erste Beziehung für sie gut ausgegangen war, aber auch nicht besonders unglücklich darüber, dass die beiden getrennt worden waren, bevor das Ganze zu weit gehen konnte.

»Ich wünschte, du könntest heute Abend dabei sein«, sagte Claire und stellte sich auf die Zehenspitzen, um mir einen Kuss zu geben. »Das Ballett ist wirklich fantastisch.«

Das San Francisco Ballet eröffnete die neue Saison mit einer Freiluft-Vorstellung im Golden Gate Park, Choreografien von Balanchine. Claire gab ihr Debüt als neue Pianistin des Ensembles.

»Es tut mir wirklich leid«, sagte ich und drückte sie fest an mich. »Vielleicht komme ich noch rechtzeitig zum Finale. Wenn nicht, sehen wir uns auf jeden Fall auf der Party hinterher.«

Kate schnippte unvermittelt mit den Fingern und rannte zurück ins Haus.

»Was ist jetzt?«, fragte ich.

»Ihr Pulli«, vermutete Claire mit einem nachsichtigen Kopfschütteln. »Ich glaube, sie hat ihn über dem Küchenstuhl hängen lassen. Sie ist wirklich nervös.«

Am nächsten Tag war der offizielle Beginn von Kates erstem Semester an der University of California in Berkeley. Wir wollten in einem Hotel in der Stadt übernachten und am Morgen über die Bay Bridge fahren, um Kate bei ihrem Einzug in ihr Studentenwohnheim zu helfen. In der hinter uns liegenden Woche hatte sie unentwegt über ihre neue Mitbewohnerin spekuliert, nur unterbrochen von leidenschaftlichen Abschweifungen über die Frage, was sie anziehen wollte. Meine Meinung war nicht gefragt gewesen.

Claire strich mit dem Finger über meinen Mund.

»Du runzelst die Stirn«, sagte sie. »Du denkst an Kyle, stimmt's?«

»Es fällt mir schwer, nicht an ihn zu denken«, gab ich zu. »Ich frage mich, wo er studiert hätte und wie es gewesen wäre, ihn zu seinem ersten Tag an der Uni zu begleiten.«

Claire küsste mich noch einmal. »Ich weiß. Ich frage mich das auch.«

Es war irgendwie okay geworden, gemeinsam traurig zu sein, und paradoxerweise hatte das geteilte Leid die individuelle Verzweiflung vertrieben. Ich trauerte nach wie vor um meinen Sohn und sorgte mich um die Welt, die ich meiner Tochter hinterlassen würde, war aber gleichzeitig voller Zuversicht – was meine Ehe und andere Dinge betraf.

»Sorry«, rief Kate und ließ die Fliegengittertür zufallen, als sie aus dem Haus gerannt kam. Sie drückte mir einen Kuss auf die Wange und fasste Claires Hand. »Komm. Ich will auf jeden Fall genug Zeit haben.«

»Sie hat in ganz San Francisco herumtelefoniert und einen Laden gefunden, der die roten Sandalen verkauft, nach denen sie gesucht hat«, informierte Claire mich und verdrehte die Augen, während sie sich davonzerren ließ. »Im Mission District.«

»Schuhwerk ist wichtig«, sagte ich tadelnd. »Ich kann mich noch genau an die Schuhe erinnern, die ich an meinem ersten Tag auf der Uni getragen habe.«

»Tatsächlich?«, fragte Kate und blieb neugierig stehen. »Was für Schuhe waren es denn?«

Ich grinste sie an, und sie schlug sich mit der Hand an die Stirn.

»Okay«, murmelte sie. »Schon kapiert. Du bist gemein.«

»An meine Hose kann ich mich auch erinnern. Es war eine richtig coole Cordhose.«

»Gemein«, rief Kate und zerrte wieder an Claires Hand. »So gemein. Komm, wir gehen, Mom.«

Ich winkte und warf Kusshände, bis ihr Wagen außer Sichtweite war, und ging dann in die Scheune, um ein paar Werkzeuge zu holen. Ich baute an der Nordgrenze des Grundstücks einen Zaun und hob die Löcher für die Pfähle von Hand aus. Einer der Farmgehilfen hatte mir gezeigt, wie ich meinen Rücken dabei nicht ruinierte. Lassen Sie die Werkzeuge die Arbeit machen, hatte er mich ermahnt, und machen Sie langsam: *lentamente*. Es war schließlich kein Wettrennen. Und es fühlte sich gut an, in der Sonne zu arbeiten – den Boden mit einem spitzen Stab zu lockern und mit einem Lochspaten auszuheben.

Gegen eins legte ich eine Pause ein, machte mir in der Küche ein Sandwich und setzte mich zum Essen auf die Veranda vor dem Haus. Anschließend blieb ich zunächst unschlüssig sitzen, ehe ich mich auf den Stuhl stellte und mit den Händen nach oben griff. Im Dach der Veranda befand sich eine kleine Klappe zu einem Hohlraum zwischen Dachsparren und Balken. »*Para fumigación*«, hatte der Farmgehilfe achselzuckend erklärt, als ich danach gefragt hatte. »*Termitas.*« Ich drückte die Klappe auf und tastete nach dem verschließbaren Plastikbeutel, den ich vor einigen Wochen in der Kammer deponiert hatte. Ich zog ihn heraus und nahm wieder Platz. Der Beutel enthielt zwei Gegenstände: eine acht Jahre alte Weihnachtskarte mit einem Foto meiner Familie und eine Farbfotografie meines Sohnes, tot im Kofferraum von Mariano Gallegos' Wagen. Beides hatte die Polizei in einer Schublade in Anton Rastins Wohnung gefunden, zusammen mit Alex' Festplatte. Reggie hatte die Karte und das Foto aus der Asservatenkammer verschwinden lassen, nachdem alles protokolliert worden war.

Zuerst nahm ich die Karte aus dem Beutel und strich über das Foto meiner Familie. Dann klappte ich sie auf. Die Karte war an Alex adressiert, beigelegt ein kleines Briefchen von Claire, in dem sie Freunden und Verwandten in kurzen Worten das zurückliegende Jahr schilderte. Der Brief begann mit der Neuigkeit, dass sie eine Stelle als Aushilfspianistin beim City Ballet bekommen habe. Sie sei sehr aufgeregt, wieder aufzutreten, erklärte sie, auch wenn sie abends arbeiten müsse. Reggie hatte mich darüber informiert, dass man auf der Karte Alex' Fingerabdrücke gefunden hatte, wie zu erwarten gewesen war.

Ich legte die Karte beiseite und zog das Foto heraus. Kyle war in meinen Parka gewickelt und lag auf der Seite, so dass sein Gesicht nur halb zu erkennen war. Er sah aus, als würde er schlafen. Am unteren Rand konnte man das Markenzeichen des M5 und ein abgeschnittenes Diplomatenkennzeichen erkennen, in der oberen linken Ecke einen Laternenpfahl und ein Stück der Washington Bridge. Auch auf dem Foto hatte man Alex' Fingerabdrücke gefunden, was nicht zu erwarten gewesen war.

Reggie und ich hatten in seinem Wagen gesessen, als er mir die Karte und das Foto gezeigt hatte. Nachdem ich mich wieder gefasst hatte, hatten wir verschiedene Versionen der möglichen Ereignisse durchgespielt. Whites Männer – Anton Rastin und seine Kollegen – mussten gewusst haben, wo ich wohnte, wie meine Frau und meine Kinder aussahen und dass sie davon ausgehen konnten, dass Claire das Haus am frühen Abend verlassen würde. Eine Möglichkeit war, dass ihr Wissen nichts mit der Weihnachtskarte zu tun hatte und sie alles, was sie über uns wissen mussten, durch Beobachtung herausgefunden hatten. Eine andere, dass White erfahren hatte, wie nahe Alex und ich uns standen, und er Alex' Büro und Wohnung auf Informationen über mich hatte durchsuchen lassen. Und eine dritte, dass White über Rastin Druck auf Alex ausgeübt und Alex die Karte aus Angst davor herausgerückt hatte, dass Rastin seine Insider-Geschäfte an die Börsenaufsicht oder Alex' Vater verraten hätte.

Auf dem Foto von Kyle waren auch Doris Carabellos' Fingerabdrücke. Die beiden verschiedenen Sätze von Abdrücken – ihre und Alex' – ließen wieder eine Reihe unterschiedlicher Erklärungen zu. Narimanov wollte, dass Alex die Daten der Saudis mir gegenüber glaubwürdiger erscheinen ließ. White hatte wahrscheinlich Druck auf ihn ausgeübt, aber Alex' Vergehen lagen Jahre zurück, waren im Detail vielleicht nur noch schwer nachzuweisen und verjährt. Vielleicht hatte Doris ihm das Foto als Drohung gezeigt, um die Brutalität der Leute zu demonstrieren, die sie vertrat. Oder Alex hatte den Verdacht geschöpft, dass Doris etwas mit Kyles Tod zu tun gehabt hatte, und als Gegenleistung für seine Kooperation Informationen über Kyle verlangt. Er wusste, wie sehr meine Familie sich danach sehnte, endgültig Klarheit zu haben. Vielleicht hatte Doris ihm das Foto aber auch gezeigt, um ihn an seine Mittäterschaft bei der Ermordung meines Sohnes zu erinnern und ihm zu demonstrieren, wie sehr sie ihn in der Hand hatte. Einigermaßen gesichert schien nur, dass Alex von Schuldgefühlen getrieben die anonyme Mail an Reggie geschickt und zwei Tage später Selbstmord begangen hatte.

Ich spülte das benutzte Geschirr ab und zündete dann ein kleines Feuer im Wohnzimmerkamin an. Darin verbrannte ich nacheinander die Karte und das Foto und achtete darauf, dass beide zu Asche zerfielen. Clifford White war tot, Karl Mohler und Doris Carabello waren verschwunden, wahrscheinlich Opfer von Narimanovs gnadenloser Gründlichkeit. Alex' wahre Rolle bei der Ermordung von Kyle würde wahrscheinlich nie völlig geklärt werden, es sei denn, er hatte in seinem Brief an Walter mehr gestanden, als jener offenbart hatte. Rückblickend fragte ich mich unwillkürlich, ob das vielleicht die Ursache für Walters abrupten Sinneswandel mir gegenüber war. Walter war skrupellos bis ins Mark, aber selbst ihn hätte es schockiert zu erfahren, dass Alex' etwas mit der Ermordung meines Sohnes zu tun gehabt hatte.

Trotzdem würde ich nicht weiterbohren. Es wurde Zeit, nach vorn zu blicken. Der Alex, an den ich mich erinnern wollte, war der Freund, den ich gehabt hatte, bevor der Stolz und die Gier der Welt seines Vaters ihn zerstört hatten. Amy hatte die perfekten Worte für meine Gefühle gefunden, als ich erklärt hatte, dass Claire, Kate und ich nach Kalifornien ziehen würden. »Das ist gut«, hatte sie geflüstert und mich fest umarmt. »Lass die Toten ihre Toten begraben. Matthäus acht, achtundzwanzig.«

»Amen«, hatte ich gemurmelt. »Amen.«

Nachdem ich einen der Eckpfosten aufgestellt hatte, blickte ich auf und sah in der Ferne eine Spur aufgewirbelten Staubs, die sich in meine Richtung zog. Es war später Nachmittag, der Wind war aufgefrischt, aber es war immer noch heiß. Ich packte meine Werkzeuge weg, wischte mir den Schweiß von der Stirn und hockte mich wartend in den Schatten der Scheune. Ein paar Minuten später fuhr ein weißer Toyota Land Cruiser auf den Hof. Am Steuer saß Ari, neben ihm Shimon. Beide stiegen aus und sahen sich um, die Augen hinter dunklen Sonnenbrillen verborgen. Meine Muskeln wehrten sich, als ich aufstand.

»Woher kriegen Sie Ihr Wasser?«, fragte Shimon.

»Sind Sie ein Farmer?«

»Mehr als Sie«, gab er schnaubend zurück. »Ich bin in einem Kibbuz aufgewachsen.«

»Eine Meile östlich liegt ein See, der einen Grundwasserleiter unter dem Grundstück speist. Ich habe eine Expertise erstellen lassen, bevor ich die Immobilie gekauft habe. Wasser war hier nie ein Problem, selbst in trockenen Jahren.«

»Es ist sehr schön«, sagte Ari. »*Mazel tov.*«

»Danke. Möchten Sie etwas trinken?«

Shimon schüttelte mit verschränkten Armen den Kopf. »Wir wüssten gern, warum wir hier sind.«

»Unerledigte Angelegenheiten«, sagte ich leichthin. Ich hatte nicht erwartet, dass die beiden sich lange mit Höflichkeiten aufhalten würden. »Sie sind verschwunden, ohne mir zu erzählen, wie Sie das mit Senator Simpson geregelt haben.«

Eine Woche nach Whites Tod hatte der Senator auf einer Pressekonferenz aus persönlichen Gründen seinen Rückzug aus dem Rennen um die Präsidentschaftskandidatur erklärt. Nicht zuletzt der verfrühte Tod seines engsten Beraters habe ihn zu diesem Schritt bewogen, sagte er und schloss mit einem bewegenden Aufruf, für die American Heart Association zu spenden.

»Die eine oder andere Andeutung über die Libido des Senators«, sagte Shimon. »Die Republikaner wollen keinen Bill Clinton.«

»Und die Beziehungen zwischen Amerika und den Golfstaaten?«

»Veränderlich«, schlug Ari vor.

Ich lächelte, aber Shimon wirkte verärgert. »Unverändert. Die Franzosen haben ihr Sicherheitsangebot an die Saudis zurückgezogen. Sie scheinen dieser Tage auch reichlich verstimmt über die Russen.« Er nahm seine Sonnenbrille ab und rieb sich die Augen. »Außer Ihrer Neugier gibt es doch bestimmt noch einen anderen Grund, warum ich siebentausend Meilen gereist bin, um Sie zu treffen, oder?«

Ich nickte und wies auf die alte Windmühle, die ein Stück weit entfernt stand. Die Flügel drehten sich langsam, die eiserne Achse ächzte auf uralten Lagern.

»Die Windmühle treibt die Pumpe an, die das Wasser aus dem Grundwasserleiter nach oben pumpt. Neulich war ein Ingenieur hier, mit dem ich über meine Pläne gesprochen habe, die Mühle durch eine modernere zu ersetzen, mit der ich gleichzeitig noch ein bisschen Strom erzeugen kann. Ich habe erwähnt, dass ich auch vorhabe, eine Solaranlage zu installieren, um mich vom öffentlichen Stromnetz unabhängig zu machen. Er hat gelacht. Wegen der Finanzkrise ist das Öl billig, hat er gesagt. Es würde eine Ewigkeit dauern, bis sich meine Investition amortisiert hat. Er hat mir geraten, es zu lassen.«

Shimon zuckte die Achseln. »Wir sind mit den Schätzungen über die Reserven der Saudis noch einmal bei diversen Regierungen hausieren gegangen, nachdem wir Rashid als Quelle der Informationen identifiziert haben. Niemand möchte über die Energieprobleme von in zwanzig Jahren sprechen. Alle sind mit Arbeitslosigkeit, Konjunkturprogrammen und Haushaltsdefiziten beschäftigt.«

»Sie würden sich darauf konzentrieren, wenn sie die Konsequenzen wirklich begreifen würden. Uns läuft die Zeit davon.«

»Und was sollen wir Ihrer Meinung nach tun?«, fragte Ari.

»Schicken Sie mir Rashids Informationen. Die echten Daten. Es gibt immer noch eine Menge Leute, die mir zuhören.«

»Mag sein«, sagte Shimon stirnrunzelnd, »aber es ist ein politisches Problem –«

»Ich habe die Berichte über Narimanovs Flugzeugabsturz gelesen«, unterbrach ich ihn. »Und ich habe ein bisschen herumtelefoniert. Interessanterweise ist das Flugzeug schon fast einhundert Meilen von der Absturzstelle entfernt vom Radar verschwunden, und die Rettungsmannschaften haben Narimanovs Leiche nie gefunden. Ganz in der Nähe liegt ein deutscher Militärstandort. Ich bin normalerweise kein großer Verschwörungstheoretiker, aber ich habe mich doch gefragt: Was, wenn der Absturz inszeniert war, damit die Deutschen – oder ihre Freunde – sich Narimanov heimlich schnappen konnten?«

Shimon starrte mich mit zusammengekniffenen Augen an.

»Mohler hat Geld auf Dutzende von Bankkonten geleitet«, fuhr ich fort. »White hat uns erzählt, dass Narimanov Wirtschaftsführer und Spitzenpolitiker auf der ganzen Welt kontrollierte. Wenn Narimanov irgendwo heimlich festgehalten würde, würde das denjenigen, die ihn gefangen halten, sehr viel Macht über sämtliche bestochenen Persönlichkeiten geben.«

»Vorsicht«, riet Ari mir. »Sie bewegen sich auf sehr dünnem Eis.«

»Damit wir uns nicht missverstehen«, sagte ich. »Ich will niemandem mit irgendwas drohen. Nichts, was ich weiß oder vermute, wird jemals mein Haus verlassen. Aber ich möchte, dass Sie wissen, dass ich eine gemeinnützige Organisation gegründet habe, die über die drohenden Energieengpässe informiert und verstärktes Engagement im Bereich alternativer Energien propagiert. Walter Coleman hat das Stiftungskapital zur Verfügung gestellt. Es wäre schön, wenn die Politiker und Unternehmer, die auf Narimanovs Gehaltsliste standen, ermutigt würden, uns ebenfalls zu unterstützen.«

»Das ist alles?«, fragte Ari.

»Das ist alles.«

Er blickte zu Shimon und sah dann wieder mich an. »Haben Sie Informationsmaterial über diese Organisation?«

Ich fischte eine meiner neuen Visitenkarten aus meiner Hosentasche.

»Tut mir leid«, sagte ich. »Sie ist ein bisschen feucht geworden.«

Shimon setzte seine Sonnenbrille wieder auf und nickte knapp.

»Ich werde meinen Vorgesetzten von Ihrer Organisation berichten«, sagte er. »Ich bin sicher, sie werden Ihre Ziele gutheißen. Ich wäre jedenfalls nicht überrascht, wenn Sie in näherer Zukunft eine Reihe von Hilfs- und Spendenangeboten erhalten würden. Und ich werde mit Rashids Nachlassverwalter in Jerusalem sprechen. Meiner Erinnerung nach hat er einige Papiere für Sie hinterlassen. Ich werde dafür sorgen, dass man sie Ihnen zuschickt.«

»Vielen Dank.«

Shimon drehte sich um und ging zurück zum Wagen, dicht gefolgt von Ari. Er betrachtete die Zaunpfähle, die ich errichtet hatte, und blieb stehen.

»Haben Sie vor, Tiere zu halten?«, fragte er.

»Ziegen«, antwortete ich. »Dazu hat mir ein gemeinsamer Freund von uns mal geraten.«

DANKSAGUNG

Nachdem ich meinen ersten Roman *Die Entschädigung* abgeschlossen hatte, sprach ich mit meinen Lektoren Peter Gethers und Claudia Herr – über Ideen für einen zweiten. Die beiden sahen sich kurz an, und Peter fragte leise: »Du bist dir doch bewusst, dass das zweite Buch das schwerste ist, oder?«

Seine Frage erinnerte mich an das Buch *Löcher*, das ich vor Jahren meinen Kindern vorgelesen hatte. Stanley, der jugendliche Held, kommt in ein Jugendarbeitslager, wo er jeden Tag ein großes Loch in den Boden eines ausgetrockneten Sees graben muss. Am Ende seines ersten Tags erklärt ihm eine Figur aus dem Buch, dass das zweite Loch immer das schwerste ist. Am Ende seines zweiten Tags erklärt ihm dieselbe Figur, dass das dritte Loch immer das schwerste ist. Und so weiter.

Die Spur des Verrats zu schreiben war nicht schwieriger als *Die Entschädigung*, aber es war auch nicht leichter. Und das ist beunruhigend, denn langfristig hatte ich geplant, Winston Churchill nachzueifern, der seine Bücher angeblich in der Badewanne diktiert hat, oder John Grisham, von dem ich in einem Interview einmal gelesen habe, dass er seine straff konstruierten Gerichtsthriller in neun Monaten zu Papier bringt und die restlichen drei Monate des Jahres mit seiner Familie Urlaub macht. Ehrlich gesagt, habe ich den Abgabetermin für *Die Spur des Verrats* um gut ein halbes Jahr überzogen und war auf dem besten Wege zu Arbeitsgewohnheiten à la Dorothy Parker, die einmal bemerkt hat, dass sie nicht fünf Worte schreiben, sondern sieben ändern würde.

Die gute Nachricht war, dass ich diesmal ein fantastisches

Team hatte, auf das ich mich verlassen konnte. Wieder waren Peter und Claudia meine ausgezeichneten Lektoren bei Knopf und haben großen Einfluss auf den ersten Entwurf der Geschichte genommen, nicht zuletzt indem sie mich dazu überredet haben, in der Endfassung der Geschichte die Umwälzungen auf den Finanzmärkten in den vergangenen zwei Jahren stärker zu reflektieren. Wieder hat mich Kathy Robbins, meine Agentin, mit ihren Mitarbeitern David Halpern und Rachelle Bergstein, in jeder Phase des Projekts durch unschätzbare Ratschläge und konstruktive Kritik unterstützt. Und wie beim letzten Buch hat Jennie Yabroff auch dieses Mal jedes Wort gelesen. Sie war einerseits so gnadenlos, mir unmissverständlich zu sagen, wann diese Worte nicht gut genug waren, und andererseits so ermutigend, dass ich weitermachen wollte. All diesen Menschen bin ich zu großem Dank verpflichtet.

Ganz besonders danken möchte ich meinem ehemaligen Kollegen Steven Strongin, Chef der Research-Abteilung von Goldman Sachs, der sich die Zeit genommen hat, mir seine Ansichten zu den Energiemärkten zu erläutern, als ich die Handlung der Geschichte entwickelte. Vielen Dank für die Nachhilfestunden, und ich hoffe, ich habe mein Wissen gut angewandt. Aber falls jetzt irgendjemand denken sollte, dass dieser Roman seine Meinung widerspiegelt, kann ich nur sagen, dass Steven sich meines Wissens noch keine Solarzellen aufs Dach hat montieren lassen.

Darüber hinaus habe ich die Unterstützung zahlreicher Freunde und vor allem meiner Familie genossen – Cynthia, Zoe, Nikki und Matt. Meine Frau Cynthia war besonders mitfühlend, wenn ich düster über unkooperative Figuren brummte, und nett genug, nie darauf hinzuweisen, dass meine Probleme garantiert selbst verursacht waren. Und die Kids sind nach wie vor begeistert von meinem Berufswechsel in der Lebensmitte – offenbar machen Schriftsteller in Teenager-Kreisen mehr her als Banker. Da kann man mal sehen.

Zum Schluss möchte ich allen bei Knopf für die großartige Arbeit bei Gestaltung, Marketing und Vertrieb von sowohl *Die Entschädigung* als auch *Die Spur des Verrats* danken, insbesondere Sonny Mehta, dem geschäftsführenden Verleger von Knopf, Anne Messitte, Verlegerin von Vintage Anchor, Jason Booher, der den Umschlag für die amerikanische Ausgabe entworfen hat, und Maria Massey für das Lektorat. Knopf ist ein toller Laden, und ich kann mich glücklich schätzen, dass sie mich aufgegabelt haben.